고슴도치의 우아함

L'ÉLÉGANCE DU HÉRISSON
by Muriel Barbery

이 도서의 국립중앙도서관 출판예정도서목록(CIP)은
서지정보유통지원시스템 홈페이지(http://seoji.nl.go.kr)와
국가자료종합목록 구축시스템(http://kolis-net.nl.go.kr)에서 이용하실 수 있습니다.
(CIP제어번호: CIP2015027500)

고슴도치의 우아함

L'Élégance du hérisson

뮈리엘 바르베리 장편소설

류재화 옮김

문학동네

일러두기

1. 주석은 모두 옮긴이주이다.
2. 본문 중 고딕체는 원서에서 이탤릭체로 강조한 부분이다.

이 책을 쓸 때 나와 함께한 스테판에게

차례

문법에 대하여 181

여름비 237

마르크스

(전조)

1
욕망의 씨앗을 뿌리는 자

"마르크스가 제 세계관을 완전히 바꿔놨어요."

평소에는 내게 말도 안 거는 팔리에르 씨네 아들이 오늘 아침 웬일인지 내게 말을 걸어왔다.

앙투안 팔리에르, 옛 산업 왕조의 부유한 상속자인 그는 내 여덟 고용주 가운데 한 사람의 아들이다. 대大부르주아지의 마지막 트림, 깨끗하고 폐해 없는 딸꾹질을 통해서만 재생되는 트림 같은 청년이 자신의 발견에 완전히 도취돼서는 내가 거기서 무슨 말을 알아들을 거라고는 생각 않고 한 말이었다. 사실 그렇다. 이런 노동자 계층이 마르크스의 저작을 이해할까? 읽기는 난해하고, 언어는 고상하고, 문체는 미묘하며, 테제는 복잡한데.

그리고 바로 그때 나는 어리석게도 나 자신을 드러내는 실수를 저지르고 말았다.

"『독일 이데올로기』를 꼭 읽어봐요."

짙은 전나무색 더플코트를 입은 그 머저리에게 그런 말을 하다니.

마르크스를 이해하기 위해서는, 아니 자기가 뭘 틀렸는지 이해하기 위해서는 『독일 이데올로기』를 읽어봐야 한다. 이 위대한 저작은 인류의 주춧돌이다. 바로 거기서 출발해 새로운 세계에 대한 전망을 세우고, 바로 그 위에서 신념은 확고해질 것이다. 욕망하느라 자아를 잃어버린 인간들은 필요한 것에만 만족할 줄 알아야 한다. 시건방진 욕망이 없는 세계에서 비로소 싸움과 억압과 백해무익한 위계질서를 말끔히 씻어낸 새로운 사회조직이 생겨날 것이다.

"욕망의 씨앗을 뿌리는 자가 억압을 거두는구나."

나는 내 고양이에게나 들릴 만한 작은 목소리로 중얼거렸다.

우리 고양이 수염하고는 비교도 안 되게, 무슨 싹이 난 것처럼 삐죽삐죽 솟아 있는, 토 나올 것 같은 콧수염의 앙투안 팔리에르는 내 말이 신기하다는 듯 이상하게 쳐다보았다. 뭐 항상 그렇지만, 편협한 사고의 틀을 벗어나지 못하는 이런 답답한 자들의 무능 덕분에 난 또 위기에서 벗어난다. 수위 아줌마는 『독일 이데올로기』 같은 건 읽지 않는다. 따라서 포이어바흐에 관한 테제 11을 인용할 줄도 모를 것이다. 마르크스를 읽는 수위 아줌마라면 CGT*라는 악령에 정신이 팔려 사회 전복을 노릴 것이다. 정신의 고양을 위해 마르크스를 읽는다? 어떤 부르주아도 그런 상식 밖의 생각을 하지 않는다.

"어머님께 안부 전해주세요."

난 그의 코앞에다 문을 닫으며 말했다. 나도 모르게 새어나온 문장이 수천 년 동안 지속되어온 편견의 힘으로 덮이길 희망하면서.

* 좌파 계열의 프랑스 최대 노동조합.

2
예술의 기적

내 이름은 르네다. 쉰네 살이다. 스물일곱 살 때부터 그르넬가 7번지 건물의 수위로 일하고 있다. 단지 안에 안뜰과 정원이 있는 이 특별하고도 기가 막힌 아파트에는 총 여덟 집이 사는데, 평수가 하나같이 어마어마하고 빈집이 하나도 없으며, 아주 호화스럽고 으리으리하다. 나는 과부고, 작고 못생긴데다 뚱뚱하고, 발에 티눈이 많고, 괜히 찌뿌드드한 아침에는 매머드급 하품을 내뿜는다. 나는 학교를 제대로 다니지 않았고, 늘 가난했고, 앞에 잘 나서지도 않았고, 누구 눈에 띄지도 않았다. 나는 혼자 산다. 아니, 기분 나쁘면 발에서 이상한 냄새를 피우는 게 특징이라면 특징인 게으르고 뚱뚱한 수컷 고양이랑 산다. 나도 내 고양이처럼 굳이 동종 무리에 끼려는 노력은 하지 않는다. 나는 항상 예의 바르기는 하지만 결코 상냥한 편은 아니다. 사람들은 이런 나를 좋아하는 건 아니어도 봐주기는 한다. 그 이유는, 내가 건물 수위라는 직업에 대한 전형적인 사회적 믿음에 잘 들어맞기 때문이다. 그러니까 난 거대한 보편적 환상을 회전시키는 여러 톱니바퀴들 중 하나로, 그런 보편적 환상에 따라야 삶이 쉽게 해독된다. 수위들은 늙고, 못생겼고, 무뚝뚝하다고 어딘가에 적혀 있기라도 할 테니까! 그것도 모자라 수위들은 코바늘로 짠 쿠션 위에서 온종일 졸고 있는 뚱뚱하고 의지박약인 고양이들과 함께 사는 사람들이라고 바보 같은 우주 창공 현판에 불로 새겨져 있을 것이다.

또 그 비슷한 어디에는 수위들은 그 뚱뚱한 고양이가 잠자는 동안 줄창 텔레비전이나 보고 앉아 있으며, 아파트 현관 로비에서는 포토푸* 아니면 양배추수프, 아니면 스튜 냄새가 진동한다고 적혀 있을 거다. 난 대호화 저택의 수위가 되는 이례적인 행운을 잡았다. 이런 비천한 음식을 요리해야 하는 것이 나로서도 정말 굴욕적이었는데, 행정법원 판사이신 드 브로이 씨가 하루는 정중하고도 단호하게 판결을 내리듯 공동거주 공간에서 이런

* 소고기와 각종 채소에 올리브잎, 백리향 가지 등을 넣고 약한 불에서 오래 끓이는 음식.

썩은 서민들 악취는 제거해야 한다며 개입을 했으니, 내 비록 어쩔 줄을 몰라 몸을 조아리는 시늉을 했지만, 실은 대단히 안도하지 않을 수 없었다. 나 역시도 원하는 바였으니까.

그게 이십칠 년 전 일이었다. 그후로 나는 매일같이 정육점에 들러 사온 햄 슬라이스 혹은 송아지 간을 그물 장바구니 속의 국수 다발과 당근 묶음 사이에 안 보이게 끼워넣었다. 냄새가 나지 않는다는 점에서 칭찬받을 만한 이 보잘것없는 식재료들을 나는 기꺼이 전시했다. 난 부자들의 저택에 사는 가난한 사람이니, 가난한 이들이 흔히 먹을 거라고 생각하는 상투적인 식재료를 이용한 식생활을 보여주기 위해서였다. 그리고 내 몫이었어야 할 음식들을 먹고 살찐 내 고양이 레옹은 돈육 가공식품 및 버터 범벅이 된 마카로니 따위를 게걸스럽게 먹어치웠다. 이로써 나는 어떤 후각적 민폐를 끼치지 않아도 되었고, 내 음식 취향에 대해서도 의심을 사지 않아도 되었다.

텔레비전 문제는 훨씬 복잡했다. 남편이 살아 있었을 때만 해도 그것은 내가 신경쓸 문제가 아니었다. 텔레비전 보는 일은 남편이 꾸준히 도맡아주었기에 나는 그 부역 같은 일은 안 해도 되었던 것이다. 현관 입구에 울려퍼지는 온갖 세상사 소음만으로도 사회적 위계질서 놀이는 유지되었다. 그런데 남편 뤼시앵이 저세상 사람이 되자 그 겉모양이라도 유지하기 위해 나는 머리를 쥐어짜내야 했다. 남편이 살아서는 내가 하지 않아도 되었던 일인데, 세상을 뜨며 타인들의 의혹을 막아주던 필수적인 방벽인 무교양까지 가지고 가버렸으니 내가 대신 그 일을 하게 된 것이다.

버튼 없는 초인종 덕분에 난 드디어 그 해결책을 찾았다.

사람들이 지나갈 때마다 벨소리가 울려 안에서 그 소리가 다 들렸고, 이 적외선 메커니즘을 이용한 알람장치가 기존의 초인종을 훌륭히 대체해주었다. 이제부터는 그 장치로 현관의 통행 상황을 다 파악할 수 있었다. 나는 수위라는 내 조건 때문에 나에게 부여된 모든 소음과 냄새를 피해 수위실 구석에 박혀 오롯이 나만의 시간을 보냈으며, 보초병에게 필수적인 정보(누가, 누구와 함께, 몇 시에 들어오고 나가는지)를 놓치지 않으면서 무탈히 지냈다.

이렇게 해서 현관을 지나가는 아파트 입주자들은 안에서 희미한 소리가 들리면 텔레비전이 켜 있나보다 하고, 절대 부족하지 않은 상상력으로 수위 아줌마는 역시나 텔레비전 앞에서 뒹굴고 있을 거야, 라고 생각하고도 남았다. 나야 내 소굴에 틀어박혀 아무 소리도 듣지 않아도 되었다. 물론 누가 지나가는지는 알았다. 수위실 바로 옆 내 소굴에는 하얀 모슬린 천으로 가려놓은 작고 둥근 창이 있고 그 창으로 바로 앞에 있는 계단이 보이니

지나가는 사람의 신원을 은밀히 확인할 수 있었다.

또한 비디오카세트의 출현, 이어 DVD라는 신의 출현은 모든 것을 근본적으로 바꿔놓으며 나에게 지고의 행복을 선사했다. 수위가 영화 〈베네치아의 죽음〉* 앞에서 흥분하고, 그의 일터에서 말러의 교향곡이 흘러나오는 것이 흔한 일은 아니다. 나는 어렵사리 저축해온 부부 통장을 깨 내 은신처에 이런 첨단 설비를 갖춰놓았다. 내 은밀한 생활의 수호자인 수위실 텔레비전은 혼자 시끄럽게 떠들게 내버려두고, 그런 바보상자 소리에는 신경을 끈 채 예술의 기적 앞에서 눈물을 흘리며 황홀경에 빠져들었다.

* 이탈리아의 거장 루키노 비스콘티 감독의 1971년 영화.

심오한 사고 N° 1

별을 보며 걷다
빨간 금붕어 어항에서
끝나다

물론, 가끔 어른들은 가만히 자리에 앉아 자기들 인생의 재앙에 대해 사색하는 시간을 갖는다. 그런데 핵심은 깨닫지 못하고 한탄만 한다. 매번 같은 유리창에 부딪히는 파리들처럼 바르르 떨고, 괴로워하고, 우울해하고, 침울해하며 가고 싶지 않은 곳으로 가게 만드는 톱니바퀴에 대해 문제제기를 한다. 지식인인 척하는 사람들도 똑같은 종교행위를 한다. 아, 부르주아 인생, 증오스럽게 허무하다! 아빠랑 같이 식탁에 앉아 식사를 하는 사람들은 이런 냉소를 보이곤 한다. "어렸을 적 꿈은 어떻게 됐지?" 그들은 뭔가 대단한 걸 깨달은 듯 심각하게 이렇게 말하기도 한다. "꿈은 다 날아갔고, 인생은 참 엿 같아." 나는 어른들의 이렇게 인생 달관한 척하는 면이 싫다. 한 가지 진실이라면, 그들도 다른 사람들, 그러니까 무슨 일이 닥쳤는지도 모르고, 울고 싶어도 괜히 센 척하는 어린아이들과 별반 다르지 않다는 것이다.

한데 쉽게 이해되기도 한다. 결코 좋은 것은 아니지만, 어른들 말을 믿으며 자란 어린이들이 성인이 되어, 복수하듯 이번에는 자기 자식들을 똑같이 속인다는 것이다. "인생은 의미가 있어. 위대한 사람들을 봐." 사람들은 이 말을 당연한 듯 믿지만, 이것이야말로 기가 막힌 거짓말이다. 어른이 되면 그게 아니라는 것을 깨닫는다. 그러나 이미 늦었다. 미스터리는 아직 풀리지 않았는데, 어리석은 짓들을 하느라 쓸 수 있는 에너지는 다 써버렸다. 그러니 인생은 어떤 의미도 없다는 것을 알면서도 그 사실을 감추기 위해 스스로 무감각해지고, 그래도 잘 살아야 한다며 스스로를 설득하기 위해 자식들마저 속이는 것이다.

우리 식구가 만나는 사람들은 다 같은 길을 걷는다. 젊어서는 자신의 지식을 이용해 수익을 올리려 애쓰고, 학력을 레몬처럼 쥐어짜 지위를 높이려 애쓰고, 엘리트라는 위상을 확보하려 애쓰고, 이어 평생 그런 희망들을 애써 품어봤자 결국 헛된 것임을 어리둥절 깨닫는다. 사람들은 별을 보며 간다고 믿지만 결국 어항 속 빨간 금붕어 신세가 되고 마는 것이다. 인생이 부조리하다고 처음부터 애들한테 가르쳐주면 진짜 간단한데 왜 그러지 않는지 이상할 뿐이다. 물론 그게 어린 시절의 좋은 순간들을 앗아

가긴 하지만, 어른이 되었을 때 시간을 벌게 해주지 않는가. 그렇다고 트라우마를, 그러니까 어항 트라우마를 피할 수 있을지는 모르겠지만 말이다.

나는 열두 살이다. 그르넬 가 7번지, 부자 아파트에 산다. 우리 엄마 아빠는 부자다. 우리 가족은 부자다. 따라서 우리 언니와 나도 잠재적으로는 부자다. 우리 아빠는 장관을 지냈고 지금은 국회의원이다. 이제 마지막으로 국회의장직에 올라 국회의장 공관의 지하 포도주 창고를 비우는 일만 남았다. 사실 우리 엄마는 학자는 아니지만 문학박사 학위를 가진 고등교육을 받은 사람이다. 저녁식사 초대장을 쓸 때 문법을 틀리지 않고, 온갖 문학 지식을 인용하며 우릴 지쳐 쓰러지게 만드는 데 선수다. "콜롱브, 게르망트*처럼 하지 마." "아, 우리 딸 진짜 산세베리나**구나!" 이러면서.

그럼에도 불구하고, 즉 이런 모든 기회와 풍요에도 불구하고, 매우 오래전부터 나는 나의 운명은 결국 금붕어 어항 속에서 끝날 것임을 잘 알고 있다. 어떻게 아느냐고? 난 아주 똑똑하니까. 그것도 아주 특출나게 똑똑하니까. 내 또래 아이들과 비교를 해

---

* 마르셀 프루스트의 『잃어버린 시간을 찾아서』에 나오는 인물.

** 스탕달의 『파르마의 수도원』에 나오는 인물.

봐도 하늘과 땅 차이다. 사람들이 날 괜히 주목하는 것도 싫고, 지식이 최고의 가치인 우리집 같은 데서 나 같은 천재 아이는 절대 평온을 누릴 수 없을 것 같아 중학교에 가서는 내 실력을 조금만 덜 발휘해보려고 그렇게 애를 썼는데도 1등이었다. 열두 살에 그랑제콜 준비생 수준은 되는 애가 평범한 사고 수준으로 노는 건 쉬운 일일 거라고 생각할 수도 있지만, 그건 천만의 만만의 말씀! 멍청한 척을 하는 것도 힘이 든다. 하지만 어떤 면에서, 그렇기 때문에 심심해 죽지는 않는다. 이미 다 아는 것들이라 배우고 이해해야 할 필요가 없는 나는 보통 잘한다 하는 애들이 쓰는 문체와 해답, 풀이 방식, 고정관념, 자잘한 실수까지 그대로 흉내낸다. 우리 반에서 수학, 국어, 역사 과목 2등인 콩스탕스 바레스가 쓴 것을 다 읽고 나서 내가 어떻게 해야 하는지 알았다. 국어는 일단 일관성 있는 단어를 나열하면 되고, 맞춤법은 틀리면 안 된다. 수학은 의미 없는 연산을 기계적으로 수행하면 되고, 역사는 논리적 연결고리에 따라 역사적 사실들을 이어가면 된다. 어른들과 비교해봐도 내가 그들 대다수보다 훨씬 더 영리하다. 뭐, 그렇다는 거다. 내가 그걸 특별히 자랑스러워하는 건 아니다. 왜냐하면 나는 원래 그렇게 태어났기 때문이다. 하지만 확실한 건, 난 어항 속으로 가지 않으리라는 것. 이건 정말 심사숙고해서 내린 결론이다. 나처럼 똑똑하고 공부도 잘하고, 남들과는 다르고, 훨씬 우둥한 사람에게는 이미 뻔한 길이 나 있는 인생이 보인다는 게 울고 싶을 만큼 슬프다. 만일 실존 자체가 부조리한 것이라면, 눈부신 성공이 실패보다 나을 게 없지 않은가. 하지만 아무도 그런 생각은 하지 않는 것 같다. 그런 생각은 하지 않는 게 속 편하다. 그러니까 내 생각에, 통찰력 있는 사람은 성공을 씁쓸한 것이라 보며, 별 볼 일 없는 사람은 항상 성공을 희망하는 것 같다.

따라서 나는 결정했다. 나는 곧 유년 시절을 마감할 것이다. 인생이 부조리한 코미디에 불과하다는 것을 이미 깨달았다지만, 계속 저항하며 살 수는 없을 것 같다. 우리는 존재하지 않는 것을 믿도록 프로그래밍되어 있다. 고통받고 싶어하지 않는 살아 있는 존재들이기 때문이다. 그래서 고통을 겪을 만한 가치가 있는 무언가가 있다고, 그렇기 때문에 인생은 의미가 있다고 우리 자신을 설득하는 데 모든 힘을 갖다 바친다. 내가 아무리 똑똑하다고 해도 앞으로 얼마나 많은 시간을 이런 생물학적 경향과 싸워나갈 수 있을지 알 수 없다. 내가 어른들 경기에 꼈을 때, 부조리한 감정에 대항할 힘이 있을까? 그럴 것 같지 않다. 그래서 결정을 한 것이다. 올해 학기가 끝나고 내가 열세 살이 되는 그날, 그러니까 6월 16일 나는 자살할 것이다. 잠깐! 이건 내가 무슨 팡파르를 울리며 객기 부리듯 하겠다는 건 아니다. 오히려 누구도 이런 내 계획을 알아채서는 안 된다. 어른들은 죽음에 대해 히스테릭하게 반응하며 무슨 대단한 일이라도 되는 양 야단법석을 떠는데, 사실 이 세상에 죽음처럼 평범한 일이 어디 있나? 그러니까 나한테 중요한 것은 '무엇'이 아니라 '어떻게'다. 내 '일본 성향'에 따른다면 두말할 것 없이 하라키리, 할복자살이다. 여기서 '일본 성향'이란 '일본 사랑'을 뜻한다. 난 중2이고 제2외국어로 당연히 일본어를 택했다. 일본어 선생님은 그렇게 형편없진 않다. 프랑스어를 할 때 모음이 자꾸 먹히고 당황하면 머리를 긁적거리다 시간이 다 가긴 하지만, 썩 괜찮은 교재가 있어 내 일본어 실력은 나날이 향상되었다. 내 희망사항이라면 몇 달 안에 내가 제일 좋아하는 '망가'를 일본어로 직접 읽는 것이다. 엄마는 "너처럼 천재인 애"가 망가 읽는 것을 도무지 이해 못하겠다고 한다. 일본어로 된 망가도 그냥 우리 만화 같은 것이라고 엄마한테 설명하기도 귀찮았다. 엄마는 내가 저급 문화에 빠졌다고 생각했지만 그게 아니라는 걸 굳이 깨우쳐주기도 싫다. 어쨌든, 몇 달 후면 나는 다니구치 지로의 만화들을 일본어로 읽을 수 있을 것이다. 아, 그러고 보니 6월 16일 이전에 그것을 끝내야 한다. 6월 16일에는 자살을 해야 하니까. 하지만 할복은 아니다. 그건 더없이 아름답고 의미심장하겠지만, 난 절대 고통스럽고 싶진 않다. 사실 아픈 건 진짜 싫다. 죽기로 결정했으면, 죽음이란 자연스러운 것이니 온화하게 하는 것이 좋다. 죽음, 그것은 스르르 미끄러져 안식의 단계로 들어가는 섬세한 이동이어야 한다. 5층 창문에서 뛰어내리거나, 세제를 들이마시거나, 목을 매달아 자살하는 사람들이 있는데 그건 미친 짓이다! 눈 뜨고는 못 볼 광경이다. 고통받지 않기 위해 죽는데 그렇게 고통스럽게 죽을 수는 없는 노릇이다. 난 이미 나만의 방법을 찾았다. 일 년 전부터 매달 엄마 침대 테이블에 있는 약상자에서 수면제를 조금씩 훔쳐와 모으고 있다. 하루에 한 알씩 꺼내와도 모를 정도로 엄마는 수면제를 정말 많이 복용한다. 그래도 신중해야 한다. 이해될 수 없는 결정을 내렸을 때는 어떤 것도 우연에 맡겨서는 안 된다. 이보다 더 견고할 수는 없는 계획을 사람들이 얼마나 비견고하게 방해하고 나올지. '인생의 의미'니 '인간에 대한 사랑'이니 하는 시답잖은 말들을 들먹이며 내 일을 방해하고 나설 것이다. 아, 또 '유년기의 성스러움' 이런 말도 나올 것이다.

따라서 나는 조용히, 아주 조용히 6월 16일을 향해 나아갈 것이다. 나는 두렵지 않다. 약간의 후회는 있겠지. 하지만 세상은 그저 그렇고 그런 것이지 공주를 위해 만들어진 것이 아니다. 그렇다고 시든 채소처럼, 산 것도 죽은 것도 아니게, 근근이 버티듯 살아서도 안 된다. 오히려 그 반대다. 중요한 것은 죽음 그 자체도, 몇 살에 죽느냐도 아니라 죽는 순간에 무엇을 하고 있었는가다. 다니구치의 만화를 보면 주인공은 에베레스트 산을 오르다 죽는다. 6월 16일 전에 내가 K2 또는 그랑드 조라스에 등반할 수 있는 기회는 오지 않을 테니 나한테 에베레스트 산은 지적인 메타포로 족하겠다. 가능한 한 최고의 심오한 사고를 하며 그 생각들을 이 노트에 적어갈 것이다. 그렇다. 그것이 내 목표다. 어떤 것도 의미가 없다면, 적어도 정신적으로라도 그 무의미와 싸워나가야 하지 않겠나? 하지만 내 취향이 대단히 일본적인 만큼, 하나의 구속 조항을 덧붙인다. 이 심오한 사고는 일본 하이쿠 형식으로 이루어져야 한다. 하이쿠(3행시) 혹은 단카(5행시)로.

내가 가장 좋아하는 하이쿠는 바쇼가 지은 것이다.

어부의 오두막
바구니에 담긴 새우들 속에
귀뚜라미 몇 마리!

이건 금붕어 어항이 아니다. 이건 시다.

내가 사는 세상에는 일본 어부의 오두막보다 시적인 게 적다. 세상에, 400제곱미터나 되는 곳에 네 명이 사는 게 정상이라고 보는가? 대부분의 사람들은, 물론 그 가운데 저주받은 천재 시인들도 있겠지만, 웬만한 집은커녕 20제곱미터도 안 되는 곳에 열다섯 명이 포개져 산다. 뉴스에서 듣자니, 이번 여름 아프리카에서 사람들이 많이 죽었는데, 어느 건물 계단에서 불이 나 비좁은 집이 순식간에 다 타버려 그렇게 되었다고 한다. 그 뉴스를 듣고 한 가지 생각이 떠올랐다. 그들은 어항 속에 하루종일 산 셈으로, 아니라고 자위하면서 빠져나오지도 못하고 결국 그 속에서 죽은 것이다. 우리 엄마 아빠와 언니 콜롱브는 자기들이 무슨 거대한 바다에 사는 줄 안다. 하기야 가구와 그림들이 해초처럼 즐비한 400제곱미터 아파트에 사니까.

6월 16일이 되면 그들에게 콩나물 시루에 대한 기억을 되살려줄 생각이다. 바비큐 라이터로 아파트에 불을 지를 것이다. 잠깐, 난 방화범이 아니다. 아파트에 아무도 없을 때(마침 6월 16일은 토요일이다. 토요일 오후에 콜롱브는 티베르를 만나러 나가고, 엄마는 요가를 하러 가고, 아빠는 모임에 나가니 집에 나 혼자 있다), 고양이는 창문으로 내보내고 희생자가 생기지 않도록 미리 소방관에게 알릴 것이다. 그다음엔 할머니 방에 가서 수면제를 먹고 조용히 잠들 것이다.

아파트도 없고 딸도 없다면, 어쩌면 그들은 죽은 아프리카 사람들을 떠올리지 않을까?

동백꽃

1
귀부인

화요일과 목요일에는 내 유일한 친구인 마뉘엘라가 수위실에 차를 마시러 온다. 마뉘엘라는 꾸밈이 없는 사람이다. 이십 년 동안 남의 집 먼지를 털며 시간을 허비했지만, 자기의 우아함까지 상실한 건 아니다. 먼지를 털어내는 건 오롯이 정직한 일이다. 그런데 부자들은 사물을 있는 그대로 보지도, 부르지도 않는다.

"오늘은 생리대 가득한 휴지통 비우고……" 마뉘엘라가 부드럽고도 온화한 톤으로 말했다. "개 토사물 치우고, 새장 청소했어요. 그런데 그 조그만 것이 변을 그렇게 많이 보는 줄은 모를걸요? 그리고 또 변기도 반들반들하게 닦았어요. 아, 먼지요? 하! 말도 마세요."

마뉘엘라는 화요일 오후 두시 아르탕스 씨 집에 갔다 나한테 들르고, 목요일에는 드 브로이 씨 집에서 온다. 마뉘엘라는 변기가 황금 조각상이라도 되듯 금 이파리들 사이를 면봉으로 닦아낸다. 변기를 그렇게 구석구석 닦아내는데도 세상 모든 요강처럼 더럽고 악취가 나니, 부자가 몸을 뒤틀며 싫어해도 빈자와 공유할 수밖에 없는 것이 있다면, 어쩔 수 없이 쏟아내야 하는 구역질나는 대장 속 덩어리들이다. 늘 그게 어디론가는 옮겨가니 악취가 나는 건 당연하다.

누구는 아무것도 하지 않고 코를 잡아 트는데, 누구는 그 별 볼 일 없는 일의 전담자가 되었으니 가히 제단 위의 희생양이라 할 만한데, 마뉘엘라는 황금 조각상을 대하는 것 이상으로 변기에 온갖 정성을 다하니 정말 존경스러운 것이다.

"호두를 먹을 땐 식탁보를 깔아야 돼요." 마뉘엘라는 자신의 낡은 장바구니에서 진홍빛 비단 포장지가 소용돌이처럼 돌돌 말려 있는 작은 나무함을 꺼내더니, 그 보석함 같은 곳에 얌전히 앉아 있던 튈* 과자를 꺼냈다. 나는 커피를 준비했지만 마시지는 않을 것이다. 둘 다 커피 향기를 좋아해 내온 것일 뿐 우리는 녹차를 마실 것이다. 튈 과자를 조금씩 갉아먹으며 우리는 조용히 녹차를 홀짝거렸다.

---

* 튈tuile은 '기와'라는 뜻으로, 아몬드가 박힌 기와 모양의 과자이다.

내가 수위 같지 않은 수위로서 수위의 배신자라면 마뉘엘라는 포르투갈 출신 가정부의 배신자다. 본인은 모르겠지만. 그녀는 귀족이기 때문이다. 먼저 태어난 일곱 형제자매 다음으로 무화과나무 아래서 태어나 여섯 살도 되기 전에 이른 아침부터 밭에 나가 일을 해야 했고, 곧 자기 나라를 떠나는 인부와 결혼해 속지주의로는 프랑스인이지만 사회적 시선으로는 영영 포르투갈인인 네 명의 프랑스인의 어머니가 된, 검은 고탄력 스타킹을 신고 머리에 숄을 두르고 다니는 이 파루 출신의 여인은 위엄 있는 진짜 귀족부인이다. 누가 이의를 제기해도 상처받지 않고 자기 심지가 굳어 남들 다 아는 라벨 붙은 귀족부인 따위는 웃어넘긴다. 귀부인이란 무엇인가? 저속한 것들 속에 있어도 그 어떤 저속함으로도 건드릴 수 없는 사람, 그런 여인이다.

일요일, 걸걸한 웃음소리, 나약하고 미래도 없이 태어나 괴로운데 이 괴로움을 가중시키는 시댁의 저속함. 매일 새벽 지옥에 내려가듯 일터로 나가는 남자들, 공장의 네온 불빛, 그 창백한 비참함, 그런 환경의 저속함. 원형탈모증 걸려 털이 빠진 자리가 딱딱하게 굳은 개를 대하듯 사람을 부리는, 가진 돈을 다 동원해도 그 비열함은 감출 수 없는 고용주 마나님들의 저속함. 그러나 공들여 만든 과자를 마치 여왕에게 바치듯 내게 제공하는 마뉘엘라를 보면 이 여자 안에 자리잡은 우아함이 오롯이 느껴진다.

그렇다, 여왕에게 하듯이 말이다. 마뉘엘라가 나타나면 내 수위실은 궁전으로 변하고, 우리 천민들의 주전부리는 궁정의 다과로 바뀐다. 이야기꾼들이 무거운 삶을 아롱거리는 강물로 바꾸어 고통과 권태를 가라앉히듯 마뉘엘라는 우리의 실존을 뜨겁고 유쾌한 서사시로 바꾼다.

"팔리에르 씨네 아들이 오늘 아침 계단에서 나한테 인사하던데요." 마뉘엘라가 침묵을 깨며 불쑥 말했다.

"그애가 마르크스를 읽던데요." 나도 어깨를 추켜올리며 말했다.

"마르슈요?"

마뉘엘라는 마르크스의 '크스'를 '슈'라고 발음하는데, 약간 촉촉한 그 '슈' 소리는 청아한 하늘만큼이나 매혹적이다.

"코뮤니즘의 아버지요." 내가 대답했다.

마뉘엘라는 경멸하듯 내뱉었다.

"정치, 그런 건 어린 부자놈들의 장난감이죠. 아무한테도 안 빌려주는."

그러더니 눈썹을 찡그리며 잠시 생각하다가 말을 이었다.

"평소에 읽던 책은 아니군요?"

한창 젊은 애들이 침대 매트리스 밑에 깔아두는 '멋진' 그림책들이 눈 밝은 마뉘엘라에게 발각되지 않았을 리 없다. '고태 부리는 후작부인'이라는 제목이 선명하게 적힌 페이지만 유독 닳은 것을 보면 팔리에르 도련님은 선별적이면서도 열성적인 소비를 한 것 같다.

우린 웃었고 잠시 몇 가지 더 이야기를 나눴다, 오래된 우정의 편안함 속에서. 이런 시간들이 나한테는 더없이 소중하다. 마뉘엘라가 마침내 꿈을 이루고 자기 나라로 돌아가면 나는 여기 혼자 남아 초라하게 늙어갈 것이다. 일주일에 두 번 나를 여왕으로 만들어주었는데, 그녀가 언젠가는 돌아간다고 생각하니 가슴이 답답해졌다. 한 번도 가져보지 못한 유일한 친구, 아무것도 묻지 않아도 다 아는 친구, 그런 친구가 사람들의 무관심 속에 철저히 버려진 여자를 두고 떠난다면? 포기하듯 망각의 수의壽衣 밑에 그녀를 묻어버린다면? 나는 불안한 마음으로 생각해본다.

그때 현관 로비 쪽에서 발소리가 들렸다. 이어 엘리베이터 버튼 위에서 사람 손이 만드는 알다가도 모를 이상한 소리가 또렷하게 들렸다. 검은 격자 철창이 앞에 달려 있고, 솜 들어간 나무틀로 가장자리가 마감된, 자동으로 닫힐 때마다 덜거덕 소리를 내는 이 낡은 엘리베이터는 공간이 조금만 더 있었으면 옛날 호텔 벨보이 같은 사람이 대기하고 있었음 직했다. 나는 이 발소리를 안다. 피에르 아르탕스. 5층에 사는 이 요리 비평가는 악질의 독선가로, 내 수위실 문턱에 와서는 눈살을 찌푸리는 자다. 내가 어두컴컴한 동굴에 살고 있다고 생각하는 것이다. 실은 자기가 보는 것과 정반대인데.

나도 그가 쓴 요리 비평을 읽어보긴 했다.

"나는 무슨 말인지 하나도 모르겠던데요." 통닭이 통닭이면 됐지, 라고 생각하는 마뉘엘라가 내게 말했다.

그렇다. 이해할 수 있는 게 하나도 없다. 워낙 맹목적이어서 글까지 맹목적인 게 안쓰러울 뿐이다. 토마토를 보지도 만지지도 않고 토마토 하나에 대해 그 눈부신 서술과 묘사로 수페이지를 써댄다. 문학적으로 가히 통렬하고도 기가 막힌 볼거리다. 피에르 아르탕스는 서사를 하듯 비평을 하는데, 그 분야에서만큼은 천재적이다. 사물의 외양을 언어로 묘사하는 데 그토록 재능이 많은데 정작 사물을 보는 데는 그토록 재능이 없을까. 왜 그렇게 눈이 멀었을까? 그가 그 큼지막하고 거만한 매부리코를 달고 내 앞을 지나갈 때마다 난 속으로 그렇게 묻는다. 물론 그럴 수 있다. 사물을 보면서도 그 속의 생명과 숨결을 못 보는 사람들이 있으니까. 그런 이들은 인간에 대해 일장연설을 하지만 거의 기계적으로 하는 것이며, 사물에 대해서 장황하게 묘사를 하지만 자기 주관적 영감에 따라 말해질 수 있는 것만 말할 뿐 묘사된 사물에는 어떤 영혼도 없다.

마치 내가 속으로 하는 말을 듣기라도 한 것처럼 앞으로 가던 그의 발걸음이 갑자기 뒤로 돌려졌다. 아니나 다를까 수위실 벨을 누른 건 아르탕스 씨였다.

나는 슬리퍼 속에 쏙 들어가 있는 내 발을 겨우 챙겨 천천히 일어났다. 상투적인 이미지를 걸고 보자면 그의 바게트 빵과 베레모의 조합에 도전할 수 있는 것은 내 발과 슬리퍼의 궁합뿐이다. 성질 급한 대大포식자들의 살아 있는 화신인 이 대가를 성질나게 하려면 내가 그래야 한다. 문도 아주 천천히, 조금만, 적의 동태를 살피듯 살짝 열고 내 코가 아주 빨갛고 반짝반짝 빛나기를 염원하면서 코를 문 사이에 집어넣는 것이다.

"배달원이 물건 가지고 올 겁니다." 그가 눈을 구기고, 코는 조이면서 말했다. "오는 대로 즉시 저에게 갖다주세요."

그날 오후 아르탕스 씨는 그 귀족 같은 근엄한 목 주변에 물방울무늬가 있는 라발리에르*를 매고 있었는데, 솔직히 정말 안 어울렸다. 그 사자 같은 덥수룩한 머리와 나풀거리는 비단 스카프의 기이한 조화는 발레 스커트 자락을 연상시켰으니, 남자라면 응당 지니고 있어야 할 남성성이 그 덕분에 완전히 사라져버린 것이다. 아 참! 그 라발리에르를 보니 다른 게 생각나 웃음이 터

* 폭이 넓은 띠 모양의 넥타이. 주로 리본 모양으로 묶는다.

질 뻔했다. 바로 르그랑댕 씨의 넥타이다. 저명한 또 한 명의 수위, 그러니까 마르셀이라는 사람이 쓴 『잃어버린 시간을 찾아서』에 나오는 인물이다. 르그랑댕 씨는 자기가 드나드는 세계와 자기가 정말 뚫고 들어가고 싶은 세계 사이에서 이러지도 저러지도 못하면서 희망과 쓰라림, 굴욕과 경멸을 맛봐야 하는 비참한 속물이다. 그 나부끼는 라발리에르는 그의 요동치는 속마음이다. 가령 콩브레 광장에서 화자의 부모에게 인사하고 싶은 마음이 전혀 없으나 그들과 마주칠 수밖에 없는 상황에서 그는 라발리에르를 바람에 유유히 흩날리며 그 앞을 지나간다. 자신이 지금은 인사를 할 수도 없을 만큼 우울한 상태임을 그렇게 드러내는 것이다.

자기들의 프루스트는 알아도, 수위들이 지내는 공간에 대해 어떤 특별한 관용도 없는 피에르 아르탕스 씨가 초조하게 마른기침을 했다.

나는 그가 한 말을 떠올렸다.

'즉시 저에게 갖다주세요.' 배달원이 특별히 가지고 올 물건이란? 부자들의 소포는 일반 우편번호가 아닌 다른 번호로 배달된다.

"예."

나는 그의 말투에 힘을 받아, 단답형으로 짧게 대답했다. 그러니까 내 기준으로는 부탁하는 입장에서 '괜찮으시다면' 정도는 앞에 붙여야 하는데. 그건 없고, 존대어를 쓰긴 썼으나 결국은 명령조라 기분이 상했다.

"아주 약한 물건입니다. 반드시 조심하십쇼. 부탁합니다."

명령인지, 부탁하는 건지. 이런 식의 말이 내 마음에 들지 않아 유감인 건 당연지사인데, 내가 그런 미묘한 어문을 모른다고 생각해서 그러는 것도 같고, 그런 말에 내가 모욕을 느낄 수도 있다는 생각 같은 건 더더군다나 하지도 않을 걸 알기에 은근히 기분이 상한다. 내뱉는 말들이 기능적으로는 어떤 대상을 향하고 있어도 실상은 자기 자신한테 하는 말 같은 부자들의 화법을 듣고 있자면 내가 사회의 밑바닥이 된 것 같아 기분이 나쁘다. 심지어 자기가 한 말을 상대가 이해하든 말든 자기 할 말만 한다.

"어떻게 약한데요?"

난 하나도 상냥하지 않게 물었다.

그는 노골적으로 한숨을 쉬었고, 그 한숨 속에서 생강 냄새가 희미하게 났다.

"희귀본입니다." 그는 이렇게 말하며 일부러 멍한 척 흐린 눈빛을 지어낸 내 눈에 자기 두 눈을 똑바로 박아넣었다. 마치 자기 눈빛이 내 눈빛의 주인이라도 된 양.

"아, 그래요? 좋으시겠네요." 난 불쾌하다는 듯 말했다. "배달부가 오면 바로 갖다드릴게요."

그러고는 그의 코앞에서 문을 닫았다.

피에르 아르탕스 씨는 오늘 저녁 식탁에서 유식한 단어를 써가며 수위의 히스테리에 대해 서술할 것이다. 자기가 수위한테 '희귀본'이라는 단어를 사용했는데 필시 그 여자는 무슨 외설적인 것을 떠올렸을 것이라면서. 생각만 해도 웃긴다.

우리 둘 중 누가 더 굴욕을 당했는지는 하느님만이 아실 것이다.

세계 운동에 관한 고찰 N° 1

똘똘 뭉쳐서도 바지 벗기지 않기

심오한 사고를 정기적으로 한다는 건 참 좋은 일이지만, 그것만으로는 충분하지 않다는 생각이다. 그러니까 내 말은, 이제 몇 달 후면 난 자살을 할 거고 집에 불을 지를 텐데 그렇다면 내게 시간이 많다고만은 할 수 없다는 거다. 시간이 얼마 없으니 무언가 확실한 것을 해야 한다. 그리고 특히 작은 도전을 해야 한다. 만일 자살을 한다면 그 행위에 대한 확신이 있어야 한다. 쓸데없이 아파트에 불을 지를 수는 없는 일이다. 그러므로 세상에 살 만한 가치가 있는 무언가가 있다면 그것을 놓쳐서는 안 된다. 일단 죽고 나면 후회해도 너무 늦고, 잘못 생각해서 죽으면 그것처럼 어리석은 일도 없기 때문이다.

물론 나는 나만의 심오한 사고가 있다. 내 심오한 사고 속에서 나는 다른 지식인들을 조롱하는 지식인 행세를 한다. 항상 대단하지는 않아도 매우 재미있다. 그래서 신체나 사물에 대해 말하는 다른 일기를 통해 이 '정신의 영광' 부분을 보충할 필요가 있을 것 같다. 정신의 심오한 사고가 아니라 물질의 걸작, 실재적이고 만질 수 있는 어떤 것, 아름답고 미학적인 것에 대해 말하고자 한다. 인간의 삶을 살찌우는 사랑, 우정, 예술의 아름다움 같은 것, 나는 그보다 더 대단한 것이 있다고 보지 않는다. 사랑, 우정 이런 것을 정말 안다고 하기에 난 아직 너무 어리다. 하지만 만일 내가 살아 있게 된다면, 예술은 그야말로 내 삶의 전부가 될 것이다. 그런데 여기서 내가 말하는 예술은 거장들의 걸작이 아니다. 아무리 페르메이르*라 해도 목숨을 걸 정도로 집착하지는 않을 것이다. 숭고하지만 죽은 것이기 때문이다. 세계의 아름다움이란, 생의 운동 속에서 우리를 자라게 하는 것이라고 나는 생각한다. 따라서 '세계 운동에 관한 고찰'은 사람들과 신체의 운동, 정 말할 게 없으면 사물들, 삶에 어떤 가치를 줄 만큼 미적인 어떤 것, 우아함, 아름다움, 조화, 강렬함 등을 발견해보려는 노력이 될 것이다. 만일 그것을 발견한다면, 난 내 선택을 재고해볼 것이다. 정신을 위한 미적 개념이 없으면, 그것 비슷한

* 17세기 네덜란드 화가. 영어식 발음으로 '베르메르'라 부르기도 한다.

신체의 아름다운 운동이라도 혹시 발견하게 된다면 삶은 그래도 살아볼 만한 것이라고 생각할 수 있다.

사실 어제서야 이중 일기, 즉 하나는 정신을 위한, 하나는 육체를 위한 일기를 생각해냈는데, 텔레비전에서 럭비 경기를 보는 아빠 때문이었다. 지금까지 이런 경우에 나는 특히 아빠를 관찰했다. 셔츠 소매를 걷어붙이고, 신발을 벗고, 소파에 아주 편하게 앉아 맥주와 소시송*을 들면서 "야, 저 정도는 나도 하겠다!" 하고 소리지르며 스포츠 경기를 보는 아빠를 관찰하는 게 더 재밌었다. 아빠는 자기가 스테레오타입 중의 스테레오타입이라는 생각은 전혀 안 할 것이다. 매사 진지한 프랑스 공화국 장관이라는 스테레오타입에, 시원한 맥주를 사랑하는 꽤 괜찮은 사나이라는 또하나의 스테레오타입. 이 두 가지가 합쳐져 발생하는 위력이란! 아무튼 아빠는 평소 토요일보다 일찍 퇴근했다. 집에 들어오자마자 신발을 부리나케 벗고, 서류가방을 아무데나 던지더니 소매를 걷어붙이고 부엌에서 맥주를 꺼내와 텔레비전 앞에 주저앉아 "우리 딸, 아빠 소시송 좀 갖다줄래? 아빠 하카 춤 꼭 봐야 하거든" 하고 말했다. 하카를 놓친다고? 내가 소시송을 천천히 얇게 썰어 아빠한테 대령할 때까지도 광고가 나

---

* 육포처럼 말린 소시지.

오느라 하카는 아직 시작도 안 했다. 이때 엄마가 와서 소파 팔걸이 위에 불안정하게 앉았는데, 이것은 아빠의 행동양식에 대해 반대 의사를 표명하는 또하나의 행동양식으로(스테레오타입의 가정에서 나는 좌파 지식인의 청개구리 자식이 되고 싶다), 엄마는 부부 문제를 겪고 있는 어떤 커플을 화해시킬 목적으로 기획한 심란한 저녁식사 초대 건을 하필 이 시점에 아빠한테 보고함으로써 아빠를 제대로 짜증나게 만들었다. 우리 엄마의 심리적 예민함을 안다면, 그런 기획이 얼마나 웃긴 일인지 알 것이다. 어쨌든 난 아빠한테 소시송을 갖다줬고, 콜롱브는 자기 방에서 소위 전위음악으로 분류되는 음악을 듣고 있었다. 까짓것 나도 하카나 한판 보지 뭐. 내 기억에 하카는 뉴질랜드 럭비팀 선수들이 경기 시작 전에 추는 좀 기괴한 춤이다. 원숭이를 흉내내는 것 같기도 하다. 역시나 내 기억에 럭비는 좀 무지막지한 경기로, 남자애들이 잔디 위를 계속 뛰어다니면서 몸을 던지고, 넘어지고, 다시 일어나고, 세 발도 못 가서 서로 또 엉키고 하는 게임이다.

마침내 광고가 끝나고, 이어 경기장 잔디밭에 뒹구는 건장한 사내들의 모습과 자막이 나오고, 카술레*의 걸신들 같은 해설자

---

* 프랑스 남서지방 럭비팀.

의 목소리가 들리는 가운데 경기장 전경이 나오고, 이어 해설자들이 클로즈업 되었다가 다시 경기장을 비췄다. 선수들이 경기장에 입장했고, 바로 그때 나는 뭔가에 덥석 물렸다. 처음에는 내가 왜 그러는지 몰랐다. 늘 보던 같은 장면인데 새로운 느낌이었다. 가슴이 찌릿찌릿하고, 흥분되고, 숨이 잘 안 쉬어졌다. 내 옆에서 아빠는 벌써 세르부아즈 맥주 한 캔을 다 비웠고 소파 팔걸이에서 막 엉덩이를 뗀 엄마한테 맥주 한 캔을 더 갖다달라고 했다. 아빠는 프랑스팀을 열렬히 응원할 만반의 준비가 되어 있었다. 나는 숨을 멈추었다. "내가 왜 이러지?" 나는 텔레비전 화면을 바라보며 나 자신에게 물었고, 내가 보고 있는 것이 뭔지 잘 알지도 못하면서 이상하게 찌리리한 기분을 느꼈다.

뉴질랜드 선수들이 하카를 시작했을 때 비로소 나는 내가 왜 이러는지 알았다. 선수들 가운데 아주 젊고 덩치가 큰 마오리족 선수가 있었는데 내 눈은 처음부터 그 선수한테 꽂혀 있었다. 처음에는 하도 몸집이 커 그런 줄 알았는데, 그게 아니었다. 그가 몸을 움직이는 방식 때문이었다. 아주 신기했다. 물 흐르듯 자연스러우면서도 자기 자신한테 완전히 집중하고 있었다. 대부분의 사람들은 움직일 때 자기 주변에 있는 것에 따라 움직인다. 가령 내가 지금 이 문장을 쓰고 있을 때 우리 고양이 '헌법이'가 바닥에 배를 질질 끌며 걸어갔다. 이 암고양이는 삶에 어떤 계획도 없다. 하지만 뭔가를 향해 간다. 분명 소파로 가는 것이겠지만. 그건 움직이는 방식을 보면 알 수 있다. 어딘가를 '향해' 간다. 엄마는 방금 현관문 쪽으로 지나갔고 시장을 보러 나갔다. 그러니까 지금은 밖에 있는데, 이건 엄마의 동작에서 이미 예견된 것이다. 어떻게 설명해야 할지 잘 모르겠지만, 우리가 이동할 때 어딘가를 '향해' 가는 듯한 특유의 동작이 있다. 그렇게 이동할 때 우리 몸은 약간 일그러진다. 여기 있으면서 동시에 여기 없다. 어딘가 다른 곳으로 가고 있는 중이니까. 무슨 말인지 알겠는가? 일그러지지 않으려면 그만 움직여야 한다. 움직이면서 온전한 형태가 아니거나, 온전한 형태이면서 움직일 수 없거나. 그런데 이 선수는 경기장에 들어설 때부터 뭔가 다르다는 걸 느꼈다. 분명 움직이는 것 같다. 그런데 또 가만있는 것도 같다. 말도 안 된다고? 하카가 시작되었을 때 내 눈에는 그 사람만 보였다. 다른 사람들과는 분명히 뭔가가 다르다. 1번 해설자도 이렇게 말했다. "자, 그리고 소무 선수. 뉴질랜드 팀의 후방을 맡고 있는 무서운 수비수죠! 와, 저 떡 벌어진 어깨 보십시오. 체구가 어마어마하지 않습니까? 키 2미터 7센티, 몸무게 118킬로그램, 100미터 달리기 십일 초, 여성 시청자 여러분, 정말 멋진 우량아 아닙니까?" 다들 그에게 빨려들었으나 왜 그러는지는 아무도 모르는 것 같았다. 그러나 하카가 시작되자 비로소 분명해졌다. 그가 움직였다. 다른 선수들과 똑같은 동작을 취했다. 손바닥으로 허벅지를 때리고, 박자에 맞춰 땅바닥을 구르고, 팔꿈치를 서로 마주치고, 성난 전사의 눈으로 상대 선수를 뚫어져라 쳐다보았다. 그런데 다른 선수들의 동작은 상대편 및 그들을 바라보고 있는 관중석을 향해 있는데, 이 선수의 동작은 자기 자신 안에 머물러 있었다. 자신에게 완전히 집중하고 있었다. 이런 그의 모습은 믿기 힘들 정도로 강렬한 힘을 만들어냈다. 전사의 노래 하카가 온 힘을 발휘했다. 전사의 힘을 만들어내는 것은 적에게 온갖 신호를 보내며 적을 위협하는 기운이 아니라, 자기 자신에 집중하며 완전히 몰입하는 기운이었다. 이 마오리족 선수는 한 그루 나무가 되었다. 뿌리를 깊이 내린, 절대 파괴될 수 없는 거대한 떡갈나무. 그는 강렬한 빛이 되었고, 그 빛은 모든 사람에게 전해졌다. 하지만 이 거대한 떡갈나무는 그 거대한 뿌리에도 불구하고, 혹은 바로 그 뿌리 덕분에 바람과 같은 속도로 날 수 있었다.

이제 나는 그런 순간들을 포착하기 위해 경기를 집중해서 보게 되었다. 선수가 어딘가를 향해 가면서 분산되지 않고 오롯이 자기 고유의 움직임이 되는 그 밀도 있는 순간들을. 그리고 나는 보았다! 경기의 매 과정에서 그것을 볼 수 있었다. 스크럼 대형에서도 분명한 균형점이 있었고, 뿌리를 확실히 내린 한 선수가 작지만 아주 견고한 닻이 되어 팀에 힘을 주고 있었다. 전진 공격을 할 때는 골을 넣을 생각보다 자기 자신에 집중하면서 부드럽고 우아하게, 공은 아예 몸에 붙인 채 신들린 듯 엄청난 속도로 달리는 선수가 있었다. 완벽한 발동작을 찾기 위해 나머지 세계와 완전히 단절된 골잡이들의 무아지경. 하지만 그 위대한 마오리족 선수에 버금가는 선수는 없었다. 그 선수가 뉴질랜드 팀의 첫 골을 넣었을 때, 아빠는 마시던 맥주마저 잊고 입을 벌린 채 멍하니 있었다. 프랑스를 응원하니 화를 냈어야 맞다. 그런데 이마 위에 손을 턱 갖다대며 "하! 대단하군!" 하고 말했다. 해설자들은 약간 속이 쓰린 듯했다. 하지만 다들 뭔가 정말 아름다운 것을 본 느낌은 분명했다. 움직이지 않으면서도 다른 선수들을 모두 제치고 달려가는 그 선수. 열심히 뛰는데도 왠지 그보다는 동작이 어설픈 다른 선수들. 그렇게 다들 미친듯이 달려도 그를 따라잡을 수 없었다.

나는 속으로 생각했다. '됐어. 나는 이제 이 세계에서 정적인 움직임을 찾아낼 수 있게 되었어. 이것 때문에라도 삶을 유지할 가치가 있을까?' 바로 그때 프랑스 선수 하나가 몰* 상태에서 바지가 벗겨졌다. 순간 나는 뭔가 다 망친 기분이었다. 두 세기 동

---

* 럭비 경기에서 공을 소유한 선수 주위에 양팀 선수들이 몸을 밀착시켜 밀집한 상태.

안 지속되어온 우리집 개신교 전통에도 불구하고 맥주 한 캔으로 원기를 회복한 우리 아빠를 포함해 모든 사람을 다 눈물 빠지게 웃게 만드는 장면이었다. 이거 신성모독 아닌가?

아, 그러니 이걸로는 충분치 않다. 나를 설득하기 위해서는 또다른 운동이 있어야 한다. 하지만 적어도 아이디어 하나는 생겼다.

2
전쟁과 식민지

나는 학교를 제대로 다니지 않았다. 아, 이에 대해서는 앞에서 이야기했던가? 하지만 정확히 맞는 말은 아니다. 학구열 넘쳤던 내 어린 시절은 초등학교 졸업장에서 끝났다. 그전부터 난 아무도 날 주목하지 않도록 신경썼다. 하루는 전쟁과 식민지 이야기로 가득한 세르방 선생님의 신문을 게걸스럽게 탐독하다가 그만 선생님한테 들켰는데, 그 이후 그 선생님이 나에게 품었을 의심을 생각하니 겁이 났다. 내 나이 열 살도 안 되었을 때였다.

왜 그랬을까? 그건 나도 모른다. 내가 정말 그럴 수 있었을 거라고 생각하는가? 옛 점쟁이들한테나 물어볼 일이다. 잘나고 잘사는 사람들 속에서 아무것도 아닌 내가, 예쁘지도 않고 튀지도 않고 과거도 없고 미래도 없고 야망도 없고 수완도 없고 번뜩이는 것도 없는 내가 그런 세상 속에서 싸워나갈 생각을 하면 해보기도 전에 벌써 지친다. 내가 바라는 건 딱 하나였다. 나한테 너무 많은 것을 요구하지 말고 조용히 나를 내버려두라는 것. 내 허기를 채울 만한 자유나 하루에 조금 달라는 것.

식욕을 느껴보지 못한 자에게 처음 허기가 닥쳤을 때 느낌은 고통이자 환각이다. 나는 무기력한 아이였고, 다른 길이 있을 수도 있다는 것을 몰라 내 존재나 간신히 지탱하고 살 수밖에 없었던, 곱사등이처럼 등이 굽은 불구에 가까운 아이였다. 우리집에서 취향의 부재는 허무와 다름없었다. 어떤 것도 나에게 말이 되지 않았고, 어떤 것도 나를 일깨우지 않았다. 알 수 없는 파도에 휘말려 떠다니는 허약한 지푸라기 같았다. 이런 삶을 끝내버리겠다는 욕구조차 알지 못했다.

우리집에서는 거의 이야기를 나누지 않았다. 아이들은 소리지르고, 어른들은 고독 속에서 자기 일에만 열중했다. 우리는 배고프면 먹었다. 먹을 것은 늘 그게 그거였지만. 우린 학대받지는 않았고, 옷은 가난해 보여도 깨끗하고 수선이 잘돼 있어 창피하긴 했어도 춥지는 않았다. 그러나 우리는 서로 말이 없었다.

어떤 변화를 직감한 건 내가 다섯 살 때, 학교에 처음 들어가면서부터였다. 누군가가 내 이름을 부르며 나한테 말을 걸어왔고 나는 충격과 공포에 휩싸였다.

“르네?” 어떤 목소리가 물었다. 나는 내 손 위에 놓인 다정한 손길을 느꼈다.

복도에서였다. 입학식 날, 비가 내려 아이들은 복도에 다 쟁여져 있었다.

“르네?” 조금 전의 목소리가 또 울렸고, 그 다정한 손은 내 팔 위에 계속 머물러 있었다. 가벼우면서도 부드러운 눌림, 이해할 수 없는 언어.

나는 거의 현기증이 날 정도로 괴상하게 몸을 틀어 고개를 들었고, 어떤 눈과 마주쳤다.

르네는 바로 나였다. 처음으로 누군가가 내 이름을 부르며 나에게 말을 건 것이다. 우리 부모라면 그냥 손을 까딱거리거나 고함을 지르며 나를 불렀을 것이다. 하지만 지금 내가 보고 있는 것은 눈이 맑고 입술에 미소를 띤 여자다. 그 여자가 내 마음으로 다가오는 길을 내며, 내 이름을 발음한다. 그때까지 나에게는 개념조차 없었던 ‘가까워짐’ 속으로 나와 함께 들어가고 있는 것이다. 나는 돌연 색을 띠게 된 주변 세계를 바라보았다. 나는 밖에 떨어지는 비를, 물에 씻긴 창문을, 젖은 옷의 냄새를, 우글거리는 아이들로 진동하는 좁은 창자 같은 복도를, 싸구려 외투들이 켜켜이 걸려 있는 옷걸이 구리 단추의 녹을, 그리고 천장을,

아이 눈으로는 하늘만큼이나 높은 천장을 바라보았다.

내 음울한 눈을 그녀의 눈에 박으며 방금 나를 다시 태어나게 한 그 여자에게 매달렸다.

"르네, 우비 벗을까?" 다시 그 목소리가 들렸다.

그녀는 내가 넘어지지 않도록 나를 꼭 잡으며 오랜 경험에서 나오는 순발력으로 내 우비를 벗겨주었다.

우리는 의식이 깨어나는 순간이 우리가 처음 탄생하는 시간이라고 잘못 알고 있다. 아마 살아 있는 또다른 상태를 상상할 수 없기 때문에 그런 착각을 하는 것일 터이다. 우리는 항상 보고 느낀다는 그 강렬한 확신 때문에 의식이 태어나는 결정적인 순간을 세상에 나오는 순간과 동일시한다. 시각, 청각, 후각, 미각, 촉각에 탁월한 재능이 있는, 가히 지각의 기계라 할 르네라는 이름의 한 소녀가 오 년 동안 자기 자신은 물론 세계에 대한 완전한 무의식 상태에서 살았다는 것은 그런 성급한 이론에 대한 반증일 수 있다. 의식이 도래하기 위해서는 이름이 필요한 것이다.

그런데 불행한 상황의 연속으로 인해, 내게 이름을 주는 것을 아무도 생각조차 하지 않았던 것으로 보인다.

"아, 눈이 정말 예쁘구나!" 선생님은 또 나에게 그렇게 말했다. 그녀가 거짓말을 하는 게 아니라는 것을 나는 직감적으로 느꼈다. 사실 그 순간 내 눈은 내 탄생의 기적을 반영하듯 수천수만의 작은 불빛으로 아름답게 빛나고 있었으니까.

나는 떨기 시작했고, 그녀에게서 이 모든 기쁨을 같이 나누는 어떤 암묵적 동조의 시선을 찾으려 했다.

그러나 부드럽고 친절한 그녀의 눈 속에서 내가 읽은 것은 단지 연민이었다.

비로소 내가 태어난 그 시각, 나는 그저 동정의 대상이었던 것이다.

나는 무언가에 사로잡혀 있었다.

내 허기는 오로지 사회적 교감으로 채워질 수 있는 것이었는데, 내 현실적 조건은 그럴 처지가 못 되었다. 내 구세주의 눈 속에서 본 연민이 무엇인지 나는 나중에야 비로소 이해하게 되었다. 하기야 나같이 초라한 아이가 그 미묘한 언어를 간파하고 그것을 타인한테 연습할 수 있다고는 생각조차 못했을 것이다. 그 아이는 그것을 책으로나 할 것이다. 처음으로 나는 그것을 경험하게 된 것이다. 나는 하루는 상급반 아이들이 마치 같은 힘에 의해 움직이듯 침묵 속에 틀어박혀 죽은 종이 속에서 일제히 보이지 않는 흔적을 바라보며 살아 있는 무언가를 끌어내는 것을 보았다.

나는 아무도 모르게 책 읽는 것을 배웠다. 선생님이 다른 아이들에게 알파벳을 가르치고 있을 때, 나는 이미 문자 기호들의 연대며 그 무한한 조합, 또 선생님이 내 이름을 불러주었던 바로 그날 깨우쳤던 음성이라는 마법도 알고 있었다. 아무도 내가 그런 줄 몰랐다. 나는 처음에는 숨어서 미친듯이 책을 읽었고, 이어 나만의 진도가 어느 정도 나갔을 때는 모든 사람이 보고 알 수 있게 읽었다. 그러나 나만이 아는 독서의 기쁨과 흥미는 꼭꼭 숨겼다.

무기력한 아이는 허기진 영혼이 되었다.

열두 살에 나는 학교를 그만두었고, 집에서, 밭에서 부모님과 언니 오빠들을 도왔다. 그리고 열일곱 살에 나는 결혼을 했다.

·

3
토템으로서의 푸들

집단적 상상 속에서 수위 부부란 정말이지 보잘것없는 두 실체의 혼합물로, 오로지 그 결합으로 존재가 드러난다. 그리고 그들이 푸들 강아지를 키운다는 것은 거의 뻔한 일이다. 알다시피 푸들은 털 많은 복슬개로, 은퇴한 푸자디스트* 아니면 애정 전이가 필요한 외로운 부인네들, 혹은 어두침침한 수위실에 웅크리고 앉아 있는 수위들한테 억류당해 있는 강아지다. 이 아이들은 검은색 아니면 살구색이다. 살구색 아이들은 검은색 아이들보다 훨씬 공격적이고 덜 좋은 냄새가 난다. 푸들은 하나같이 기회만

* 1953년 중소 상공업자의 세 부담에 불만을 갖고 벌인 세금 불납 투쟁의 지지자들을 가리키는 말. 보수적인 하층 중산계급을 일컫는다.

되면 심술궂게 짖어대고, 특히 별것도 아닌 일에 짖어댄다. 소시지처럼 생긴 몸통은 별로 움직이지도 않으면서 네발만 종종거리며 주인을 따라다닌다. 특히 멍한 눈구멍 속에 아주 작고 검은, 짓궂어 보이는 눈알이 박혀 있다. 못생겼고 멍청하지만 말 잘 듣고 허세도 약간 있다. 이런 게 푸들이다.

이 푸들이 바로 수위 부부의 토템이라 하니 수위들도 그 토템처럼 못생겼고, 멍청하나 말 잘 듣고, 허세도 약간 있으며 역시나 사랑이나 욕망, 열정 없는 사람들로 치부된다. 소설에서 왕자가 여공에게 반하거나 공주가 막노동꾼에게 반하는 일은 있어도, 수위들끼리 반하는 일은, 그러니까 성별이 다른 수위가 서로에게 반하는 일은 절대 안 생긴다. 다른 이들에게 생기는 로맨스, 어디선가 회자될 만한 로맨스는 결코 일어나지 않는다.

우리 부부는 푸들 같은 건 키우지도 않았고, 결혼 생활은 성공적이라고 말할 수 있다. 남편과 함께 있을 때도 나는 나 자신이었다. 일요일 이른 아침을 떠올리면 모든 것이 행복한 추억이다. 침묵에 잠긴 부엌에서 남편은 조용히 커피를 마시고, 나는 조용히 책을 읽는다. 휴식의 시간, 축복의 시간.

나는 열일곱에 그와 결혼했다. 신속하면서도 예의를 갖춘 청혼 후에. 그는 우리 오빠들과 같은 공장에서 일했고, 가끔 저녁에 오빠들과 함께 우리집에 커피나 술을 마시러 왔다. 아, 나는 정말 못생겼었다. 그냥 못생기기만 한 정도였다면 그렇게 문제가 되지는 않았을 것이다. 내 못생김은 유독 나에게 더욱 잔혹했다. 아직 여인이 된 것도 아닌데 소녀다운 상큼함도 없었으니 열다섯의 나는 꼭 쉰처럼 보였다. 등은 굽었고, 키는 땅딸막하고, 다리는 짧고, 팔자걸음에, 털도 많고, 개성도 없고, 흐릿했다. 한마디로 아무런 매력이 없었다. 아무리 별로여도 젊음이 갖는 매력만 있었다면 나는 용서될 수 있었을 것이다. 그러기는커녕 스무 살의 나는 벌써 가소롭게 잘난 척하는 중년부인 같았다.

내 미래의 남편의 의지가 분명해지고 나도 더이상 그의 마음을 모른 체하기 어려워졌을 때, 나는 처음으로 나 아닌 다른 사람에게 솔직하게 마음을 열었고, 나 같은 사람과 결혼하고 싶어하는 사람이 있다는 것에 정말 놀랐다고 그에게 고백했다.

나는 진지했다. 이미 오래전부터 고독한 독신의 삶을 살 것이라는 내 전망과 예측에 익숙해 있었다. 가난하고 못생긴 여자가 똑똑해버리면 우리 사회에서 환멸만 느끼다 어둡게 살아갈 것이 뻔한 일이었으니 일찌감치 내 운명을 받아들이는 편이 나았다. 아름다움에는 모든 게 용서된다. 저속함마저도. 지성이라는 것은 혜택을 좀 덜 받은 자들에게 자연이 제공하는 사회 균형을 위한 정당한 보상이 아니라, 보석의 가치를 높여줄 뿐인, 쓸데없이 덧붙여진 부속품일 뿐이다. 못생긴 것, 그것은 이미 죄짓는 일이었고, 그렇게 순진하고 멍청하지 않았던 만큼 나는 더 고통스럽게 이 비극적 운명을 감수해야 했다.

"르네." 그는 할 수 있는 한 최대한 진지하게, 그 이후로는 다시는 하지 않을 생애 최고의 길고 긴 달변으로 나에게 대답했다. "르네. 난 귀엽고 발랄한 얼굴로 방탕하게 노는 순진한 여자를 원치 않아. 참새보다도 뇌가 작은 여자도 원치 않고. 난 성실한 여자, 착한 아내, 좋은 엄마, 좋은 주부를 원해. 내 옆에 항상 있어주고, 나를 지지해줄 편안한 동반자를 원한다고. 대신 당신은 직장에서 열심히 일하고 가정에서는 조용한 나를, 따뜻해야 할 때는 따뜻하기 그지없는 나를 기대해도 좋아. 나는 나쁜 남자가 아냐. 당신한테 정말 최선을 다할게."

그리고 그는 정말 그렇게 했다.

느릅나무 밑동처럼 작고 마른 그는 어쨌거나 좋은 인상이었고, 대체로 환히 웃는 얼굴이었다. 그는 술을 마시지 않았고, 담배를 피우지 않았고, 싸움이나 도박을 하지도 않았다. 퇴근하면 집에서 텔레비전을 보거나 낚시 잡지를 뒤적였고, 아니면 공장 친구들과 카드놀이를 했다. 아주 사교적이어서 친구들도 곧잘 초대했다. 일요일에는 낚시를 하러 갔다. 나는 집에서 살림을 했다. 그는 내가 다른 집 가정부를 하는 것은 반대했다.

내로라하는 지식인들이 가치를 인정해주는 종류의 지식은 아니어도 그는 지식이 없지 않았다. 그의 지식은 주로 육체적인 일과 관련이 있었지만 기본 감각이 있어 자기 능력 밖의 일에도 재능을 보였다. 서툴러도 무슨 일이건 기지를 발휘해 쉽게 다가갔고, 수리를 해도 장인처럼 완벽하게 해냈으며, 대화를 할 때도 지식이 전부가 아니라는 것을 일깨웠다. 일찌감치 수녀처럼 살 생각을 했는데, 하늘이 내 손 위에 지식인은 아니지만 지식인보다 못할 것 없는, 제법 괜찮은 동반자의 손을 올려주신 것이다.

그를리에 씨와 만날 수도 있었다.

베르나르 그를리에는 그르넬 가 7번지의 아주 희귀한 존재로, 내가 별 거리낌 없이 나 자신을 드러낼 수 있는 사람이다. 내가 "『전쟁과 평화』는 역사 결정론적 시각을 작품으로 형상화한 것입니다"라거나 "쓰레기 창고 문 경첩에 기름을 칠하시지요"라고 말하면 그는 거기에 의미를 더 부여하지도 덜 부여하지도 않을 것이다. 특히 두번째 명령 사항을 진짜로 행동으로 옮기지나 않을지 걱정이었다. 이해를 못하는 것을 어떻게 할 수 있겠나? 이런 주문 사항은 이성적인 처리를 요구하는 것이 아니다. 두뇌를 거치지 않고 척추 신경 안에서 반사 작용만으로 충분히 처리되는 일이다. 기름을 칠하라는 말은 머리를 쓸 필요 없이 그저 팔다리만 움직여 해결하라는 뜻이다.

베르나르 그를리에는 아르탕스 씨의 집사인 비올레트 그를리에의 남편이다. 그를리에 부인은 삼십 년 전 그 집 하녀로 들어가 그럭저럭 재산을 모아 이제는 가정부(마뉘엘라)와 특별한 일이 있을 때만 오는 주방장(어느 영국인)과 뭐든 다 하는 막일꾼(남편) 등을 거느리며 이 우스꽝스러운 왕국의 집사로 군림하게 되었다. 가난한 사람들을 무시하기로는 부르주아 주인들과 똑같았다. 하루종일 참새처럼 조잘대고, 사방으로 분주하고, 심각한 분위기를 풍기고, 전성기의 베르사유 궁에서처럼 하인들을 나무라고, 마뉘엘라 앞에서 일 처리 잘한 것에 대한 칭찬과 올바른 행동거지에 대한 시시콜콜한 분석으로 일장연설을 하며 마뉘엘라의 진을 빼놓는다.

"그 여자는 마르크스를 안 읽었어요." 하루는 마뉘엘라가 나에게 말했다.

철학 공부는 거의 한 적 없는 이 포르투갈 가정부의 정확한 관측에 나는 깜짝 놀랐다. 비올레트 그를리에는 당연히 마르크스를 읽지 않았다. 마르크스는 부자들 은식기 세척제 목록에 나와 있지 않을 테니. 대신 녹말가루, 아마포 행주에 대해 한없이 적어놓은 카탈로그는 열심히 챙겼을 것이다.

아무튼 난 결혼을 잘한 것이다.

내 남편에게 아주 빨리 내 가장 큰 결점을 고백했으니까.

심오한 사고 N° 2

현대의 토템이자
간간이 장식품 역할을 하는
이 땅의 고양이

어쨌든 우리집에선 그건 한 사례다. 만일 우리 가족을 이해하고 싶다면 고양이들을 살펴보면 된다. 우리 고양이 두 마리는 비싼 사료만 먹어 뚱뚱하고, 사람들과는 어떤 흥미로운 상호작용도 하지 않는다. 여기저기 털을 흘리며 이 소파에서 저 소파로 옮겨다닐 뿐 사람한테는 그 누구에게도 최소한의 애정조차 없다. 그런데 이 사실을 아무도 모르는 것 같다. 고양이들이 흥미로운 단 한 가지 이유는 움직이는 장식품이기 때문이다. 이것은 상당히 재미있는 개념이라고 생각되지만, 장식품이라기에 우리 고양이들은 배가 너무 축 처졌다.

발자크 작품이라면 죄다 읽었고 저녁 먹을 때마다 플로베르를 인용하는 우리 엄마는 매일같이 교육이 얼마나 허망한 사기인지 잘 보여준다. 고양이들과 함께 있는 엄마를 보기만 해도 충분히 알 수 있다. 엄마는 고양이들이 잠재적 장식품이라는 사실을 어렴풋이 아는 것 같기는 한데, 램프나 조각상하고는 말을 안 하면서 왜 얘네들과는 끝끝내 말을 하려고 하는지 모르겠다. 어릴 때 혹은 철이 좀 들 때까지는 움직이는 것들은 모두 영혼이 있고 의지가 있다고 믿는다. 엄마는 아이가 아닌데도 '헌법이'와 '의회'가 진공청소기 이상의 이해력을 갖고 있지는 않다는 것을 못 받아들이는 것 같다. 청소기와 고양이의 차이가 있다면 고양이는 기쁨과 고통을 느낄 수 있다는 것이다. 그렇다고 인간과 의사소통할 수 있는 능력이 있는 건 아니다. 전혀 아니다. 걔네들은 다만 깨지기 쉬운 물건을 다룰 때처럼 특별한 주의력이 요구될 뿐이다. 엄마가 이런 말을 했다. "우리 헌법이는 진짜 오만하고 아주 예민한 아이예요." 그때 의회란 놈은 너무 많이 먹어 소파에 드러누워 있었는데, 진짜 웃음이 나왔다. 하지만 고양이가 현대의 토템이자 가족 구성원의 특성을 반영하는 상징물, 가정의 수호자로 기능한다는 가설을 생각해보면, 모든 것이 분명해진다. 엄마는 자기가 원하는 것을 고양이를 통해 실현한다. 우리에게 바라는 것이나 절대 그러지 말았으면 하는 것을 고양이한테도 주입한다. 솔직히 조스 성姓을 가진 세 사람보다 더 오만하고 더 예민한 사람이 있을까? 아빠, 엄마 그리고 콜롱브. 이들은 완전히 무기력하고 불감증인데다 감정도 없다.

간단히 말해 난 고양이를 현대의 토템이라 본다. 진보화니 문명화니 무슨무슨 화化로 끝나는 말들을 해봤자, 대단한 담론을 펼쳐봤자 소용없다. 인간은 기원 이래 많이 진보하지 않았다. 인간은 항상 자기가 우연히 이 세상을 사는 것이 아니며, 친절한 신들이 자기 운명을 보살펴준다고 믿는다.

4
싸움을 거부하며

난 정말 많은 책을 읽었다.

하지만 다른 모든 독학도들처럼 내가 이해한 것에 대해 확신은 없다. 어떤 때에는 단 한 번 훑어보는 것으로 개념 전체를 다 파악해버린 느낌이 든다. 잘 보이지 않는 온갖 잔가지들이 불쑥 생겨나 내가 산발적으로 읽은 것들을 하나로 엮어주는 것도 같다가, 불현듯 의미를 놓치고, 핵심을 잃고, 같은 줄을 다시 읽어도 소용없고, 매번 놓치는 게 있을 때도 있다. 마치 식당 메뉴만 뚫어져라 읽고는 벌써 위가 찼다고 느끼는 늙은 미친 여자 같았다. 이런 허기진 열성과 맹목이 독학자들의 트레이드마크다. 정통 교육이 제시하는 확실한 지침을 얻지는 못하지만, 독학을 통해 자유롭고 종합적인 사고는 할 수 있다. 공식적 담론에서는 장

벽을 치고 그것을 넘는 모험을 금하지 않는가.

그런데 오늘 아침 부엌에서, 내 앞에 놓인 한 권의 작은 책에 나는 심히 당황했다. 내 외로운 시도의 광기에 사로잡히는 몇 안 되는 순간에 놓이게 된 것이다. 그냥 포기할까 했는데, 드디어 내 스승을 찾은 건 아닌가 싶은 생각이 불쑥 들었다.

후설이라는 이름의 저자. 뭔가 심각하고 난해하고 약간 프로이센 냄새가 나는 이런 이름은 애완동물이나 초콜릿에는 절대 붙이지 않는다. 그러나 이렇게 말해봐도 내 마음은 가라앉지 않았다. 나는 내 운명 때문에라도 세계 사상의 부정적 충고에 저항하는 법을 그 누구보다 잘 안다. 늙고 추하고 수위에 과부이니 그런 비열한 운명을 체념하고 받아들여 불쌍한 사람이 되었을 거라고 생각하면 오산이다. 물론 나는 싸움을 피하느라 뒤에 물러나 있곤 했다. 하지만 내 안전한 정신세계 속에서는 도전하지 못할 게 없다. 이름, 지위, 외모로는 보잘것없지만 지적 능력으로는 난 불패의 여신이다.

내가 먼지 주머니 없는 진공청소기 이름으로 지은 에드문트 후설은 이렇게 해서 나만의 영원한 올림포스 산을 위협했다.

"됐어, 됐어. 모든 문제에는 해결책이 있어." 나는 크게 숨을 들이쉬며 말했다. 그리고 격려를 기대하며 고양이를 쳐다보았다.

이 배은망덕한 녀석은 아무 대답도 하지 않는다. 고깃덩어리

하나를 게걸스럽게 먹어치우더니 주인의 크나큰 호의에 기분이 살아나서는 소파를 독점하고 앉았다.

"됐어, 됐어." 난 바보처럼 똑같은 말을 반복했다. 그리고 그 웃기게 생긴 작은 책을 물끄러미 바라보았다.

『데카르트적 성찰—현상학 서문』. 책 제목만 봐도, 첫 몇 줄만 읽어도 데카르트와 칸트를 모르면 현상학자인 후설에 접근하기란 불가능하다는 것을 알게 된다. 하지만 제 나름대로 데카르트와 칸트에 통달해도 선험적 현상학에 접근할 수 있는 문은 열리지 않는다.

유감이다. 왜냐하면 나는 칸트에 대해 확실한 찬사를 보낼 수 있기 때문이다. 그럴 만한 이유가 여럿 있는데, 그의 사상은 정말 대단한 천재성과 엄격함과 광기가 응축된 것으로, 글이 다소 스파르타식이어도 그 의미를 간파하는 데 별 어려움은 없었다. 칸트의 글은 매우 위대하며, 미라벨 자두 테스트를 성공적으로 통과하면 그 글의 역량을 증명할 수 있다.

누구도 반박할 수 없는 미라벨 테스트의 명증성은 놀라울 정도다. 그 힘은 보편적 검증에서 나온다. 과일을 베어 물면 인간은 결국 이해하게 된다. 무엇을 이해하느냐고? 전부 다. 살아갈 수밖에 없는 인간 종의 느린 숙성을, 멋진 저녁을, 직감적 쾌락을, 원초적 열망을, 단순하고도 숭고한 미로 과장하는 모든 억지스러운 욕구의 허영을, 말의 무용함을, 느리고 끔찍한, 어떤 것도 벗어날 수 없는 세계의 타락을. 그럼에도 불구하고 인간에게 쾌락과 예술의 도저한 아름다움을 가르치려고 애쓰며 의미를 찾는 저 집요한 욕망을 이해하게 된다.

미라벨 테스트는 부엌에서 실시된다. 포마이카 식탁 위에 나는 과일과 책을 놓는다. 전자를 먼저 개시하면서 후자에 도전한다. 만일 각각이 상대의 강력한 공격에 저항한다면? 즉 미라벨이 내가 그 글에 대해 의혹을 품게 만드는 데 실패한다면? 그 글이 미라벨을 내팽개치게 만든다면? 그렇다면 나는 아주 중대한 작업에 임하는 셈이다. 사실 이 노란 황금빛 작은 열매의 기막힌 즙 앞에서 뭉개지거나 우스워 보이지 않고, 괜히 잘난 척하는 것처럼 보이지 않는 저작은 거의 없을 것이다.

"정말 초라하네." 난 또 한번 레옹에게 말했다. 칸트 철학을 읽을 때의 내 능력도 현상학의 심연에서 보자니 정말 초라해 보였던 것이다.

나에게 선택의 여지는 없었다. 도서관 책들을 다 모아놓고 서문이라도 파야 했다. 평소 나는 독자를 교조적 쇠창살에 가두는 서문 해설이나 요약을 경멸했다. 하지만 지금은 이런 핑계를 대는 게 사치스러울 정도로 상황이 너무 심각하다. 현상학은 도저히 잡히지 않으니, 아! 못 참겠다.

심오한 사고 N° 3

인간 세계에서
강자들은
아무것도 하지 않는다
그들은 말하고
또 말할 뿐이다

이것은 내 심오한 사고에서 나온 말이다. 그런데 사실 이것은 또다른 심오한 사고에서 먼저 나온 말이다. 어제 저녁식사에 초대된 아빠 손님 한 분이 이런 말을 했다. "할 줄 아는 사람은 하고, 할 줄 모르는 사람은 가르치고, 가르칠 줄 모르는 사람은 가르치는 자에게 가르치고, 가르치는 자에게 가르칠 줄 모르는 사람은 정치를 한다." 다들 거참 대단히 영감에 찬 말이라고 생각하는 것 같았지만 제대로 알고 그러는 건 아니다. "그거 정말 맞는 말이네요!" 무늬만 자아비판가인 콜롱브가 말했다. 콜롱브는 지식이 권력과 호의에 버금간다고 생각하는 부류이다. 만일 내가 있어 보이는 말을 하는 자기만족적 엘리트 부류라면 난 굳이 비판도 받지 않고 좋은 사람이라는 호평까지 얻을 것이다. 우리

아빠는 언니보다는 덜 바보인데도 역시나 비슷한 생각을 한다. 아직도 의무라 불리는 것이 있다고 믿는데, 내 공상적인 견해일 수도 있지만 그건 냉소주의라는 정신박약으로부터 자신을 보호하기 위한 것에 불과하다. 나는 시니컬한 것보다 더 가볍고 감상적인 건 없다고 생각한다. 세계가 그래도 어떤 의미가 있다고 믿기 때문에, 유년기의 유치한 환상을 아직도 포기하지 못하니 괜히 비판적인 듯 냉소를 띠며 반대 입장을 취하는 것이다. "인생 참 좆같군. 난 이제 아무것도 안 믿어. 토 나올 때까지 즐길 거야" 같은 말은 매사가 불만인 감상적인 애들이나 하는 말이다. 우리 언니가 바로 이 과다. 고등사범학교를 다니면 뭐하나? 아직도 산타클로스를 믿는데. 순수해서가 아니라 유치해서다. 아빠 동료가 그 멋들어져 보이는 문장을 말할 때 언니는 바보처럼 히죽거렸다. 그런 문장 구조쯤이야 난 이미 다 마스터했다. 그러고 보니 내가 오래전부터 생각해왔던 것이 더욱 확실해졌다. 언니는 도저히 답이 안 나오는 사람이라는 것.

하지만 나는 이 문장이 사실이 아니기 때문에, 어찌되었든 전적으로는 사실이 아니기 때문에 정말 심오한 사고라고 생각한다. 그러고 보면 이게 처음 생각한 것과는 다르다. 사회적 계급에서 무능력에 비례해 신분이 상승했다면 세상은 지금처럼 돌아가지 않았을 것이다. 하지만 문제는 이게 아니다. 이 문장은 무능력자가 좋은 자리를 차지한다는 뜻이 아니라, 인간 현실보다 더 힘들고 부당한 것은 없다는 뜻이다. 인간은 행동으로써 힘을 갖는 것이 아니라 언어로써 힘을 갖는 세상에 살고 있다. 언어로 지배하는 것이 궁극의 능력인 세상에 살고 있다. 정말 끔찍하다. 사실 우린 먹고, 자고, 새끼를 낳고, 영역을 차지하고, 그 안전을 도모하도록 프로그래밍된 영장류다. 그리고 그것에 가장 재능 있는 자들, 즉 우리 가운데 가장 동물적인 자들은 항상 다른 사람들, 그러니까 말만 잘하는 사람들한테 농락당한다. 사실 그 말 잘하는 이들은 자기 밭을 지킬 능력도 안 되고, 저녁식사 때 토끼 한 마리 잡아오지 못하고, 제대로 생식할 능력도 없다. 그런데 이런 능력이 없는 자들이 지배하는 세계에서 우리는 살아간다. 이는 우리의 동물적 본성에 있어 아주 끔찍한 상처이며, 일종의 타락이자 깊은 모순이다.

5
서글픈 조건

한 달 동안의 광적인 독서 후에 나는 크나큰 안도감을 느끼며 현상학이란 사기에 불과하다는 결론에 도달했다. 존재하지도 않는 어떤 것의 영광을 위해 인간이 건축하는 대성당들을 보며 아연실색하곤 했는데, 현상학을 접하면서도 그와 똑같은 감정을 느꼈다. 그토록 지적인 시각이 이토록 허무한 작업을 위해 사용될 수 있다니 내 회의적 시각은 더욱 커졌다. 지금은 11월이라 미라벨을 쉽게 손에 넣을 수 없다. 사실 일 년 중 11개월은 그러한데, 이런 경우 나는 카카오 함량 70퍼센트 블랙 초콜릿으로 만족한다. 하지만 실험 결과는 이미 알고 있다. 그 책을 읽다 무릎을 치며 초콜릿을 씹을 여유가 있을까? 특히 〈노에마적 현상으로서 '살다'라는 노력 속에 벌어지는 과학의 궁극적 의미의 계시〉

혹은 〈선험적 에고의 구성 문제〉 같은 기가 찬 제목의 장을 읽다 보면 내 폭신한 안락의자에 앉아 입가에 미라벨 즙 혹은 초콜릿 부스러기를 질질 흘리며 아연실색하거나 웃다 죽을 수 있다.

현상학에 접근할 때는 그것이 두 가지 질문으로 요약된다는 것을 알고 있어야 한다. 인간의 의식은 어떤 본질을 갖는가? 세계에 대해 우리는 무엇을 아는가?

첫번째 질문.

수천 년 전부터 인간은 "너 자신을 알라" "나는 생각한다, 고로 존재한다"라는 이 가소로운 인간의 특권에 대해 끊임없이 해석을 해왔다. 인간은 자기 고유의 존재에 대해 의식을 하고, 특히 이런 의식이 그 의식 자체를 하나의 대상으로 삼는다는 것이다. 어디가 가려우면 인간은 긁는데, 긁으면서 긁고 있음을 의식한다는 것이다. "너 뭐해?" 하고 물으면 "나 긁어" 하고 대답한다. 이 탐색을 더 밀어붙이면, "네가 긁는 것을 의식한다는 것을 의식하니?"가 되고, 그렇게 물으면 다들 그렇다고 대답하고, 이런 식으로 계속 다른 걸 덧붙이면서 "~을 의식하니?" 하고 물으면 그렇다고 대답한다. 그런데 인간이 긁고 있는 것을 안다고 해서, 그것을 의식하고 있다고 해서 덜 가려울까? 반성적 의식이 가려움의 정도를 바꾸는 데 어떤 영향을 줄 수 있을까? 천만에. 가려운 것을 아는 것과 그것을 안다고 의식한다는 사실을 의식하는 것은 엄격히 말해 가렵다는 사실에 어떤 영향도 주지 않는다. 추가 핸디캡으로, 그 서글픈 조건에서 나오는 명징한 의식 상태를 견뎌내야 한다는 점이다. 그런 상태는 우리 고양이도 앞발로 날려버릴 만한 불쾌감만 배가시킬 뿐이라는 데 미라벨 5킬로그램을 건다! 하지만 인간한테는 이게 정말 대단해 보인다. 왜냐? 어떤 다른 동물도 할 수 없는 것이기 때문이다. 인간만이 할 수 있고, 그 덕분에 짐승과 같은 특성에서 벗어났기 때문이다. 긁는 중임을 스스로 알면서 자신을 알아갈 수 있는 존재이므로, 즉 이런 인간 의식이 최우선시되기 때문에 우리는 물질세계의 차가운 결정론에서 벗어나 정신적이고 신적인 것을 더욱 많이 표현할 수 있게 되었다는 것이다.

모든 현상학은 이런 확신 위에 기초한다. 우리의 반성적인 의식은 우리의 존재론적 존엄성의 지표로, 생물학적 결정론으로부터 우리를 구제해주었기에 연구할 만한 가치가 있는 우리 안의 유일한 실체라는 것이다.

그런데 정작 우리가 물리적 사물의 차가운 결정론에 복종하는 동물이라는 것을, 따라서 앞서 한 말은 다 무효인 것을 아는 사람은 아무도 없는 것 같다.

6
수도복

그러면 두번째 질문. 우리는 세계에 대해 무엇을 아는가?

이 질문에 칸트 같은 관념론자들은 대답한다.

뭐라고 대답하느냐고?

"별것 없다."

관념론은 우리 의식에 나타나는 것만을 우리가 알 수 있다고 보는 입장이다. 이런 신성에 가까운 본질 덕분에 우리가 짐승과 같은 특성에서 벗어났다는 것이다. 세계가 의식에 나타났기 때문에 우리 의식이 말할 수 있는 것이고, 그래서 우리가 세계에 대해 안다는 것이다. 그 이상은 아니다.

예를 들어, 가령, 레옹이라는 이름을 가진 귀여운 고양이 한 마리가 있다고 하자. 왜 고양이냐고? 고양이를 예로 드는 게 훨씬 쉬우니까. 자 이제 물어보겠다. 그게 고양이라는 걸 당신은 어떻게 확신하는가? 아니, 고양이가 무엇인지는 알 수 있는가? 정상적인 답이라면 우선 동물에 대한 당신의 지각 방식에서 시작하여 몇 가지 개념적이고 언어적인 것들이 보충될 것이고, 그런 식으로 당신의 지식이 형성된다. 그런데 관념론자들의 대답은 우리가 고양이를 지각하거나 인식하는지를 알아야, 즉 우리 의식에 고양이가 나타나야 고양이를 알 수 있다는 식이다. 그래야 깊은 내면성을 띤 고양이라는 것에 가장 잘 접근한다고 본다. 어쩌면 내가 지금 떨리는 수염이 달린 살찐 네발짐승이라 파악하고 고양이라는 라벨을 붙여 내 머릿속 서랍에 정리해놓은 내 고양이는 사실 그 실체가 야옹야옹 울지 않는 초록색 끈끈이 공일 수도 있다. 그러나 내 감각은 아주 순응적이어서 그런 것은 나타나지 않았고, 더러운 끈끈이 덩어리는 내 반감과 솔직한 믿음을 저버리면서 비단처럼 부드러운 애완동물의 외양을 하고 내 의식 속에 나타났다.

이것이 바로 칸트식 관념론이다. 우리는 세계에 대해 우리 의식이 형성하는 관념으로밖에 알지 못한다. 그런데 이것보다 우릴 더 침울하게 만드는 이론이 있는데, 녹색 침 덩어리인 줄 모르고 그것을 핥는다든지, 토스터라고 생각하지만 사실은 고름 가득한 동굴에 아침마다 버터 바른 빵을 넣는 것 따위다. 얼마나 끔찍한 관점인가.

에드문트 후설의 관념론을 생각하면, 이제 침례교회의 난삽한 분파에 유혹당한 사제가 입고 있는 사제복이 떠오른다.

이 이론에서는 고양이에 대한 인식이 전부다. 그러면 고양이는? 그건 없어도 된다. 고양이는 필요하지 않다. 그럼 뭘 하겠다는 건가? 어떤 고양이? 이제 철학은 순수 정신이라는, 그 파렴치함 속에서 몸이나 뒹굴고 있으면 된다. 세계는 접근할 수 없는 실재로, 알려고 시도하는 것 자체가 무의미한 일이다. 우리는 세계에 대해 도대체 뭘 아는가? 아무것도 모른다. 모든 지식은 반성적, 성찰적 의식 그 자체를 통한 자기 탐험에 불과한 것으로, 따라서 그런 세계는 악마한테나 줘버릴 일이다.

이런 게 현상학이다. 의식에 나타나는 것에 대한 과학. 현상학자의 하루는 어떻게 진행될까? 일어난다, 샤워기 밑에서 근거 없는 몸에 비누칠을 한다는 것을 의식하고, 무화無化된 빵을 삼키는 것을 의식하고, 텅 빈 괄호 같은 옷을 걸치는 것을 의식하고, 책상 앞에 앉아 고양이를 어루만지는 것을 의식한다.

현상학자들에게 고양이가 존재하느냐, 존재하지 않느냐 혹은 그 본질이 무엇이냐 하는 것은 중요한 문제가 아니다. 진위를 결정할 수 없는 것은 현상학자의 관심을 전혀 끌지 않는다. 반면 현상학자의 의식에 고양이가 나타나는 것은 부인할 수 없고 우리 인간을 몰두하게 하는 것은 바로 이 '나타남'이다.

그런데 '나타난다'라는 것은 정말 복잡한 것이다. 존재 자체에는 무관심한데, 그것에 대한 의식의 포착 기능을 통해 그것이 고유하고 주목할 만한 대상이 된다는 것을 어느 정도까지 자세히 설명할 수 있겠는가? 우리 의식이 다짜고짜 아무거나 의식하는 것은 아니며 연속적인 윤곽화 작업을 통해 우리 감각에 다양한 오브제로 나타난다는 것을 아는지? 가령 고양이, 빗자루, 파리채 같은 것들이 마침내 나타나는 것은 '종합'이라는 복잡한 연속 공정을 거쳐서라는 것을. 그리고 그게 유용한지 아닌지는 신이 아는 건가? 당신의 고양이를 보면서 한번 연습해보시길. 지금 당신이 보는 것은 고양이의 옆모습뿐인데, 고양이 앞, 뒤, 아래, 위가 어떤지 안다. 어떻게 해서 그렇게 되는지 한번 생각해보시길. 당신이 고양이를 지각하지 않아도 당신의 의식은 가능한 모든 각도에서 고양이에 대한 인식을 종합하여, 현재 당신의 시각이 절대 내주지 않는 고양이의 완전한 이미지를 갖게 하는 것이다. 파리채도 마찬가지다. 머릿속에서 파리채를 전체적으로 다 시각화하지 않고도, 돌려보지 않고도 다른 쪽이 어떻게 생겼는지 정말 기적처럼 안다.

이런 개념이 유용한 것은 맞다. 사물을 파악하는 데 필요한 다양한 윤곽 공정 과정을 즉각 거치지 않고 파리채를 사용하는 마뉘엘라는 상상할 수 없다. 부자 아파트에는 파리가 절대 없다는 이유를 대면서 파리채를 사용하는 마뉘엘라 역시 상상할 수 없다. 파리도 없고, 천연두도 없고, 악취도 없고, 가족의 비밀도 없다. 부자들의 집은 모든 것이 깨끗하고, 반질거리고, 건강하다. 따라서 파리채의 횡포와 공개적 치욕으로부터 보호받는다.

이런 것이 바로 현상학이다. 고독한 독백, 자의식과의 끝없는 독백, 자폐증, 그 어떤 진짜 고양이도 결코 괴롭히지 않는 절대 고통의 자폐증.

7
바다의 조각배 넵튄

“뭐 읽어요?” 오늘 저녁 파티가 열리는 드 브로이 부인 댁에서 거의 폐결핵 환자가 되어 온 마뉘엘라가 숨을 헐떡거리며 물었다. 페트로시앙 캐비어 일곱 상자를 방금 배달원한테 받아놓고 나왔다며 〈스타워즈〉에 나오는 다스 베이더처럼 숨을 쉬었다.

“구전 시 선집이에요.”

난 펼쳐놓고 있던 후설의 책을 덮으며 말했다.

마뉘엘라는 오늘 기분이 좋은 것 같다. 그녀가 신이 나서 피낭시에 과자가 가득 들어 있는 작은 광주리를 연다. 구울 때 밑에 대는 화관 같은 하얀 받침이 아직도 그대로다. 그리고 자리에 앉더니 식탁보를 만지작거리면서 뭔가 흥분되는 선언을 할 태세다.

나는 찻잔을 준비해 자리에 앉아 기다렸다.

"드 브로이 부인은 송로 버섯이 마음에 안 드나봐요." 마뉘엘라가 말문을 열었다.

"그래요?" 나도 공손한 투로 물었다.

"향이 잘 안 나요." 버섯의 결함이 마치 자신의 개인적이고도 심각한 결함인 양 언짢은 기색으로 마뉘엘라가 계속해서 말했다.

우리는 이런 유의 정보를 딱 그 수준에 맞게 음미했다. 부엌에서 베르나데트 드 브로이가 어수선하고 얼이 빠져서는 그나마 숲 향기라도 내보려고 이 불량 버섯에 세프와 지롤 버섯 즙을 마구 뿌리는 장면은 상상만 해도 웃겼다. 얼마나 가소롭고 정신 나간 희망인가.

"그리고 넵튄이 생니스 씨 다리에 오줌을 쌌어요." 마뉘엘라가 말을 이었다. "그 불쌍한 것이 몇 시간을 참았나봐요. 생니스 씨가 개줄을 꺼내니까 더는 못 참고 현관에서 바짓가랑이에다 그냥 하고 말았지 뭐예요."

넵튄은 4층 오른쪽 집 소유주가 키우는 작은 코커스패니얼이다. 이 아파트는 3층과 4층만이 두 집으로 분리되었다(각각 200제곱미터). 2층에는 드 브로이 씨네가 살고, 5층에는 아르탕스 씨네, 6층에는 조스 씨네, 7층에는 팔리에르 씨네가 산다. 3층에는 뫼리스 씨네와 로장 씨네, 4층에는 생니스 씨네와 바두아즈 씨네. 넵튄은 바두아즈 씨네 개로, 더 정확히 말해 바두아즈 양의 개로, 바두아즈 양은 파리 2대학 법학과 학생이고 같은 과 학생들인 다른 코커스패니얼 주인들과 댄스 모임을 갖기도 한다.

난 넵튄한테 큰 호감이 있다. 그렇다. 우린 서로 정말 좋아한다. 그건 한쪽이 다른 이에게 쉽게 다가가 금세 친해질 수 있는 일종의 암묵적 합의 같은 은혜로운 감정이다. 넵튄도 내가 자기를 좋아하는 것을 느끼나보다. 그 개의 다양한 욕구가 나한테는 환히 보인다. 진짜 흥미로운 것은 주인이 그애를 신사로 만들고 싶어할 때마다 넵튄은 죽도록 개가 되려고 고집을 피운다는 사실이다. 넵튄은 뜰에 나오면 엷은 황갈색 가죽 줄이 뒤로 팽팽히 당겨질 때까지 몸을 앞으로 내밀어 덩그러니 있는 진흙탕 웅덩이를 갈구하듯 하염없이 바라본다. 그러다 주인이 갑자기 목줄을 홱 당기면 엉덩이를 바닥에 눌러 붙이고 자기 몸 특정 부분을 핥는다. 웃기게 생긴 휘핏 종인 뫼리스 씨네 아테나를 보면 넵튄은 음탕한 호색한처럼 혀를 내밀며 벌써 머릿속에 환각이 가득차 헐떡거린다. 코커스패니얼 종의 재밌는 점은 기분이 흥하면 어깨를 덩실덩실 흔들며 걷는다는 것이다. 말하자면 발밑에 무슨 스프링이 달린 듯 몸을 통통 튕기며 전진하는데, 덜거덕거림 없이 아주 부드럽다. 네발과 귀도 조각배처럼 더덩실거린다. 단단한 땅에서 항해하는 사랑스러운 작은 배 코커스패니얼. 삭막한 도시 공간이 갑자기 내가 아주 좋아하는 바다로 변한 것 같다.

넵튄은 무 꽁다리든 눅눅해진 빵 조각이든 다 먹는 폭식가다. 주인이 쓰레기장 앞을 지나가면 혀를 내밀고 꼬리를 격렬하게 흔들며 자꾸 쓰레기장 쪽으로 가려고 한다. 고상한 척은 혼자 다 하는 디안 바두아즈 양한테는 정말 절망적인 일이다. 자기 개가 서배너의 사교계 아가씨 같으면 오죽이나 좋을까. 남북전쟁 이전 남부 연방 서배너의 사교계 아가씨들은 식욕이 전혀 없는 척해야 좋은 남편을 구할 수 있었다.

그러나 넵튄은 굶주린 양키가 되어버렸다.

세계 운동에 관한 고찰 N° 2

코커스패니얼을 위한 베이컨의 그림

이 건물에는 개가 두 마리 있다. 뼈대 위에 베이지색 가죽을 뒤집어씌워놓은 것같이 생긴 뫼리스 씨네 휘핏, 그리고 틈만 나면 뺑뺑대는 변호사 아저씨의 딸 디안 바두아즈의 다갈색 코커스패니얼. 아, 참고로 디안 바두아즈는 비옷도 버버리를 입는 거식증 걸린 금발녀다. 휘핏의 이름은 아테나고 코커스패니얼의 이름은 넵튠이다. 내가 사는 곳이 어떤 유의 아파트인지 다들 잘 모르겠지만, 이 아파트에는 '해피'나 '메리' 같은 개는 없다. 뭐 어쨌든, 어제 현관 로비에서 개 두 마리가 마주쳤고, 나는 아주 흥미로운 발레 한 편을 관람했다. 나는 서로의 뒤를 킁킁거리는 두 개 앞을 지나가고 있었다. 넵튠에게서 안 좋은 냄새라도 나는 건지 갑자기 아테나가 뒤로 펄쩍 뛰었고, 반면 넵튠은 장미 꽃다발을 킁킁거리듯 했다. 거기 무슨 피가 뚝뚝 흐르는 커다란 스테이크라도 들어 있는 양.

그런데 더욱 흥미로운 것은 각각의 개줄 끝을 잡고 있던 두 인간이었다. 도시에서는 개가 주인을 줄에 묶고 다닌다. 비가 오나 바람이 부나 눈이 오나 하루에 두 번은 개를 산책시켜야 하는데, 그런 불편을 감당할 수밖에 없게 만든 건 개 목에 줄을 매단 자기 자신이라는 걸 모르는 것 같다. 아무튼 디안 바두아즈와 안엘렌 뫼리스(나이 차는 스물다섯 살이지만 똑같은 타입이다)는 각자 잡고 있던 개줄 때문에 현관에서 서로 뒤엉켰다. 완전 대혼란이었다. 두 사람 모두 손이고 발이고 모두 잠수용 오리발을 낀 것처럼 상황을 인식하고 개들을 막으려는 별다른 대처를 하지 못했다. 대신 두 여자는 날뛰는 충동 따위는 전혀 없는 개 인형을 산책시키고 있다는 듯한 표정을 지었다. 개들이 서로 엉덩이를 킁킁거리거나 뒤를 핥지 못하게 고함치지도 않았다.

정황을 좀더 자세히 살펴보자. 그러니까 디안 바두아즈는 넵튄과 함께 엘리베이터에서 나왔고, 안엘렌 뫼리스는 아테나와 함께 바로 앞에서 엘리베이터를 기다리고 있었다. 말하자면 두 사람이 두 개가 서로 달라붙는 상황을 만들었고, 올 것이 오고야 말았다. 넵튄은 거의 미쳐 있었다. 아무 생각 없이 엘리베이터에서 내렸는데 아테나의 엉덩이에서 송로를 만나는 일은 자주 있는 일은 아닐 것이다. 콜롱브 언니는 카이로스, 즉 그리스어로 '최적의 순간'이라는 뜻의 단어를 오래전부터 우리에게 세뇌시켰는데, 언니 말로는 나폴레옹은 그 순간을 잡을 줄 아는 사람이었다. 하기야 언니는 군사전략 전문가니까. 카이로스는 순간의 직감 같은 것이다. 그러니까 내가 할 수 있는 말은, 넵튄은 송로 앞에서 자신의 카이로스를 잡았고, 우물쭈물할 것 없이 옛 경기병처럼 냅다 위로 올라탔다. "어머머머!" 안엘렌 뫼리스는 마치 자기가 능욕을 당한 것처럼 소리를 질렀다. "안 돼!" 디안 바두아즈도 그 모든 수치가 자기한테 떨어진 것처럼 소리를 질렀다. 그녀는 개가 아테나 엉덩이에 탄다는 생각은 눈곱만큼도 안 했을 것이다. 둘은 동시에 개줄을 끌어당기기 시작했다. 하지만 문제가 발생했고, 바로 그 때문에 아주 흥미로운 움직임이 생겨났다.

두 개를 떨어뜨려놓으려면 디안은 줄을 위로 끌어올려야 했고, 안엘렌은 아래로 잡아당겨야 했는데, 두 사람 모두 옆으로 당기는 바람에, 게다가 엘리베이터 바로 앞이라 공간도 좁아 한 사람은 엘리베이터 격자문에, 한 사람은 왼쪽 벽에 부딪히고 말았다. 그러자 아까 개줄이 당겨져 중심을 잃었던 넵튄이 이 틈을 타 숨을 고르고 균형을 잡아 아테나한테 다시 달라붙었으니 아테나는 캉캉 짖어대며 몹시도 당황한 눈을 희번덕거렸다. 바로 그때 인간들은 작전을 바꿔 좀더 편안한 자세로 조정해볼 요량으로 넓은 공간으로 개들을 끌고 나왔다. 하지만 상황은 점점 다급해졌다. 다들 알겠지만, 개들이 절대 떨어지지 않으려는 순간이 있다. 두 사람은 "어머머머, 어떡해! 어떡해!" 하고 같이 악을 쓰며 소리를 질렀다. 자기들의 모든 순결이 그 개줄에 달려 있는 양 죽어라 개줄을 끌어당겼다. 그러다 디안 바두아즈가 살짝 미끄러졌고 발목을 접질렸다. 흥미로운 움직임은 바로 그때 탄생했다! 그녀 발목이 바깥으로 꺾이면서 동시에 몸 전체가 그 방향으로 넘어갔고 하나로 올려 묶은 머리채는 정반대 방향으로 뻗었다.

단언컨대 정말 기가 막힌 명장면이었다. 베이컨*의 그림 같았다. 우리 엄마 아빠가 쓰는 화장실 벽에는 오래전부터 베이컨의 그림이 걸려 있었다. 화장실에 베이컨의 그림이라니. 보다보면 고통스럽고 그다지 매력적인 그림은 아니었다. 난 그 그림이 화장실에서의 행위에 평온을 가져다주는 데 별 도움이 되지 않을 거라고 항상 생각했지만, 뭐 우리집엔 각자의 방에 화장실이 있으니 불평할 일은 아니었다. 어쨌든 디안 바두아즈가 발목을 삐면서 무릎, 팔, 머리가 이상한 각도로 뒤틀리고 머리채는 완전히

* 아일랜드 태생의 영국 화가. 뒤틀린 몸짓을 묘사한 그림으로 침묵과 공포를 표현했다.

수평으로 뻗었으니 베이컨의 그림이 생각나지 않을 수 없었다. 아주 찰나의 순간, 그녀는 팔다리가 꺾인 꼭두각시 인형처럼 되었는데, 그게 엄청난 신체적 불협화음을 만들어냈다. 수만 분의 일 초 동안(너무 빨리 지나갔지만, 난 그 신체의 운동을 아주 주의깊게 보았기 때문에 꼭 슬로모션을 보는 것 같았다), 디안 바두아즈는 베이컨의 그림 속 인물을 닮았다. 화장실에 그 그림이 옛날부터 있었던 건 이 이상한 동작을 내가 더 잘 감상할 수 있도록 하려는 예상된 조치였던가. 아무튼 그다음에 디안이 개들 쪽으로 넘어졌고 그 덕분에 문제가 해결되었다. 아테나가 땅바닥으로 나자빠지면서 넵튄한테서 달아난 것이다. 별거 아닌 것 같지만 아주 복잡한 이 발레 동작에 이어 안엘렌은 디안을 도와 자기 개를 그 음탕한 괴물로부터 떨어뜨렸고, 넵튄은 주인의 비명과 고통에는 철저히 무관심한 채 계속해서 자신의 장미 스테이크 쪽으로 갔다. 바로 이때 미셸 부인이 수위실에서 나왔고, 나는 넵튄의 개줄을 얼른 붙잡아 좀 멀찍이 끌고 갔다.

불쌍한 녀석, 완전히 실망한 눈치였다. 그러다 불쑥 바닥에 앉더니 시끄럽게 쩝쩝대며 자기 '땅콩'을, 자기 거시기를 핥기 시작했다. 불쌍한 디안은 더욱 절망했다. 미셸 부인은 구급차를 불렀다. 디안의 발목이 수박처럼 부풀어 있었기 때문이다. 안엘렌 뫼리스가 디안과 함께 있는 동안 난 넵튄을 수위실로 데려갔다.

나는 속으로 이렇게 말하며 집으로 돌아왔다. '흠, 현실 속 베이컨의 그림은 볼만한 가치가 있을까?'

난 아니라고 결론내렸다. 왜냐하면 넵튄은 간식도 못 먹었을 뿐 아니라 산책도 못했기 때문이다.

8
현대 엘리트들의 선지자

오늘 아침 라디오 채널 프랑스 앵테르를 들으며 나는 내가 믿던 내가 아님을 깨닫고 놀랐다. 이때까지 난 문화 수용에 있어서의 내 절충주의 태도가 내 프롤레타리아식 독학 탓이라고 생각했다. 이미 말한 것처럼, 나는 존재하는 매 순간 책을 읽거나 영화를 보거나 음악을 들으며 기분전환을 한다. 그런데 이런 문화적 오브제들에 대한 광적인 탐식이 아주 주된 취향의 결함 탓에, 즉 존중할 만한 가치가 있는 작품과 그렇지 않은 작품의 마구잡이식 혼합 때문에 고통받고 있는 것 같았다.

내 이런 이른바 문화적 절충주의는 독서 방면에서는 덜했다. 물론 거기에서도 내 관심의 다양성은 극단을 달리지만. 나는 역사, 철학, 정치경제학, 사회학, 심리학, 교육학, 정신분석학, 그리고 당연히 문학 등 다양한 분야의 작품을 읽었다. 앞서 언급한 분야들에도 나는 관심이 있지만, 특히 문학은 내 삶 자체다. 내 고양이의 이름 레옹도 사실은 레옹 톨스토이*의 이름에서 딴 것이다. 레옹 이전에 키우던 고양이 이름은 동고였는데, 그건 파브리스 델 동고**에서 따온 것이다. 첫번째 고양이 이름은 카레니나였는데 그건 안나 카레니나 때문이었지만, 누가 내 가면을 벗길까봐 그냥 '카레'라고만 불렀다. 스탕달식 불륜의 사랑 아니면 내 취향은 주로 1910년 이전의 러시아에 있다. 시골 출신인 내가 그르넬 가 7번지 수위가 됐으니 이 정도면 내 희망 직업을 넘어선 것이라 판단했다면, 또한 내가 바버라 카틀랜드 류나 영원히 숭배하고 살 팔자라고 생각했다면, 세계문학의 상당 부분을 탐독한 나는 스스로 자부심을 느끼지 않을 수 없다. 나는 또 무안하게도 추리소설을 좋아한다. 그러나 난 추리소설도 고급 문학이라고 생각한다. 마이클 코넬리나 헤닝 만켈의 작품을 읽고 있는데, 재즈 애호가인 LA 경찰관 해리 보슈의 사색에는 전혀 관심을 기울이지 않는 베르나르 그를리에나 사빈 팔리에르 같은 사람들이 초인종을 눌러대면 얼마나 힘든지 모를 것이다. 특히 이

---

* 레프 톨스토이. '레옹'은 '레프'의 프랑스식 이름이다.

** 스탕달의 『파르마의 수도원』의 주인공.

런 것이나 물어볼 때면 더더욱.

"왜 안뜰까지 쓰레기 냄새가 나죠?"

베르나르 그를리에나 오랜 은행 가문의 상속녀가 어쩌면 그렇게 시시한 일에 근심이 많은지. 이건 정말이지 인류에 대한 새로운 조명이라 하겠다.

영화 방면에 이르면 내 절충주의는 만개한다. 난 미국 블록버스터 영화도 좋아하고 작가주의 영화도 좋아한다. 사실 오랫동안 난 미국이나 영국 오락영화를 우선적으로 소비했다. 단, 내 미학적 시각으로 볼 때, 오락물과 상당히 잘 통하는 열정적이고도 감정 몰입도 높은 정말 진지한 작품만 빼고. 피터 그리너웨이는 내 안에서 감탄과 흥미와 하품을 불러일으키는 한편, 보니 블루의 죽음 이후 멜리와 마마가 버틀러의 계단을 올라갈 때*마다 나는 촉촉한 마들렌 과자처럼 울고, 〈블레이드 러너〉를 오락영화의 수작으로 여긴다. 한동안 나는 제7의 예술은 아름답고 강하고 최면성이 있고, 오락영화는 별 의미 없고 유쾌하며 기가 막히다는 사실을 마치 숙명처럼 여겼다.

오늘 같은 경우 나는 내가 나 자신에게 줄 선물 생각에 마음이 들떴다. 이것은 모범적인 인내의 결실로, 1989년 성탄절 때 처음

---

* 영화 〈바람과 함께 사라지다〉의 한 장면.

보았던 영화를 오늘 다시 보기로 했다. 그 욕망을 오래도록 미뤄 왔는데 그 허기를 마침내 오늘 채우게 된 것이다.

9
붉은 시월

1989년 성탄절 즈음, 뤼시앵은 매우 아팠다. 죽음이 언제 올지는 몰랐지만 곧 닥쳐올 거라는 확신에 매여 있었고, 우리는 보이지 않는 끈에 서로 단단히 묶여 있었다. 한 가정에 들어온 질병은 육체만 점령하는 것이 아니라, 서로의 마음 사이에 어두운 그물을 쳐 그 속으로 희망을 매몰시킨다. 거미줄 같은 실이 우리 계획과 우리 숨통 주변을 둘둘 감았고, 병은 시시각각 우리의 생활을 삼켰다. 밖에 있다 들어오면 꼭 지하 납골당에 들어가는 기분이었다. 늘 몹시 추웠고, 어떤 것으로도 추위는 달래지지 않았다. 함께했던 마지막 나날, 뤼시앵 옆에서 잠을 자면 그의 몸이 내 몸의 모든 열기를 다 빨아들이는 듯한 느낌에 난 다른 데서라도 열기를 훔쳐와야 할 것 같았다.

1988년 봄, 진단이 내려졌고 병은 이후 17개월 동안 그를 갉아먹다가 성탄절 전날 그를 영영 데려갔다. 늙은 뫼리스 부인이 건물 입주자들한테서 부조금을 걷었고, 어떤 말도 적혀 있지 않은 리본을 두른 아름다운 조의 화환이 수위실에 놓였다. 뫼리스 부인 혼자 장례식에 참석했다. 그녀는 독실하고 차갑고 늘 뭔가 못마땅한 얼굴을 하고 다녔지만, 그 엄격하고 약간 뜬금없기도 한 자기 방식 속에 나름 진지함이 있었다. 뤼시앵이 죽은 지 일 년 후 그녀 역시 세상을 떠났을 때 나는 그녀가 좋은 사람이었다는 생각이 들었다. 십오 년 동안 서로 말 한마디 나눠본 적 없지만 그녀가 그리워질 거라는 생각도 들었다.

"끝까지 며느리를 괴롭히더니, 이젠 좀 쉬시겠네. 성녀 같은 분이었어요." 추도 연사를 하듯 젊은 뫼리스 부인에게 라신풍의 증오를 바치며 마뉘엘라가 말했다.

코르넬리아 뫼리스와 그녀의 베일과 묵주를 제외하고는 뤼시앵의 병은 누가 관심을 기울일 만한 일이 아니었다. 부자들은, 가난한 사람들은 인생에 돈과 수완이라는 산소가 부족하거나 없기 때문에 인간적인 감정도 아주 미약하게, 아주 무심한 정도로 느낀다고 생각하는 것 같다. 부자들이 보기에 우리 수위 같은 사람들의 죽음은 자연스러운 일인 반면, 자신들의 죽음은 부당한 드라마 같은 모양이다. 수위의 죽음쯤이야 일상의 흐름에서 작은 구멍 정도이며 어떤 비극과도 관련 없는 생물학적 사실에 불과하다. 매일같이 계단이나 수위실 문턱에서 마주쳤던 뤼시앵이지만 건물 입주자들에게 뤼시앵은 아무런 존재감이 없었으며, 그 비존재감 역시 뤼시앵과 함께 결국 무로 돌아가 다시는 나오지 못할 것이었다. 호사도 없고 꾸밈도 없이 반쪽짜리 삶을 사는 동물이었으니 죽음의 순간에도 반쪽짜리 분노를 느꼈을 것이다. 다들 그러듯 우리도 지옥을 견뎌내야만 했다. 고통이 우리 존재를 유린하는 만큼 심장은 분노로 조여들고, 죽음이 불러일으키는 두려움과 공포의 소란으로 우리는 자신 안에서 분해되기에 이르렀건만, 이런 생각이 이곳에 사는 사람들에게는 스치지도 않았다.

성탄절 3주 전의 어느 날 아침, 무와 고양이에게 줄 허파가 든 장바구니를 들고 집에 돌아왔는데, 뤼시앵은 옷을 다 입고 나갈 채비를 끝낸 상태였다. 목도리까지 휘감고 서서 나를 기다리고 있었다. 방에서 부엌까지 가는 데에도 온 힘을 쏟아야 하고, 끔찍할 만큼 창백한 얼굴로 기진맥진 걷던 남편이었다. 내겐 마치 수의처럼 보였던 파자마를 통 벗지 않던 남편이었다. 그러던 그가 갑자기 눈을 반짝이며 개구쟁이 같은 표정으로 겨울 외투 목깃을 한껏 세우고 놀랍게도 뺨에 홍조까지 띠고 있었으니 난 거의 실신할 지경이었다.

"뤼시앵!"

난 소리를 질렀다. 그리고 그를 부축하고, 자리에 앉혀, 옷을 벗기기 위해 그에게 달려갔다. 그리고 또 뭐라 해야 하나, 그의 병을 통해 배웠고, 근래에 내가 할 줄 아는 유일한 행동이 되어버린 동작들을 하기 위해. 나는 시장바구니를 놓고, 그를 껴안고, 온몸으로 꼭 부둥켜안고, 그를 부축했다. 그리고 또 이 모든 것들을 심장이 이상하게 팽창되는 듯하면서 숨이 멎을 것 같았을 때, 그만 멈추었다.

"시간 다 됐어. 영화 한시에 시작해." 뤼시앵이 말했다.

영화관의 열기 속에서 눈물이 솟아올랐고, 여태껏 느껴보지 못한 행복이 밀려왔다. 몇 달 만에 처음으로 따듯한 그의 손을 잡았다. 나는 알고 있었다. 뜻밖의 에너지가 몰려와 그를 침대에서 일어나게 했고, 옷을 입을 힘과 나가고 싶다는 갈증과 부부로서 누릴 수 있는 기쁨을 한 번이라도 나누고 싶다는 욕망을 선사해주었음을. 또 나는 알고 있었다. 그것이 시간이 얼마 남지 않았다는 신호이자 마지막 은혜의 순간이라는 것을. 하지만 그런 건 나에게 중요하지 않았다. 나는 그저 그 순간을, 병의 굴레에서 벗어난 그 순간을 누리고 싶었다. 내 손안에 있는 그의 손과 우리 둘을 관통하는 기쁨의 떨림을 느끼고 싶었다. 하늘이 베푼 은혜로 우리는 그 영화를 함께 즐길 수 있었다.

나는 그가 바로 그후에 죽었다고 생각한다. 몸은 3주를 더 버텼지만, 영혼은 영화가 끝나갈 무렵 떠났다. 너무 비통한 회한 없이 어두운 극장에서 작별인사를 하는 편이 더 낫다고 그는 생각했을 것이다. 이야기가 흐르고 있는 영화 화면을 보면서 서로 몇 마디 말을 주고받는 가운데 오히려 그는 평온을 되찾았으니까.

나는 그것을 받아들였다.

〈붉은 시월〉은 서로의 온기를 느끼며 본 우리의 마지막 영화였다. 스토리 작법을 알고 싶은 사람은 꼭 봐야 할 영화다. 대학에서는 왜 영화관엔 가지 않고 프로프, 그레마스 혹은 다른 지겨운 이론들만 가르치고 있는지 모르겠다. 전조, 플롯, 행위 주체, 돌발 사건, 추적, 영웅 및 다른 보조 장치들. 러시아 잠수함 승무원복을 입은 숀 코너리만으로, 잘 배치된 몇몇 항공모함만으로도 이런 것은 충분하다.

그런데 오늘 아침 프랑스 앵테르를 듣다가 알게 되었다. 내가 정통 문화를 동경했다가 점차 비정통 문화에 물들게 된 현상은 낮은 출신 성분이나 독학을 통한 계몽 때문이 아니라 지배 지식인층에서도 나타나는 현대적 특성이라는 것이다. 이걸 어떻게 알았느냐고? 한 사회학자의 입을 통해서다. 슬리퍼나 질질 끌고 다니는 수위 아줌마가 자신을 신성한 우상으로 삼았다는 사실을 그가 알고 싶어할지 문득 미치도록 궁금해졌다. 그는 지식인들의 문화생활 변화를 연구했는데, 예전에는 일어나서 잘 때까지 고급 교육에 물들어 있던 지식인들이, 진짜 문화와 가짜 문화의 경계가 돌이킬 수 없이 허물어진 지금에는 문화 융합주의의 중심이 되었다는 것이다. 그는 고전문학 교수 자격증이 있는 지식인을 묘사하며, 옛날에는 그가 바흐를 듣고 모리아크를 읽고 예술영화나 실험영화를 봤는데, 이제는 헨델과 MC 솔라르를 듣고 플로베르와 존 러카레이를 읽고 비스콘티 영화와 〈다이 하드〉 신작을 보고, 점심에는 햄버거를, 저녁에는 사시미를 먹으러 간다고 했다.

자신만의 특수성의 표시를 보았다고 믿는 지점에서 지배적인 사회적 습성을 발견하는 일은 노상 당황스럽다. 당황스러운 정도가 아니라 기분이 상하기까지 한다. 나 르네, 쉰네 살 수위에 독학도인 나는 수위실에 갇혀 찌꺼기 같은 대중문화로부터 보호되어 격리 생활을 하고, 내가 속해 있는 거대한 세상의 진보에 무관심한 채 수치스러운 사십 년 세월을 보냈는데도, 나 역시 현대 엘리트들을 뒤흔들어놓은 그 똑같은 변화의 증거라니. 마르크스를 읽으며 〈터미네이터〉를 떼지어 보러 가는 고등사범학교 다니는 팔리에르 씨네 자식들이나 파리 2대학에서 법학을 전공하며 〈노팅 힐〉을 보고 우는 바두아즈 씨네 자식들과 마찬가지라니. 이건 사실 헤어나기 힘든 충격이다. 왜냐하면 연표를 주의 깊게 들여다본다면 내가 이 청춘들을 흉내낸 게 아니라 폭넓은 교양 생활을 하다보니 우연히 내가 그들을 앞서게 되었다는 사실이 매우 뚜렷이 나타나기 때문이다.

르네, 현대 엘리트들의 선지자.

"뭐 까짓것, 그러면 어때." 장바구니에서 고양이에게 줄 소간과 그 밑에 평범한 비닐봉투에 잘 포장되어 있는 노랑촉수 생선살 두 쪽을 꺼내며 중얼거렸다. 이건 이따가 양념에 절이고 고수를 넣고 레몬즙을 뿌려 구울 것이다.

뭔가 일이 생긴 것은 그때였다.

심오한 사고 N° 4

화초와
아이
돌보기

우리집에는 파출부가 있다. 하루에 세 시간씩 와 있는데, 화초는 엄마가 돌본다. 그리고 그건 정말 믿기 힘든 서커스다. 엄마는 물뿌리개를 두 개 쓰는데 하나에는 비료 섞인 물을 담고, 다른 하나에는 석회질 없는 깨끗한 물을 담는다. 또 '조준' '살수' '안개' 등 다양한 분무 단계가 있는 작은 분무기도 있다. 매일 아침 엄마는 스무 개가 넘는 화초들을 시찰하고 적절한 조치를 취한다. 그리고 그 밖의 세상에는 전혀 무관심한 채 화초 하나하나에 대고 뭐라고 중얼거린다. 엄마가 식물을 돌볼 때는 아무 말이나 해도 상관없다. 엄마는 거기에 조금도 신경쓰지 않을 테니까. 가령 "오늘은 마약 좀 해야겠어. 과다복용으로다가"라고 해도 돌아오는 대답은 "아, 켄티아 잎 끝이 노래졌네. 물을 너무 많이 줬나? 그럼 안 되지"뿐이다.

벌써 새로운 패러다임의 도입이 보이지 않나? 타인들이 하는 말은 듣지도 말고 신경쓰지도 말고 인생을 허비하고 싶다면 푸른 화초나 돌보아라. 하지만 그게 다가 아니다. 엄마는 화초 이파리에 물을 뿌려댈 때면 희망으로 생기가 넘쳐난다. 뿌려대는 물을 일종의 방향성 진정제로 보는 것 같다. 그게 식물 속으로 침투하면 식물이 잘 자라는 데 필요한 것을 공급해줄 거라고 생각한다. 비료에 대해서도 거의 비슷하다. 화분 흙(사실 이 흙도 흙, 부식토, 모래, 토탄 등을 혼합한 것인데, 엄마가 포르트 도퇴유의 어느 화원에 특별히 주문해 만든 것이다) 속에다 작은 막대기 같은 것을 꽂아놓는다. 그러니까 엄마는 자기 자식 먹이듯 화초들을 먹이는 것이다. 우리에게 완두콩과 비타민 C를 주듯 화초들한테는 물과 비료를 주는 것이다. 이것이 패러다임의 본론이다. 대상에 집중할 것. 대상이 더 튼튼하고 잘 자랄 수 있도록 밖에서 안으로, 점점 더 깊이 침투하는 영양소들을 그 대상에 공급할 것. 이파리에 칙칙 물을 뿌려주면, 이것으로 그 식물은 생존을 위한 무장이 끝났다. 사람들은 걱정과 희망이 섞인 눈으로 그 식물을 바라본다. 생의 나약함과 닥쳐올지 모를 사고에 대한 걱정이 있지만, 영양사 역할도 했겠다 해야 할 일을 다 했으니 흡족하다. 잠깐은 안심이 된다. 안전함을 느낀다. 이것이 엄마가 인생을 바라보는 방식이다. '안전하다'는 잠깐의 환상을 갖기 위해 칙칙 분무기질이나 하는, 주술과도 같은 부질없는 동작의 연속.

그럴 바에야 우리의 불안전함을 함께 나누는 것이 훨씬 낫지 않나? 완두콩, 비타민 C가 동물에게 영양은 공급할지언정 인생을 깨닫게 하지도 정신을 살찌우지도 않으니까.

10
그레비스라는 이름의 고양이

샤브로 씨가 수위실 초인종을 눌렀다.

샤브로 씨는 피에르 아르탕스 씨의 주치의다. 한결같은 구릿빛 피부의 제법 잘생긴 노신사인데, 고용주 앞에서는 지렁이처럼 꿈틀대면서 이십 년 동안 나한테는 인사 한 번 한 적이 없고, 내가 앞에 있어도 못 본 척하는 양반이다. 이건 현상학적으로도 상당히 흥미로운 실험인데, 어떤 사람들의 의식에는 나타나면서도 다른 사람들의 의식에는 나타나지 않는 근본적인 이유가 무엇인지 살펴보는 것이다. 가령 넵튄의 뇌에는 확실하게 찍히는 내 이미지가 샤브로 씨 뇌에는 찍히지 않고 그냥 훌쩍 건너간다는 건 진짜 신기한 현상 아닌가.

그런데 오늘 아침 샤브로 씨는 구릿빛을 완전히 잃은 안색이었다. 빰은 축 처지고, 손은 덜덜 떨리고, 코는 젖어 있었다. 그렇다, 정말 젖어 있었다. 힘있는 자들의 의사 샤브로 씨가 코를 흘리고 다니다니. 게다가 내 이름까지 불렀다.

"미셸 부인."

어쩌면 샤브로 씨가 아닐 수도 있다. 진짜 샤브로 씨라면 익명의 하급직원에 대한 정보가 머릿속에 입력되어 있지 않을 테니까. 아니면 없는 정보도 알아내는 초능력자, 외계에서 온 변이체인지도 모른다.

"미셸 부인." 이 어설픈 샤브로 모조품이 또 내 이름을 불렀다.

그래 알았어. 내가 미셸 부인이야.

"끔찍한 일이 생겼습니다." 흐르는 코를 닦기는커녕 질질 흘리며 그가 말했다.

그는 아직 나오지 않은 다른 콧구멍의 콧물을 요란한 소리를 내며 들이마셨다. 콧물의 원활한 통행을 위해 그가 열나게 목울대를 수축시키는 그 광경을, 그 빠른 움직임을 보고 있어야 했다. 정말 역겹고, 무엇보다 당황스러웠다.

나는 좌우를 둘러보았다. 로비는 텅 비어 있었다. 만일 ET가 나쁜 의도를 품고 있는 거라면 난 끝장난 것이다.

그가 다시 말했다.

"엄청나게 불행한 일입니다. 정말 끔찍해요. 아르탕스 씨가 죽어가고 있어요."

"죽어간다고요? 정말요?"

"정말입니다, 미셸 부인. 사십팔 시간밖에 안 남았어요."

"어제 아침에 뵈었을 때는 좋아 보이셨는데요!" 나는 얼이 빠진 채 말했다.

"그러게 말입니다. 심장이 포기해버리면 끝인 거죠. 아침에 염소처럼 방방 뛰었어도 저녁에는 무덤 속에 있을 수 있습니다."

"댁에서 돌아가시는 건가요? 병원으로 안 모시나요?"

"오, 미셸 부인." 샤브로 씨는 넵튠이 개줄에 묶일 때와 똑같은 표정으로 나를 쳐다보았다. "병원에서 죽고 싶은 사람이 누가 있겠어요?"

이십 년 만에 처음으로 나는 샤브로 씨에 대한 호감이 조금 생겼다. 나는 속으로 말했다. '어쨌든 그도 사람이고, 우린 다 결국 비슷한 거지.'

"미셸 부인." 그가 다시 나를 불렀다. 이십 년 동안 한 번도 쓰지 않던 '미셸 부인'을 남용하니 얼떨떨했다. "분명 많은 사람들이 그 일이 있기 전에 선생님을 보러 올 테지요. 하지만 아무도 보고 싶어하지 않으세요. 폴만 보시겠답니다. 그러니 귀찮은 사람들 좀 돌려보내실 수 있겠어요?"

날 필요로 하는 사람들이 많기는 많다. 나한테 일을 맡길 때만 내 존재감을 인식한다는 사실을 난 평소처럼 머릿속에 기록해둔다. 그래서 내가 여기 있는 것이기도 하지만. 또 내가 몹시도 좋아하는 방식으로 말한 샤브로 씨의 말투도 머릿속에 기록해두었다. "귀찮은 사람들 좀 돌려보내실 수 있겠어요?" 그 말에 괜히 나는 흥분되었다. 이젠 잘 쓰지도 않는 나름 예의가 있는 표현이 이상하게 마음에 들었다. 나는 문법의 노예인가 하는 생각도 들었다. 하긴 내 고양이를 그레비스*라 부르려고도 했다. 이런 타입을 좋아하진 않지만 그의 언어는 재밌다. "병원에서 죽고 싶은 사람이 누가 있겠어요?" 하고 이 미남 노인은 말했다. 아무도 없지. 피에르 아르탕스 씨도, 샤브로 씨도, 나도, 뤼시앵도 그런 건 원하지 않는다. 이런 악의 없는 질문에 샤브로 씨가 매우 인간적으로 보였다.

"제가 할 수 있는 건 다 해보겠어요. 하지만 사람들을 계단까지 쫓아가서 말릴 수는 없어요."

"예. 그렇죠." 그가 대답했다. "하지만 그들이 주춤하게 만들 순 있겠죠. 이렇게 말하세요. 선생님께서 문을 걸어잠갔다고."

그러더니 날 이상하게 쳐다보았다.

조심해야 한다. 정말 조심해야 한다. 요즘 내가 긴장이 풀렸나보

* 벨기에 출신의 언어학자로, 사전 『좋은 용례집 *Le bon usage*』의 저자.

다. 팔리에르 씨네 아들 앞에서 망측하게도 『독일 이데올로기』를 인용하더니. 그애가 바보의 반만큼이라도 영리했다면, 그 책을 더 자세히 인용하며 귀에 거슬리는 말들을 많이 속삭여줬을 것이다. 그런데 자외선에 잘 구워진 이 허당 노인이 해묵은 어투를 써가며 빈틈을 보이니 내가 갑자기 정신을 놓고 풀어진 것이다.

나는 내 눈 속의 번쩍거리는 섬광을 가라앉히고, 계단까지 사람들을 쫓아가진 않아도 최선을 다해 시킨 일을 할 준비가 되어 있는 착한 수위처럼 약간 흐리멍덩한 눈을 해 보였다.

그러자 샤브로 씨의 이상한 안색도 사라졌다.

내 악행의 흔적을 지우기 위해 약간의 엉뚱함을 보이기로 했다.

"일종의 '심장갱색'인가요?"* 내가 물었다.

"예." 샤브로 씨가 말했다. "'심근경색'입니다."

그리고 침묵.

"고맙습니다." 그가 내게 말했다.

"천만에요." 나는 그렇게 대답하고는 문을 닫았다.

---

* c'est *un* espèce d'infarctus? 원문에서는 르네가 고의로 '일종의'를 뜻하는 espèce 앞의 부정관사를 여성형 une가 아닌 남성형 un으로 쓰는 문법적 실수를 하고 있다. 부정관사는 우리말에 없는 문법으로 옮긴이가 우리말에 가능할 법한 실수로 달리 표현했다.

심오한 사고 N° 5

모든 사람의
삶
병역 의무

나는 이 심오한 사고가 매우 자랑스럽다. 이 노트를 쓰게 된 것은 다 콜롱브 덕이다. 언니가 내 인생에 한 번은 쓸모가 있는 셈이다. 죽기 전에 이런 말을 하게 될 줄은 몰랐다.

처음부터 콜롱브와 나는 전쟁이었다. 콜롱브에게 인생은 다른 사람을 파괴해 승리해야만 하는 끝없는 전투였으니까. 상대를 박살내 그가 차지하는 몫을 줄이지 않으면 안전하다고 느끼지 않는다. 다른 사람들을 위한 자리가 있는 세상은 그 얼간이 여전사의 기준으로 볼 때 아주 위험한 세상이다. 그러면서도 작지만 본질적인 일을 위해서는 다른 사람들이 필요하다. 누군가 자기 힘을 인정해줘야 하니까. 그래서 가능한 모든 수단을 동원해 날 박살내려고 할 뿐 아니라, 내 턱밑에 칼을 들이대며 자기가 최고라고, 자기를 사랑한다고 말하라고 협박한다. 그런 날은 정말 돌아버릴 것 같다. 게다가 분별력이라고는 눈곱만큼도 없는 애가 어찌된 영문인지 내가 가장 싫어하는 게 소음이라는 건 알고 있다. 우연히 알아챘을 것이다. 누군가에게 침묵이 필요할 수 있다는 생각이 그애 머릿속에 바로 떠올랐을 리 없다. 침묵이란 내면으로 가는 길로, 외부를 향한 삶에 별 관심이 없는 사람들에게 침묵은 아주 필수적인데, 그것을 나의 언니가 이해할 수 있다고는 생각하지 않는다. 그녀의 내면 자체가 거리의 소음만큼이나 어지럽고 시끄럽기 때문이다. 그러나 아무튼 내게 침묵이 필요하다는 사실을 알긴 안다. 그런데 불행하게도 내 방은 언니 방 바로 옆이다. 하루종일 시끄럽다. 전화할 때도 소리가 진짜 크고, 음악도 크게 틀어놓는다(이건 진짜 죽을 맛이다). 문도 쾅쾅 닫고, 뭘 할 때마다 열정에 넘쳐 시끄럽게 떠들며 한다. 가령 머리를 빗을 때, 서랍에서 연필을 찾을 때 일일이 코멘트를 한다. 간단히 말해, 내가 자기를 인간으로서 상대를 안 해주니, 그래 날 지배할 수가 없으니, 내 귀가 예민해지는 공간에 쳐들어와서는 아침부터 저녁까지 시끄럽게 구는 것이다. 내 인생을 망쳐놓을 작정이다. 도대체 왜 그러는지 알려면, 공간 영역에 관한 언니의 개념이 얼마나 빈약한가에 주목해야 한다. 나는 솔직히 내가 어디 있는가에는 신경 안 쓴다. 내 머릿속만 복잡하지 않으면 어디를 가든 즐길 수 있다. 하지만 콜롱브는 이런 사실을 무시할 뿐 아니라 철학적으로 변형시킨다. "내 귀찮은 동생은 타인을 아주 싫어해서 사람들이 다 죽어 있는 묘지에 사는 것을 더 좋아해. 정말 봐줄 수가 없는 신경질쟁이야. 쪼그만 것이. 그에 비해 나는 아주 열려 있고, 즐겁고, 유쾌하며 인생을 즐길 줄 알지." 내가 정말 싫어하는 게 있다면, 그건 사람들이 자기 무능력 혹은 정신이상을 자기 소신으로 바꿔버리는 것이다. 콜롱브랑 있으면 난 오히려 빛이 난다.

그런데 몇 달 전부터 콜롱브는 세상에서 가장 무서운 언니가 되는 것에만 만족하지 않았다. 불안정한 행동을 보이는 악취미까지 생겼다. 자기 여동생을 숙청하고, 더 나아가 별것도 아닌 자기 불행을 무슨 대단한 일로 만들려는 것이다. 난 이런 건 정말 필요 없다. 몇 달 전부터 콜롱브는 두 가지에 집착하고 있다. 정리정돈과 청결. 결과는 나쁘지 않았다. 좀비였던 나는 상대적으로 더러운 애가 되었다. 부엌에 빵 부스러기들을 흘리고 다닌다고 잔소리를 해대더니 오늘 아침에는 샤워하고 난 욕실 바닥이 머리카락투성이라고 고래고래 하루종일 소리를 질렀다. 나한테만 그러는 것도 아니다. 정리도 안 되어 있고 바닥에 무슨 부스러기가 이렇게 많으냐고 신경질이니 아침부터 저녁까지 다들 들들 볶인다. 자기 방은 어떤가? 말도 안 되는 난장판이었는데 어느 순간 진료소가 되었다. 물건은 전부 줄이 맞아야 하고, 먼지 하나 없어야 한다. 다 제자리를 지켜야 함은 말할 것도 없고. 청소가 끝난 다음 자기 물건이 제자리에 있지 않으면 온갖 짜증을 부리니 괜히 그레몽 부인만 불쌍해진다. 콜롱브 방은 거의 병원이다. 콜롱브가 그렇게 편집광이 되는 게 나한테 피해를 주는 건 아니다. 내가 참을 수 없는 건, 그러면서도 자기는 쿨한 척한다는 것이다. 분명 문제가 있지만 사람들이 그 문제를 못 본 척하니까 콜롱브는 계속해서 우리 둘 중 자기만 무슨 에피쿠로스 같은 삶을 사는 줄 안다. 향락주의자? 하루에 샤워를 세 번 하고 침대 램프가 3센티미터만 틀어져 있어도 미친 사람처럼 소리를 지르는데, 그게 무슨 향락주의자인가?

콜롱브의 문제는 무엇일까? 그건 나도 모른다. 아무래도 모든 사람을 다 박살내고 싶은 나머지 말 그대로 군인으로 변해버린 것 같다. 모든 게 다 일렬종대여야 하고 군대에 있는 것처럼 빡빡 닦고 광을 낸다. 알다시피 군인은 정돈과 청결에 집착한다. 전투의 무질서, 전쟁터의 불결함, 전쟁 뒤에 남는 인간의 모든 부스러기에 맞서려면 그래야 하는 법이다. 하지만 그 표준을 드러내는 가장 나쁜 예는 콜롱브가 아닐까 생각한다. 사실 우리 모두는 병역 의무를 수행하듯 인생을 사는 건 아닐까? 제대나 출전을 기다리면서. 어떤 사람은 내무반을 문질러 닦아야 하고, 어떤 사람은 게으름을 피우고, 카드놀이를 하거나 암거래를 하며 음모를 꾸미는 데 시간을 보낸다. 장교는 명령하고, 졸병은 복종하지만 아무도 이런 비공개 코미디에 속지 않는다. 어느 날 아침이면 상관이든 졸병이든, 암시장에서 담배를 거래하든 PQ*를 밀매하든, 약삭빠른 녀석이든 머저리든 죽으러 가야 하는 건 다 마찬가지다.

이에 따라 기본적인 심리학 가설을 세워보면, 콜롱브는 내면이 혼돈 상태고 텅 비어 있으면서 동시에 꽉 차 있어, 자기 내부를 정리하고 닦으며 정돈하는 것이리라. 웃기지 않는가? 정신분석가들이란 메타포를 무슨 대단한 지혜로 아는 코믹한 존재들이라는 것을 나는 이미 오래전에 깨달았다. 사실 그 정도는 중학교 1학년이면 다 안다. 그래도 엄마의 정신분석가 친구들이 목에 핏대를 세우고 떠드는 언어유희를 감상해볼 필요는 있다. 엄마가 들려주는 바보 같은 소리도. 엄마는 정신과 의사랑 나눈 이야기를 무슨 디즈니랜드에 갔다온 사람처럼 떠벌린다. "내 가정생활은 아찔한 놀이기구, 엄마와 함께한 내 인생은 얼음 궁전, 엄마 없는 내 인생은 롤러코스터, 내 성생활(이건 내가 못 듣게 작은 소리로 말한다)은 공포 박물관, 그리고 마지막으로 폐경이 일찍

* 두루마리 휴지를 가리키는 은어.

찾아온 여자로서의 내 삶은 죽음의 터널이라고."

그런데 내가 콜롱브한테 제일 무서움을 느끼는 것은 언니가 아무것도 느끼지 못하는 것 같아서다. 콜롱브가 보여주는 것은 모두 꾸민 것 같다. 심지어 감정 따위도 지어낸 가짜인 것 같아 정말 뭔가를 느끼고 그러는 건지 의아할 때가 많다. 그래서 무서운 적이 한두 번이 아니다. 완전히 병들어 있는 건지도 모른다. 정말 제대로 뭔가를 느껴보려고 무슨 일을 벌일지 모른다. 말도 안 되는 행동을 할 수도 있다. 신문에 이런 제목의 기사가 나는 것을 상상한다. "그르넬 가의 네로, 자기가 사는 아파트에 불을 지른 한 여자. 왜 그런 행동을 했느냐고 묻자 그녀는 이렇게 대답했다. '어떤 느낌인지 알고 싶어서요.'"

과장이 좀 심했나? 하긴 나도 방화증을 비난할 처지는 못 된다. 하지만 오늘 아침 자기 녹색 코트에 고양이 털이 묻었다고 어찌나 소리를 빽빽 지르던지. 그때 난 속으로 이렇게 말했다. '불쌍하군, 언니는 전쟁에서 이미 졌어. 그걸 진작 알았으면 좋았을걸.'

11
차의 맛

수위실 문을 누군가 조용히 두드렸다. 오늘 하루 휴가를 받은 마뉘엘라였다.

"선생님께서 죽어가고 있어요." 샤브로 씨의 애가哀歌를 재연하면서 거기에 아이러니를 섞었는지는 단정할 수 없겠지만 하여튼 마뉘엘라는 그런 식으로 말을 했다. "바쁘지 않으시면, 차를 마시게 될까요, 지금 우리가?"

시제 일치도 제멋대로, 조건법 의문문 문장을 말하면서 주어와 동사를 도치하지도 않는 마뉘엘라의 자유분방함은, 이 가여운 포르투갈인이 이민 온 나라의 언어를 쓰느라 조금 어눌해서라고 치더라도 샤브로 씨의 문장처럼 뭔가 구닥다리 냄새가 났다.

"계단에서 로라와 마주쳤어요." 마뉘엘라는 눈썹을 찡그리며 앉더니 말했다. "오줌이 마려운 것처럼 계단 난간을 붙잡고 있더라고요. 날 보더니 그냥 갔어요."

로라는 아르탕스 씨의 둘째 딸로, 친절하고, 나를 거의 찾아오지는 않는다. 장녀 클레망스는 욕구불만의 화신으로, 미사, 교구 축제, 십자수 등으로 우울한 날들을 버텨가고 남편과 자식들을 질리게 만드는 데 인생을 소비하는 답답한 예수쟁이다. 막내 장으로 말할 것 같으면 마약에 찌들어 사는 인생 낙오자다. 어릴 때는 자기 인생은 아빠한테 달려 있다는 듯 늘 토끼 같은 눈으로 종종걸음을 치며 아르탕스 씨 뒤를 따라다니는 잘생긴 소년이었는데, 마약을 시작하고 나서는 완전히 변했다. 정말 가관이었다. 더이상 움직이지를 않았다. 헛되이 신을 좇으며 유년기를 망치더니, 다리가 묶인 사람처럼 움직임이 이상해졌고 이젠 계단에서, 엘리베이터 앞에서, 안뜰에서 한참을 서 있다가 갑자기 팔딱 뛰듯 이동하는가 하면, 심지어 가끔은 내 신발 털개 앞이나 쓰레기장 앞에서 잠들어 있곤 했다. 약기운으로 몽롱해진 그가 장미와 키 작은 동백이 심어진 화단 앞에 있던 어느 날 나는 그에게 뭐 도와줄 거 없느냐고 물었다. 찬찬히 살펴보니 관자놀이까지 흘러내린 뒤엉킨 곱슬머리, 가볍게 떨리는 젖은 코, 물기 어린 눈까지 그는 점점 더 넵튄을 닮아가는 듯했다.

"아, 아, 아, 아니에요."

그는 걸음을 옮길 때처럼 말도 툭툭 끊어지게 했다.

"좀 앉고 싶어요?"

"앉고 싶어요?" 그는 놀란 눈으로 내 말을 따라했다. "아, 아니요, 왜요?"

"좀 쉬려면요." 내가 대답했다.

"아, 아, 아니요." 그가 다시 대답했다.

그래서 난 그를 동백꽃 옆에 그냥 혼자 남겨두고 창문으로 살폈다. 그는 한참 꽃들을 멍하게 바라보더니 드디어 명상에서 빠져나왔는지 느릿느릿 내 수위실로 왔다. 괜히 망설이다 벨을 안 누를까봐 내가 먼저 문을 열어줬다.

"좀 움직이려고요." 그는 나를 보지도 않고 말린 비단 같은 귀를 내 눈앞에 들이밀며 말했다. 그러고는 눈에 띄게 애를 쓰며 물었다. "이 꽃, 이거 이름이 뭐예요?"

"동백요?" 나는 놀라 물었다.

"동백……" 그는 천천히 되뇄었다. "동백. 아, 감사합니다, 미셸 부인." 놀랄 만큼 단호한 목소리로 그가 말했다.

그러고 그는 발걸음을 돌렸다. 몇 주 동안은 그를 보지 못했다. 11월인 오늘 아침에서야 그가 수위실 앞을 지나갔는데, 정말 못 알아볼 만큼 추락해 있었다. 그래, 추락. 우린 결국 다 그렇게 될 것이다. 하지만 아직 그럴 때가 아닌 젊은 나이에 저렇게 되었으니 다시는 재기하지 못할 것 같았고, 그런 추락이 너무나 눈에 확연하고 생생해 그에 대한 연민으로 가슴이 아파왔다. 장 아르탕스는 줄 위의 삶을 마지못해 살아가는 고통받는 육신이었다. 엘리베이터를 작동하는 간단한 동작조차 어떻게 할지 걱정되어 바라보는데, 베르나르 그를리에가 쑥 나타나 깃털처럼 가벼운 그를 부축해 갔다. 나는 개입하지 않아도 되었다. 거의 결딴난 아이의 몸을 팔로 지탱하는, 성숙하지만 역시 허약하기 짝이 없는 남자의 모습이 살짝 보였고, 이어 둘은 깊은 계단 구멍 속으로 사라졌다.

"그런데 클레망스가 온대요." 정말 기이하게도 내 조용한 생각의 끝을 항상 정확히 따라오는 마뉘엘라가 말했다.

"샤브로 씨가 다들 돌려보내라고 나한테 부탁했어요. 아르탕스 씨는 폴만 보겠다고 했대요."

"그 남작부인이 비통한 나머지 행주에다 코를 풀더라고요." 마뉘엘라가 비올레트 그를리에를 언급하며 덧붙였다.

난 이 말에 놀라지 않았다. 결말의 시간이 오면 진실은 도래하기 마련이다. 피에르 아르탕스 씨가 비단이라면 비올레트 그를리에는 행주다. 자기 운명에 갇힌 개개인은 더이상 피하지 말고 운명에 직면해야 한다. 어떤 환상을 품었든 간에 에필로그에 다다르면 늘 자기 밑바닥에 있던 것이 나오기 마련이다. 비싸고 좋은 속옷을 입는다고 환자가 건강해지지 않는다.

나는 차를 내왔고, 우리는 침묵 속에 차를 마셨다. 이렇게 아침 일찍부터 함께 차를 마신 적은 없었다. 우리의 의식儀式 절차에 갑자기 생긴 균열에는 기묘한 풍미가 있었다.

“좋군요.” 마뉘엘라가 혼잣말을 하듯 말했다.

그렇다, 좋다. 우리는 이중의 선물을 누리고 있어서다. 사물의 질서 가운데 생긴 불연속적 균열 때문에 우리가 함께 만든 연속성의, 불변성의 의식이 더욱 신성화되는 것을 보고 있는 것이다. 우리의 의식은 오후마다 이어지며 현실 속의 낭종이 되어 일관성을 갖게 되었는데, 오늘 아침처럼 갑자기 그 의식이 그르쳐질 뻔하자 기계처럼 행했던 몸짓은 새로운 비상을 한다. 향을 맡고, 마시고, 다시 놓고, 또 따르고, 홀짝홀짝 마신다. 같은 동작이나 다르다. 우리 의식은 새로운 탄생을 하고 있는 것이다. 의식의 힘을 통해 우리에게 우리 존재의 씨줄과 날줄을 드러내는 이런 순간들, 어기면서 더 강렬한 느낌을 갖게 되는 이런 순간들은 심장을 영혼가에 두게 되는 마법적인 괄호들이다. 스치듯, 그러나 강렬하게 찰나적 영원성을 갖는 어떤 것이 갑자기 도래해 시간을 풍요롭게 하기 때문이다. 밖에서 세계는 울부짖거나 잠이 든다. 전쟁은 불붙고, 사람은 살고 죽고, 국가는 멸망하고, 이내 삼켜질 것이 용출한다. 온갖 소음과 격노 속에, 분출과 파랑 속에. 한편 세계는 가고, 불타오르고, 찢기고, 다시 태어나고 인간의 삶을 뒤흔들어놓는다.

하여, 차 한 잔 들게나.

『다서茶書』의 저자 가쿠조 오카쿠라는 13세기 몽고족의 반란을 유감스러워했는데, 반란이 죽음과 유린을 가져온 탓도 있지만, 송나라 문화의 결실 가운데 가장 소중한 것, 다도의 예술을 파괴했기 때문이다. 다도가 단순히 차를 마시는 것만이 아님을 나는 안다. 그것이 의례가 되면 사소한 것에서 위대함을 보는 마음이, 능력이 생긴다. 아름다움은 어디에 있나? 다른 것들처럼 소멸하기 마련인 위대한 것들 속에? 아니면 아무것도 열망하지 않으면서 순간 속에 영원한 보석을 박아넣을 줄 아는 작은 것들 속에?

다도, 같은 동작과 시음의 정확한 재반복. 단순하고 세련되고 정통적인 감각에 도달하는 행위. 차는 부자들의 음료이자 빈자들의 음료이기에 아무 비용 없이 귀족적 취향을 갖게 해준다. 다도는 부조리한 우리 인생에 고요하고 조화로운 틀을 만드는 미덕이 있다. 그렇다. 세상은 공허함과 결탁하고, 길 잃은 영혼은 아름다움에 눈물짓고, 무의미함이 우릴 둘러싼다. 자, 차를 마시자. 침묵이 퍼지고, 밖에서는 흔들리는 바람 소리가 들리며, 가을 잎들은 소리내며 날아가고, 고양이는 따스한 빛 속에 잠이 든다. 그리고 한 모금 마실 때마다 시간은 승화한다.

심오한 사고 N° 6

네가 아침에
뭘 마시고
뭘 읽는지 알면
네가 누구인지
난 알 수 있어

아침식사 때마다 아빠는 커피를 마시고 신문을 읽는다. 그것도 여러 개를. 〈르 몽드〉 〈피가로〉 〈리베라시옹〉. 또 일주일에 한 번은 〈렉스프레스〉 〈레 제코〉 〈타임 매거진〉 〈쿠리에 앵테르나시오날〉을 읽는다. 아빠는 〈르 몽드〉를 앞에 두고 커피 첫 잔을 마실 때 가장 흡족해한다. 반 시간가량은 신문 읽는 데 몰두한다. 아빠의 일과는 꽉 차 있기 때문에 이 삼십 분을 활용하기 위해서는 아침 일찍 일어나야 한다. 전날 밤늦게까지 모임이 있어 두 시간밖에 자지 못했다 해도 아빠는 매일 아침 여섯시면 일어나서 아주 진한 커피를 마시며 신문을 읽는다. 이런 식으로 아빠는 매일 자신을 건설해나간다. '자신을 건설해나간다'라고 한 것은 밤 동안 모든 게 재로 변해 처음부터 다시 시작해야 하는데,

그게 일종의 새로운 건설이기 때문이다. 이 우주에서 인간의 삶은 이런 식이다. 끊임없이 어른으로서의 정체성을 재건해야 한다. 허술하고 덧없고 너무나 허약하며 절망이라는 옷을 입고 있는 정체성을. 거울 앞에 서서 거짓말을 한다. 그렇게 믿어야 버티니까. 아빠에게 신문과 커피는 자기를 아주 중요한 사람으로 만드는, 호박을 마차로 바꾸는 마법의 지팡이 같은 것이다. 아빠는 여기에서 커다란 만족을 느낀다. 새벽 여섯시의 커피 앞에서 아빠는 더없이 차분하고 온화하다. 하지만 거기에는 대가가 있다. 잘못된 길로 접어들었을 때는 대가를 치러야 한다. 가면이 벗겨지고, 인간이 항상 겪는 위기가 닥칠 때. 진실은 정말 끔찍하다. 5층에 사는 요리 비평가, 이제 곧 돌아가실 듯한 아르탕스 씨를 보라. 오늘 점심때 엄마는 회오리바람처럼 시장을 보고 돌아와서는 문에 들어서기가 무섭게 배우가 무대 뒤에 있는 사람들에게 외치듯 말했다. "피에르 아르탕스 씨가 죽어가고 있어요!" 무대 뒤에 있던 건 헌법이와 나다. 그러니까 꼭 철퍽 엎어진 꼴이었다. 머리가 약간 헝클어진 엄마는 실망한 기색이었다. 그리고 저녁에 아빠가 퇴근하자 당장 아빠에게 달려가 그 소식을 전했다. 아빠도 놀라는 것 같았다. "심장이? 어떻게 이렇게 갑자기?" 하고 물었다.

사실 아르탕스 씨야말로 정말 못된 사람이다. 아빠는 별로 재미없는 어른 역할을 하는 아이에 불과하다. 하지만 아르탕스 씨는 제일로 못된 사람이다. 내가 못된 사람이라고 할 때는 악의적이고, 잔인하거나 폭군 같다는 뜻이 아니다. 그런 면도 없진 않지만. 아니다, 내가 "정말 못된 사람이야" 하고 말할 때는, 자기 안에 좋은 게 있는데 그걸 다 부인하는 사람을 뜻한다. 그러니까 아직 살아는 있는데 시체 같은, 사람 냄새 하나도 안 나는 사람 말이다. 왜냐하면 진짜 못된 사람은 모든 사람을 싫어하기 때문이다. 그건 확실하다. 그런데 무엇보다 자기 자신을 제일 싫어한다. 자신을 증오하는 사람들한테서는 그런 게 느껴지지 않나? 모든 게 잘 살아 있는데도 죽게 만들고, 자기에 대한 혐오감을 느끼지 않기 위해 나쁜 감정은 물론 좋은 감정까지 다 마비시켜버린다.

피에르 아르탕스는 이런 의미에서 못된 사람인 게 정말 확실하다. 요리 비평의 최고 권위자, 프랑스 요리업계의 대부라 불리지만 그런 거야 그렇다고 하면 그런 거다. 프랑스 요리에 대한 내 의견을 묻는다면 정말 딱할 지경이라고 말해주고 싶다. 그런 느끼한 결과물을 얻기 위해 그 재능과 요리법과 재료를 쓴 건지. 그렇게 배 터지게 먹으려고 그 많은 소스와 양념을 넣는 건지. 또 그 달고 느끼한 파티스리들은 어떻고. 정말 악취미다. 느끼하지 않게 만든 것도 잘 보면 겉멋만 잔뜩 들었다. 모양낸 무 세 조각, 해초 젤리를 두른 생자크 가리비 조개 두 쪽. 요런 것들을 젠 분위기를 흉내낸 접시에 담아 장의사 직원같이 생긴 웨이터들이 서빙한다. 이것만 먹다간 배고파 죽을 것이다. 토요일, 우리는 '나폴레옹 바'라는 아주 세련된 고급 레스토랑에 갔다. 콜롱브 생일 파티를 위한 가족 외식이었다. 콜롱브는 평소대로 고상한 요리들을 주문했다. 밤을 곁들인 건데, 이것 역시나 겉멋만 잔뜩 든 요리, 발음도 잘 안 되는 허브를 넣어 요리한 양고기에, 그랑 마르니에 술을 넣은 사바용 크림. 이게 가장 끔찍하다. 사바용 크림은 프랑스 요리의 상징이다. 가볍게 만든다고 해도 초기 기독교인들이 이걸 먹고 질식사 안 한 게 이상할 정도다. 난 앙트레로 아무것도 먹지 않았다. 콜롱브가 나는 짜증나는 거식증 환자라며 잔소리를 해댔는데 그 이야기는 여기서 다시 하기도 싫다. 이어 카레로 버무린 63유로짜리 노랑촉수 생선살 요리. 생선 밑에 네모나게 썬 호박과 당근들이 보였다. 후식으로는 메뉴판에서 보고 그나마 나을 것 같아 34유로짜리 퐁당 쇼콜라를 시켰다. 이 가격이라면 맥도널드 일 년 회원권을 사는 게 낫겠다. 맥도널드는 고급 취향은 아니어도 적어도 잘난 척은 안 하니까. 레스토랑 실내장식과 식탁 장식에 대해서는 미화하고 싶지 않다. 프랑스인들은 붉은 와인색 벽지와 덕지덕지 바르는 금도금으로 제국의 전통을 드러내고 싶어하지만, 사실 거의 병원 스타일이다. 왜 그런지 모르겠는데 엄마는 '드 코르뷔'라고 발음하는 '르 코르뷔지에' 의자에 앉아, 소비에트식 관료주의 냄새가 나는 기하학적 형태의 하얀 식기 세트로 식사를 하며, 화장실에서는 너무 얇아 물기가 하나도 흡수 안 되는 종이 수건에 손을 닦는다.

정제, 단순성이란 그런 게 아니다. "아니, 그럼 넌 뭘 먹으려고 했는데?" 내가 생선살 한 쪽도 못 먹자 콜롱브는 격앙된 표정으로 물었다. 나는 아무 대답도 안 했다. 나도 모르니까. 아무리 그래도 난 어린애다. 그런데 일본 만화에서 보면 주인공들은 다르게도 먹는 것 같았다. 아주 간단하고 깔끔하고 양도 적당하고 맛있게 먹는 듯 보였다. 아름다운 그림을 바라보거나, 아름다운 합창을 부르는 것처럼. 너무 많거나 적지도 않고, 한마디로 적절하게. 내가 틀렸을 수도 있다. 하지만 프랑스 요리는 너무 구닥다리 같고 겉멋만 잔뜩 든 것 같다. 그에 비해 일본 요리는 뭐랄까, 그러니까 젊지도 않고 늙지도 않고, 영원하고 신성해 보인다.

그러나저러나 아르탕스 씨는 죽어가고 있다. 정말 못된 사람 역할을 하기 위해 아침에 그가 무엇을 했을지 상상해보았다. 아마 경쟁 잡지의 요리 비평을 읽으며 진한 커피를 마시거나 소시지와 감자튀김으로 아메리칸 스타일의 아침식사를 했겠지? 우리는 아침에 뭘 하나? 아빠는 커피를 마시며 신문을 읽는다. 엄마는 카탈로그를 넘기며 커피를 마시고, 콜롱브는 프랑스 앵테르를 들으며 커피를 마시고, 나는 만화를 읽으며 쇼콜라쇼를 마신다. 지금 나는 다니구치 만화를 읽는데, 그분은 인간에 대해 많은 것을 가르쳐주는 천재다.

어제는 엄마한테 나도 차를 마실 수 있느냐고 물었다. 할머니는 아침식사 때 홍차를 마시거나 베르가모트 향차를 마신다. 그게 그렇게 대단해 보이진 않지만 커피보다는 착한 거 같다. 커피는 못된 음료다. 그런데 어제저녁 레스토랑에서 엄마는 재스민차를 시켰고 나에게도 조금 맛보게 했다. 진짜 맛있었다. 딱 내 입맛에 맞았다. 그래서 오늘 아침, 나는 이제 아침마다 재스민차를 마시고 싶다고 했다. 엄마는 이상한 표정으로 나를 보더니 수면제에서 덜 깬 표정으로, 그래 알았어, 이제 너도 그럴 나이야 하고 말했다.

커피와 신문 대 차와 일본 만화. 어른들 권력 놀이의 서글픈 공격성 대 우아함과 매력.

12
허한 코미디

마뉘엘라가 간 후, 나는 정신을 팔 만한 온갖 일들에 열중했다. 청소, 대걸레로 현관 바닥 닦기, 길가에 쓰레기통 내놓기, 전단지 주워 모으기, 꽃에 물 주기, 고양이에게 줄 두꺼운 돼지 껍질이 붙은 햄 슬라이스 준비, 내가 먹을 걸로 토마토와 바질을 넣고 파르메산 치즈를 뿌린 중국식 소면 준비, 신문 읽기, 덴마크 작가의 아주 아름다운 소설을 읽기 위해 내 소굴로 들어가기, 현관에서 발생한 위기 상황 처리하기. 즉 위기 상황이란 아르탕스 씨의 손녀, 즉 클레망스의 장녀인 로트가 할아버지가 자기를 보고 싶어하지 않는다며 수위실 앞에서 울음을 터뜨린 것이다.

일은 저녁 아홉시가 되어서야 끝났다. 난 갑자기 늙어버린 것 같았다. 아주 침울해졌다. 난 죽음이 두렵지 않다. 하물며 피에르 아르탕스 씨의 죽음이라면 어떻겠는가. 그러나 참을 수 없는 것은 기다림이다. 그 심연 같은 구멍에 빠지지 않으려고 걸음을 계속 유보해도 결국 이르게 되겠지만, 그러니 나는 부엌 의자에 앉았다. 그리고 침묵 속에, 빛 한줄기 안 드는 그곳에 가만히 있었다. 쓰디쓴 부조리의 맛을 느꼈다. 내 생각들은 천천히 표류했다. 피에르 아르탕스. 포악한 독재자, 영광과 명예를 갈망하며 예술에 대한 열망과 권력에 대한 허기 사이에서 분열되어 끝내 잡을 수 없는 공상을 자기 단어들로 좇아가려 안간힘을 썼던 사람. 결국 진짜는 어디 있나? 환상은 어디 있나? 권력 속에? 아니면 예술 속에? 인간의 창조물을 구름으로까지 끌어올리는 것은 우리가 지독히도 잘 배운 언어의 힘 덕분 아닌가? 그런데 우리는 우리 모두를 동요시키는 지배에 대한 갈증을 헛된 허영이라고 비난한다. 그렇다, 우리 모두는, 좁은 수위실에 틀어박혀 있는 나 같은 불쌍한 수위를 포함해 우리 모두는 눈에 보이는 권력은 단념했어도 적어도 머릿속으로는 꿈꾸지 않나?

그러면 인생은 어떻게 흘러가는가? 우린 하루하루 용기를 내어 이 허깨비 같은 인생 희극에서 한 역할이라도 따내기 위해 노력한다. 영장류로서의 우리 활동의 핵심은 영역을 획득하고 수호하는 일이다. 그래야 보호되고, 의기양양해지니까. 또 한 부족의 계급 사다리를 더 올라가려고 하거나 내려가지 않으려고 버틴다. 그런 게 환상일지언정 자기 쾌락을 위해서든, 확실한 후손을 위해서든 할 수 있는 모든 수단을 다 동원한다. 또한 우리 에너지의 상당 부분을 대상을 위협하거나 유인하는 데 이용한다. 이 두 전략만이 우리의 코나투스, 즉 의욕을 자극하는 영역, 계급, 성적 탐색을 확실히 보장해준다. 하지만 어떤 것도 우리 의식에 들어오지 않는다. 우리는 사랑에 대해, 선과 악에 대해, 철학과 문명에 대해 이야기한다. 진드기가 따뜻하고 뚱뚱한 강아지의 몸을 갈구하듯 존경할 만한 아이콘에 매달린다.

가끔 인생은 허한 코미디처럼 보인다. 꿈에서 깬 사람처럼 우리는 우리가 어떻게 행동하는지 본다. 우리의 원초적 요건을 유지하기 위해 요구되는 생리적 소비를 확인하고 몸이 얼어붙어 망연자실한 채 예술이라 할 만한 것을 요구한다. 이십 년 부채의 결과물인 우리의 작고 따듯한 둥지, 야만적 허례허식, 어렵사리 획득했지만 평생 불안정한 사회적 지위, 이 모든 게 헛된 것임을 절감한다. 자손에 대해서라면 우린 공포에 질린 눈으로 그것을 새롭게 바라보는데, 이타주의라는 옷을 벗으면 재생산이라는 행위는 상당히 이상하게 보이기 때문이다. 결국 성적 쾌락밖에 남는 것이 없다. 하지만 원초적 비참의 강물에 휩쓸리면 그것마저도 흔들린다. 사랑 없는 체조는 우리가 익히 배워온 교훈의 틀

안에 들어가지 않는다.

우리는 영원에서 비껴난다.

모든 낭만적, 정치적, 지적, 형이상학적 신념, 그리고 수년간의 지도와 교육을 통해 우리 안에 새겨넣으려 했던 도덕적 신념이 우리의 심오한 본성 위에서 전복되는 그날, 계급 질서의 거대한 물결이 넘실거리는 영역인 사회는 무의미 속에 빠져든다. 부자, 빈자, 사상가, 연구가, 결정권자, 노예, 선인과 악인, 혁신적인 자, 양심 있는 자, 노조주의자, 개인주의자, 진보주의자, 보수주의자, 이런 것들은 모두 퇴장한다. 그저 원시 영장류에 불과할 뿐. 우거지상, 미소, 걸음걸이, 몸치장, 언어, 코드 등 평범한 영장류의 유전자 카드에 기록된 것들은 다음의 의미만 있을 뿐이다. 자기 대열을 지키느냐 아니면 죽느냐.

오늘날 당신은 절망적으로 예술을 필요로 한다. 당신의 정신적 환상과 다시 이어지기를 열렬히 희망한다. 무언가가 이 불쌍한 생물학적 운명을 구제해 시적이며 위대한 것들이 이 세상에서 제거되지 않기를 고통스럽게 희구하며.

그래서 여러분은 차 한 잔을 마시거나 야스지로 오즈의 영화를 본다. 지배하기 좋아하는 우리 종의 관례적 전유물인 경쟁과 싸움의 원무에서 물러나기 위해, 이 비장한 연극에 예술과 걸작들의 증거를 보여주기 위해.

13
영원

저녁 아홉시에 나는 비디오카세트에 오즈의 〈무네카타 자매들〉을 넣고 틀었다. 이달의 열번째 오즈 영화였다. 왜냐고? 오즈는 내 생물학적 운명을 구제한 천재이기 때문이다.

모든 건 내가 어느 날 도서관 사서인 앙젤에게 빔 벤더스의 초기 영화들을 좋아한다고 말하고 나서부터였다. "아, 그럼 〈도쿄가〉 보셨어요?" 하고 앙젤이 말했고, 야스지로 오즈를 다룬 그 기막힌 다큐멘터리 영화를 보고 나서는 나는 오즈에 대해 알고 싶은 욕구가 생겼다. 그렇게 해서 그의 영화를 보게 되었고, 내 인생 처음으로 웃고 울게 만드는, 진정한 오락과 감상으로서의 영화 예술을 만나게 되었다.

비디오를 틀고 나는 재스민 차를 홀짝거렸다. 리모컨이라 불리는 이 세속의 묵주 덕분에 이따금 뒤로 돌려가며 볼 수 있었다.

바로 이 부분이 기가 막힌 장면이다.

오즈가 가장 아끼는 배우이자 그의 작품에서 아리아드네의 실이며, 온정과 겸손이 넘치는 훌륭한 남자 배우 류 지슈가 곧 죽게 되는 아버지 역할을 맡았는데, 그가 조금 전 교토에서의 산책에 대해 딸 세쓰코와 담소를 나눈다. 둘은 사케를 마시고 있다.

아버지 사이호지! 빛 때문에 이끼가 더 돋보였어.

세쓰코 그 위에 동백도요.

아버지 아, 너도 봤구나. 정말 아름답더라! (사이) 옛 일본에는 아름다운 것들이 있었어. (사이) 모든 걸 다 나쁘다고만은 할 수 없지.

영화는 계속 전개되고, 마지막 장면은 세쓰코가 엉뚱한 여동생 마리코와 이야기를 나누는 장면이다.

세쓰코 (빛나는 얼굴로) 있잖아, 마리코, 왜 교토의 산들은 자줏빛일까?

마리코 (장난기 가득한 얼굴로) 맞아. 아즈키* 빵 같아.

세쓰코 (웃으며) 정말 예쁜 색이지.

영화는 사랑의 실패, 중매결혼, 부모자식의 관계, 자매의 관계, 아버지의 죽음, 옛 일본과 새로운 일본, 술과 폭력 등을 다루고 있다.

그런데 우리 같은 서양인들은 표현하지 못하는, 오로지 일본 문화만이 밝힐 수 있는 어떤 것이 있다. 이토록 짧고 아무 설명도 없는 두 장면이, 그 어떤 극적인 것도 없는 장면이 왜 이토록 강렬한 감정을 불러일으킬까? 말로 표현할 수 없는 괄호 안에 영화 전체가 담겨 있다.

이것이 그 영화의 열쇠다.

세쓰코 진정 새로운 것, 그건 시간이 흘러도 늙지 않는 거야.

절의 이끼 위에 핀 동백, 교토 산의 자줏빛, 푸른 도자기 찻잔, 덧없는 정열 한가운데 순수하게 피는 아름다움. 우리 모두가 바라는 게 그런 것 아닐까? 우리는, 서양 문명은 거기에 도달할 수 없는 걸까?

생의 움직임 속에 영원을 응시하는 것.

---

* 팔.

세계 운동에 관한 고찰 N° 3

잡아! 그걸 잡으란 말이야!

텔레비전이 없는 사람들도 있다! 어떻게 살까? 난 몇 시간이고 그 앞에서 보낼 수 있다. 소리를 끄고 화면만 바라보면 꼭 엑스선으로 사물을 보는 것 같다. 만일 소리를 없애면, 그건 그러니까 2유로짜리 조잡한 물건을 포장한 예쁜 종이를 벗기는 것과 같다. 텔레비전 뉴스 보도를 보면 안다. 각각의 장면들은 서로 아무 관계가 없다. 그 장면들을 이어주는 유일한 것은 논평이다. 이미지들을 시간순으로 이어놓고 그것이 실제 사건의 연속인 양 보이게 하는 것이 바로 논평이다.

아무튼 나는 텔레비전을 굉장히 좋아한다. 오늘 오후, 나는 아주 흥미로운 움직임을 보았다. 다이빙 경기였다. 여러 경기가 펼쳐졌다. 다이빙 세계선수권대회 특집이었다. 규정 종목과 자유

종목, 남자 경기, 여자 경기. 그런데 특히 재밌었던 건 두 명이서 함께 뛰는 다이빙이었다. 비틀기, 도약, 회전 등 어려운 개인 기술을 잘해야 하는 것은 물론, 두 선수가 완전히 동시에 들어가야 한다. 약간만 비슷해도 안 되고, 아주 완벽하게! 수천수만 분의 일 초도 틀리면 안 된다.

진짜 웃긴 것은, 체격이 아주 상이한 두 사람이 같이 다이빙할 때다. 한 사람은 아주 작달막하고, 한 사람은 길고 가늘다. 그러니까 신체 조건으로만 보자면 동시에 출발할 수도, 동시에 입수할 수도 없겠지만 어쨌든 해낸다. 여기서 얻을 수 있는 교훈. 우주 삼라만상은 모두 상호보완적이라는 것. 하나가 덜 빠르면 하나가 더 세게 밀어주는 식으로. 그런데 내 일기에 쓸 거리를 발견한 것은 바로 젊은 중국 여자 선수 두 명이 다이빙대에 섰을 때다. 윤기 자르르한 검은 머리를 한 갈래로 땋은 호리호리한 두 여신은 정말 닮아서 꼭 쌍둥이 같았다. 그런데 해설자 말이 둘은 쌍둥이도 아니고 자매도 아니라고 했다. 아무튼, 마침내 두 선수가 다이빙대에 섰을 때, 다른 사람들도 다 나 같았을 것이다. 지켜보는 것만으로도 숨이 멎을 정도였다.

얼마간의 우아한 준비 도약 후, 뛰어내렸다. 처음 백만 분의 일 초는 완벽했다. 나는 내 몸으로 그 완벽함을 느꼈다. '거울 뉴런' 현상인 듯했다. 즉 누군가의 움직임을 보고 있으면 그 사람은 전혀 움직이지 않으면서도 상대와 똑같이 움직이고 있는 것처럼 뇌에서 생각한다는 것이다. 소파에 가만히 앉아 칩스를 먹으면서도 그 선수처럼 다이빙을 그대로 하는 느낌이다. 텔레비전으로 스포츠 중계를 보면서 흥분하는 것은 바로 그래서다. 아무튼, 이 우아한 두 여신은 처음에는 황홀경 그 자체였다. 그런데 으악! 두 사람 사이에 간발의, 정말 간발의 차이가 느껴졌다. 나는 화면을 뚫어져라 쳐다보았고, 위가 쪼그라들 지경이었다. 의심의 여지가 없었다. 약간의 격차가 있었다. 입수까지 길어봤자 삼 초가 넘지 않을 텐데 이렇게 말하는 게 미친 것처럼 보일 수도 있다. 그러나 삼 초도 안 되는 짧은 순간이기 때문에, 그 삼 초가 한 세기는 되는 양 모든 단계를 보게 되는 것이다. 이제 명백해졌다. 얼굴을 가려봐도 소용없다. 둘은 차이가 났다. 한 명이 입수하기 전에 다른 한 명이 먼저 물속에 들어갔다! 아, 끔찍하다!

난 텔레비전에 대고 소리를 질러댔다. 잡아! 따라잡으란 말이야! 말도 안 되지만, 늑장 부리는 여자한테 정말 신경질이 났다. 울분이 터져 소파에 다시 주저앉았다. 그래서 어떻다고? 저게 세계의 운동인가? 완벽할 수도 있었는데 그 가능성을 망쳐놓고야 마는 그 미세한 차이? 난 한 삼십 분 동안 언짢은 기분으로 있었다. 그런데 갑자기 의문이 들었다. 왜 그렇게 한 사람이 다른 사람을 따라잡길 바랐을까? 왜 움직임이 싱크로가 되지 않으면 안 되는 거지? 그걸 짐작하는 건 어렵지 않다. 모든 것은 다 흘러가는데, 우리는 간발의 차로 영원성을 놓치기 때문이다. 했어야 될 말, 했어야 할 행동, 어느 날 갑자기 번뜩이듯 떠올랐지만 잡지 못하고 공허 속에 영원히 처박힌 카이로스. 엄지만한 차이로 인한 실패. 하지만 '거울 뉴런' 때문에 다른 생각이 떠올랐다. 상당히 흥분되는 개념인데, 분명 약간 프루스트적인 것이다. (프루스트적인 건 좀 날 짜증나게 만들지만.) 만일 문학이 거울 뉴런을 활성화하고 싼값에 전율을 느끼기 위해 바라보는 텔레비전 같은 것이었다면? 아니면 설상가상으로, 문학이 우리가 놓친 것을 모두 보여주는 텔레비전이었다면?

세계의 움직임이여, 안녕! 완벽할 수도 있었다. 하지만 재앙이었다. 실제로 경험했어야 했다. 하지만 항상 대리만족이다.

그렇다면 당신에게 묻겠다. 왜 이 세상에 남아 있는가?

14
그렇다면, 옛 일본은?

이튿날 아침 샤브로 씨가 수위실 초인종을 눌렀다. 다시 정신을 차린 듯했다. 목소리는 떨리지 않았고, 코는 말랐으며 피부는 여전히 잘 그을린 구릿빛이었다. 하지만 유령 같았다.

"피에르가 죽었습니다." 그가 쉿소리를 내며 말했다.

"아, 정말 유감입니다."

나는 그에게 정말 유감을 표했다. 만일 피에르 아르탕스 씨가 더이상 육신의 고통을 겪지 않는다면, 샤브로 씨는 죽은 사람처럼 살아가는 것을 배워야 하기 때문이다.

"곧 장의사 직원들이 올 겁니다." 샤브로 씨는 넋이 나간 소리로 덧붙였다. "집 앞까지 좀 안내해주시면 감사하겠습니다."

"물론이죠." 나는 대답했다.

"저는 두 시간 안에 돌아올 겁니다. 안나를 돌봐야 하거든요."

그는 잠시 말없이 나를 바라보았다.

"감사합니다." 이십 년 만에 두번째로 그가 이 말을 했다.

나는 대대로 이어져온 수위들만의 전통적인 표현으로 대답해 보려 했으나 왠지 말이 나오지 않았다. 아마도 샤브로 씨가 다시 돌아올 것 같지 않았기 때문이다. 죽음 앞에서는 성곽도 무너지니까. 나는 뤼시앵을 생각했다. 그리고 고인들에게 무례를 범할 수 있는 언동을 삼가기로 했다.

그래서 나는 이렇게 말하지 않았다.

"뭘요."

대신 이렇게 말했다.

"아시겠지만…… 모든 것은 정해진 때가 있죠."

잘 알려진 격언처럼 들릴 수도 있는 이 말은 『전쟁과 평화』에서 쿠투조프 사령관이 안드레이 공작에게 한 말이다. "그리고 전쟁시에도, 그리고 평화시에도, 모두가 날 비난했지. 그러나 기다릴 줄 아는 사람에게는 다 제때가 있지. 다 제때에 오는 법이라고."

원문을 읽을 수 있다면 훨씬 좋을 텐데. 이 부분이 참 마음에 드는데, 전쟁과 평화라는 출렁이는 흔들림과 그 사이의 휴지. 바다의 해물들을 해안가 모래사장까지 데려왔다 다시 데려가는 밀물과 썰물 같은 리듬. 원문은 중간의 쉼표 없이 물 흐르듯 표현

되었는데, 매우 현자적인 러시아 문체를 더 예쁘게 꾸미고 싶은 번역자의 엉뚱한 욕망 때문에 쉼표가 생긴 것인지, 그래서 내 바다 타령이 괜히 엉뚱한 것이 된 건 아닌지. 아니면 그게 이 글의 핵심일 수도? 지금도 이 문장만 읽으면 내 눈에서는 기쁨의 눈물이 흐른다.

샤브로 씨는 조용히 고개를 끄덕였다. 그리고 자리를 떠났다.

남은 오전 시간이 우울하게 지나갔다. 아르탕스 씨에 대해서는 사후라도 특별한 호감은 없다. 하지만 책에 집중이 안 될 만큼 마음이 심란했다. 절을 뒤덮은 이끼 위에 핀 동백 덕에 잔혹한 세계 한가운데 작은 행복의 괄호가 열렸는데, 이것이 갑자기 희망도 없이 닫혔고, 이 모든 추락의 어둠이 내 쓰라린 심장을 잠식해갔다.

그런데 이때 옛 일본이 섞여들어왔다. 아파트 어딘가에서 멜로디가 흘렀다. 분명하고도 유쾌한 멜로디. 누군가가 피아노 소품을 연주하고 있었다. 우울의 장막을 찢는 즉흥적인 감미로움. 영원성이 분할되면서 모든 것이 변모한다. 알 수 없는 곡에서 빠져나온 음악 한 조각, 온갖 인간사의 흐름 속에 약간의 완벽성. 나는 천천히 고개를 숙이고 절의 이끼 위에 핀 동백을, 한 잔의 차를 생각한다. 밖에서는 바람이 솔솔 불며 무성한 나뭇잎들을 어루만지고, 달아나는 듯한 삶은 내일도, 계획도 없는 단단한 보석으로 응결된다. 매일처럼 같은 날들, 그 창백한 날들의 연속에서 구원된 인간의 운명은 비로소 빛으로 밝아지고, 시간을 초월하며, 불안한 내 가슴을 어루만진다.

15
부자들의 의무

문명, 그것은 제어된 폭력이며, 영장류의 공격성에 대한 미완의 승리다. 영장류였던 우리는 지금도 영장류로 남아 있고, 이끼 위의 동백처럼 쾌락을 누리는 것을 배우기 때문이다. 바로 여기에 교육의 모든 기능이 있다. 교육한다는 것은 무엇인가? 그것은 충동을 유도하는 것, 가령 기분을 전환시키는 것, 이끼 위의 동백을 끊임없이 제안하는 것이다. 그 충동은 결코 멈추지 않고 생존의 허실한 균형을 끊임없이 위협하기 때문이다.

난 이끼 위의 동백이다. 그것 말고는 이 음습한 수위실에서의 내 칩거를 설명할 길이 없다. 내 존재의 여명에서부터 이미 존재의 부질없음을 깨달은 나는 하늘을 내 부당한 운명의 증인으로 삼아 반란을 선택할 수도 있고, 우리의 조건이 내포하고 있는 폭력이라는 자원을 길어 담을 수도 있다. 하지만 학교를 통해 그나마 의식이 깨인 나는 공허한 운명으로 포기와 칩거에 이를 수밖에 없음을 깨달았다. 놀라운 제2의 탄생으로 나는 내 안에서 충동 제어 영역을 마련하기 시작했다. 학교가 날 태어나게 만들었으므로 나는 학교를 안심시켜야 했고, 고분고분하게 개화된 존재가 되어줌으로써 교육자들의 의도에 부합해야 했다. 영장류의 공격성에 대한 투쟁이 책과 언어라는 놀라운 무기들을 독점하자 이 작업은 용이해졌고, 이렇게 해서 인간 고유의 본성에 저항하는 힘을 문자 기호 속에서 끌어올리며 교화된 영혼이 된 것이다.

그래서일까. 하루는 앙투안 팔리에르가 내 수위실 초인종을 무례하게 세 번이나 누르더니 나한테 아무 인사도 없이 크롬 도금된 자기 킥보드의 유실에 대해 처벌조의 달변을 늘어놓았다. 나는 그의 면전에서 문을 닫아버렸고, 문 밖을 빠져나가려던 내 고양이는 하마터면 꼬리가 잘릴 뻔했다.

이끼 위의 동백이 이러면 안 되지, 하고 나는 생각했다.

레옹을 다시 자기 영역으로 들여보내야 했으니 나는 다시 문을 열었다.

"미안해요. 바람이……"

앙투안 팔리에르는 자기가 본 것이 정말 나인가 하는 표정으로 나를 쳐다보았다. 하지만 그는 일어날 일은 일어나게 되어 있다고 생각하도록 훈련받은 만큼, 부자들은 그들의 인생이 하늘의 고랑을 따라가는 것이라고 확신하는 만큼, 또 그 하늘의 고랑은 당연히 돈의 힘으로 그들을 위해 파인 것인 만큼 내가 한 말을 믿기로 한 것 같았다. 우리 믿음의 기반을 흔들지 않기 위해 자신을 조작할 수 있는 능력은 매혹적인 현상이다.

"예, 알았어요. 아무튼 저희 어머니가 이것 좀 갖다주라고 했어요."

그러면서 그는 나에게 하얀 봉투를 내밀었다.

"고마워요" 하고 말하며 나는 또 한번 그의 면전에서 문을 닫았다.

그래서 지금 이렇게 부엌에서 손에 봉투를 든 채 서 있는 것이다.

"오늘 아침은 도대체 왜 이러지?" 난 레옹에게 물었다.

피에르 아르탕스의 죽음은 내 동백을 시들게 했다.

나는 봉투를 열었다. 명함 뒤에 몇 자 안 되는 글이 적혀 있었는데, 표면이 너무 매끄러워서인지 잉크가 압지에 잘 스며들지 않아 글자가 약간 번져 있었다.

미셸 부인,

오늘 오후, 세탁물을 수령해, 주겠습니까?

오늘 저녁 수위실에 들러 찾아가겠어요.
미리 감사드립니다.
(그리고 휘갈긴 서명.)

나는 이런 엉큼한 공격은 예상도 못했다. 그 충격에 오싹해 바로 옆에 있는 의자에 풀썩 주저앉았다. 내가 약간 미친 건 아닌가 하는 생각도 들었다. 이런 일이 당신에게도 생긴다면 나와 똑같은 반응을 보일까?

자, 보자.

고양이가 잔다.

이 대수롭지 않은 문장은 어떤 괴로운 감정이나 불타는 고통도 불러일으키지 않는다. 그건 당연한 거다.

이제 이렇게 해보자.

고양이가, 잔다.

무슨 말인가 하면, '고양이가' 하고 쉼표를 찍고 '잔다'고 쓰는 것이다.

고양이가, 잔다.

수령해, 주겠습니까?

일반적으로 등위 접속사를 쓸 때 구두점을 찍지 않건만, 쉼표를 아무데나 넣어 자유롭게 언어를 구사하는 예도 있다. 가령 이런 형태로.

'그리고 전쟁시에도, 그리고 평화시에도, 모두가 날 비난했지.'

또, 다른 형태로는 부드러운 고급 모조지에 쓰인 문장에 단검처럼 쉼표를 찔러 넣는 사빈 팔리에르의 만행을 볼 수 있다.

'세탁물을 수령해, 주겠습니까?'

사빈 팔리에르가 파루의 무화과나무 아래서 태어난 포르투갈 여자거나, 이민 와 퓌토*에 정착한 수위거나 아니면 정신적 결함이 있지만 자비로운 가족들이 용케도 잘 참아주는 사람이라면, 이런 무신경쯤은 기꺼이 용서해줄 수 있다. 하지만 사빈 팔리에르는 부자다. 사빈 팔리에르는 군수산업체를 운영하는 거물의 아내이고, 짙은 전나무색 더플코트를 입고 다니며 고등사범학교와 시앙스포**를 나온 뒤 아마도 우파 장관실에 그 얄고 초라한 사상을 전파하러 갈 머저리의 어머니다. 또 사빈 팔리에르는 어느 대형 출판사의 기획위원이자 모피 코트를 입고 보석을 주렁주렁 매달아 가끔은 무너지지 않을까 싶은 아주 고약한 여자의 딸이기도 하다.

이런 모든 이유로 사빈 팔리에르는 용서받을 수 없다. 운명의

---

* 이민자들이 많이 사는 파리 외곽 도시.

** 파리 정치대학.

특혜에는 대가가 있다. 유복한 삶이라는 혜택을 입은 자는 아름다움을 고찰할 때 엄격해야 할 의무가 있음은 재론의 여지가 없다. 언어는 인간의 자산으로, 그 용법을 지키는 것은 사회 공동체가 마땅히 해야 할 일이며 성스러운 작업이다. 시간의 흐름에 따라 발전하며 변형되고 잊히고 부활하며, 가끔 그 용법을 어기는 것이 더 위대한 풍요의 자원이 되긴 하지만, 이것을 가지고 놀고 변화를 줄 자격을 갖추기 위해선 우선 완전한 예속을 선언해야 한다. 그 사실은 변하지 않는다. 가난한 자의 묶인 예속 상태에서 배제된 사회에서 선택받은 자들은 언어의 찬란함을 경배하고 존중할 이중의 임무를 띠는 것이다. 마지막으로 악취 나는 동굴 혹은 쓰레기장 같은 건물 지하에서 태어난 훌륭한 시인들도 언어의 아름다움을 위해 이 구두법을 성스럽게 존중한다는 점을 생각해볼 때, 사빈 팔리에르의 구두점 오용은 더욱 심각한 신성모독이다.

부자들에게는 아름다움을 지켜야 할 의무가 따른다. 그러지 않으면 죽는 게 낫다.

내가 이렇게 분노로 들끓고 있는 순간, 누가 또 수위실 초인종을 눌렀다.

심오한 사고 N° 7

건설하다
“네가 살거나
네가 죽거나,
다 결과에
따른 거다.”

시간이 갈수록 여기다 불을 질러야겠다는 결심이 굳어진다. 자살은 말할 것도 없고. 생각해볼 게 있다. 오늘 아빠한테 혼났다. 오늘 온 손님 중 한 분이 말도 안 되는 말을 해서 내가 따졌기 때문이다. 그 사람은 티베르네 아빠다. 티베르는 또 누구냐고? 우리 언니 남자친구다. 그 사람도 우리 언니처럼 고등사범학교에 다니는데 수학 전공이다. 그걸 엘리트라고 부른다니. 콜롱브나 티베르, 그리고 그들의 친구들과 소위 ‘민중’의 젊은이들 사이의 유일한 차이라면, 우리 언니와 그 일당이 더 한심하다는 것이다. 술 마시고 담배 피우고 거리에서 노는 애들처럼 비속어나 쓰고. 가령 이런 식이다. “야, 올랑드*가 국민투표 가지고 파비우스** 막 까데? 너 그거 봤어? 완전 킬러야, 킬러.”(이건 진짜다!)

또는 "이 년 전 임명된 지교(지도교수)들은 죄다 파쇼에다 꽉 막힌 우파들이니까 괜히 잘못 걸리지 마."(어제 한 뜨끈뜨끈한 이야기.) 이보다 더 낮은 수준으로는 "J.B.가 찍은 그 금발 있잖아, 영어통이라는데? 그 금발이."(이것도 어제 거.) 이보다 좀 수준 높은 거는 "마리앙 강의 때 말야, 존재는 신의 첫번째 속성이 아니라고 말할 때, 완전 좆같았어."(영어통이라는 그 금발 여자에 대한 이력 점검을 마치고 나서 바로 나온 말.) 이러니 내가 무슨 생각을 하겠는가? 갈수록 태산? 그래, 거의 그거다. "형이상학적 존재론의 힘을 볼 수 없는 것은 무신론자여서가 아니야. 중요한 건 말야, 개념의 힘이지 진리가 아니라고. 근데 마리앙 그 더러운 놈이 그걸 단언하는 거야, 빌어먹을, 말이 돼야지."

우리 마음 아직도 가득한데 내 소매 위로 떨어진
하얀 진주
우리는 헤어졌고
나 그것을 가지고 가네
그대에 대한 추억인 양

—『고킨슈』

---

* 프랑수아 올랑드. 1997년부터 십여 년간 사회당 총수를 역임했다.

** 프랑스 총리를 지낸 사회당 의원.

바보 같은 소리를 듣지 않으려고 나는 엄마의 노란 스펀지 귀마개를 끼고 아빠의 『일본 고전 시선집』에 나오는 하이쿠를 읽었다. 잠시 후 나머지는 모두 돌아가고 콜롱브와 티베르만 남았을 때에도 내가 자기들 말을 다 듣는 줄 알면서도 계속해서 더러운 소리들을 지껄였다. 불행의 극치는 티베르가 저녁식사 때까지 집에 안 가고 엄마가 그 오빠의 부모님을 초대한 것이다. 티베르의 아버지는 영화 제작자고, 엄마는 센 강변에 있는 아트 갤러리를 운영한다. 콜롱브는 티베르의 부모님에게 완전히 미쳐 있다. 다음주에는 그들과 함께 베네치아에 간다고 했다. 잘됐지 뭐. 귀찮은 게 없어지니 사흘은 조용히 있을 수 있겠네.

한데 저녁식사 때 티베르 아버지가 이런 얘기를 했다. "어떻게 바둑을 모르세요? 그 멋진 일본 게임을 말입니다! 제가 지금 샨사의 소설 『바둑 두는 여자』를 영화로 만들고 있는데, 일본식 체스라 할 수 있는 엄청난 게임이죠. 그 발명품으로 우린 또 한번 일본한테 빚을 졌어요. 정말 기가 막힙니다." 그러면서 바둑의 규칙을 설명하기 시작했다. 무슨 말도 안 되는 소리! 첫째, 바둑을 고안한 건 일본인이 아니라 중국인이다. 내가 요즘 바둑에 관한 만화를 읽고 있어서 안다. 『고스트 바둑왕』이라는 만화다. 둘째, 일본식 체스가 아니다. 판 위에서 하는 게임이고 두 사람이

각각 흰색과 검은색을 가지고 대결한다는 것만 빼면 그건 고양이와 개가 다른 것만큼이나 다르다. 체스는 이기기 위해 죽여야 한다. 바둑은 살기 위해 건설을 해야 한다. 셋째, '난 한 머저리의 아비요' 하는 그 아저씨가 말한 몇몇 규칙은 틀렸다. 그 게임의 목적은 상대를 먹는 것이 아니라 더 넓은 영역을 만드는 것이다. 만일 상대 바둑알을 취하기 위해서라면 '자살'할 수도 있다. 자동적으로 먹히는 구역으로 가는 것을 금지하는 규칙은 없다.

그래서 그 '세상에 내가 혹을 낳았어요' 아저씨가 "바둑 기사들의 단계는 처음에 1급부터 시작해서 30급까지 올라가고, 그다음에는 단으로 넘어갑니다. 1단, 2단 이렇게요" 하고 말했을 때 나는 더는 참을 수 없었다. "아녜요. 순서가 거꾸로 됐어요. 30급부터 시작해서 1급까지 올라가요."

그러나 그 '아이고 제가 지금 무슨 짓을 했는지도 몰랐네요 용서해주쇼'라고 내가 별명을 붙여도 모자랄 그 아저씨는 기분 나쁜 표정으로 계속 자기가 맞는다고 우겼다. "아냐, 아저씨가 맞는 거 같은데?" 아빠가 눈썹을 찡그리면서 날 쳐다보는데도 난 계속 아니라고 했다. 그런데 더 아찔한 건 티베르가 날 구제했다는 점이다. "아빠, 쟤가 맞아요. 1급이 더 높은 거예요." 티베르는 수학과 학생이고, 체스도 두고 바둑도 둔다. 난 이런 게 싫다. 좋은 건 다 잘나가는 애들이 가져간다. 틀린 건 티베르 아빠였는데도 저녁식사가 끝난 후 아빠는 화를 내며 내게 말했다. "입만 열면 손님들한테 함부로 하더구나. 조용히 좀 있어!" 아니 그럼 내가 어떻게 했어야 하나? 콜롱브도 아무 말이나 다 하는데. "아망디에 극장의 상연 프로그램은 좀 황당하더라고요." 엄마는 어떻고? "작년 비엔날레는 정말 실망스러웠어요." 페르메이르 작품이 다 불타도 가만있겠지만 자기 화초들이 불타면 아마 자살할 거면서. "프랑스의 문화적 예외성은 미묘한 패러독스죠." 앞선 열여섯 번의 저녁식사 때도 이 비슷한 말을 하지 않았나? 또 티베르 엄마가 하는 말은 어떻고. "요즘에는 파리 어디에도 정말 좋은 치즈 집이 없어요." 이거야 그다지 모순은 없다. 뼛속 깊이 오베르뉴 상인 기질*이면 이런 말을 하는 게 당연하다.

내 생각에 바둑은, 그러니까 그 게임의 목적은 영역을 구축하는 것이다. 정말 아름답지 않은가? 싸워나가는 여러 단계가 있지만, 그것들은 자기 영역을 살린다는 목표를 이루기 위한 수단일 뿐이다. 바둑 경기의 가장 아름다운 모습, 그리고 가장 성공적인 모습은 승리하기 위해 사는 것, 그러면서 상대도 같이 살게 하는 것이다. 너무 욕심을 부리면 진다. 상대를 짓밟지 않으면서 자신이 유리한 점을 현실화하는 섬세한 균형이 필요한 게임이다. 결

* 오베르뉴 지방 출신 상인들은 탐욕적인 경향이 지나친 것으로 유명하다.

국 삶과 죽음은 건설이 잘되었느냐 잘못되었느냐에 따르는 귀결이다. 다니구치 만화에 나오는 어느 인물도 그런 말을 했다. "네가 살거나 네가 죽거나, 다 결과에 따른 거다." 이것은 바둑의 격언이자 인생의 격언이다.

살기, 죽기. 그것은 자기가 건설해나간 것의 결과에 불과한 것이다. 중요한 것은 잘 건설하는 것이다. 그렇다면 나한테도 새로운 구속이 생겼다. 파괴하고 해체하는 것을 멈추겠다. 이제는 건설해나갈 것이다. 콜롱브에 대해서도 긍정적인 면을 봐야겠다. 중요한 건 죽는 순간 우리가 무엇을 하고 있느냐다. 다가오는 6월 16일, 나는 건설하며 죽고 싶다.

16
헌법이의 우울

문을 두드린 게 누군가 하고 보니, 4층에 사는 외교관의 딸인 매력적인 아가씨 올랭프 생니스였다. 나는 올랭프가 좋다. 그렇게 웃긴 이름을 가지고 살아남으려면 성격이 아주 강해야 할 거 같다. 특히나 청소년기 내내 “야 올랭프*, 네 산 좀 타도 되냐?” 이렇게 놀림당했을 게 뻔하다. 올랭프 생니스는 그 대단한 이름처럼 살고 싶어하지 않는다. 부유한 결혼도 바라지 않고, 권력지향적이지도 않고, 외교적이지도 않으며 스타처럼 굴지도 않는다. 올랭프 생니스는 수의사가 되고 싶어한다.

“지방으로 가고 싶어요.” 하루는 수위실 앞 신발 털개에 서서

* ‘올림포스’의 프랑스어 발음.

우리 고양이에 대해 이야기하면서 나한테 그런 말을 했다. "파리에는 작은 동물들밖에 없어서요. 소랑 돼지도 돌보고 싶거든요."

올랭프는 이 건물의 몇몇 입주자들처럼 이야기할 때 '편견 없는 좌파로 잘 자랐기 때문에 수위하고도 스스럼없이 지낸다'는 억지 티를 내지 않는다. 올랭프는 내가 고양이를 키우기 때문에 나랑 이야기를 나누는 것이다. 서로의 공통 관심사가 있으니까. 사회가 우리의 우스꽝스러운 길 위에 끊임없이 쳐놓는 장벽 같은 것을 의식조차 하지 않는 올랭프의 태도가 나는 참 좋다.

"헌법이한테 무슨 일이 생겼는지 말해주려고요." 내가 문을 열어주자 올랭프가 말했다.

"그러면 들어와요. 오 분 정도는 시간 있죠?"

고양이와 그들의 소소한 문제에 대해 이야기를 나눌 수 있는 누군가를 찾은 것이 너무 좋았는지, 올랭프는 오 분이 아니라 차를 연속 다섯 잔은 마시며 한 시간도 더 있었다.

난 정말 올랭프가 좋다.

헌법이는 아주 매력적인 작은 암고양이로 캐러멜색 털에, 부드러운 장미색 콧방울, 하얀 콧수염, 라일락색 발바닥을 가진 조스 씨네 고양이다. 이 건물의 모든 털 달린 짐승들처럼 헌법이 역시 나쁜 버릇으로 소란을 피우다가도 올랭프 앞에서는 얌전했다. 그런데 무용지물 같지만 아주 열정적인 이 세 살배기 고양이가 최근 밤새도록 야옹야옹 울어대서 그 집 주인들이 잠을 다 깬다는 것이다.

"왜죠?" 난 사회자처럼 질문했다. 우리는 우리가 나누는 이야기에 빠져들어 각자 완벽한 자기 역할을 하고 있었다.

"방광염이었지 뭐예요, 방광염요!" 올랭프가 말했다.

올랭프는 열아홉 살밖에 안 되었고, 수의대학에 들어갈 날을 애타게 기다리면서 열심히 공부하고 있었다. 이 건물의 동물들을 괴롭히는 고통에 마음 아파하면서도 실험 대상이라곤 오로지 얘네들밖에 없으므로 내심 즐거워하기도 했다. 무슨 다이아몬드 광맥을 발견한 사람처럼 올랭프는 헌법이의 방광염을 진단했다.

"방광염요?" 나 또한 흥분해 소리를 질렀다.

"예, 방광염이에요." 올랭프는 한숨을 쉬면서도 눈은 반짝이고 있었다. "그 불쌍한 것이 그래서 아무데나 오줌을 싼 거예요." 그리고 이야기의 절정에 오르기 전 숨을 한번 몰아쉬었다. "소변에 경미한 출혈 소견이 보였어요."

세상에! "오줌에 피가 좀 섞여 있었어요" 하고 말하면 훨씬 빨리 이해될 수 있었을 것이다. 하지만 올랭프는 적절한 의학용어를 구사하며 고양이 의사로서의 면모를 보여주었다. 난 사람들이 이런 식으로 하는 말들을 좋아한다. "소변에 경미한 출혈 소견이 보였어요." 이런 재미있는 단어는 귓전에 맴돌며 미문으로 가득한 문학으로부터의 피로를 풀어주는 또다른 독특한 세계다. 내가 의약품 설명서를 읽는 것을 좋아하는 것도 그래서다. 간결함과 엄격함에서 오는 짜릿한 흥분! 이런 기술 용어에는 일종의 휴식이 있어 또다른 차원을 만들어낸다. 여기에는 창조의 고통 혹은 숭고한 시의 지평선에 닿기 위한 끝없는 문학적 노력이나 열망, 희망 따위가 없다.

"방광염에는 두 가지 병인이 있어요." 올랭프가 말을 이었다. "전염성 세균에 감염되었거나 신장의 기능장애일 수 있어요. 그래서 우선 방광을 검진해봤어요. 공 모양이 되어 있는지 보려고요."

"공 모양?" 내가 놀라서 되물었다.

"신장 장애가 있으면 고양이는 소변을 볼 수 없어요. 방광이 꽉 차 일종의 '방광 공'이 되는데, 그건 고양이 복부를 만져보면 알 수 있어요. 그런데 그건 아니었어요. 청진기를 대봤을 때도 아픈 것 같지는 않았어요. 다만 계속 여기저기 오줌을 싸는 거예요."

나는 솔랑주 조스의 거실이 케첩 뿌려진 것 같은 거대한 고양이 배설용 흡수 모래가 되어 있을 거라고 생각했다. 그런데 그건 올랭프에게는 부차적인 문제였다.

"그래서 솔랑주 부인이 소변 분석을 해달라고 했어요."

헌법이한테 별다른 건 없었다. 신장 결석도 없고, 땅콩만한 작은 방광에 매복해 있는 병원균도 없고, 박테리아가 침투한 것도 아니었다. 소염제와 경련 진정제, 항생제를 투여해도 헌법이는 그대로였다.

"그럼 왜 그럴까요?" 내가 물었다.

"제가 하는 말 못 믿으시겠지만, 그 아이는 특발성 사이질 방광염을 앓고 있어요."

"세상에, 그게 뭐예요?" 나는 귀가 솔깃해졌다.

"그러니까, 헌법이는 굉장히 심한 히스테리를 보인다고 할 수 있겠죠. 사이질은 방광 벽면 사이에 염증이 생겼다는 거고, 특발성이라는 말은 의학적 원인이 없다는 거죠. 간단히 말해 스트레스를 받으면 방광에 염증이 생기는 거예요. 여자들이 그러는 것처럼요."

"아니 개가 무슨 스트레스를 받아요?" 나는 나도 모르게 큰 소리가 나왔다. 헌법이는 하는 일이라곤 아무것도 없이 매일같이 장식품처럼 앉아 있기만 하는 살찐 고양이인데 말이다. 스트레스라고 해봤자 더없이 친절한 수의사 아가씨한테 방광 검사 받아야 하는 것일 텐데, 다른 동물 같았으면 벌써 공포에 시달려 죽었겠다.

"수의사 선생님이 그러시는데, 그 고양이만이 그걸 안대요."

그러더니 올랭프는 약간 뾰로통한 표정을 지으며 말했다.

"최근에 폴 조스 씨가 개한테 그랬대요. 너무 뚱뚱하다고. 모르죠. 별것 아닌 걸로도 스트레스 받을 수 있는 거니까."

"그럼 어떻게 치료해요?"

"사람하고 똑같아요." 올랭프는 웃으며 말했다. "프로작*을 처방해줘요."

"정말요?" 내가 말했다.

"정말요." 올랭프가 대답했다.

거봐, 내가 그러지 않았나. 우리는 동물이고, 동물로 남을 것이라고. 부잣집 암고양이가 문명화된 여성과 똑같은 고통을 겪고 있다니. 동물들이 학대받고 있다고, 인간이 순수 애완동물을 오염시키고 있다고 외쳐댈 일은 아니다. 그 반대로 우리가 같은 동물적 운명으로 엮여 있음을 다시 한번 확인하며 깊은 연대감을 느끼는 거다. 우리는 같은 욕구 때문에 살고, 같은 아픔으로 고통받는다.

"어쨌든 이번 일로 제가 잘 모르는 동물들을 치료할 때 더 깊이 생각해볼 수 있게 되었어요." 올랭프는 이렇게 말하며 일어서더니 친절하게 또 인사했다.

"정말 고마웠어요, 미셸 부인. 이런 이야기를 할 수 있는 사람

---

* 우울증 치료제.

은 부인밖에 없어요."

"천만에요. 내가 더 재밌었어요." 나도 인사했다.

그리고 문을 닫으려고 하는데, 올랭프가 이런 말을 했다.

"아 참, 그거 아세요? 안나 아르탕스 부인이 곧 집을 판대요. 새로 입주하시는 분도 고양이가 있었으면 좋겠어요."

17
자고새의 엉덩이

안나 아르탕스가 집을 판대!

“안나 아르탕스가 집을 판대!” 나는 레옹에게 말했다.

“그래서 뭐?” 레옹이 대답했다. 아니 대답한 것 같았다.

내가 여기서 이십칠 년째 살고 있는데, 입주자 가족이 바뀐 적은 한 번도 없었다. 늙은 뫼리스 부인은 젊은 뫼리스 부인에게 자리를 내줬고, 바두아즈 씨네, 조스 씨네, 로장 씨네도 거의 비슷했다. 아르탕스 씨는 우리와 같은 시기에 이 아파트에 들어왔다. 거의 함께 늙어간 셈이다. 드 브로이 씨네는 아주 옛날부터 이 건물에 살았는데, 늘 같은 집이었다. 의원님 나이가 얼마나 되는지는 모르지만 젊었을 때부터 이미 나이들어 보였는데, 한 가지 이점이라면 지금은 늙었는데도 그렇게 늙어 보이지 않는다는 것이다.

내가 수위로 있는 동안 재산을 팔아 그 소유주와 명의가 바뀌는 경우는 안나 아르탕스가 처음인 것이다. 이상하게도 이런 생각을 하니 불쑥 오싹해진다. 나는 끝없는 반복에 너무 익숙해진 걸까? 시간의 강물 속에 들어와 있으면 이런 흐름을 알 수 있다. 변화에 대한 전망은 가설일 뿐이다. 우리는 내일이 어김없이 온다고 생각하며 매일을 산다. 그르넬 가 7번지의 답보 상태, 아침에 이어 또다른 아침이 오는 이 명명백백한 영속성이 내겐 갑자기 폭풍우 몰아치는 작은 섬처럼 느껴졌다.

걷잡을 수 없이 동요된 나는 바퀴 달린 시장바구니를 끌고 조용히 코를 고는 레옹을 놔둔 채 비틀거리는 걸음으로 시장을 향했다. 그르넬 가와 바크 가가 만나는 모퉁이에서 낡은 상자를 집 삼아 사는 제젠이 먹이를 쳐다보는 거미의 눈빛으로 나에게 말했다.

"어, 미셸 부인, 또 고양이 잃어버렸어요?" 그러더니 히죽 웃는다.

적어도 변하지 않는 게 있다. 이를테면 몇 해 전부터 여기 초라한 종이 상자에서 사는 제젠이 그렇다. 세기말 러시아 상인 냄새를 풍기며 주인만큼이나 무수한 세월을 거슬러온 낡은 프록코트를 입고 또 한번 겨울을 나는 거지 제젠.

"노숙인 쉼터로 가야죠." 나는 늘 하던 말을 또 했다. "오늘밤 아주 추울 거예요."

"쉼터요? 당신이 가서 한번 봐봐요. 여기가 훨씬 낫지." 제젠은 날카롭게 짖어댔다.

나는 다시 걸음을 내딛다 괜히 자책감이 들어 그에게로 돌아왔다.

"저기…… 아르탕스 씨가 간밤에 죽었어요."

"그 비평가가요?" 제젠이 갑자기 눈을 반짝거리며, 자고새 엉덩이 냄새를 맡는 개처럼 코를 킁킁거리며 물었다.

"예, 그 비평가요. 심장이 갑자기 멈췄어요."

"아, 저런, 저런." 제젠은 정말 놀라고 슬픈 듯 말했다.

"그 사람 알아요?" 내가 물었다.

"아, 저런, 저런." 제젠은 같은 말만 되뇌었다. "잘나가는 사람들이 먼저 가는구먼요."

"잘살다 가는 거죠." 난 돌아가는 형국에 놀라 나도 모르게 그렇게 말하고 말았다.

"미셸 부인, 그렇게 좋은 사람은 없죠. 저런, 저런. 그 양반 보고 싶어질 거유."

"그분이 뭐라도 줬어요? 성탄절 때 돈이라도?"

제젠은 나를 쳐다보더니 코를 한 번 훌쩍이고는 자기 발 옆에 가래를 퉥 뱉었다.

"주기는! 십 년 동안 땡전 한 푼 안 줬소. 대단한 양반이었지. 그래도 뭐 그런 사람 이젠 없지."

이 짧은 대화는 날 심란하게 만들었다. 시장 가는 길 내내 제젠 생각이 자꾸 났다. 나는 가난한 사람들이 가난하기 때문에, 삶이 부당하기 때문에 그들의 정신이 위대하다고는 절대 생각하지 않았다. 하지만 가난한 자들이 적어도 가진 자들을 증오하는 데 있어서는 하나라고 생각했다. 그런데 제젠은 아니었다. 제젠은 내가 잘못 생각하고 있음을 깨닫게 했다. 그러나 이것 또한 가르쳐주었다. 가난한 사람들이 싫어하는 것이 하나 있다면 그건 또다른 가난한 사람들이다.

잘 생각해보면 이건 부조리한 말은 아니다.

나는 멍하니 시장 길목을 걸었고, 치즈 가게들이 모여 있는 골목으로 가서 잘라 파는 파르메산 치즈 한 덩어리와 수맹트랭 치즈 한 조각을 샀다.

18
랴비닌

나는 불안감이 찾아오면 내 은신처로 간다. 다른 여행을 할 필요가 없다. 내가 읽은 문학책에 대한 기억 속으로 들어가는 일, 그것만으로도 충분하다. 이보다 더 고상한 기분전환이 있을까? 이보다 더 좋은 동반자가 있을까? 문학의 최면보다 더 감미로운 최면은 없다.

올리브 광주리 앞에서 나는 문득 랴비닌을 떠올리고 있다. 왜 랴비닌이냐고? 그건 제젠이 랴비닌이 입은 것 같은 프록코트를 입고 있어서다. 긴 뒷자락 끝에 단추가 달린 다 낡아빠진 프록코트. 『안나 카레니나』에서 프록코트를 입은 목재 도매상인 랴비닌은 모스크바 귀족 스테판 오블론스키와의 거래를 위해 시골 귀족인 레빈의 집에 온다. 랴비닌은 하늘에 맹세컨대 오블론스키가 흥정에서 이득을 본 거라고 하는 반면, 레빈은 그가 원래 가치보다 삼분의 일도 안 되는 헐값에 숲을 손에 넣어 자기 친구에게 손해를 끼쳤다고 비난한다. 이 장면에 앞서 레빈이 오블론스키에게 숲의 나무 수를 세어봤느냐고 묻는 장면이 나온다.

"어떻게 그렇게 하나? 나무를 센다고?" 도시 양반 오블론스키가 말한다. "바닷가에서 모래알을 세는 꼴이지."

"랴비닌은 다 셌을 거네." 레빈이 대꾸한다.

난 이 장면을 몹시 좋아한다. 우선 러시아 시골인 포크롭스코예에서 일어나는 일이기 때문이다. 아, 러시아의 시골. 그 거칠고 야성적인 아주 특별한 매력, 대지와 인간의 끈끈한 결속. 우리 모두 흙에서 나오지 않았던가. 『안나 카레니나』에서 가장 아름다운 장면은 포크롭스코예에서 펼쳐진다. 우울하고 어두운 레빈은 키티를 잊으려 한다. 봄이었다. 농부들과 풀을 베러 밭으로 나간다. 일은 처음에는 힘들어 보인다. 줄을 이끄는 한 늙은 농부가 휴식을 외치자 레빈은 탄성을 지른다. 다시 풀베기가 시작된다. 다시 레빈은 지친다. 하지만 또다시 늙은 농부가 낫을 들어올린다. 다시 휴식이다. 줄은 다시 전진한다. 마흔 명의 사내들이 풀을 쳐내며 강 쪽으로 나아가는데 태양이 떠오른다. 점점 더워진다. 레빈의 팔과 어깨는 땀에 젖는다. 멈췄다가 시작했다가 다시 멈췄다가. 처음에는 서툴고 힘들어 보였던 그의 몸동작이 유연해졌다. 순간 기분 좋은 시원함이 등줄기를 타고 흐른다. 여름비. 조금씩 의지의 구속에서 벗어난다. 가벼운 최면을 느낀다. 생각도 계산도 없는 의식적이고 기계적인 움직임, 완벽한 동작이다! 낫은 저절로 움직이는 것 같다. 레빈은 이 움직임 속 망각을 즐긴다. 의지를 기울인 노력이 신기하게도 낯설게 느껴지니까.

우리가 행복을 만끽하는 것은 바로 이런 순간들이다. 마음의 바닷속을 유영하며 결정하고 의도해야 하는 부담감을 벗어버리고 다양한 동작을 하면서 타자의 행위인 듯 무의지성에 자신을 내맡기는 것이다. 글쓰기도 마찬가지다. 풀을 베듯 글을 쓰는 것이지, 늙어빠진 수위의 이 가소로운 일기에 무슨 다른 이유가 있을까? 내가 쓴 행들이 자기 스스로 조물주가 된다. 나도 모르게 기적처럼 내 의지를 벗어나는 문장들이 종이 위에서 탄생하는 것을 보며, 내가 알지도 못하고 알려고도 하지 않았던 것을 배운다. 고통 없는 출산, 노동도 확신도 아닌 그저 경이로운 행복감. 알아서 나를 데려가는 펜을 그대로 따라가며 난 미리 협의된 것 없는 확실성을 기꺼이 즐긴다.

충만한 확실성과 '나'라는 피륙 속에서 나 자신을 망각하며 황홀경에 가까운 것을 느낀다. 이런 방관자적 의식을 통해 행복한 고요를 맛본다.

마침내 마차에 다시 오르며 랴비닌은 자기 수하에게 귀족 손님들의 방식에 대해 대놓고 불평한다. "그건 그렇고 숲 일로 한턱 있겠죠, 미하일 이그나티치?" 그의 수하가 그에게 물었다. "거, 무슨 소리……" 상인은 대답한다.

우리는 외양이나 신분만 가지고 그 사람의 지적 수준을 평가한다. 바다의 모래알을 셀 줄 아는 영리한 계산꾼, 능란한 연기자 랴비닌은 자신에 대한 선입견에 개의치 않는다. 총명하지만 신분이 낮기에 그는 영광 따위에는 관심이 없다. 오로지 이윤이 보장된 길을 갈 뿐이며, 경멸하지만 제동을 걸 수도 없는 바보 같은 시스템 속에서 정중하게 강탈할 수 있는 전망이 보이는 지주들의 재산에만 몸을 던지는 것이다. 가난한 수위인 나는 부귀영화 따윈 다 체념했지만, 기괴한 시스템 속에서 비정상인 나는 아무도 뚫을 수 없는 마음 깊은 곳에서 매일 조용히 나 자신을 비웃어준다.

심오한 사고 N° 8

만일 네가
미래를 잊는다면
너는 현재를 잃는다

오늘 우리는 조스 할머니, 그러니까 우리 아빠의 엄마를 보러 샤투에 갔다. 할머니는 2주 전 그곳의 한 양로원에 들어갔다. 할머니가 처음 입주할 때 아빠가 같이 갔었고, 이번에는 우리 식구가 다 함께 갔다. 할머니는 샤투의 대저택에서 더이상 혼자 살 수 없었다. 할머니는 거의 앞을 못 본다. 관절염이 있고, 손에 뭐라도 잡지 않으면 걷지도 못해 혼자 계시기만 하면 무서워하셨다. 할머니의 자식들, 그러니까 우리 아빠, 삼촌 프랑수아, 고모 로르는 간병인을 구해 이 문제를 해결해보려고 했지만, 간병인이 스물네 시간 내내 옆을 지킬 수도 없었다. 이미 할머니 친구들이 양로원에 들어가 있었고, 그렇다면 그게 좋은 해결책이 될 수 있다고 판단한 것이다.

할머니가 살고 있는 양로원은 실로 대단했다. 그 호화로운 죽음의 대기실이 한 달에 도대체 얼마나 할지 궁금했다. 할머니 방은 크고 밝았다. 멋진 가구에, 멋진 커튼, 한 곁에 딸린 작은 살롱 하나와 대리석 욕조가 있는 욕실. 엄마와 콜롱브는 대리석 욕조 앞에서 넋이 나가 있었다. 할머니보다 대리석 욕조에 더 관심 있는 사람들처럼. 게다가 대리석은 심미적으로도 영 별로였다. 아빠는 별말을 안 했다. 자기 엄마를 양로원에 모시는 데 양심의 가책을 느끼는 것이다. "그렇다고 우리가 모실 순 없잖아." 엄마는 아빠에게 그렇게 말했다. 둘 다 나한테 안 들리는 줄 알았을 거다. 나한테 하는 말이 아닌 말들은 더 잘 들린다. "그래, 물론 그건 아니지." 아빠는 그렇게 대답했지만 말하는 톤은 사실 이런 뜻이었다. "'그건 아니지' 하고 말은 하지만 지치고 체념한 듯한 어조로 정반대의 생각을 하는 척하기. 그래야 부인 말을 잘 따르는 좋은 남편 같고, 아들로서 제 역할을 하는 거 같으니까." 나는 아빠의 이 톤을 잘 안다. 그건 또 이런 뜻이기도 하다. "난 내가 맥없는 사람이라는 걸 알아. 하지만 아무도 나에게 뭐라 못한다는 것도 알지." 아니나 다를까. 엄마가 개수대에 행주를 신경질적으로 던지며 말했다. "당신 진짜 맥없는 사람이야." 엄마는 화만 나면 뭔가를 던지는 이상한 버릇이 있다. 한번은 야옹이 헌법이를 던진 적도 있다. 엄마는 행주를 다시 챙겨 아빠 코밑에 흔들며 이렇게 말했다. "나보다 더 의욕이 없는 거 같아." "어쨌든 다 결정된 일이야." 아빠가 말했다. 그건 열 배는 더 맥빠진 소리였다.

나는 할머니가 우리랑 살지 않는 게 정말 좋다. 물론 할머니랑 산다고 해도 400제곱미터 안에서는 큰 문제가 되지는 않을 것이다. 나는 그래도 노인들은 공경받을 자격이 있다고 생각한다. 양로원에 사는 건, 그건 확실히 공경이 끝났다는 거다. '난 끝났다. 난 더이상 아무것도 아니다. 나를 포함해 모든 사람이 이거 하나밖에 기다리지 않는다. 죽음, 권태의 슬픈 종말.' 아니다. 할머니가 우리집에 오는 게 싫은 이유는 내가 할머니를 좋아하지 않아서다. 할머니는 진짜 못된 노인이다. 젊었을 때부터 그랬다. 난 이 역시 심히 부조리하다고 생각한다. 가령 이제 나이가 든 착한 보일러공이 있다고 치자. 그는 젊었을 적부터 주변 사람들한테 좋은 일만 했고, 사랑을 주고받고 인간적이고 정겨운 관계를 맺어가며 사랑을 창조할 줄 알았다. 그의 부인이 죽었고, 자식들은 돈이 없다. 그 자식들 역시 딸린 자식들이 많아 먹이고 교육시키기에도 빠듯하다. 게다가 이 자식들은 아주 먼 데 산다. 그래서 그 할아버지는 고향 근처에 있는 양로원에 들어가고, 자식들은 일 년에 두어 번 찾아온다. 가난한 사람들을 위한 양로원에서는 서로 방을 같이 써야 하고, 음식은 역겹고, 직원은 언젠가 자기도 이곳 거주자들과 같은 운명이 될 것을 알면서도 그 확신과 싸우기라도 하듯 그들을 학대한다. 이제 우리 할머니 예를 들자. 할머니는 당신 인생에 끊일 날 없는 사교 모임, 짜증, 꼼수, 쓸데없고 위선적인 소비 이외에는 다른 건 한 게 없는 분이다. 그런데 그렇게 멋 잔뜩 부린 방에, 개인 살롱에, 점심때는 생자크 가리비 조개를 먹는다고 생각해보라. 불결한 공동생활 속에 희망 없이 삶을 마감해야 하는 것이 사랑을 베푼 대가란 말인가? 무지무지한 돈을 들여 마련한, 대리석 욕조 딸린 방이라니, 이게 애정 거식증의 보상이란 말인가?

따라서 난 할머니를 하나도 안 좋아하고 할머니도 나를 썩 좋아하지 않는다. 반면 할머니는 할머니한테 잘하는 콜롱브를 아주 좋아한다. 유산은 생각지도 않는 척 아주 바람직한 초연함을 보이지만 실은 유산을 엿보고 있는데 말이다. 난 샤투에 가는 날이 반드시 고역의 날이 될 줄 알았다. 대리석 욕조 앞에서 비명을 지르는 엄마와 콜롱브, 죄책감에 완전히 경직된 아빠, 링거를 꽂고 복도를 배회하는 말라빠진 늙은 환자들, 또 어느 미친 할머니를 보았다. "알츠하이머네." 콜롱브는 의사 같은 말투로 말했다. 전혀 웃지도 않으면서. 이 할머니가 글쎄 날 "이쁜 클라라"라고 부르더니만 곧바로 자기 개를 내놓으라며 하마터면 굵은 보석 반지를 낀 손으로 내 눈을 찌를 뻔했고, 심지어 탈출까지 하려고 했다. 그곳 입소자들은 손목에 전자 팔찌를 찬다. 벽을 넘어 탈출하려고 하면 삐 소리가 나 안내실까지 전달되고, 그러면 직원들이 밖으로 튀어나와 도망자를 잡는다. 힘들게 100여 미터 달아난 도망자는 여긴 강제수용소가 아니라며 저항한다. 양로원장과 직접 면담하게 해달라고 부탁하지만 이상하게 몸을 비틀다가 결국 휠체어에 강제로 앉혀진다. 결승점 가까이에서 속도를 높였지만 결국 잡힌 그 할머니는 점심식사 후에는 일종의 탈출복으로 갈아입고 나왔다. 치마 밑단에 장식이 많은 물방울무늬 원피스였는데, 담장을 오를 때 나름 유리할 거 같았다. 요약하자면, 오후 두시가 되자 대리석 욕조, 생자크 가리비, 에드몽 당테스*의 탈출쇼 기타 등등으로 난 절망에 푹 절어 있었다.

그러다 문득 나는 건설할 결심을 했지 파괴할 결심을 한 게 아니라는 것이 생각났다. 난 긍정적인 것을 찾으려고 하면서, 콜롱브를 최대한 보지 않으려 노력하며 내 주변을 둘러보았다. 그러나 아무것도 찾지 못했다. 죽음을 기다리는 사람들은 그것 말고는 할 게 없었다. 그런데 기적처럼 콜롱브가, 그래, 콜롱브가 나에게 해결책을 제시했다. 할머니에게 인사하며 곧 또 오겠다는 약속을 하고 양로원을 떠나면서 언니가 이런 말을 했다. "됐어.

* 뒤마의 소설 『몽테크리스토 백작』의 주인공. 이프 성에서 극적인 탈출을 한다.

할머니가 잘 자리잡은 거 같아. 이제 남은 건, 빨리 서둘러 잊는 거야." 빨리 서둘러 잊는다? 그래 그 말 자체를 트집 잡지는 말자. 그러면 진짜 쩨쩨해진다. 빨리 잊자? 그래 그 생각에 집중하자.

하지만 이건 잊어선 안 된다. 몸이 썩어가는 노인을, 젊은이들은 생각하기도 싫어하는 죽음을 옆에 둔 노인을 잊어서는 안 된다. 죽음이 싫으니 소리소문 없이 부모를 양로원에 데려가 그 일을 맡기는 것이다. 있으나마나 한 기쁨이지만 그래도 끝까지 즐겨야 할 인생의 이 마지막 시간을 그저 권태와 씁쓸함과 지겨운 되풀이만으로 채운다. 육체는 소멸하고, 친구들은 죽고, 모두가 당신을 잊는다는 것을, 끝은 고독이라는 것을 잊어서는 안 된다. 또한 이 노인들도 젊었던 때가 있었음을, 인생의 시간이란 가소로운 것임을, 스물이 엊그제 같아도 내일모레면 여든이 된다는 걸 잊어서는 안 된다. 콜롱브는 서둘러 잊을 수 있다고 생각한다. 늙는다는 게 자기하고는 아주 먼 이야기니까. 그 시간이 결코 자기한테는 안 올 줄 알겠지. 내일을 생각하지 않기 위해 너무나 바쁘고, 마감에 엄청난 스트레스를 받고, 현재에 너무나 탐욕적인 주변 어른들을 보면서 난 인생은 눈 깜박할 새 지나간다는 걸 이미 깨달았다. 내일이 의심스러운 것은 현재를 건설할 줄 모르기 때문이다. 그리고 현재를 건설할 줄 몰라서 내일 할 수 있을 것이라고들 한다. 하지만 내일은 또다른 오늘이 되어버리고 결국 아무것도 안 된다. 안 그런가?

따라서 이 모든 걸 잊으면 안 된다. 우린 늙을 것이고, 그건 아름답지도 않고, 좋지도 않고, 유쾌하지도 않을 것이라는 확신을 갖고 살아야 한다. 중요한 것은 지금이다. 지금, 무엇이든 건설해야 한다. 무슨 수를 써서라도, 온 힘을 다해. 매일 자신을 초월하고, 하루하루를 불멸의 것으로 만들기 위해서는 양로원을 늘 염두에 두고 있어야 한다. 자기만의 에베레스트 산에 한 발씩 오르면, 그 한 발 한 발이 조금은 영원한 것이 된다.

미래는 살아 있는 자들의 진정한 계획들로 현재를 건설하는 데 쓰이는 것이다.

문법에 대하여

1
찰나

오늘 아침, 자생트 로장이 나에게 아르탕스 씨네 아파트의 새 입주자를 소개했다.

이름이 가쿠로 무어라 했다. 내가 제대로 못 알아들은 것은 로장 부인은 늘 입안에 바퀴벌레라도 있는 듯 말을 하는데다, 마침 그때 엘리베이터 격자문이 열리면서 장례식에 가는 사람처럼 차려입은 팔리에르 씨가 내렸기 때문이다. 그는 우리에게 짧게 인사했고 바쁜 사업가답게 총총걸음으로 사라졌다.

새로 이사 온 사람은 예순쯤 된, 제법 근사하게 생긴 전형적인 일본 노신사였다. 키는 좀 작은 편이고 마른 체형이다. 얼굴엔 잔주름이 있었으나 깔끔한 인상이었다. 전체적으로 온화함이 풍겼고 결단력이나 유쾌함, 선한 의지력 같은 것도 느껴졌다.

자생트 로장의 히스테릭한 수다를 그는 눈 하나 깜박이지 않고 들어주고 있다. 자생트 로장은 곡식 더미 앞의 암탉 같았다.

"안녕하세요, 부인." 그의 입에서 나온, 특별한 억양 없는 프랑스어 첫마디였다.

난 바보 같아 보이는, 수위다운 옷을 껴입고 있었다. 새 입주자이니 아직은 나 또한 무식한 수위일 거라는 습관적 편견이 없을 테고, 그렇기에 나는 앞으로 더 특수한 교수법을 연구해야 했다. 그래서 우선은 자생트 로장의 히스테릭한 속사포에 대한 답으로 그저 예, 예, 하며 무기력으로 일관했다.

"슈 씨랬나? 아니 뭐 다른 건데. 하여튼 이분에게 공용 시설 좀 보여주시고요. 우슈 씨? 하, 이것도 아닌데. 아무튼 우편물 전달에 대해서도 좀 알려주시고요. 실내장식업자들이 금요일에 올 거예요. 열시에서 열시 반 사이에 올 텐데, 아, 옵슈인가? 아무튼 이것도 알려주세요."

기타 등등.

그녀의 뭐시기 씨는 전혀 초조함을 보이지 않고 아주 신사다운 미소로 나를 바라보며 공손히 기다렸다. 다 잘되어가는 듯싶었다. 로장 부인이 지치기만 하면 된다. 그리고 난 다시 내 소굴로 기어들어가면 된다.

그런데 아직도였다.

"아르탕스 씨네 문 앞에 있는 신발 털개 청소를 아직 안 했더군요. '변명해질' 수 있습니까?" 암탉이 내게 물었다.

왜 항상 희극은 비극으로 변할까? '변명해지다'라니! '변명하다'가 아니라! 이제 나도 일부러 문법 실수를 해야 했다. 그건 다 내 편의를 위해서다.

"일종의 심장갱색인가요?" 지난번에도 샤브로 씨를 교란시키기 위해 일부러 틀려줬다.

그래도 난 그런 사소한 실수로 이성을 잃을 만큼 예민하지는 않다. 자기도 틀릴 때가 있으니 남이 틀리는 것도 용인해줘야 하는 법이다. 더욱이 자생트 로장과 그녀의 입속 바퀴벌레는 봉디의 더럽고 새장 같은 아파트 건물에서 태어났으니, '수령해, 주겠습니까'라고 쓰는 여인에게는 보이지 않았던 관용을 베풀어줄 수 있다.

그런데 진짜 비극은 이거였다. 부인이 "변명해질 수 있습니까?" 하고 내뱉는 순간 소스라치게 놀라버린 나는 역시 소스라치게 놀란 뭐시기 씨와 시선이 서로 마주친 것이다. 난 확신한다. 이 찰나의 순간부터 나는 확신한다. 우리 둘 다 언어에 민감한 부류임을. 우릴 관통하는 괴로움 속에 우리도 모르게 소스라치게 놀라며 서로의 당황한 모습을 그만 포착하고 말았으니. 뭐시기 씨는 아까와는 전혀 다른 눈빛으로 나를 보았다.

염탐의 눈.

그리고 그가 나에게 말했다.

"아르탕스 씨 가족을 잘 아세요? 아주 대단한 사람들이었다고 하더군요."

"아니요, 잘 모릅니다." 나는 방어자세를 취했다. "특별히 아는 건 아니에요. 뭐 다른 집들이랑 비슷했어요."

"예. 아주 행복한 집안이었어요." 안달이 난 로장 부인이 나 대신 대답했다.

"행복한 가정은 다 고만고만하죠." 난 대화에서 얼른 빠져나오려고 혼자 중얼거리듯 말했다. 사실 더 할 말도 없었다.

"하지만 불행한 가족은 저마다의 이유로 불행하죠." 그 뭐시기 씨가 갑자기 나를 묘한 눈길로 쳐다보더니 이렇게 말했다. 순간 나는 또 한번 소스라치게 놀랐다.

그렇다. 나는 소름이 돋았다. 레옹은 하필 이때 뭐시기 씨의 다리를 다정하게 스치더니 우리 두 사람의 사이를 쓱 지나갔다.

"저는 고양이가 두 마리 있어요." 그가 말했다. "이 고양이 이름은 뭐예요?"

"레옹이에요." 자생트 로장이 이번에도 나 대신 대답했다. 그렇게 내가 할 말을 툭 자르더니, 자기 팔을 그 사람 팔 밑에 집어넣어 팔짱을 끼고서 날 보지도 않은 채 고맙다고 말하고는 그를 엘리베이터 쪽으로 안내했다. 그는 극도의 섬세함으로 자기의 다른 손을 자생트 로장의 팔에 올려놓으며 부드럽게 그녀를 멈춰 세웠다.

"고맙습니다, 부인."

그리고 나에게 이렇게 말하고는 소유욕 강한 암탉에게 어쩔 수 없이 끌려갔다.

2
은혜의 순간

'부지불식간에'라는 말을 아는가? 정신분석학자들은 이것이 숨겨진 무의식의 음험한 조작물이라고 말한다. 무슨 허황된 이론인가? '부지불식간'이란 의식적인 의지력의 가장 눈부신 표시로, 감정이 그에 반하면 자기 목표점에 닿기 위해 모든 계략을 다 활용하는 것이다.

"내가 가면을 벗고 싶은 거야." 나는 방금 자기 영역으로 돌아온, 단언컨대 내 욕망을 채워주기 위해 우주와 결탁한 게 분명한 레옹에게 말했다.

"행복한 가정은 다 고만고만하지만 불행한 가정은 저마다의 이유로 불행하다." 이것은 『안나 카레니나』의 첫 문장이다. 다른 수위 아줌마처럼 난 그 책을 안 읽었어야 했고, 그 문장이 톨스토이의 문장이라는 것도 몰라 그 은혜로운 순간 이어지는 두번째 문장을 듣고 소스라치게 놀라서도 안 되었다. 수위처럼 하찮은 사람이 그런 작품에 대한 감수성이 있다면, 그 작품을 명작이라고 주장하기가 좀 뭣해질 테니까. 보통 그런 작품은 배운 자들의 눈높이에 맞춰 명작의 반열에 오르는 것 아닌가.

나는 아무것도 아닌 것에 혼자 흥분하고 있다고, 그리고 뭐시기 씨가, 그러니까 5층 건물을 사서 입주할 정도로 지갑이 두둑한 사람이 하등한 수위의 파킨슨병 같은 소스라침에 관심이 있을 리가 없다고, 다른 주제들에 더 관심이 있을 것이라고 스스로를 설득하며 하루를 보냈다.

그리고 저녁 일곱시 무렵 한 젊은이가 수위실 초인종을 눌렀다.

"안녕하십니까, 부인." 그는 완벽하게 발음하려고 애를 썼다. "저는 폴 응우옌이라고 합니다. 오즈 씨의 개인 비서입니다."

그러면서 내게 명함을 내밀었다.

"이게 제 휴대전화 번호입니다. 기술자들이 오즈 씨 댁에 작업하러 올 겁니다. 그것 때문에 부인께 잡무가 생기는 걸 저희는 원치 않습니다. 조금이라도 무슨 문제가 생기면 저에게 전화 주십시오. 바로 오겠습니다."

여러분은 이 지점에서 이 촌극에 대화가 없다는 점을 알아챘을 것이다. 보통은 대화가 진행될 때 말하는 사람이 바뀌면 행갈

이가 되고 큰따옴표가 나온다.

가령 이런 게 있어야 했다.

"예, 안녕하세요, 응우옌 씨. 반갑습니다."

그런 다음,

"알겠습니다. 그렇게 하죠."

하지만 명백하게 이런 대화는 없었다.

억지로 말하려 애쓸 필요도 없이 난 벙어리가 된 것이다. 내 입은 열려 있었으나 어떤 소리도 나오지 않았다. 르네라 불리는 70킬로그램짜리 두꺼비를 쳐다보고 있어야 하는 이 잘생긴 청년에게 연민이 일었다.

이런 만남의 상황에서 보통은 주인공이 이렇게 묻는다.

"프랑스어 할 줄 아세요?"

하지만 응우옌은 나에게 미소를 지으며 기다렸다.

헤라클레스의 고역 같은 노력을 기울인 끝에 나는 겨우 입을 뗄 수 있었다.

아니, 사실 그건 이런 종류의 소리였다.

"으흐흠흠."

그러나 그는 여전히 놀라운 희생정신을 발휘하며 기다렸다.

"오즈 씨던가요?" 나는 율 브리너 같은 목소리로 겨우 말을 했다.

"예, 오즈 씨. 그분 성함을 잘 모르시나요?"

"아, 예." 나는 어렵사리 말을 꺼냈다. "잘 못 알아들어서요. 어떻게 쓰죠?"

"O, Z, U. U는 '으'로 발음해요."

"아, 그렇군요. 일본인인가요?"

"예, 맞습니다. 오즈 씨는 일본인입니다."

그는 상냥하게 인사를 하고 떠났고, 나는 폐병 환자처럼 그르렁거리는 소리로 잘 가라 화답했다. 그리고 문을 닫자마자 의자에 풀썩 주저앉다가 하마터면 레옹을 깔아뭉갤 뻔했다.

오즈 씨. 난 지금 내가 이상한 꿈을 꾸는 게 아닌가 하는 생각이 들었다. 기묘한 서스펜스에, 마키아벨리식 꼼수에, 빗발치는 우연이 더해진 꿈. 아, 그리고 그 대단원은 잠옷 입은 늙은 여인과 무릎 위의 뚱뚱한 고양이, 그리고 프랑스 앵테르에 맞춰진 알람.

하지만 우리는 꿈과 깨어남이 같은 종자가 아닌 걸 잘 안다. 내 감각적 인식의 청진에 따르면 난 깨어 있는 것이 분명하다.

오즈 씨라. 그 영화감독 아들인가? 조카인가? 아니면 먼 사촌? 뭐, 그래서?

심오한 사고 N° 9

원수 같은 부인에게
라뒤레의 마카롱을
대접한다 해도
그 이상을 볼 수 있을 것이라고
기대하지 마라

아르탕스 씨의 아파트를 매입한 아저씨는 일본인이다! 이름이 가쿠로 오즈라고 한다. 죽으려고 했는데 이런 일이 생기다니. 아, 내 불운한 운명이여! 십이 년 반 동안 문화적 결핍을 겪다가 한 일본인이 당도했는데, 여행가방을 꾸려야 한다니. 아, 이건 너무 부당하다.

그래도 난 만사 긍정적인 면을 본다. 그는 여기 있고, 정말 있고, 게다가 우린 어제 아주 흥미로운 대화를 나누었다. 우선 이 아파트 주민들이 오즈 씨한테 완전히 빠져 있다는 사실을 짚고 넘어가야겠다. 엄마는 그분 얘기밖에 안 하고, 아빠는 웬일인지 엄마가 하는 말을 귀담아듣는다. 엄마가 아파트에서 일어나는 사소한 일들에 대해 뭐라뭐라 떠들면 아빠는 보통 딴생각을 한다. 콜롱브는 내 일본어 교재를 훔쳐갔다. 아무튼 그르넬 가 7번지 연대기에 절대 안 나올 일들이 우후죽순처럼 생겨났는데, 드 브로이 부인이 우리집에 차를 마시러 온 것도 그런 일들 가운데 하나이다. 우리는 6층, 즉 아르탕스 씨가 살던 아파트 바로 위층에 사는데, 아래층은 최근 계속 공사중이었다. 그런데 공사가 어마어마했다. 오즈 씨는 집을 대대적으로 바꾸기로 결정한 게 분명했고, 다들 어떻게 변했나 보고 싶어 안달이 나 있었다. 이 화석처럼 케케묵은 건물에서는 절벽 경사면에 조약돌이 미끄러지기만 해도 연쇄 심장발작이 일어날 것 같은데, 지금 누군가가 산 하나를 통째로 폭파시키려는 것이다. 드 브로이 부인은 5층을 조금이라도 훔쳐보고 싶어 미치는 것 같았고, 마침내 지난주 로비에서 엄마와 마주쳤을 때 여차여차해서 아무튼 엄마의 초대를 받아내는 데 성공했다. 그게 다 구실이라는 게 빤히 보였다. 아무튼 정말 웃기는 일이었다. 드 브로이 부인은 2층에 사는 국무원 위원인 드 브로이 씨의 부인으로, 이 위원님은 지스카르 데스탱 정부 때 국무원에 들어갔는데, 진짜 보수적이어서 이혼한 사람들한테는 인사도 하지 않았다. 프랑스 우파에 대해 읽은 건 하나도 없는 콜롱브는 그를 '늙은 파쇼'라 부르고, 아빠는 경직된 정치 이념의 완벽한 전형으로 보았다. 부인도 남편과 똑같아, 투피스 정장에 진주 목걸이를 하고 입술이 얇으며, 이름이 죄다 '그레구아르' 아니면 '마리'인 구름떼같이 많은 손자 손녀들을 둔 전형적인 보수 노인이었다. 여태까지는 우리 엄마한테 인사를 하는 둥 마는 둥이었는데 (왜냐고? 우리 엄마는 사회주의자고, 머리에 염색을 하는데다 앞코가 뾰족한 구두를 신는 사람이니까.) 지난주에는 마치 자기 인생이 우리한테 달려 있다는 듯 우리에게 매달렸다. 우리는 모두 로비에 있었는데, 엄마는 밀짚색 리넨 식탁보를 240유로에 사서 기분이 몹시 좋은 상태였다. 바로 그때 환청이 아닌가 싶은 소리가 들렸다. "안녕하세요, 부인." 이 흔한 말에 이은 "부인한테 뭐 좀 물어봐도 될까요?" 이 말마저도 벌써 부인의 입안에서는 영 거북했을 것이다. "예, 그럼요." 엄마는 활짝 웃으며 대답했다. 잘 산 식탁보와 항우울제 투여 덕분인가?

"저, 내 며느리, 에티엔의 짝 말이에요, 별로 안 좋아요. 치료를 받아야 할 거 같은데……"

"아, 그래요?" 엄마는 아까보다 더 활짝 웃으며 말했다.

"예, 왜 그 있잖아요, 정신분석 같은."

드 브로이 부인은 사하라사막 한복판의 달팽이 같아 보였지만 그래도 잘 견뎌내고 있었다.

"예, 잘 알겠어요." 엄마가 말했다. "한데 어떻게 해야 제가 부인께 도움이 될 수 있을까요?"

"나야 부인이 그…… 뭐랄까…… 아무튼 그런 거에 대해 잘 아시니까 그냥 조언을 한번 들어보고 싶어서요."

엄마는 오늘의 행운들이 실감이 안 나는 표정이었다. 마음에 꼭 드는 식탁보를 싼 가격에 샀지, 또 정신분석에 대한 자신의 지식을 줄줄이 늘어놓을 수 있게 됐지. 드 브로이 부인은 엄마가 훨훨 춤출 수 있게 날개를 달아준 셈이었다. 이런 날이 올 줄이야! 상대의 진의를 간파하고 있는 만큼 엄마도 더이상 거절할 수 없었다. 누가 그렇게 하라고 시킨 것도 아닌데 엄마는 교묘하게 순박한 척하고 있었다. 엄마는 드 브로이 부부가 정신분석학에 관심을 갖고, 드골주의자들이 인터내셔널가를 부르는 날이 올 것은 잘 알고 있었다. 그런데 그날의 갑작스러운 도래가 '6층은 5층 바로 위에 있다' 덕에 올 줄이야. 엄마는 드 브로이 부인에게 사회주의자들의 선한 포용력과 폭넓은 정신세계를 증명하기 위해 넓은 아량을 보여주기로 작정한 것 같았다. 그런데 앞서 해야 할 것이 있었다. 골탕 먹이기 위한 작은 환영식.

"기꺼이 그렇게 하죠. 부인, 그럼 언제 저녁에 제가 부인댁으로 가면 될까요?" 그러자 상대는 당황한 기색이 역력했다. 그렇게 허를 찔릴 것은 예상하지 못한 것 같았다. 하지만 얼른 냉정을 찾고는 사교계 여자답게 이렇게 말했다.

"아녜요, 아녜요. 내려오실 것 없어요. 제가 댁으로 갈게요."

엄마는 만족감을 느꼈고, 그 제안을 거부하지는 않았다.

"그럼 오늘 오후 집에 있으니까 다섯시쯤 시간 괜찮으시면 저희 집에서 차 한잔 하시겠어요?"

차 회합은 완벽했다. 엄마는 할 일을 다했다. 할머니가 주신, 금박에 녹색과 분홍색 나비가 새겨진 찻잔 세트, 라뒤레 초콜릿 가게에서 산 마카롱, 그리고 황설탕. 이건 좀 좌파 냄새가 나나? 아래 층계참에서 십오 분 정도 있다 들어온 드 브로이 부인은 다소 거북스러운 듯 보였지만 대체로 만족하는 것 같았다. 그리고 약간 놀란 듯도 했다. 우리집이 상상했던 것과는 좀 달랐기 때문인 것 같았다. 엄마는 사교계 예절과 화법을 두루 갖추어 부인을 극진히 대했다. 좋은 품질의 커피에 대한 전문가적 논평을 마친 후, 이해한다는 투로 머리를 끄덕이며 본론으로 들어갔다.

"며느님 때문에 걱정이 크시다고요?"

그런데 이곳에 오기 위해 둘러댔던 핑계를 잠시 잊고 있던 부인은 깜짝 놀라며 대답했다.

"아, 예, 그렇죠." 그리고 다음 할 말을 겨우 찾아 덧붙였다. "그러니까, 걔가 침울해해요."

그러자 엄마는 무섭게 속도를 내기 시작했다. 후한 인심의 대가를 치러야 할 때가 온 것이다. 드 브로이 부인은 프로이트에 대한 길고 긴 강의를 들어 마땅했다. 그 메시아와 사도들의 성생활에 대한 이야기에, 멜라니 클라인에 관한 쓰레기 같은 대목을 비롯한 외설스러운 일화들과 여성해방운동 및 프랑스 교육과 종교의 분리 원칙 및 그 몇몇 인용 자료까지 모두 다! 드 브로이 부인은 착한 기독교인답게 반응했다. 호기심이라는 원죄를 지은 대가로 속죄하는 거라고 애써 자신을 설득하며 놀라운 금욕주의로 그 모욕을 다 참아냈다. 두 사람은 각자 만족한 채 헤어졌다. 하지만 만족의 이유는 서로 달랐다. 저녁에 식탁에서 엄마가 말했다. "드 브로이 부인은 완고해. 그래도 뭐 매력이 있겠지."

간단히 말해, 오즈 씨는 이렇게 모든 사람을 매료시켰던 것이다. 올랭프 생니스는 콜롱브에게 오즈 씨의 고양이 두 마리를 보고 싶어 죽겠다고 말했다. (콜롱브는 올랭프를 아주 싫어해 '돼지 성녀'라고 부른다.) 자생트 로장 부인은 5층에 오가는 사람들에 대해 주절주절 늘어놨는데, 그럴 때마다 거의 무아지경이었다. 물론 나도 그 사람한테 열광하지만 같은 이유에서는 아니다. 실은 이런 일이 있었다.

나는 오즈 씨와 엘리베이터를 함께 탔다. 그런데 3층과 4층 사이에서 그만 엘리베이터가 멈춰 십 분 정도 갇혀 있게 되었다. 어떤 뺀질이가 엘리베이터를 타려고 잡았다가 그냥 계단으로 내려가면서 격자문을 잘못 닫은 것이다. 이런 경우 누군가 이 사실을 알게 될 때까지 기다리거나, 시간이 너무 걸리면 소리를 질러서라도 이웃들을 불러모아야 한다. 하지만 그러면서도 고상하게 있어야 하는데 그게 쉬운 일은 아니다. 우리는 소리를 지르지 않았다. 우리는 서로 인사를 나누고 소개하는 시간을 가졌다. 아줌마들은 다들 나를 굉장히 부러워했을 것이다. 내가 일본을 좋아하고 일본어를 배우고 있는데, 진짜 일본인과 일본어로 대화를 나눴으니 얼마나 기분이 좋았겠나. 특히 마음에 들었던 것은 대화 내용이었다. 그가 먼저 나에게 이렇게 말했다.

"너희 엄마가 그러시는데 학교에서 일본어를 배운다고? 어느 정도 하니?"

엄마가 그의 관심을 끌려고 어떤 잘난 척을 했을지 상상이 갔다. 그래서 난 일본어로 대답했다.

"조금 해요. 하지만 아주 잘은 못해요."

그러자 그가 일본어로 되물었다.

"내가 억양을 교정해줄까?"

이어 그 말을 다시 프랑스어로 해줬다. 그것만 해도 정말 감사하다! 많은 사람들이 "와우, 너 일본어 정말 잘하는구나. 대단한데!" 하고 말하겠지만, 내 발음은 시골 젖소가 말하는 것 같을 거다.

나는 일본어로 대답했다. "부탁드립니다, 아저씨."

그는 내 억양을 바로잡아주고는 다시 일본어로 말을 이었다.

"내 이름은 가쿠로야."

나 역시 일본어로 대답했다.

"예, 가쿠로 상."

그리고 우린 웃었다. 대화가 흥미로워진 것은 바로 이때부터였다. 물론 여기서부터는 프랑스어로. 그가 대뜸 내게 물었다.

"난 여기 수위인 미셸 부인한테 관심이 많단다. 넌 어떠니?"

나는 아무렇지 않은 척 나한테 유도심문을 하는 어른들을 숱하게 보아왔다. 하지만 그는 솔직해 보였다.

"사람들이 생각하는 그런 분은 아닌 것 같아." 그가 덧붙였다.

오즈 씨의 말처럼 나 역시 그런 의심을 한 순간이 있었다. 그냥 보면 정말 수위 아줌마다. 한데 가까이서, 그러니까 정말 가까이서 보면, 뭔가 이상한 게 있다. 콜롱브는 그 아줌마를 몹시 싫어한다. 인류의 쓰레기라고 생각한다. 콜롱브는 자기 문화 기준에 안 맞으면 누가 됐든 다 인간쓰레기다. 콜롱브의 문화적 기준이란 아녜스 b. 블라우스 정도는 걸치는 사회적 권력이다. 미셸 부인은 흠, 뭐랄까, 그래, 지성이 살아 있다. 그런데 평범한 수위처럼 행동하기 위해, 일부러 아둔해 보이려고 스스로 애를 쓰고 있는 것 같다. 하지만 난 미셸 부인이 장 아르탕스에게 말할 때, 디안의 등뒤에서 넵튠에게 말할 때, 또 인사도 없이 자기 앞을 지나가는 건물 부인네들을 쳐다볼 때 이미 간파했다. 미셸 부인에겐 고슴도치의 우아함이 있다. 겉은 진짜 철옹성 같은 가시로 뒤덮여 있지만, 안은 부드럽고 섬세하다. 무딘 듯하나 무디지 않고 몹시도 고독하고 더없이 우아한 작은 짐승, 고슴도치처럼.

뭐 그렇다고 내가 투시력이 있는 건 아니다. 만일 그 일이 일어나지 않았다면, 나도 그 아줌마를 다른 사람들과 똑같이 보았을 것이다. 대부분의 시간을 기분 안 좋은 사람처럼 무뚝뚝하게 있는 수위라고. 그런데 최근 어떤 일이 있었다. 그리고 방금 오즈 씨의 질문을 받으니 재밌다는 생각이 들었다. 2주 전 앙투안 팔리에르가 미셸 부인의 장바구니를 엎었다. 부인이 막 문을 열려던 참이었다. 앙투안 팔리에르는 7층에 사는 기업가 팔리에르 씨의 아들인데, 팔리에르 씨는 국제 범죄자들에게 무기를 팔면서 우리 아빠만 보면 프랑스 경영 방식에 대해 훈계를 늘어놓는다. 그 아들은 덜 위험하다. 진짜 멍청하니까. 하지만 앞일은 절대 모른다. 유해성, 그건 흔히 가족 자본에서 나오는 것이니까. 아무튼 앙투안 팔리에르가 미셸 부인의 장바구니를 엎었다. 무, 국수, 스톡큐브, 마르세유 비누 등이 바닥에 떨어졌고, 마침 그 앞을 지나가던 나는 바닥에 같이 떨어져 있던 책 한 권을 얼핏 보았다. 내가 얼핏 볼 수밖에 없었던 이유는 미셸 부인이 화가 나 있으면서도 살짝 불안해하는 모습으로 앙투안을 보면서 급히 책을 주워담았기 때문이다. 앙투안은 정말 손가락 하나 까딱 안 했다. 앙투안은 아무것도 보지 못했지만, 나는 미셸 부인의 장바구니 속에 들어 있던 책이 무엇인지, 어떤 종류의 책인지 바로 알았다. 철학과에 들어간 콜롱브 책상에서 그런 유의 책을 많이 봤기 때문이다. 그것은 브랭 출판사에서 나온 책이었다. 대학 철학 전공자들을 위한 전문 철학책만 내는 출판사였다. 장바구니 속에다 브랭 출판사 책을 넣고 다니는 수위 아줌마는 도대체 뭐지? 이건 앙투안 팔리에르와 달리 내가 품은 의문이었다.

"저도 그렇게 생각해요." 나는 오즈 씨에게 대답했다. 그리고 우린 이웃 관계에서 훨씬 친밀한 사이로 넘어갔다. 일종의 공모자랄까? 우리는 미셸 부인에 대한 인상을 나눴고, 오즈 씨는 그녀가 분명 무슨 사연이 있어 신분을 숨기고 사는 공주님일 거라고, 그것도 박식한 공주님일 거라고 했다. 우리는 이 사실을 함께 조사해보기로 약속하고 헤어졌다.

따라서 오늘 나의 심오한 사고는 이것이다. 사람을 탐색하는 누군가를 나는 처음으로 만났다. 다시 말해, 보이는 것 그 너머를 보는 사람을 처음 만났다. 이 문제가 시시해 보일 수도 있지만 이건 아주 심오한 것이라고 나는 생각한다. 우린 절대 우리의 확신 너머를 보지 못한다. 더 심각한 것은 그 확신 너머와 마주하는 것을 포기한다는 것이다. 우리는 우리 자신하고만 만날 뿐이다. 늘 따라다니는 거울 속에서는 알아보지 못하면서. 만일 우리가 타인 속에서도 우리 자신의 모습만 볼 뿐이라는 것을 깨닫는다면, 사막 속에 우리가 혼자라는 것을 깨닫는다면, 우리는 미쳐버릴 것이다. 엄마는 라뒤레 마카롱을 드 브로이 부인한테 대접하면서 드 브로이 부인이 아니라 자기 자신한테 자기 이야기를 한 것이며, 자기만의 흥취를 느꼈을 뿐이다. 아빠가 커피를 마시고 신문을 읽을 때 아빠는 에밀 쿠에*의 방식으로 거울 속의 자신을 응시하는 것이다. 콜롱브가 마리앙의 강의에 대해 말할 때 콜롱브는 자기 자신의 반영을 비난하는 것이고, 사람들이 수위 아줌마 앞을 지날 때 그들은 수위가 자신이 아니기 때문에 수위를 보면서도 아무것도 안 보는 것이다.

나는, 나 자신 그 너머를 보고, 누군가를 만나는 기회가 내게 주어지기를 운명의 여신에게 간청해본다.

---

* 자기 암시 요법의 창시자.

3
껍질 밑에서

며칠이 흘렀다.

여느 화요일처럼 마뉘엘라가 수위실에 왔다. 마뉘엘라가 문을 닫기 전, 나는 자생트 로장이 엘리베이터 앞에서 젊은 뫼리스 부인과 나누는 대화 한 토막을 듣게 되었다.

"내 아들이 그러는데, '증국인'들은 다루기 힘들다고 하데요?"

입속에 바퀴벌레가 들어 있으니 어쩔 수 없겠지만, 로장 마님은 중국인이라고 안 하고 '증국인'이라고 한다.

난 항상 '증국'에 가보고 싶었다. 하기야 중국보다 '증국'에 가 보는 것이 더 흥미로운 일일 것이다.

"그가 남작부인을 해고했어요. 다른 사람들도 같이요."

마뉘엘라는 빰이 분홍빛이 되어서는 눈을 반짝이며 말했다.

난 아무것도 모르는 척했다.

"누가요?" 내가 물었다.

"오즈 씨요!" 마뉘엘라는 날 핀잔하듯 쳐다보며 목소리를 높였다.

사실 2주 전부터 이 건물에는 온통 고인이 된 피에르 아르탕스 씨의 아파트에 새로 입주한 오즈 씨에 대한 이야기밖에 들리지 않았다. 권위와 나태의 얼음 속에 갇혀 있던 곳에 새로운 입주자가 들어왔다. 넵튄이 일일이 냄새 맡기를 포기했을 정도로 수많은 기술자와 전문가들이 와서 그의 지시에 따라 기절초풍할 작전들을 수행했다. 이 상륙 작전은 흥분과 공포를 몰고 왔다. 전통 유지에 대한 그들의 열망 탓인지, 가까이서 보든 멀리서 보든 신흥부자를 연상시키는 과시적인 실내 공사, 하이파이 같은 고가 제품의 이동, 성대한 출장 요리 등에 대해 이들은 나름 일관성 있는 지탄을 해댔지만, 사실 권태에 지친 이 졸렬한 영혼들의 가슴속이 이미 텅 비어 있어 새로움에 대한 갈증이 용출했던 것이다. 그르넬 가 7번지는 그 주 동안 페인트공, 목수, 배관공, 주방 설비업자, 가구, 양탄자, 전기 제품 배달원, 또 마지막으로 이사업체 등이 오고가는 리듬에 맞추어 들썩였다. 오즈 씨가 5층을 바닥부터 천장까지 다 개조하려고 이 사람들을 고용했다는 건 자명한 사실이었고, 다들 한번 가보고 싶어 죽을 것 같았다. 조스 씨네와 팔리에르 씨네는 엘리베이터를 더이상 타지 않았다. 오히려 새로운 활력을 찾은 듯 집에서 나오고 또 들어가기 위해 경유할 수밖에 없는 5층 층계참을 기꺼이 배회했다. 그들은 다른 입주자들의 선망 대상이었다. 베르나데트 드 브로이는 사회주의자인 솔랑주 조스의 집에 차를 마시러 가는가 하면 자생트 로장은 수위실에 막 도착한 소포를 직접 사빈 팔리에르에게 전해주겠다고 했다. 덕분에 잡일을 덜게 된 나는 너무 행복해 위선적인 인사치레를 하기도 했다.

나만 유일하게 오즈 씨를 조심스럽게 피했다. 우리는 현관에서 두 번 마주쳤으나 그는 늘 누군가와 함께 있었다. 그는 나에게 공손히 인사를 했고, 나도 똑같이 응대했다. 그에게서는 정중함과 일상적인 친절 외에 다른 감정은 보이지 않았다. 그러나 어린 애들이 예의의 껍질 밑에서 진짜 속살 냄새를 맡듯, 돌연 내 안의 무선 탐지기는 그가 나를 주의깊게 보고 있음을 알려주었다.

그동안 그의 비서는 나와 접촉이 필요한 모든 일에 대비해놓고 있었다. 나는 오즈 씨가 새로 입주하면서 토착민들에게 행사한 마력에는 폴 웅우옌도 한몫했다고 장담한다. 그는 정말 아름다운 청년이었다. 아버지가 베트남 사람이라 그런지 아시아의 예의범절과 신비로운 차분함을 물려받았다. 유럽과 러시아계 백인 여성인 어머니로부터 큰 키와 슬라브족의 광대뼈, 또 옆으로 약간 긴 맑은 눈을 물려받았다. 사내다움과 섬세함이 잘 어우러져 있었고, 남성적인 아름다움과 동양적인 온화함이 하나로 구현되어 있었다.

내가 그의 가계에 대해 알게 된 것은 이사로 북적대고 정신없던 오후 말미였다. 그는 아주 바빴다. 그 와중에도 내일 일찍 배달원들이 도착할 거라는 것을 알려주러 그가 수위실 초인종을 눌렀고, 나는 마침 잘됐다 싶어 그에게 차 한잔을 권했다. 그는 흔쾌히 응했다. 우리는 잠깐의 짬이지만 일종의 무사태평 속에서 이야기를 나누었다. 그는 젊고 아름다우며 유능한 사람이었다. 유능하다는 건 그의 일하는 방식 때문이다. 그렇게 정신없이 바쁜데도 그는 결코 산만하거나 피곤한 기색 없이 차분하게 자기 할 일을 마무리했다. 이런 사람이 속물근성도 보이지 않는다니. 그가 다시 일하러 돌아가면서 내게 살갑게 감사를 표했을 때, 그와 함께 있던 동안은 내가 굳이 나를 숨길 필요를 못 느꼈음을 깨달았다.

그나저나 오늘의 뉴스로 돌아가서.

"그가 남작부인을 해고했어요. 다른 사람들도 같이요."

마뉘엘라는 그 말을 하면서 기쁨을 감추지 않았다. 안나 아르탕스는 파리를 떠나면서 비올레트 그를리에에게 새 주인과 계속

일할 수 있도록 추천해주겠다고 약속했었다. 오즈 씨는 자기 집을 팔아서 속이 상할 대로 상한 미망인의 바람을 존중하여 그 사람들을 직접 만나서 상의하겠다고 했다. 안나 아르탕스의 비호를 받은 그를리에 부부는 좋은 집을 골라갈 수도 있었다. 하지만 비올레트는, 그녀의 표현에 따르면, 인생의 최고 시절을 보낸 그 저택에 계속 머무르고 싶다는 헛된 희망을 어루만지고 있었다.

"떠나는 건 죽는 거나 마찬가지예요." 그녀가 마뉘엘라에게 이렇게 털어놓았다고 했다. "아, 물론 당신 얘기는 아니에요. 하지만 당신도 각오해야 할 거예요."

"나보고 각오하라고? 타라타타*!" 내 추천에 따라 〈바람과 함께 사라지다〉를 본 이후 마뉘엘라는 자신을 아르장퇴유의 스칼렛 오하라로 여겼다. "그 여자는 가고, 나는 계속 있어요!"

"오즈 씨가 당신을 고용했어요?" 내가 물었다.

"어떻게 알았어요? 근데 이건 짐작도 못할걸요. 하루 열두 시간에 급여는 거의 공주 수준이에요!"

"열두 시간요? 아니 어떻게 하려고요?"

"팔리에르 부인네는 때려치울래요." 그녀는 거의 황홀경의 극치에 달해 말했다.

---

* '엉터리' '허튼 소리'라는 뜻.

당연하다! 좋은 것은 실컷 활용해야 하니까.

"그래요, 팔리에르 부인네는 때려치울래요." 마뉘엘라가 또 한번 말했다.

우린 잠시 침묵 속에서 은총의 폭포수를 만끽했다.

"차 내올게요." 우리의 황홀경을 깨며 내가 입을 열었다. "축하할 겸 백차 어때요?"

"아, 깜빡하고 있었네요. 이거 가져왔어요." 마뉘엘라가 말했다.

마뉘엘라는 장바구니에서 크림색 박엽지로 된 작은 주머니 같은 걸 꺼냈다.

나는 주머니의 푸른 벨벳 리본을 조심스레 풀었다. 안에는 검은 초콜릿이 박힌 망디앙 과자가 들어 있었다. 초콜릿은 흑요석처럼 빛났다.

"한 시간에 22유로를 준대요." 마뉘엘라는 찻잔을 놓고 고쳐 앉으며 레옹에게 '이제 넌 그만 나가서 놀아!' 하듯 찡긋 웃더니 말을 이었다. "22유로라고요! 믿어져요? 다른 사람들은 10유로, 11유로, 아니 8유로까지 줬어요. 그 얄미운 팔리에르 부인은 8유로 주면서 침대 밑에 더러운 팬티도 그냥 놔두고!"

"그 사람도 아마 침대 밑에 더러운 팬티 놔둘걸요?" 나는 웃으며 말했다.

"아, 그런 사람 아니에요." 마뉘엘라는 갑자기 생각에 잠겨 말했다. "차차 알게 되겠지만, 아무튼 그 사람 집에는 이상한 게 많아요. 물 주고 분무해야 할 '분자'들이 많아요."

마뉘엘라가 발음을 잘못해서지 방금 말한 분자는 분재다. 그 분재들은 괜히 무서워 보이는 뒤틀린 나뭇가지 형태가 아니라 키가 크고 호리호리했다. 운반하면서 현관에 잠시 놨을 때 나도 본 적이 있다. 다른 세기에서 온 듯했다. 살랑거리는 이파리들은 멀리 가물거리는 숲처럼 보였다.

"난 실내장식가들이 그런 걸 하는 줄은 몰랐어요. 다 부수고 다 다시 짓더라고요."

마뉘엘라에게 장식가는 비싼 소파 위에 쿠션을 잘 배치한 다음 한 발 떨어져 그 결과를 음미하는 사람이다.

"커다란 망치로 벽을 다 허물었어요!"

일주일 전 마뉘엘라는 엄청나게 큰 빗자루를 들고 계단을 네 개씩 뛰어내려오더니 가쁜 숨을 몰아쉬며 이렇게 말했었다.

"지금은 진짜 멋있어요. 하, 한번 와서 봐야 한다니까요." 마뉘엘라가 말했다.

"그 사람 고양이들 이름은 뭐예요?" 난 화제를 돌릴 겸, 마뉘엘라의 이 위험한 환상을 몰아낼 겸 물었다.

"아, 고양이들도 어찌나 멋진지!" 마뉘엘라가 놀랍다는 표정으로 레옹을 응시하며 말했다. "정말 날씬한 애들이에요. 소리

하나 안 내고 걸어요. 이렇게요."

그러면서 손으로 야릇한 물결을 그려 보였다.

"이름이 뭔지 알아요?" 난 다시 물었다.

"암고양이는 키티고, 수고양이는 뭐래더라?"

순간 식은땀이 등줄기를 획 긋고 지나갔다.

"레빈?" 내가 넌지시 말해보았다.

"맞아요, 맞아! 레빈! 어떻게 알았어요?"

그러고는 눈살을 찌푸리며 말했다.

"설마, 그 혁명가는 아니겠죠?"

"아, 그 혁명가는 레닌이죠. 레빈은 러시아 소설에 나오는 주인공이에요. 키티는 그가 사랑하는 여자고요."

"문도 다 바꿨어요." 러시아 소설에는 별 흥미가 없는지 마뉘엘라는 바로 화제를 바꿨다. "지금은 문이 옆으로 미끄러지듯 열리고 닫혀요. 그게 정말 훨씬 실용적이더라고요. 여태 왜 그런 문을 안 만들었는지 모르겠어요. 공간은 더 생기고, 소리는 덜 나는데."

정말이다. 마뉘엘라는 다시 한번 탁월한 분석과 종합적 정리를 해주었다. 나는 또 한번 감탄했다. 그냥 툭 던진 것 같은 이런 지적은 묘한 달콤함을 불러일으켰다. 물론 다른 이유도 있었지만.

4
균열과 연속

다른 이유란 두 가지로, 야스지로 오즈의 영화와 관련 있다.

첫번째 이유는 미닫이문 그 자체에 있다. 오즈의 영화 〈오차즈케의 맛〉을 보고 나는 일본의 생활 공간에 매료되었다. 특히 공간을 단칼에 베어버리는 것을 거부하고 보이지 않는 레일 위를 조용히 굴러가는 미닫이문들. 우리식 문은 뭐랄까 아주 좀스러운 방식으로 공간을 변형시킨다. 우리는 문을 열면서 전체 공간과 충돌하게 되고, 좋지 못한 비율이 만들어지면서 무분별한 벌어짐이 생기는 것이다. 잘 생각해보면 우리식 여닫이문처럼 추한 것도 없다. 여닫이문은 공간의 통일성을 깨는 균열이며, 촌스러운 빌붙음 같은 것이다. 여닫이문은 온전한 것이 되고 싶은 벽의 마음을 몰라주고 그 희망을 깨버리는 언짢은 것이다. 헤 벌어진 틈은 꼭 바보 같다. 여닫이문은 통행할 수 있게 해준다는 것 이외에 다른 보상은 없고, 시원하게 펼쳐진 평면에 괜히 허방을 만들어준다. 통행은 다른 방법을 통해서도 가능하다. 미닫이문은 암초를 피하면서도 공간을 확대한다. 균형을 깨뜨리지 않으면서 변신을 가능하게 한다. 문이 열리면 마주해 있던 두 공간은 서로에게 어떤 피해도 주지 않으며 연결된다. 문이 닫히면 다시 각각의 공간이 된다. 분할과 통합이 어떤 침입도 없이 이뤄진다. 불법 침입의 연속인 우리식 문에 비해 그 문의 삶은 고요한 산책이다.

"맞아요. 더 실용적이고 덜 시끄럽죠."

두번째 이유는 개념들의 연합에서 오는데, 여닫이문들은 여자들의 발을 생각나게 한다. 오즈의 영화에는 배우들이 문을 밀고 신발을 벗고 방에 들어오고 하는 장면이 수없이 나온다. 특히 여자들은 이런 연속 동작에 어떤 특별한 재능이 있는 것 같다. 들어와서 미닫이문을 밀고 몸을 숙이지 않은 채 끈 없는 신발을 벗은 다음 빠르게 두어 걸음 걸어 방들로 연결되는 마루로 올라서는데, 이때 아주 유연하고 우아하게 살짝 몸을 돌려 등을 보이게 올라선다. 치마는 발을 들어올릴 때마다 봉긋 부풀고 무릎을 구부릴 때 동작은 힘차고 정확하다. 몸은 발의 동작을 자연스레 따라가고, 마치 발목이 줄에 묶인 듯 걸음은 재미나게 톡톡 끊어진다. 보통 구속된 동작은 불편해 보이는데, 이 불가사의할 정도로 급격하고 불규칙적인 잰걸음은 이상하게도 예술적으로 보인다.

서양인들은 걸을 때, 우리 문화가 그걸 원해서인지는 몰라도 동작의 연속성을 추구하며, 삶의 본질이라 믿는 것을 이 연속성 속에 담으려 한다. 방해물 없는 효율성, 단절 없이 물 흐르는 듯한 동작. 모든 것을 완성시키는 생의 약동성. 가령 달리는 치타가 우리식이다. 모든 동작이 조화롭게 이뤄지며, 앞과 이어지는 뒤의 동작을 구분할 수 없다. 커다란 야수의 달리기는 인생의 심오한 완벽함을 상징하는 유일하고도 긴 움직임처럼 보인다. 하지만 일본 여자들의 잘게 다지는 듯한 그 걸음걸이는 전체적으로 자연스럽게 전개되는 움직임을 깨는 것 같으면서도, 침범된 자연 광경을 보듯 고통을 겪게 하는 게 아니라 오히려 이상야릇한 행복감을 느끼게 해준다. 마치 반짝거리는 모래알이 아름다움을 만들어내듯, 균열이 황홀경을 만들어내듯. 삶의 성스러운 리듬에 가해진 이 무례 속에서, 이 속박된 걸음 속에서, 구속에서 태동한 이 탁월함 속에서 우리는 예술의 한 패러다임을 만난다.

연속성을 원하는 자연 밖으로 내동댕이쳐져 불연속성에 의해 변절자이자 눈에 띄는 것이 되었을 때, 그 움직임은 미학적 창조에 이르게 된다.

예술, 그것은 다른 리듬 위에 서 있는 또하나의 삶이다.

심오한 사고 N° 10

문법,
아름다움으로 이끄는
의식의 층

아침에 보통 나는 내 방에서 음악을 들으며 나만의 시간을 갖는다. 음악은 내 삶에 매우 커다란 역할을 한다. 음악을 들으면 내가 도저히 참을 수 없는 것들, 이를테면 우리 언니, 엄마, 학교, 아실 그랑페르네 같은 애들을 견딜 수 있다. 음악은 미각을 위한 별미, 눈을 위한 그림처럼 귀를 위한 즐거움이 아니다. 내가 아침에 음악을 듣는 게 뭐 음악에 대단한 취향이 있어서는 아니다. 하루의 기분을 정해주기 때문이다. 그건 아주 간단한데 설명하기는 약간 어렵다. 난 우리가 기분을 선택할 수 있다고 본다. 왜냐하면 우리는 여러 층의 의식을 가지고 있으며, 거기에 다가갈 수 있는 수단이 있기 때문이다. 가령, 심오한 사고를 쓰기 위해 나는 매우 특별한 층 속으로 나를 집어넣어야 한다. 그러지 않으면 개념과 단어들이 떠오르지 않기 때문이다. 난 몰아지경에 빠져야 하며 동시에 초집중을 해야 한다. 하지만 이건 의지의 문제가 아니다. 코를 긁거나 뒤구르기를 하는 것처럼, 행동하거나 하지 않거나 하는 메커니즘과 같다. 이 메커니즘을 작동하기 위해서는 음악 한 곡보다 나은 게 없다. 가령, 긴장을 풀기 위해 나는 영화를 보는 것처럼 가만히 거리를 두고 바라보는 듯한, 무엇도 나에게 닿지 않을 듯한 동떨어진 기분에 도달해야 한다. '초연'이라는 의식층이 이것이다. 이런 의식층에 닿기 위해서는 재즈가 효과적이다. 또는 효과는 오래가나 효과를 보는 데 시간이 걸리는 다이어 스트레이츠 같은 음악이 좋다. MP3 만세.

오늘 아침 나는 학교에 가기 전에 글렌 밀러를 들었다. 그 효과는 별로 오래가지 않은 것 같다. 그 일이 일어나면서 나는 초연함을 완전히 잃어버린 것이다. 때는 메그르* 선생님의 프랑스어 수업 시간이었다. (그렇게 살이 쪘는데 메그르라니, 정말 웃긴다.) 선생님은 장미색 옷을 입고 있었다. 나는 장미색을 정말 좋아하는데, 이 색이 그 선생님 때문에 정말 부당한 취급을 받는다는 생각이 들었다. 장미색은 일본 시에서 자주 보는 것처럼 정말 미묘하고 섬세한 색인데, 아기들 아니면 화장을 짙게 한 여자

* 프랑스어로 '메그르maigre'는 '빼빼한' '마른'이라는 뜻이다.

들의 색이 되어버렸으니. 장미와 메그르 선생님은 뭐랄까 잼과 돼지처럼 말도 안 되는 조합이다. 아무튼 오늘 아침 나는 그 선생님의 프랑스어 수업을 들었는데, 그 자체가 이미 고역이었다. 메그르 선생님과 함께하는 프랑스어는 한마디로 길고도 긴 기계적 연습이다. 문법 아니면 독해뿐이다. 선생님의 수업 시간에 소설의 텍스트는 인물, 화자, 공간, 사건, 서술 등으로 정리될 뿐이다. 텍스트는 우선 읽히기 위해, 또 독자에게 감동을 불러일으키기 위해 쓰인 것이라는 사실을 그 선생님은 한 번도 생각 안 해봤을 것이다. 선생님은 이런 질문은 절대 안 할 것이다. "여러분, 이 책(혹은 이 텍스트) 좋았어요?" 바로 이것이 서술 시점이나 이야기 구조를 배우는 데 있어 의미 있는 유일한 질문인데 말이다. 중학생들이 고등학생이나 대학생보다 문학에 대한 감수성이 훨씬 더 풍부하다는 게 내 개인적인 생각이다. 우리 나이에는 조금만 열정을 가지고 무언가를 얘기해주면, 가령 사랑, 혁명, 새로운 걸 좋아하는 취향 등, 그러니까 줄만 잘 튕겨주면 다 이해할 수 있다. 레르미트 역사 선생님은 단 두 번의 수업으로 우릴 열광시킬 수 있었는데, 도둑질을 했다거나 담배를 피웠다는 이유로 코란에 따라 손가락이나 입술을 잘린 사람들의 사진을 보여준 것이다. 물론 선생님이 공포영화처럼 그걸 소개한 건 아니었다. 정말 인상적이었고, 우리 모두 수업을 주의깊게 들었다.

인간의 광기에 대해 많은 것을 생각하게 했다. 물론 특별히 이슬람에 국한해서는 아니고. 만일 메그르 선생님이 라신의 몇 줄 안 되는 시, 가령, '하루가 시작되고, 하루가 저무누나. 티투스가 베레니스를 볼 수 없게'를 떨리는 목소리로 읽어주는 수고를 했다면, 평범한 사춘기 아이들도 비극적인 사랑을 이해할 수 있을 정도로 성숙하다는 것을 알았을 것이다. 고등학교에서는 그게 더 힘들다. 성년이 코앞에 다가온 시기이니 성인의 습성을 직감적으로 이미 알고 있고, 인생이라는 무대에서 어떤 역할과 어떤 위치를 물려받게 될지 생각한다. 따라서 이미 망가져 있으며 어항도 멀지 않다.

그러니 오늘 아침 문학 없는 문학 수업을 하고, 언어의 지성 없는 문법 수업을 습관처럼 지겹도록 하고 나니, 도대체 이건 뭔가 싶은 생각이 들었고 도무지 참을 수 없었다. 메그르 선생님은 갑자기 부가형용사를 언급하더니, 우리가 한 작문에 부가형용사가 하나도 없다면서 "그런 건 초등학교 3학년 때부터 쓸 줄 알아야 하는" 거라고 했다. 그리고 아실 그랑페르네를 특별한 시선으로 쳐다보며 "이렇게 문법이 약한 학생들은 보기 힘들다"는 말도 덧붙였다. 난 아실 그랑페르네를 싫어한다. 하지만 그애가 질문을 했을 때 나도 똑같은 질문을 하고 싶었다. 그리고 그런 질문은 당연하다고 본다. 게다가 문법 선생님이면서 부정문을 말할 때 'ne'를 빼놓고 말하다니 정말 충격적이었다. 그건 청소부가 쓸어모은 먼지 뭉치를 잊어먹고 그냥 가는 거나 같았다. "그런데 문법이 왜 중요해요?" 아실은 그렇게 물었다. 그러자 '돈 받으니 가르치지' 선생님은 "여태 그것도 몰라?" 하고 대답했다. "예, 몰라요. 아무도 그건 설명 안 해줬어요." 메그르 선생님은 긴 한숨을 내쉬고는 "내가 그런 말도 안 되는 질문에 일일이 답해야겠어?" 하더니 이렇게 말했다. "그건 잘 말하고, 잘 쓰기 위해서야."

아, 그때 난 정말 심장 발작이 일어나는 줄 알았다. 난 그렇게 어리석은 말은 들어본 적이 없다. 내 말은 그게 틀렸다기보다 정말 어리석다는 것이다. 이미 말할 줄 알고 쓸 줄 아는 청소년들에게 문법이 말하고 쓰기를 잘하는 데 쓰인다고 말한다면, 그건 꼭 오줌을 잘 싸고 똥을 잘 싸기 위해 수세기에 걸친 화장실의 역사를 읽어야 한다는 소리와 같다. 정말 무의미한 얘기다. 만일 그 선생님이 올바른 언어 사용을 위해 우리가 알아야 할 몇 가지 것들에 대해 예를 들며 설명했다면 그건 뭐 그럴 수 있다. 가령, 동사의 모든 시제 변화를 할 줄 알면 저녁 사교 모임 자리에서 수많은 사람들 앞에서 대실수를 하는 것쯤은 피할 수 있다. 이를테면 이렇게 말하는 식이다. "좀더 일찍 왔어야 했는데 길을 잘못 '들' 거예요." 혹은 베르사유 궁의 작은 무도회 초대장을 쓸 때, 부가형용사의 규칙을 알면 매우 유용하다. 성수 일치를 잘못해 그 아름다운 초대장에 옥에 티를 만들지는 않을 테니. 메그르 선생님은 문법이 겨우 이런 데 쓰이는 걸로 안다. 하지만 문법이 단순히 그런 건 줄 알기 전에 우리는 이미 말할 줄도 알고 동사 변화도 할 줄 안다. 그리고 그런 걸 아는 것이 도움은 되어도 그렇게까지 결정적인 것이라고는 생각하지 않는다.

나는 문법이란 아름다움에 다가가는 길이라고 생각한다. 말하고 읽고 쓸 때 아름다운 문장을 읽거나 내가 직접 아름다운 문장을 만들게 되면 기분이 좋아진다. 우리는 적어도 아름다운 표현이나 멋진 문체를 알아볼 수는 있다. 하지만 문법을 알고 나면 아름다운 언어의 또다른 차원에 도달한다. 문법을 안다는 것은 언어의 껍질을 벗기는 것, 언어가 어떻게 만들어졌는지 보는 것, 그러니까 어떤 의미로는 완전히 벗은 언어를 보는 것이다. 그때 놀라움을 느낄 수 있다. 속으로 "어떻게 이렇게 잘 만들어졌지? 정말 엄청나군!" "아, 정말 견고하고 창의적이고 풍부하고 섬세하다!" 이렇게 말할 테니. 단어에는 여러 속성이 있고, 그 속성들을 잘 알아야 사용법과 호환성을 결정할 수 있음을 아는 것만으로도 나는 흥분된다. 가령, 나는 언어의 기본 개념, 명사와 동사가 있는 것처럼 아름다운 것은 없다고 본다. 명사와 동사만 있으면 이미 모든 말을 다 할 수 있을 것 같은 마음이 들 것이다. 정말 대단하지 않나? 아, 명사들, 동사들.

문법이 드러내는 언어의 이 모든 아름다움에 다가가기 위해서는 특별한 의식 상태에 있어야 할까? 난 그런 노력 없이 언어의 아름다움에 다가갈 수 있는 것 같은 기분이 든다. 두 살 때였나? 난 어른들이 하는 말을 듣고 언어가 어떻게 만들어지는지 단번에 이해했다. 문법 수업은 내겐 항상 종합 복습 정도다. 용어 정리 정도랄까? 나 같은 영감과 재능이 없다면, 애들이 문법을 배운다고 말을 잘하고 글을 잘 쓰게 될까? 그건 아무도 모르지. 지구상의 모든 메그르 선생님 같은 교사들은 아이들에게 문법적 황홀경을 느끼게 하려면 무슨 음악을 틀어주는 게 좋을지 고민하는 게 낫다.

그래서 난 메그르 선생님에게 이렇게 말했다. "천만에요. 너무 좁은 의미로만 말씀하시네요." 순간 교실에 정적이 흘렀다. 왜냐하면 난 수업시간에 아예 입을 안 열기 때문이다. 그런데 선생님에게 반박을 하다니! 순간 메그르 선생님은 깜짝 놀라 나를 쳐다보았고, 이어 기분 나쁜 표정을 지었다. 선생님들은 상황이 자기한테 불리해지면 대개 그런 표정을 짓는다. 부가형용사에 대한 수업이 자기 수업 방식을 평가하는 재판정으로 변해버리자 적잖이 놀란 선생님은 비꼬듯 내게 물었다. "아니, 그렇다면 조스 양의 생각을 말해보겠어요?" 다들 숨을 죽이고 있었다. 반 1등짜리가 수업에 만족을 못한다면 교사진에게도 좋을 리 없다. 아침부터 서커스와 스릴러를 동시에 보여줬으니. 다들 싸움의 결말을 기다렸다. 유혈이 낭자하기를 바라며.

"글쎄요. 로만 야콥슨에 따르면 문법은 수단이 아니라 목적인 것 같아요. 문법은 언어의 구조와 아름다움에 접근하기 위한 것이지 사회생활을 해나가는 데 필요한 거시기가 아닌 거죠."

"거시기? 거시기!" 메그르 선생님은 눈을 희번덕거리며 같은 말을 반복했다. "조스 양, 문법이 거시기라고요?"

메그르 선생님이 내 말을 조금만 알아들었어도 내가 말한 거시기는 불량한 애들이 말하는 거시기가 아님을 이해했을 것이다. 내가 로만 야콥슨을 들먹여 선생님을 당황하게 만들었지만, 카넬 마르탱을 비롯해 다들 내가 하는 말이 무슨 말인지는 몰라도 그 뚱보 선생님 머리 위로 시베리아의 차디찬 구름이 흘러가는 것을 보았는지 죽어라 킥킥댔다. 사실 난 야콥슨을 하나도 안 읽었다. 내가 아무리 천재라도 아직은 만화가 좋고 소설이 좋지 그런 어려운 책까지 좋아하는 건 아니다. 사실 우리 엄마 친구인 어느 대학교수가 어제 오후 다섯시에 와서 카망베르 치즈와 적포도주 한 병을 다 비우면서 야콥슨 이야기를 했다. 그래서 오늘 아침 문득 그 이름이 생각난 것이다.

그런데 입맛 다시는 떼거지들을 보는 순간 메그르 선생님에 대한 연민이 일었다. 괜히 불쌍했다. 난 린치를 좋아하지 않는다. 린치 따위로는 어느 누구도 명예로워지지 않는다. 누군가 야콥슨에 대한 내 지식을 캐거나 내 아이큐를 의심하는 것을 나는 전혀 원치 않는다.

그래서 난 후퇴했고, 더이상 아무 말도 하지 않았다. 나는 방과후 두 시간 동안 남아 있는 벌을 받았고, 메그르 선생님은 덕분에 교사의 체면을 지켰다. 하지만 교실을 나서는 순간까지도 내 뒤통수로 그 선생님의 불안한 눈길이 느껴졌다.

집으로 돌아오는 길에 난 속으로 말했다. 언어의 황홀경도 아름다움도 알지 못하는 영혼이 가난한 불쌍한 사람들.

5
괜찮은 느낌

일본 여성들의 발걸음에는 무감한 마뉘엘라는 이미 다른 지역을 항해하고 있었다.

"로장 부인이 똑같은 램프가 두 개 없다고 야단이에요." 그녀가 말했다.

"그래요?" 나는 무슨 말인가 싶었다.

"그렇다니까요. 로장 부인 댁에는 모든 게 두 벌로 있대요. 안 그러면 불안하대요. 그 부인이 제일 좋아하는 이야기가 뭔지 알아요?"

"아니요." 나는 이 대화가 우릴 어디까지 데려갈지 신기했다.

"전쟁 때 그 부인 할아버지께서 지하 창고에 온갖 잡동사니를 보관해두었는데, 그 덕분에 가족이 목숨을 구했대요. 독일 장교가 제복 단추가 떨어져 실패를 찾았는데, 마침 있었던 거죠. 만약 실패가 없었다면 다른 가족들도 전부 끝장났겠죠. 이건 믿거나 말거나지만, 그래서 그 부인은 벽장과 지하 창고에 뭐든 다 두 벌로 마련해둔대요. 그러면 행복해질까요? 방에 똑같은 램프가 두 개 있다고 더 잘 보일까요?"

"그런 생각은 한 번도 안 해봤어요. 사실 그렇죠. 우리는 집 내부를 중언부언 장식하죠."

"중언부, 뭐요?" 마뉘엘라가 물었다.

"반복한다고요. 아르탕스 씨 집처럼요. 벽난로 위에 램프와 화병이 두 개씩 있잖아요. 소파 양쪽에 똑같은 안락의자가 두 개 있고, 또 침대맡에도 탁자가 두 개, 부엌에는 또 비슷비슷한 유리병들."

"아! 그러니까 생각났는데 램프만 그런 게 아네요." 마뉘엘라가 말을 이었다. "사실 오즈 씨네 집에는 같은 것 두 개인 게 하나도 없어요. 그런데 이상하게도 그게 나름 괜찮은 느낌이더라고요."

"괜찮은 느낌이라는 게 어떤 거예요?"

마뉘엘라가 이맛살을 찌푸리며 잠시 생각했다.

"파티가 끝나고 나면 왜 기분이 좋아지잖아요. 손님들이 다 가고 난 그런 순간 말이에요. 남편과 난 다시 부엌으로 들어오고 난 신선한 야채수프를 준비하죠. 야생 버섯을 얇게 썰고, 수프에 버섯을 넣어 은근히 끓인 다음 천천히 먹어요. 그럼 폭풍 속에서 빠져나와 다시 조용해지는 기분이 들어요."

"부족해도 두렵지 않죠. 지금 이 순간이 가장 행복하고."

"그런 게 자연스럽잖아요. 그런 거죠, 먹는다는 게."

"갖고 있는 것만 누리면 돼요. 경쟁할 것도 없고. 수면에 이는 물결처럼 하나에 이어 또하나가 퍼지는 느낌."

"예. 부족하지만 더 누리게 되죠."

"한꺼번에 여러 개를 먹을 순 없잖아요?"

"불쌍한 아르탕스 씨라도."

"그러고 보니 저도 침대 탁자가 두 개, 램프가 두 개 있네요." 갑자기 그 사실이 떠올라 내가 말했다.

"저도요."

그녀가 고개를 끄덕이며 말했다.

"우린 너무 가져서 아픈가봐요."

마뉘엘라는 이제 일어서서 날 껴안아 인사한 후 현대판 노예 노동을 하러 팔리에르 씨네 집으로 갔다. 그녀가 떠난 후 난 빈 찻잔 앞에 홀로 남아 있었다. 하나 남은 망디앙을 나는 생쥐처럼 앞니로 갉아먹었다. 씹는 방식을 바꾸는 것은 새로운 요리를 맛보는 것과 같다.

나는 느닷없이 불거진 우리 대화를 음미하며 곰곰이 생각했다. 일하다 쉬는 시간에 실내장식의 문화적 의미에 대해 견해를 나누는 가정부와 수위라니. 보잘것없는 사람들이 이런 이야기를 나눈다는 것에 놀랄 수도 있다. 보통 그들은 이론보다는 이야기를 좋아하고, 개념보다는 일화를 좋아하며, 사상보다는 이미지를 좋아한다. 그렇다고 철학자가 되지 말란 법은 없다. 우리는 결핍에 대한 불안 속에 살며 공허에 좀먹히는 문명인들 아닌가? 우리는 더 즐길 수 있다는 보장이 확실할 때만 재산과 감각을 누리는 건 아닐까? 아마도 일본인들은 쾌락이 덧없고 일시적이기 때문에 오히려 그것을 누릴 수 있음을 알 것이고, 이 깨달음과 함께 그들의 삶을 직조할 것이다.

싫증, 침울함, 끝없는 반복. 또 한번 내 사색에서 나를 빼가는 것들. 권태는 어느 날 단조로움에서 태어났다. 그때 누군가가 수위실 초인종을 눌렀다.

6
와비

코끼리나 씹을 법한 껌을 우걱우걱 씹으며 배달원이 서 있었다. 턱 운동의 왕성함과 턱의 넓이로 볼 때 그렇게 저작 운동을 하면 꽤나 힘들 것이다.

"미셸 부인?" 그가 묻더니 내 손에 소포 하나를 던져놓았다.

"사인할 건 없어요?" 내가 물었지만 그는 벌써 가고 없었다.

물건은 크라프트지로 포장된 직사각형의 소포로, 감자 자루를 묶을 때나 고양이가 유일하게 동의한 운동인 코르크 마개 줄놀이에 쓰는 노끈으로 묶여 있었다. 이 소포 노끈을 보니 마뉘엘라의 박엽지로 된 포장지가 생각났다. 종이로만 보자면 세련되기보다는 투박함에 가까웠지만, 포장의 진지함에서 오는 정성에 어떤 유사점과 적합성이 있었다. 가장 고상한 개념들은 가장 닳아빠진, 가장 하찮은 것에서 만들어진다. '아름다움, 그건 적합성이다.' 되새김질을 하던 그 배달원이 놓고 간 소포의 노끈을 보면서 이런 생각이 불쑥 떠올랐다.

미학이란, 잘 생각해보면 일종의 정도正道를 걷는 일이다. 달리 말해 사무라이가 정확한 형形을 직감적으로 잡는 합合의 도道. 우리 안에는 이런 합치의 도가 뿌리내리고 있다. 아주 드물게 찾아오긴 하지만, 모든 것이 정확히 맞아떨어지는 것 같은 순간 우리는 강렬한 희열을 느낀다. 그것은 우리가 찾고자 했던 어떤 것이다. 물론 내가 말하는 이런 아름다움이 예술 분야에만 국한되는 건 아니다. 나처럼 아주 작은 것들의 위대함에서 영감을 받는 사람은 그저 소소한 것, 일상이라는 옷을 걸치고 있는 것 한가운데서도 미를 추격하니, 그 위대함은 일상적인 것들의 어떤 배열에서, 그러니까 일종의 "맞아, 딱 그거야!" "바로 그래야지!" 같은 확신성에서 튀어나온다.

나는 노끈을 풀고 포장지를 뜯었다. 한 권의 책이었다. 남색 가죽 장정에 아주 굵은 글씨체로 '와비'라고 쓰여 있었다. 나중에 알고 보니 일본어로 '와비'는 '아름다움이 지워진 형태, 투박함으로 포장된 섬세한 질'이라는 뜻이었다. 그게 무슨 말인지는 잘 모르겠지만 이 장정본은 이론의 여지 없이 '와비'였다.

나는 안경을 끼고, 제목을 읽어나갔다.

심오한 사고 N° 11

자작나무여,
내가 아무것도 아니라는 것을,
그래서 내가 살 만한 가치가 있다는 것을 알려주기를

엄마는 어제 저녁식사 자리에서 샴페인을 터뜨릴 만한 일이라는 듯 정신분석을 받기 시작한 지 딱 십 년이 되었다고 알렸다. 참 대단한 일이다! 축하할 일이긴 하다. 내가 보기에 정신분석학은 고통의 지속에 대한 사랑이 얼마나 대단한가를 보여주는 것으로, 기독교와 경쟁할 만하다. 엄마가 그런 말을 한 건 아니지만 결국 엄마 말은, 항우울제를 복용한 지 십 년이 되었다는 뜻이다. 그러나 아무리 봐도 엄마는 두 가지를 연관짓지 못한다. 내 생각엔 엄마가 항우울제를 복용하는 것은 불안과 근심을 덜기 위해서가 아니라, 정신분석을 계속 받고 싶어서다. 엄마가 상담받은 이야기를 듣다보면 정말 벽에 머리를 박고 싶은 심정이다. 정신분석가라는 사람은 엄마가 하는 말을 반복하면서 '흐음'

소리를 집어넣는다. 그러니까 이렇게. "그리고 제 어머니랑 르노트르 과자점에 갔었는데요." "흐음, 당신 어머니랑요?" 또 "전 초콜릿을 좋아하거든요." "흐음, 초콜릿을요?" 이런 식이라면 나는 내일이라도 당장 정신분석가로 발탁될 수 있다. 또 그 사람은 엄마에게 '프로이트 원리'를 늘어놓는데, 우리가 생각하는 것과는 달리 그건 수수께끼가 아니고 무엇인가를 의미해야만 하는 것이다. 지성에 대한 매혹은 매혹적인 뭔가가 있다. 그런데 나에게 그건 가치 자체는 아니다. 지식인들은 한 트럭이다. 그 가운데는 얼간이도 많고 유능한 뇌도 많다. 내 말은 다 시시하다는 거다. 지식, 그 자체는 어떤 가치도, 이익도 없다. 가령 아주 지적인 사람들은 그들 인생을 천사들의 성性 같은 문제에 바친다. 하지만 많은 지식인들이 범하는 오류가 있다. 지성이 끝이라고 생각하는 것이다. 머릿속에 오로지 한 가지 생각밖에 없다. 지식 많은 거, 그것 참 바보 같은 것이다. 지성이 하나의 목표가 되는 순간 이상한 기능을 한다. 지성이 존재한다는 증거는 그것이 생산해내는 창의성, 간결성에서가 아니라, 그 표현의 난해함에서 찾을 수 있다. 엄마가 상담에서 배워온 '문학'을 보라. 늘 상징화하고, 시효가 상실된 건 단칼에 베어버리고, 습관적으로 도식화하고 억지로 종합하며 실재를 포섭하려고 한다. 말도 안 되는 거다! 차라리 자기 전공이라 콜롱브가 읽는 14세기 영국 프란체스코회 수도사인 스콜라 철학자 윌리엄 오브 오컴이 덜 기괴하다. 이 말은 포스트모던 사상가가 되느니 중세 수도사가 되는 게 낫다는 소리일 수 있다.

더군다나 그날은 프로이트적인 날이었다. 오후에 난 초콜릿을 먹고 있었다. 난 초콜릿을 정말 좋아한다. 우리 엄마랑 언니랑 내게 유일한 공통점이 있다면 이것일 것이다. 헤이즐넛이 들어간 초콜릿 바를 깨무는데 이 하나가 쪼개진 것 같은 느낌이 들었다. 거울을 보았더니 정말 앞니 끝부분이 나가 있었다. 이번 여름 캥페르에서 시장에 갔다가 줄에 발이 걸려 넘어지면서 앞니 절반이 나갔는데 그후 서서히 이가 닳은 거다. 아무튼 내 앞니가 나갔고, 그러다가 웃긴 게 떠올랐다. 엄마가 자주 꾸는 꿈이 있다며 내게 해준 이야기다. 꿈에서 이가 흔들렸는데 이들이 검어지더니 하나씩 빠지며 떨어졌다는 것이다. 이 꿈에 대해 그 분석가는 엄마에게 이렇게 말했다. "부인, 프로이트적으로 해석하자면 그 꿈은 죽음에 대한 꿈입니다." 웃긴다. 이건 순진한 해석이라고도 볼 수 없다. 빠지는 이=죽음, 우산=성기, 기타 등등. 사물의 현실과 아무런 관계가 없는 암시일 경우 그런 문화는 아무런 힘을 발휘하지 못한다. 그건 아주 박식한 척 지적 허세를 부리는 것밖에 안 된다. 꼭 앵무새가 말하는 것 같다.

다행히 가쿠로 씨 댁에 초대를 받아 그나마 기분이 나아졌다.

가쿠로 씨 댁에서 나는 좋은 차와 아주 맛있고 예쁜 코코넛 과자를 먹었다. 그분이 우리집에 오셔서 엄마에게 이렇게 말하며 나를 초대했다. “우린 엘리베이터 안에서 만나 알게 되었는데 지금 아주 흥미로운 대화를 계속 나누고 있답니다.” “아, 그래요?” 엄마는 놀라 물었다. “운이 좋으시네요. 우리 딸은 우리랑은 얘기를 안 해요.” “우리집에 차 마시러 오지 않을래? 우리 고양이도 소개해줄까?” 하고 가쿠로 씨는 물었고, 두말할 것 없이 이어질 속편이 궁금한 엄마는 이 제안을 서둘러 수락했다. 엄마는 벌써 부유한 일본 신사 집에 초대받은 양 현대판 게이샤 계획까지 세워놓았다. 솔직히 오즈 씨에 대한 이 집단적 열광의 이유 가운데 하나는 그가 정말 부자라는, 혹은 그래 보인다는 점이다. 아무튼 난 그의 집에 차를 마시러 갔고 고양이들을 소개받았다. 뭐 고양이들은 우리집 고양이들이나 얘네들이나 별반 다를 것 없었지만, 적어도 가쿠로 씨의 고양이는 장식적이긴 했다. 가쿠로 씨는 떡갈나무의 번뜩임과 감성도 믿는데 하물며 고양이의 그것은 당연하다고 했고, 난 그에게 조금 다른 내 관점을 밝혔다. 우리는 계속해서 지성의 정의에 대해 논의했고, 그는 자기 모조가죽 수첩에 나의 표현을 적어도 되는지 물었다. “지성은 신성한 재능이 아니라 영장류의 유일한 무기다.”

이어 우리는 미셸 부인을 화제로 삼았다. 가쿠로 씨는 미셸 부인의 고양이 이름이 레옹인 것은 톨스토이 때문이라고 생각한다고 말했고, 우리는 톨스토이를 읽고 브랭 출판사의 철학책을 읽는 수위는 평범하지 않다는 데 일단 의견의 합치를 보았다. 그는 또 미셸 부인이 『안나 카레니나』를 아주 좋아한다고 생각할 만한 매우 타당한 정보까지 갖고 있었다. 그래서 그 책을 한번 보내보기로 했다. "어떤 반응을 보일지 보자." 그가 말했다.

그러나 오늘의 심오한 사고는 이게 아니라, 가쿠로 씨가 발음한 어떤 문장에서 나왔다. 러시아 문학에 대해 얘기했는데, 난 러시아 문학에 대해서는 하나도 몰랐다. 가쿠로 씨는 톨스토이 소설에서 그가 가장 좋아하는 것이 무엇인지 나에게 설명해주었다. '인류 보편적 소설'이라는 것, 그리고 들판 언저리마다 자작나무들이 서 있는 러시아가 배경이라는 것. 또 러시아는 한때 나폴레옹 원정지였는데, 그 당시 러시아 귀족들은 프랑스어만 써서 나중에 러시아어를 다시 배워야 했다는 이야기도 해주었다. 좋다, 뭐 이런 건 어른들과의 수다에서 나올 수 있는 이야기다. 그런데 가쿠로 씨와 이야기를 나누면 정말 좋은 것이, 그가 이런 이야기를 아주 겸손하고 점잖게 한다는 거다. 그가 하는 말을 듣다보면 기분이 좋아진다. 그의 말을 제대로 안 들어도 그는 진정으로 말하며, 진실하게 말을 걸기 때문이다. 나한테 이야기를 하면서 나를 관심 있게 보는 사람을 나는 처음으로 만났다.

그는 내 말에 찬성이나 반대를 할 생각을 하지 않는다. "넌 누구니? 나랑 말하고 싶니? 너랑 함께 있어 정말 기쁘다" 하고 말하는 듯 나를 바라본다. 예절이란 이런 것이다. 상대방에게 '내가 당신을 위해 있다'는 인상을 주는 태도. 위대한 러시아인들의 러시아? 난 그런 건 모르겠다. 그들이 프랑스어를 했다고? 좋아, 잘됐네! 나도 프랑스어를 하지만 무지크*를 착취하지는 않는다. 반면 왠지 모르겠는데, 나는 자작나무에 몹시 끌렸다. 가쿠로 씨는 유연하고 살랑살랑 소리를 내는 이 자작나무들이 러시아 들판에 가득하다고 말했다. 그 말만 들어도 몸이 점점 가벼워지는 것 같았다.

나중에 곰곰이 생각해보니, 가쿠로 씨가 러시아 자작나무들에 대해 말했을 때 내가 느낀 그 돌발적 환희를 부분적으로 이해할 수 있었다. 무슨 나무든 누가 나무 이야기를 하면 나는 항상 이런 느낌이 들었다. 농가 마당의 보리수나무, 낡은 헛간 뒤 떡갈나무, 지금은 사라진 거대한 느릅나무, 바람 부는 언덕을 따라 길게 늘어서 있는, 바람 따라 휘어진 소나무들. 나무를 사랑하는 이런 능력에는 정말 인간적인 것이 있다. 처음 느낀 경이로움에 대한 향수, 거대한 자연 속에서 인간의 미미함을 느끼게 하는 그

* 혁명 이전의 러시아 농노.

힘. 그래 그거다. 나무들을 떠올리며 그 위대한 무심함을 깨닫는다. 나무에 대한 사랑을 떠올리며 우리가 얼마나 가소로운지, 지구 표면에 우글우글 기생하는 벌레들처럼 우리가 얼마나 하찮은 존재인지, 그러나 그래도 세상을 살 만한 가치가 있다는 것 등을 깨닫는다. 왜냐하면 우리에게 빚진 것도 없는 것들의 아름다움을 발견할 능력이 그래도 우리에겐 있기 때문이다.

가쿠로 씨는 자작나무에 대해 이야기했고, 덕분에 나는 정신분석가들과 지식 가공밖에 할 줄 모르는 지식인들을 잊은 채 더없이 위대한 아름다움을 포착할 수 있을 정도로 내가 부쩍 자란 것 같은 느낌이 들었다.

여름비

1
숨어사는 자

나는 안경을 끼고, 제목을 읽어나갔다.
레옹 톨스토이, 『안나 카레니나』.
이런 카드와 함께.

친애하는 부인,
당신의 고양이에게 바칩니다.
진심을 담아,
가쿠로 오즈

자기 망상의 오류를 깨닫게 되었을 때는 늘 위안을 느낀다.
내가 정확히 보았다. 내 가면이 벗겨진 것이다.

공포가 몰려왔다.

나는 자동적으로 일어났다가 다시 앉았다. 카드를 또 읽었다.

뭔가가 내 안에서 움직였다. 그렇다. 달리 표현할 방법이 없다. 내부 요소 하나가 다른 자리로 옮겨가는 것 같은 이상야릇한 느낌이 들었다. 그런 일이 한 번도 생긴 적 없는가? 내부가 재정비되는 느낌, 잘 설명할 순 없지만 아무튼 정신적이면서 동시에 공간적인 이동.

당신의 고양이에게 바칩니다.

어찌 숨길 수도 없이, 내 목구멍에서 기어나오는 크크크 소리를 난 들었다.

무섭지만 재미있는 일이다.

위험한 충동에 휩싸여(아, 신분을 속이고 숨어사는 자들에게 이 모든 충동은 얼마나 위험천만한가), 나는 종이와 봉투와 주황색 '빅' 볼펜을 찾았다. 그리고 이렇게 썼다.

감사합니다, 그러지 않으셔도 되는데.
수위

나는 조심스럽게 로비로 나갔다. 아무도 없었다. 오즈 씨 우편함에 편지를 밀어넣었다.

그리고 도망치듯 수위실로 돌아왔다. 사실 사람 그림자 하나 없었는데. 하, 나는 녹초가 되어 안락의자에 푹 꺼졌고, 임무를 완수한 기분이 들었다.

알 수 없는 강렬한 느낌에 사로잡혔다.

아무래도 좋다.

이 어리석은 충동, 추격을 종결짓는 게 아니라 충동을 백배는 더 야기하는. 이건 거대한 전략적 오류다. 이 불쾌하기 짝이 없는 '부지불식간'이 내 신경을 건드리기 시작했다.

그냥 간단히 "무슨 말씀이신지 모르겠네요"라고 써야 더 뜻이 통했을까?

아니면 "잘못 보내신 것 같습니다. 소포 돌려드리겠습니다."

아니면 꾸밈없이 짧고 분명하게 "수취인 오류."

아니면 교묘하고 결정적인 방식으로 "저는 글을 모릅니다."

아니면 더 꼬아서 "우리 고양이는 글을 모릅니다."

아니면 미묘하게 "감사합니다. 하지만 새해 선물은 1월에."

아니면 행정적으로 "반송물을 수령하시기 바랍니다."

그런데 우리가 무슨 문학 살롱에서 만난 사이인 듯 "감사합니다, 그러지 않으셔도 되는데"라니.

난 안락의자에서 몸을 솟구쳐 다시 문으로 돌진했다.

이럴 수가! 이럴 수가!

우편물을 챙겨 엘리베이터 쪽으로 걸어가는 폴 응우옌이 창문으로 보였다.

나는 망연자실했다.

이제 남은 선택은 죽은 척하기.

무슨 일이 생기든, 난 여기 없다. 난 아무것도 모른다. 대답하지 않는다. 글을 쓰지 않는다. 어떤 주도권도 쥐지 않는다.

사흘이 줄타기하듯 흘렀다. 다시는 그 생각을 하지 않기로 마음먹었지만 어림도 없었는지 계속해서 그 생각만 났다. 얼굴을 볼 때마다 소리 없이 나의 잘못을 질타하는 듯한 내 고양이 레옹에게 밥 주는 것도 잊어먹을 정도로.

그리고 열시 무렵 누군가가 벨을 눌렀다.

2
의미라는 위대한 작업

문을 열었다.

오즈 씨였다.

"부인, 제가 보낸 것을 불쾌하게 생각하지 않으셔서 정말 다행입니다." 그가 말했다.

난 당황해서 아무 생각도 나지 않았다.

"아니요, 아니요." 나는 소처럼 땀을 줄줄 흘리며 대답했다. 그리고 비장할 정도로 천천히 말을 이었다. "아, 예, 정말, 감사합니다."

그는 부드럽게 미소를 지었다.

"감사 인사를 들으려고 온 건 아닙니다."

"네?" 난 페드르, 베레니스*, 그리고 저 불쌍한 디도**의 절규 어린 언어 잘림의 예술만큼이나 말문이 막혔다.

"내일 저녁 저희 집에서 같이 식사하시면 어떨까 해서요." 그가 말했다. "우리의 공통 취향에 대해서 이야기도 나누고요."

"음……" 이번에는 상대적으로 짧게 대답했다.

"이웃끼리 하는 저녁식사예요, 그냥 아주 간단하게요."

"이웃끼리요? 하지만 저는 그저 수위인데요." 나는 머릿속이 복잡했다.

"동시에 두 자격을 갖는 것도 가능한 일이지요."

하이고 맙소사! 뭘 하자고?

항상 쉬운 길이 있다. 내가 그 길을 이용하는 것을 혐오하긴 하지만. 나는 자식이 없다. 나는 텔레비전을 보지 않는다. 나는 신을 믿지 않는다. 쉬운 길을 택하지 않는다. 사람들이 밟아 다져놓은 길을 믿지 않는다. 자식이 생기면 자기 자신과 대면해야 하는 괴로운 일이 미뤄지며 손자 손녀들이 생기면 또 미뤄진다. 그리고 텔레비전은 이 하찮은 존재의 아무것도 없는 밑바닥에서부터라도 계획을 세워야만 하는, 이 피곤하기 짝이 없는 불가피한 일을 잊게 해준다. 그렇게 텔레비전은 우리 눈을 즐겁게 해주

* 페드르와 베레니스는 라신의 비극에 등장하는 여주인공들이다.

** 아이네이아스에게 버림받은 카르타고의 여왕.

는 대신 제대로 볼 수 있는 정신을 앗아간다. 신은 마침내 우리 포유류의 공포를 진정시켜주었고, 우리의 쾌락이 언젠가는 바닥날 거라는 끔찍한 전망도 진정시켜주었다. 미래도 없고 후손도 없고, 부조리에 대한 우주적 의식을 흐리멍덩하게 만들어줄 화소도 없이, 종말에 대한 확신과 공허에 대한 예감 속에 나는 쉬운 길을 선택하지 않았노라고 당당하게 말할 수 있다.

그런데 그런 내가 지금 흔들리고 있는 것이다.

"고맙습니다만, 전 선약이 있어요"가 가장 추천할 만한 대답일 것이다.

물론 예의를 갖춘 다른 표현 방식도 많다.

"무척이나 친절하십니다만, 제 일정이 거의 장관 일정이라서요." (근거 없음)

"안타깝네요. 공교롭게도 제가 내일 므제브로 떠나거든요." (변덕스러움)

"아쉽지만, 제 가족들 때문에 안 되겠어요." (뻔한 거짓말)

"고양이가 아파요. 혼자 놔둘 수가 없네요." (감상주의)

"몸이 아파요. 집 보는 게 낫겠어요." (뻔뻔함)

결국 "고맙습니다. 한데 이번주에는 올 사람들이 많네요"라고 말하려는데, 내 앞에 서 있는 오즈 씨의 그 차분한 온화함 때문에 시간 속에 갑자기 한줄기 섬광의 틈이 벌어졌다.

3
시간의 초월

유리공 속에 눈송이들이 떨어졌다.

세르방 선생님이 맡은 고학년 반에 올라가기 전까지 우리 담임이었던 여선생님의 책상 위에 놓여 있던 작은 유리공이 내 기억의 전면에 실물처럼 나타났다. 칭찬받을 일을 하거나 선생님께서 특별히 허락을 해주시면 우리는 그 유리공을 뒤흔들어 마지막 눈송이가 모형 에펠탑 발치에 다 떨어질 때까지 손바닥에 쥐고 바라볼 수 있었다. 그때 난 겨우 일곱 살이었지만, 솜털 같은 작은 입자들의 느린 노래가 커다란 환희의 순간 가슴속 느낌을 미리 보여주고 있다는 것을 알고 있었다. 그 시간은 점점 느려지며 부풀어오르고, 눈송이들의 발레는 어떤 충돌도 없이 영원히 계속될 것 같다. 마지막 눈송이가 떨어지고 나서야 비로소 우리는 위대한 계시의 증거인 이 시간의 바깥을 살았음을 깨닫는다. 어릴 때 나는 종종 이 비슷한 순간이 또 찾아올 거라고, 눈송이들의 이 느리고도 장엄한 발레 한가운데 서 있게 될 거라고, 그래서 마침내 이 음울한 시간의 광란으로부터 빠져나갈 수 있을 거라고 생각했다.

벌거벗은 느낌이 이런 걸까? 몸에 걸친 옷을 다 벗어내도 영혼은 아직도 장신구 속에 갇혀 있다. 그러나 오즈 씨의 초대는 영혼이 완전히 벌거벗은 느낌을 불러일으켰고, 눈송이들의 후광에 둘러싸여 내 심장은 감미롭게 달아오르는 듯했다.

나는 그를 바라본다.

그리고 검고, 깊고, 얼음처럼 차가운 물속으로, 시간의 바깥으로 뛰어든다.

4
거미줄 같은

"왜? 아니 왜, 도대체 왜 이런 일이?" 나는 오후에 마뉘엘라한테까지 물었다.

"뭐가요?" 찻잔 세트를 배열하며 마뉘엘라가 말했다. "정말 잘된 일이잖아요!"

"농담이죠?" 난 거의 울먹이듯 말했다.

"현실적으로 생각해요, 이젠. 아 참, 이러고 가진 않을 거죠? 이 머리 모양으로는 안 돼요." 마뉘엘라는 미용 전문가인 양 내 머리를 훑어보며 말했다.

머리 손질에 관한 마뉘엘라의 개념과 견해를 아는가? 마음은 귀족인데 머리는 프롤레타리아다. 곱슬거리게 만들거나 돌돌 말아 꼬거나 부풀리거나 거미줄 같은 걸 뿌리거나. 마뉘엘라에게 머리란 건축적이어야지, 안 그러면 머리도 아니다.

"미장원에 갈 거예요." 난 급하지 않다는 투로 말했다.

마뉘엘라는 의심의 눈초리로 날 쳐다보며 물었다.

"옷은 뭐 입을 거예요?"

매일 입는 옷, 그러니까 내 수위복을 빼면 나에게는 나프탈렌에 절어 있는 흰색 결혼 예복과 가끔 있는 장례식 때 입는 우중충한 검은색 사제복 같은 옷이 전부다.

"검은색 원피스를 입을 거예요."

"그 상복을요?" 마뉘엘라의 눈이 휘둥그레졌다.

"다른 건 없어요."

"그럼 사야죠."

"그냥 저녁식사 한 번인데요 뭐."

"내 말 들어요." 마뉘엘라 속에 숨어 있던 샤프롱*이 말했다. "그러면 다른 사람 집에 저녁식사 초대를 받았는데 차려입지 않을 거라고요?"

---

* 젊은 여자가 사교장에 나갈 때 따라가서 시중드는 나이 많은 부인.

5
레이스와 싸구려 장식

어려움은 여기서 시작되었다. 어디서 옷을 사나? 나는 보통 옷을 우편으로 주문한다. 양말, 속옷까지. 거식증에 걸린 것 같은 젊은 아가씨 앞에서 내가 옷을 걸치면 거의 포대 같을 거라는 생각에 나는 옷가게에는 아예 발길을 끊었다. 문제는 배달을 기다릴 시간 여유가 없다는 거였다.

친구는 한 사람만 두어라. 하지만 반드시 좋은 사람으로.

이튿날 아침, 마뉘엘라가 수위실로 쳐들어왔다.

마뉘엘라는 개선장군의 미소를 지으며 세탁소 비닐 커버에 싸인 옷을 내밀었다.

마뉘엘라는 나보다 15센티미터는 크고, 10킬로그램은 덜 나간다. 그녀의 가족 중에 나랑 어깨 넓이나마 비슷한 사람이 있다면, 그녀의 시어머니 아말리아가 유일하다. 판타지를 좋아할 만한 영혼이 아님에도 온갖 레이스와 싸구려 장식들이 달린 옷을 입는 무시무시한 분. 그 포르투갈 스타일의 장식끈에서는 로코코 냄새가 난다. 상상력도 우아함도 전혀 없이 그저 수집의 광란을 보여주는 그녀의 원피스들은 듬성듬성한 기퓌르 레이스로 짠 몸판에, 단순한 블라우스마저 꽃 모양 자수가 주렁주렁 달려 있었다.

그러니 내가 얼마나 불안했겠는가. 수난을 예고하는 그 저녁 식사는 코미디가 될 수도 있었다.

"영화배우 같을 거예요." 마뉘엘라는 대번에 그렇게 말하더니 이어 연민이 들었는지 "농담이에요!" 하고 말했다. 그리고 장식 하나 없는 베이지색 원피스를 꺼냈다.

"이거 어디서 났어요?" 나는 옷을 살피며 물었다.

눈대중으로 봐도 나한테 맞을 것 같았다. 제법 비싸 보이는 개버딘 모직 원피스로, 단순하게 재단되었고 일반 셔츠 같은 옷깃에, 앞쪽에는 단추가 달려 있었다. 점잖으면서도 세련되어 보였다. 드 브로이 부인이 입는 그런 옷이었다.

"어제 마리아 집에 갔었어요." 마뉘엘라가 한껏 들떠 말했다.

마리아는 내 구원자의 바로 옆집에 사는 같은 포르투갈 출신 재단사다. 하지만 마리아와 마뉘엘라는 단순한 동향인 그 이상이다. 두 사람 모두 파루에서 자랐고, 로페스 집안의 일곱 형제 중 두 명과 각각 결혼하고 프랑스에 함께 건너와 몇 주 간격으로 아이를 낳는 위업을 달성했다. 같이 키우는 고양이가 있을 정도로 둘은 가까웠고, 고급 과자를 좋아하는 것도 비슷했다.

"그러니까 다른 사람 옷이란 말이에요?" 내가 물었다.

"예에." 마뉘엘라는 약간 뾰로통한 얼굴로 대답했다. "괜찮아요. 돌려달라고 안 할 거예요. 부인이 지난주에 돌아가셨어요. 재단사 집에 옷을 맡긴 걸 누가 알아내면 모를까, 지금부터 그때까지 오즈 씨랑 저녁식사를 열 번은 할 수 있을 거예요."

"죽은 사람 옷이라고요?" 난 겁에 질려 또 물었다. "난 그렇게는 못해요."

"왜요?" 마뉘엘라가 눈썹을 찡그렸다. "산 사람 옷보단 훨씬 낫죠. 얼룩이라도 묻었다고 생각해봐요. 세탁소에 갖다 맡겨야 하고, 변명 거리를 찾아야 하고, 괜히 시끄러워지고."

마뉘엘라의 실용주의에는 은하계 차원의 뭔가가 있었다. 죽음 정도는 아무것도 아니라는 계시까지 이끌어낼 수 있을지 모른다.

"도덕적으로도 난 그럴 수 없어요." 내가 항의하듯 말했다.

"도덕적이라고요?" 마뉘엘라는 구역질 나는 단어를 내뱉듯 말했다. "그게 무슨 상관이에요? 당신이 훔쳤어요? 누구한테 나쁜 짓이라도 했나요?"

"하지만 다른 사람 물건이잖아요. 내가 그걸 가로챌 순 없죠."

"아니, 그분은 죽었다니까요!" 급기야 마뉘엘라는 소리를 질렀다. "도둑질한 게 아니라 오늘 저녁만 잠시 빌리는 거라고요!"

마뉘엘라가 의미론적 차이를 늘어놓기 시작하면 싸워봤자다.

"마리아가 그러는데 진짜 친절한 분이었대요. 자기한테 옷도 많이 주고, 근사한 '팔파가' 외투도 줬대요. 살이 쪄서 자기는 더 입을 수 없으니 맞으면 입으라면서요. 보세요, 얼마나 착하고 친절한 분이에요?"

마뉘엘라가 말한 '팔파가'란 아마 '알파카'인 듯한데, 라마의 구불구불한 양털 천으로 앞쪽은 파파야로 장식된 것이다.

"모르겠네요." 나는 한결 나긋하게 말했다. "죽은 사람 것을 훔치는 기분이 들어요."

그러자 마뉘엘라는 더 격앙된 표정으로 나를 바라봤다.

"빌리는 거예요, 훔치는 게 아니라. 이미 돌아가신 분이 자기 옷을 가지고 뭘 어떻게 하겠어요?"

이에 대해선 할 말이 없었다.

"아, 팔리에르 부인 댁에 갈 시간이에요." 마뉘엘라는 갑자기 화제를 바꾸더니 황홀경에 빠진 듯 말했다.

"이 순간을 당신과 함께 음미할게요."

"저 가요." 문으로 향하던 마뉘엘라가 덧붙였다. "입어봐요.

그리고 미장원에도 다녀와요. 내가 이따 와서 볼 거예요!"

나는 한동안 회의적으로 원피스를 바라보았다. 고인의 옷을 걸치는 것이 망설여지기도 했지만 내가 나 같아 보이지 않을까 봐 걱정되었다. 피에르 아르탕스에게 비단이 어울리듯 비올레트 그를리에에게는 행주가 어울리고, 나에겐 연보라색이나 파란색으로 염색된 앞치마가 어울리기 때문이다.

나는 이 겸연쩍은 일은 나중으로 미루기로 했다.

그러고 보니 마뉘엘라에게 고맙다는 말도 안 했다.

세계 운동에 관한 고찰 N° 4

합창은 아름답다

어제 오후 학교에서 합창 공연이 있었다. 부자 동네에 자리한 우리 중학교에는 합창단이 있다. 아무도 이걸 낡아빠진 것이라 보지 않는다. 다들 거기 들어가려고 다투지만 선발은 아주 까다롭다. 음악 선생님인 트리아농 선생님이 합창 단원을 엄선한다. 합창단의 성공 이유는 트리아농 선생님 그 자체다. 젊고, 잘생겼고, 옛 재즈곡은 물론 최신 노래까지 멋지게 편곡하는 분이다. 단원들은 다들 때 빼고 광내고 와서는 전교생 앞에서 노래를 부른다. 단원들의 부모님한테만 초청 티켓이 나가는데, 안 그러면 사람들이 너무 많기 때문이다. 벌써 체육관은 사람들로 미어터졌고 시끌벅적했다.

어제 우리는 메그르 선생님의 인솔하에 종종걸음으로 체육관으로 향했다. 보통 화요일 오후 첫 시간이 프랑스어 시간이기 때문이다. 메그르 선생님의 인솔이라고 했지만 그건 좀 억지가 있다. 사실 선생님은 늙은 향유고래처럼 숨을 가쁘게 몰아쉬며 우릴 겨우 따라왔을 뿐이다. 아무튼 우린 체육관에 도착했고, 사람들은 삼삼오오 자리를 잡기 시작했다. 나는 계단식 좌석 앞, 뒤, 옆, 위에서 스테레오로 들려오는 멍청한 대화들을 견뎌내야 했다. 무슨 핸드폰이 어떻고, 무슨 패션이 어떻고, 누가 누구를 사귀고, 아무개 선생은 꼰대고, 카넬 파티가 어땠고. 이어 흰색, 빨간색 의상에 나비넥타이를 맨 남자애들과 어깨끈 드레스를 입은 여자애들로 구성된 합창 단원이 우레 같은 박수 소리와 함께 입장했다. 트리아농 선생님은 청중을 뒤로하고 지휘자석에 올랐다. 끝에 작은 빨간 불빛이 깜박거리는 막대기 같은 것을 들어올리자 순간 정적이 흘렀다. 그리고 합창이 시작되었다.

매번 이것은 기적이다. 이 모든 사람들, 이 모든 근심, 증오와 욕망, 혼란과 동요, 그 저속함과 크고 작은 사건들, 교사들, 잡다한 학생들이 함께하는 학교의 한 해. 소리지르고 울고 웃고 싸우고 결별하고 희망을 잃고 실망하고 기대도 없어지곤 했던 그 모든 것이 합창이 시작되면 어느새 사라졌다. 인생의 희로애락이 노래 속에 빠져들었다. 별안간 형제애가, 깊은 연대감이, 사랑이 생겨나는 것 같았다. 이 완벽한 일체 속에 일상의 추함이 모두 녹아들었다. 노래 부르는 아이들의 얼굴도 달라졌다. 내가 싫어하던 아실 그랑페르네(테너 목소리가 아주 좋았다)도 달리 보이고, 데보라 르뫼르도, 세골렌 라셰도, 샤를 생소뵈르도 내가 알던 그애들이 아니었다. 내 눈에는 노래에 녹아든 한 사람, 한 사람일 뿐이었다.

매번 비슷했다. 나는 울고 싶었다. 목이 조이고 가슴이 울컥했다. 나 자신을 제어하긴 했지만 매번 한계에 부딪혔다. 엉엉 울고 싶은 마음을 겨우 억눌렀다. 캐넌이 나오면 난 시선을 바닥으로 떨구었다. 벅찬 감동이 밀려와서였다. 더없이 아름답고 조화로우며, 진실로 기적적인 합일을 이뤄낸 것이다. 난 더이상 내가 아니었다. 난 그 숭고함의 일부였다. 다른 사람들도 모두 그 속에 녹아 있었다. 바로 그 순간 나는 왜 이것이 합창의 순간에만 오는 것인지, 왜 일상의 원칙이 되지 않는 것인지 궁금해졌다.

합창이 멎으면 모든 사람이 박수를 친다. 빛나는 얼굴, 기뻐하는 합창단. 정말 아름답다.

결국 만일 세계의 진정한 움직임이 있다면 나는 그것이 노래가 아닐까 생각해본다.

6
"변화를 좀 주려고요."

내가 미장원에 한 번도 가본 적 없다고 하면 믿을까? 시골을 떠나 도시로 오면서 나는 자기 스스로도 할 수 있는 일을 대단한 업무인 양 해주면서 돈을 버는, 그래서 참으로 이상해 보이는 두 가지 직업을 발견했다. 나는 지금도 플로리스트와 미용사는 모두에게 있는 능력을 굳이 더 발휘해서 먹고살아가는 기식자가 아닐까 하는 생각을 떨칠 수 없다. 사람들 앞에서 아양을 떨고 온종일 약품 냄새를 맡으며 일해야 하긴 하지만, 잘 드는 가위가 있다면 욕실에서 혼자서도 거뜬히 할 수 있는 일인데 말이다.

"누가 머릴 이렇게 잘랐어요?"

내가 어마어마한 노력의 대가를 지불하고 찾아간 미용사는 분개하듯 물었다. 집에서도 충분히 할 수 있는 작업을 굳이 다른 사람 손에 맡기러 간 나한테.

미용사는 길이를 잴 수도 없는 내 머리카락 두 갈래를 귀 양쪽으로 잡아당기며 흔들었다.

"아니 그러니까, 제가 그걸 손님한테 묻는 건 아녜요." 미용사는 불쾌하다는 듯 이렇게 말했다. 덕분에 바로 내가 그렇게 했다고 부끄럽게 자수하는 일은 벌어지지 않았다. 사람들은 더이상 아무것도 존중하지 않는다. 난 이 사실을 매일같이 확인한다.

"변화를 좀 주려고요." 내가 말했다.

나는 그게 정확히 무엇을 뜻하는지는 몰랐지만, 오후 시작 무렵 방영되는 텔레비전 드라마의 단골 대사를 따라한 것이었다. 그런 드라마에는 짙게 화장한 젊은 여자들이 미용실이나 피트니스 센터에 매일같이 앉아 있는 장면이 자주 나온다.

"조금요? 조금이 아니라 다 바꿔야 해요!" 미용사가 말했다.

미용사는 내 머리통을 심사하듯 바라보더니 작은 휘파람 소리를 냈다.

"와! 머릿결은 좋네요. 그게 어디예요. 그나마 어떻게 좀 해볼 수 있겠어요."

사실 그 미용사는 나쁜 사람은 아니었다. 노여움을 가라앉히는 게 미용사로서는 자기 자리를 굳히기 위해 마땅히 해야 할 일이다. 자신에게 주어진 대본을 제대로 다시 읊으면 서로에게 얼마나 속 편한 일인가. 미용사는 손님인 내 머리를 친절하고 기분 좋게 손질해줬다.

머리가 덥수룩해지면 이리저리 자르는 거 외에 이 숱 많은 머리채를 어떻게 하겠는가? 머리 손질에 관한 내 이전의 신조는 그것이었다. 그런데 이제 두발 미용에 대한 나의 개념은 이것으로 바뀌었다. 머리채에 조각을 함으로써 어떤 형태를 만들어낸다!

"머릿결이 정말 아름다워요." 미용사는 아주 만족스럽다는 듯 자신의 작품을 바라보며 다시 한번 강조했다. "숱도 많고 윤기도 있고요. 아무한테나 맡기지 마세요."

미용사가 우릴 이 정도로 변화시킬 수 있는 건가? 거울에 비친 내 모습을 나 자신도 믿을 수 없었다. 못생긴 내 얼굴을 옥죄고 있던 검은 철모가 이제는 그리 못나 보이지 않는 얼굴 주변에서 가볍게 찰랑대는 물결이 되어 있었다. 제법 근사한 분위기가 났다. 고대 로마의 후덕한 중년 부인 같은 느낌마저 있었다.

"아, 정말 놀랍네요." 나는 이렇게 말하면서도 믿을 수 없다는 듯 날 이상하게 쳐다볼 아파트 사람들의 시선을 어떻게 피할 것인가 생각하고 있었다.

그 숱한 세월 동안 사람들의 눈에 띄지 않으려고 그렇게 노력했건만 중년 부인풍의 머리라는 모래톱에 걸려 좌초한다는 것은 상상도 할 수 없었다.

나는 길 담벼락에 바짝 붙어 집으로 들어왔다. 다행히 아무하고도 마주치지 않았다. 하지만 레옹이 날 이상하게 쳐다보는 것 같았다. 난 레옹한테 다가갔고, 레옹은 화나고 당황스럽다는 듯 귀를 뒤로 말았다.

"알았어, 그래. 맘에 안 들어?" 이렇게 말하는데 레옹이 내 주변을 미친듯이 킁킁거리기 시작했다.

샴푸 때문이었다. 아보카도와 아몬드 냄새가 진하게 났다.

나는 머리에 스카프를 뒤집어쓰고 산더미처럼 쌓인 일에 전념했다. 심지어 엘리베이터 안의 황동 버튼을 꼼꼼히 닦기까지 했다.

벌써 오후 한시 오십분이었다.

십 분만 있으면 마뉘엘라가 할 일을 잘 마쳤는지 검사하러 올 것이다. 아무도 없는 계단에서 갑자기 툭 튀어나올지도.

명상하고 있을 시간이 없었다. 난 스카프를 걷고 급히 옷을 벗은 다음 죽은 여자의 소유물인 개버딘 원피스를 입었다. 그러자 초인종이 울렸다.

7
장미 화관

"와우, 대박!" 마뉘엘라가 말했다.

마뉘엘라 입에서 그런 저속한 말이, 아니 그런 친숙한 말이 나오다니! 전에는 한 번도 들어본 적 없었다. 이건 꼭 교황이 자기 신분을 잊은 채 주교들에게 "우라질! 이 망할 놈의 주교관은 어디 있는 거야?" 하고 소리치는 것 같았다.

"놀리지 마요." 내가 말했다.

"놀리다니요? 르네, 정말 멋져요!"

마뉘엘라는 감격에 젖어 자리에 앉으며 덧붙였다.

"정말 귀부인 같아요."

그게 바로 내가 걱정하는 것이었다.

"장미 화관을 쓴 처녀처럼 이러고 저녁식사 하러 가면 정말 우스워 보일 거예요." 나는 차를 준비하며 말했다.

"전혀 안 그래요." 마뉘엘라가 말했다. "자연스러워요. 그렇게 옷 입고 저녁식사 하는 거요. 아무도 이상하게 안 봐요."

"그래도 이건 좀……" 나는 머리 위에 손을 얹었고 뭔가 허전한 것이 만져져서 살짝 놀랐다.

"머리하고 나서 머리에다 뭐 썼죠? 뒤가 완전 납작해졌어요." 마뉘엘라가 눈썹을 치켜세우고, 장바구니에서 붉은 박엽지 꾸러미를 꺼내며 말했다.

"페드논*이에요." 그녀가 말했다.

그렇다. 화제를 바꾸는 게 낫다.

"그나저나 팔리에르 부인이랑 얘기는 잘됐어요?" 내가 물었다.

"아, 그걸 봤어야 했는데!" 마뉘엘라가 한숨을 쉬었다. "부인이 심장 발작이라도 일으키는 줄 알았다니까요. 제가 이렇게 말했죠. '팔리에르 부인, 아쉽지만 더는 못 올 거 같아요.' 부인이 날 빤히 쳐다봤어요. 무슨 말인지 몰랐던 거죠. 그래서 두 번이나 다시 말해줬어요. 그러자 자리에 앉더니 나한테 이러는 거예요. '그럼 난 어쩌라고요?'"

마뉘엘라는 난처한 듯 잠시 말을 멈췄다.

* 반죽을 튀겨 속을 부풀린 단 과자의 일종.

"그러다 또 이러는 거예요. '당신 없으면 난 어쩌라고요?' 제가 로지한테 부탁해놨으니까 그 부인으로서는 그나마 다행이죠. 하마터면 팔리에르 부인한테 이렇게 말할 뻔했어요. '하고 싶은 대로 하세요, 망……'"

'망할 놈의 주교관!' 마뉘엘라도 품위를 잃은 교황이 될 뻔했다.

로지는 마뉘엘라의 여러 조카들 중 한 명이다. 그게 무슨 의미인지 나는 안다. 마뉘엘라는 고향에 돌아갈 생각을 하는데, 그르넬 가 7번지 같은 훌륭한 광맥은 가족들끼리 차지해야 하는 법이다. 그래서 좋은 날을 기대하며 로지를 그 집에 소개한 것이었다.

세상에! 마뉘엘라가 없으면 난 어쩌라고?

"당신 없으면 난 어떡하죠?" 내가 웃으며 말했다.

우리 둘의 눈가에 갑자기 눈물이 고였다.

"내가 믿는 게 뭔지 아세요?" 마뉘엘라가 투우사풍의 큰 붉은 스카프로 뺨을 닦으며 말했다. "난 팔리에르 부인을 저버렸어요. 이건 조짐이에요. 좋은 변화가 있을 거예요."

"부인이 왜 그만두느냐고 묻던가요?"

"좋은 조짐이라는 게 바로 그거예요." 마뉘엘라가 말했다. "감히 못 물어보더라고요. 너무 교육을 잘 받으셔서. 그게 늘 문제죠."

"하지만 곧 알게 되겠죠." 내가 말했다.

"예!" 마뉘엘라는 가슴이 벅찬 듯 숨을 쉬었다. "한데 이거 아세요? 한 달 후면 부인이 나한테 이런 말을 할 거예요. '진주예요, 진주. 마뉘엘라, 로지는 진주 같아요. 소개해주길 정말 잘했어요!' 아 부자들이란, 이런 망할!"

'망할' 교황이 또 성질을 냈다.

"무슨 일이 생기든 우린 친구예요."

우린 웃으며 서로를 바라보았다.

"그래요, 무슨 일이 생기든." 마뉘엘라가 말했다.

심오한 사고 N° 12

이번 문제는
운명에 관해,
그리고 다른 사람들은 아닌
몇 사람들에게 보이는
조숙한 글쓰기에 관해

난 아주 난처해졌다. 만일 내가 아파트에 불을 지른다면 가쿠로 씨네 아파트에도 손해를 입힐 수 있다. 지금까지 존경할 만한 분으로 보이는 유일한 어른의 삶을 복잡하게 만드는 건 어쨌든 매우 적절해 보이지 않는다. 하지만 불을 지르는 것, 그것은 어쨌든 내가 갖고 있는 계획이다. 오늘 열정적인 만남이 있었다. 차를 마시러 가쿠로 씨 집에 갔다. 그의 비서인 폴이 있었다. 엄마랑 내 제일 친한 친구인 마르그리트랑 같이 있을 때 우연히 로비에서 마주쳤는데, 가쿠로 씨가 우리를, 그러니까 마르그리트와 나를 초대했다. 마르그리트와 나는 이 년 전부터 같은 반이다. 우리는 처음 보자마자 한눈에 반했다. 요즘 파리의 부자 동네 중학교에 대해 잘 아는지 모르겠지만, 솔직히 마르세유 북부

동네가 전혀 부럽지 않을 정도다. 아니 더 심각하다. 왜냐, 여긴 돈과 마약이 있으니까. 그것도 조금이 아니라 많이, 아주 많이. 한 종류가 아니라 여러 종류. 엄마의 68세대 친구들이 옛날에 자기들이 피웠던 해시시와 체첸 파이프에 대해 해주는 이야기를 듣고 있노라면 웃겼다. 중학교(더욱이 공립학교, 우리 아빠는 공화국의 장관이다)에서도 다 살 수 있다. 환각제 LSD, 엑스터시, 코카인, 필로폰 등. 애들이 화장실에서 본드를 흡입하면 좋은 마시멜로 냄새가 났다. 우리 반 친구들은 미초코를 들이마시듯 엑스터시를 들이마시는데, 더 나쁜 것은 마약이 있는 곳에 섹스가 있다는 것이다. 놀라지 마시라. 요즘엔 너무 일찍들 한다. 중학교 1학년인데 벌써 성관계를 한 애들도 있다. 물론 많지는 않고 몇 명만 그러지만 어쨌든 있긴 있다. 한심스럽다. 왜? 첫째, 난 섹스란 사랑만큼이나 성스러운 것이라고 생각하기 때문이다. 내가 보수 꼴통 드 브로이 부인은 아니지만, 내가 사춘기 그 너머까지 산다면 나는 경이로운 대관식을 치르듯 그걸 할 것이다. 둘째, 청소년이 성인 흉내를 내봤자 청소년일 뿐이라는 것이다. 저녁 파티에 가서 화끈하게 놀고 잠자리를 하고 나면 누가 전격적으로 성인 대접 해준다고 생각하나본데, 그건 인디언 변장을 하면 인디언이 된다고 생각하는 거나 마찬가지다. 셋째, 어른들 세계에서 가장 끔찍한 것을 흉내내면서 어른이 되고 싶어한다는 인생관 자체가 웃기다. 항우울제와 수면제를 마약처럼 상용하는 엄마를 보아온 나는 그런 종류의 물질에 저항하는 생명 보존 예방주사를 맞은 셈이다. 요컨대 청소년들은 어른들을 흉내내면서 어른이 된다고 믿지만, 그들이 흉내내는 어른이란 아직 철없고 인생 앞에서 도망치는 사람들이다. 비참한 일이다. 내가 우리 반 날라리인 카넬 마르탱이라면 마약하는 거 말고 하루종일 뭘 할지 의문이다. 그애의 운명은 이미 이마에 찍혀 있다. 십오 년 후, 부자가 되고 싶어 부자와 결혼하고 나면 남편한테 속았다는 걸 알게 된다. 남편은 완벽하고 냉정하고 또 경박한 아내에게서 볼 수 없는 면을 다른 여자한테 가서 찾을 것이다. 그러니까 인간적이고도 성적인 열기를. 그러면 그애는 모든 에너지를 집과 아이들에게만 쏟을 것이다. 복수하듯 무의식적으로 자기 복제품을 만들 것이다. 딸들을 명품으로 도배한 부잣집 처녀들처럼 입혀 최고 재력가들 품에 던져줄 것이고, 아들들한테는 아버지처럼 세계를 정복하는 임무를 맡길 것이다. 그 아들들 역시 아무 여자하고나 바람을 피울 것이다. 내가 헛소리를 한다고? 부스스한 금발과 커다랗고 파란 눈, 스코틀랜드 치마 같은 미니스커트, 꽉 달라붙고 배꼽 다 보이는 티셔츠를 입은 카넬 마르탱을 보면 그애 미래가 어떨지 환히 보인다. 지금은 반 남자애들이 모두 개 앞에서 침을 흘리니까 남자애들의 경의가 자기 매력 때문인 줄 알지만 천만의 만만의 말씀! 그건 순전히 여성 상품화의 한 단면에 지나지 않는다. 내가 사납고 모질다고 생각하나본데, 천만에, 난 그런 걸 보는 게 정말 고통스럽다. 그애를 생각하면 정말 가슴이 아프다. 그런데 내가 마르그리트를 처음 보았을 땐, 그러니까…… 마르그리트는 아프리카 출신인데, 마르그리트라는 이름은 그애가 오퇴유*에 살아서가 아니라, 꽃 이름에서 따온 것이다. 그애 엄마는 프랑스 사람이고, 아빠는 나이지리아 사람이다. 걔네 아빠는 외무부에서 일하는데 우리가 아는 다른 외교관들과는 전혀 닮지 않았다. 소박하다. 자기가 하는 일을 좋아하는 것 같다. 전혀 냉소적이지도 않다. 그리고 그에겐 태양처럼 아름다운 딸이 있다. 얼굴빛, 꿈결 같은 머릿결, 미소. 마르그리트는 아름다움 그 자체다. 첫날, 우리 반에서 제일 잘생기고 인기도 많은 우리 반 수탉 아실 그랑페르네가 마르그리트를 향해 "이비사의 혼혈아 멜리사는 늘 벗고 산다네"라고 쥘리앵 클레르의 노래를 부르며 놀려댔을 때, 마르그리트는 함박웃음을 띤 채 "여보세요, 엄마야, 날 왜 이렇게 못생기게 만들어놨어" 하고 알랭 수숑의 노래로 응수했다. 바로 이런 점 때문에 내가 마르그리트를 좋아하는 것이다. 개념적이고 논리적인 비수가 아니라, 재치 있

* 파리 16구의 부촌.

고 재빠른 응답. 이건 타고난 재능이다. 난 아는 게 많고 똑똑하지만 마르그리트는 센스가 있다. 나도 걔처럼 되면 좋겠다. 한데 난 대꾸할 말이 오 분 뒤에나 떠오르니 이미 다 늦어버리고 나서 혼자 머릿속에서 대화를 이어볼 뿐이다. 마르그리트가 우리집에 처음 왔을 때, 콜롱브가 이렇게 말했다. "마르그리트? 정말 예쁜 이름이구나. 한데 할머니 이름 같아." 그러자 마르그리트가 재깍 대답했다. "그래도 새 이름은 아니잖아요."* 콜롱브는 입이 헉 벌어졌다. 콜롱브, 하하, 정말 웃긴다! 콜롱브는 마르그리트의 그 미묘한 대답을 몇 시간이나 곱씹어야 했다. 분명 어쩌다 나온 말이겠지만 그래도 황당하지 않을 수 없었다. 비슷한 일이 또 있었다. 엄마 친구인 자생트 로장이 마르그리트에게 "그런 머리카락은 정말 손질하기 힘들겠구나"라고 한 적이 있었는데(사실 마르그리트의 머리는 사바나의 사자처럼 덥수룩하다), 그러자 마르그리트는 이렇게 대답했다. "저 백인 아줌마 무슨 말입니까? 나 하나도 모른다."

마르그리트와 내가 가장 좋아하는 대화의 주제는 사랑이다. 사랑이란 무엇인가? 어떻게 사랑을 하는가? 누구와 언제? 왜? 우리의 견해는 달랐다. 신기하게도 마르그리트는 사랑에 대해

* '콜롱브'는 '비둘기'라는 뜻이다.

지적인 시각을 갖고 있었고, 난 치유 불능의 낭만파다. 그애는 사랑에서 이성적인 선택의 결실을 본다. www.우리 취향.com 식이다. 반면 난 감미로운 충동의 소산을 본다. 그래도 우리는 한 가지에는 동의했다. 사랑은 수단이어서는 안 되고 목적이어야 한다는 것.

우리가 좋아하는 또다른 대화 주제는 운명에 대한 예측이다. 카넬 마르탱은 남편에게 버림받고 배신당하고, 딸을 재력가에게 시집보내고, 아들은 또 부인을 속이고 바람을 피우고, 한 달에 8000유로 하는 방에서 생을 마감한다. 아실 그랑페르네는 헤로인에 중독되고, 스무 살에 약물 치료소에 들어가고, 아빠의 비닐 봉지 공장을 물려받고, 금발로 탈색한 여자랑 결혼해 정신분열증 아들과 거식증 딸을 낳고 알코올중독자가 되며, 간암으로 마흔다섯에 죽는다 등등. 그런데 끔찍한 건 우리가 장난으로 이런 말을 하는 게 아니라는 거다. 이건 장난이 아니라 정말이다.

로비에 마르그리트, 엄마, 나 이렇게 셋이 있을 때 또 가쿠로 씨를 만났고, 가쿠로 씨는 이렇게 말했다. "오늘 오후에 우리 종손녀가 오는데, 괜찮으시다면 저희 집에 놀러오시겠어요?" "네, 네, 그럼요." 엄마는 자기도 이제 아래층에 한번 내려가봐야 할 때라고 느꼈는지 '어, 음……' 하면서 내숭을 떨지도 않고 곧장 대답했다. 그래서 우리는 다함께 가쿠로 씨 댁에 갔다. 종손녀의 이름은 요코라고 했다. 요코는 가쿠로 씨의 누나 마리코의 손녀, 즉 조카 엘리즈의 딸이었다. 아이는 다섯 살이었다. 지구에서 가장 귀여운 소녀였다. 정말 사랑스러웠다. 짹짹거리고 쫑알거리고 까르르 웃고. 착하고 넉넉한 표정으로 사람들을 쳐다보는 요코의 눈빛은 그애의 외외종조부를 닮아 있었다. 우린 숨바꼭질을 했다. 마르그리트가 부엌 벽장에서 그애를 찾아냈을 때, 아이는 너무 웃어 바지에 쉬를 하고 말았다. 우리는 또 가쿠로 씨랑 이야기를 하며 초콜릿 케이크를 먹었다. 요코는 그 큰 눈으로 눈썹에까지 초콜릿을 묻혀가며 얌전히 우릴 바라보며 우리가 하는 말을 들었다.

그애를 보며 나는 생각했다. '저애도 다른 애들처럼 될까?' 나는 저 예쁜 아이의 십 년 후를 상상해보려 애썼다. 긴 부츠에 담배를 꼬나물고 멍하니 있는 모습. 또 십 년 후에는 좋은 엄마, 착한 일본인 아내 역할을 하면서 자식들이 학교에서 돌아오길 기다리며 속은 방부제 처리된 듯 무감각해질 대로 무감각해진 모습. 그러나 이건 너무 심한 상상 같았다. 그러자 커다란 행복감이 느껴졌다. 내 인생 처음으로 운명이 잘 예측되지 않는 누군가를, 앞으로 펼쳐질 인생이 기대되는 누군가를, 가능성과 신선함으로 충만한 누군가를 만난 것 같았다. 나는 속으로 말했다. '오, 그래, 요코, 네가 자라는 걸 보고 싶어.' 그애가 아직 어리기 때문에 생긴 환상은 아니었다. 우리 엄마 아빠 친구들의 자식들 중 나에게 이런 인상을 준 애는 아직 없었다. 가쿠로 씨도 마찬가지였을 거라는 생각이 들었다. 가쿠로 씨가 어렸을 때 누군가가 내가 지금 요코를 바라보는 것처럼 기쁨과 호기심으로, 애벌레가 허물을 벗고 나비가 되기를 기다리면서, 그 날개에 어떤 무늬가 나타날지는 모르지만 매우 아름다울 거라 믿으면서 그를 바라보았을 것이다.

그래서 난 이런 질문을 해보았다. 이들은 이런데, 왜 다른 사람들은 그러지 않는가?

그리고 또다른 질문. 그럼 나는? 내 운명은 이미 내 이마에 찍혀 있나? 내가 죽고 싶어하는 이유가 있다면 그건 내가 그걸 믿기 때문이다.

하지만 우리의 우주 안에, 만일 아직 되지 않은 것이 될 수 있는 가능성이 있다면, 난 그걸 잡을 수 있을까? 부모님들의 정원과는 다른 정원을 내 인생에서 만들 수 있을까?

8
지옥으로

일곱시, 난 아무하고도 마주치지 않기를 손가락 마디가 부러지도록 두 손 꼭 잡고 기도하며 산송장처럼 5층으로 올라갔다.

로비는 사막 같았다.

계단은 사막 같았다.

오즈 씨네 층계참은 사막 같았다.

내 마음을 부풀게 해줘야 할 이 조용한 사막이 내 가슴을 어두운 예감으로 가득차게 만들었고, 나는 정말 도망치고 싶은 마음이 굴뚝같았다. 내 어두운 수위실이 갑자기 포근하고 햇살 가득한 은신처처럼 느껴졌다. 이제 더이상 편파적으로 보이지 않는 텔레비전 앞에 널브러져 있을 레옹을 상상하며 나는 불쑥 그곳이 사무치게 그리웠다. 그건 그렇고, 내가 잃을 게 뭐지? 난 발

길을 돌릴 수도, 계단을 다시 걸어내려갈 수도, 수위실로 돌아갈 수도 있다. 그것보다 쉬운 것은 없다. 그것보다 당연한 것은 없다. 이 부조리한 저녁식사를 하느니.

내 머리 바로 위 6층에서 무슨 소리가 나자 난 생각을 멈추었다. 공포에 질려 순간 땀이 흐르기 시작했고, 아, 그러나 불행인지 다행인지 내가 왜 이러는지도 모른 채 초인종 버튼을 미친듯이 눌러댔다.

심장이 두근거릴 새도 없이 문이 열렸다.

오즈 씨는 함박웃음으로 나를 반겼다.

"어서 오세요, 부인." 이렇게 나팔을 부는 오즈 씨의 모습엔 꾸미지 않은 경쾌함이 묻어났다.

아뿔싸, 6층에서 나는 소리가 분명해졌다. 누군가 문을 닫았다.

"아, 안녕하세요." 나는 초대해준 집주인을 거의 밀다시피 하면서 급히 안으로 들어갔다.

"짐은 저에게 주세요." 오즈 씨가 만면에 미소를 띠고 말했다.

어마어마하게 넓은 현관을 일별하며 내 핸드백을 그에게 내밀었다.

그러다 내 눈길은 어떤 것에서 멈추었다.

9
아뿔싸

현관 입구 바로 맞은편, 한줄기 빛 속에 그림 한 점이 있었다.

지금 상황을 요약하면 이렇다. 나, 르네, 발바닥에 티눈이 박여 있고, 진흙탕에서 태어나 계속 거기 살아야 할 쉰넷의 여자가 『안나 카레니나』 인용에 깜짝 놀라버린 그 단 한 가지 실수 탓에, 지금 수위로 있는 아파트 건물의 부자 일본인 집에 저녁식사를 하러 온 것이다. 나, 르네, 공간적으로는 접근 가능하지만 내가 속한 세계는 아닌 곳에, 그동안 수위들을 경계해온 곳에 와 있다. 그 사실만으로도 불편하고 불경스러운 생각이 몰아쳐 기절할 것만 같고 정말 부끄러워 몸 둘 바를 모르겠다. 모골이 송연할 정도로 겁이 난 나 르네가, 그런데 무심코 오즈 씨 바로 뒤에 있는 진한 나무 테두리 액자의 작은 그림에 반사된 한줄기 빛을 황홀히 바라보고 있는 것이다.

예술적인 것에 실신한 덕에 내 자격 없음에 대한 인식마저 실신한 건데, 이를 설명해줄 수 있는 것이라곤 또다시 예술의 찬란함밖에 없다. 난 더이상 나를 몰랐다. 내 눈앞의 영상에 덥석 물린 채 나는 오즈 씨를 비껴 섰다.

가벼운 간식거리로 굴과 빵이 차려진 식탁을 그린 정물화였다. 전경에는 은쟁반에 담긴 껍질이 반쯤 벗겨진 레몬 하나와 손잡이에 돋을새김이 된 칼이 있었고, 그 뒤에는 엎어놓은 굴 껍데기 두 개와 영롱한 빛깔이 들여다보이는 열린 굴 껍데기 한 조각, 그리고 분명 후추로 보이는 것들이 담긴 주석 접시가 있었다. 이 둘 사이에 잔 하나가 누워 있고, 그 옆에는 하얀 속살이 파인 빵 하나가 있다. 그림 왼쪽에는 희부연 황금빛 액체가 반쯤 담긴 큰 유리잔이 있는데, 뒤집어놓은 돔처럼 가운데가 볼록하고, 원통 모양의 유리 손잡이에는 올록볼록 물방울무늬가 장식되어 있다. 색채는 점차 노란색에서 흑단색으로 진행된다. 바탕은 약간 칙칙하고 광택 없는 황금빛이다.

나는 열렬한 정물화 애호가다. 도서관에서 화집이란 화집은 다 빌려다가 이 장르의 작품들을 추격했다. 루브르, 오르세, 현대미술관을 방문했고, 1979년 프티팔레에서 있었던 샤르댕 전시

회를 관람했다. 그때만 해도 정말 새로운 발견이자 경이였다. 그러나 샤르댕의 전 작품이 17세기 네덜란드 회화 걸작 하나에 미치지 못한다. 피터르 클라스, 빌럼 클라스헤다, 빌럼 칼프, 오시아스 베이르트의 정물화는 이 분야의 걸작들이다. 이 걸작들을 위해서라면 난 한 치의 망설임도 없이 15세기 이탈리아 회화를 다 내놓을 수 있다.

이 그림은 의심의 여지 없이 피터르 클라스다.

"복제품입니다."

그만 까맣게 잊어버리고 있던 오즈 씨가 내 뒤에서 말했다.

이 남자는 또 날 소스라치게 할 건가.

난 다시 침착하게 정신을 가다듬고 가령 이런 말을 할 준비가 되어 있었다.

"정말 예쁘네요."

걸작을 앞에 두고 이렇게밖에 말할 줄 모른다면, 언어의 아름다움을 방관한 채 문법적 실수를 하는 것과 무엇이 다르랴.

둔하고 무식한 수위 역할을 할 태세를 갖추고 "복제품입니다"에 대한 답변으로 이렇게 말할 수도 있었다.

"요즘엔 못 만드는 게 없네요."

그리고 오즈 씨의 의혹이 다시는 고개를 들지 않게 할, 내 자격 없음을 확실하게 증명해줄 결정적인 한 방을 날릴 준비도 되어 있었다.

가령 이렇게.

"이상하네요, 유리잔이."

난 돌아섰다.

늘 언어가 문제일까?

"뭘 복제한 거죠?" 가장 어울릴 법한 이 말이 내 목구멍에 걸려 있었고, 그렇게 말해야겠다고 결심했는데, 그만 나는 이렇게 말하고 있었다.

"아, 정말 아름다워요!"

10
어떤 합일?

어떤 작품들 앞에서 느껴지는 경이로움은 어디서 나오는 것일까? 감탄은 첫 시선에서 나온다. 만일 끈질긴 집요함으로 그 감탄의 원인을 찾는다면, 그 모든 아름다움은 빛과 그림자를 다스리고 보석 같은 유리잔의 투명함, 굴 껍데기의 우둘투둘함, 레몬의 선명한 부드러움 같은 형태와 질감을 확대하듯 사물을 그대로 재현하는 붓질 작업을 탐사할 때만 드러나는 거장의 결실이라는 것을 알게 된다. 그러나 이것도 첫 감탄의 신비를 해소해주지도 설명해주지도 못한다.

그것은 늘 새롭게 풀어야 할 수수께끼다. 위대한 작품들은 시각적 형태로 시간을 초월한 적확성이 있다는 확신을 우리에게 심어준다. 어떤 형태들은 그 창조자들이 부여한 특별한 모습을 띠고 미술사를 관통하며, 개인적 재능을 선명하게 아로새기며, 우주 보편적 재능이라 할 만한 어떤 것을 만들어내는데, 이런 것들에는 우리 가슴을 심하게 동요시키는 무언가가 있다. 클라스와 라파엘과 루벤스와 호퍼 사이에 어떤 합일점이 있는가? 주제, 소재, 기술은 다양하긴 하지만, 단 하나의 시대, 단 하나의 문화에서만 이해되는 어떤 무상함이 있긴 하지만, 보여주는 형태로밖에 볼 수 없는 시선의 편협성이 있긴 하지만, 개별성으로 끝나 못내 아쉬운 것이 있긴 하지만, 위대한 그림들은 신비의 핵을 관통하며, 그 다양한 외양 아래 우리가 모든 예술 작품에서 찾는 숭고한 형태를 드러낸다. 그렇다면 클라스와 라파엘과 루벤스와 호퍼 사이에 어떤 합일점이 있나? 눈은 이들 그림에서 합일을 찾지 않아도 적확성의 느낌을 불러일으키는 어떤 형태를 찾아낸다. 왜냐하면 변화가 없어도, 유보가 없어도, 맥락이 없어도, 노력이 없어도 각각이 아름다움의 정수로 보이기 때문이다. 그런데 레몬을 그린 정물화에서는 뛰어난 장인의 솜씨로만은 설명될 수 없는, 적확하다는 느낌이, 그러니까 '그렇게 되어야만 하는 대로 되었다'는 느낌이 치솟아오른다. 이 덕분에 오브제들의 힘이, 그 상호작용이 느껴지며, 한참을 바라보다보면 오브제들 간의 연대가, 서로를 밀고 당기는 자기장이 잡힌다. 오브제들을 직조하고 어떤 힘을 발생시키는 설명할 수 없는 관계, 이 비밀스럽고도, 설명 안 되는 파동이 긴장 상태를, 형상의 균형 상태를 탄생시킨다. 따라서 적확성의 느낌을 솟아나게 하는 오브제 및 정물의 배치가 자신만의 독특함을 띠면서도 이 보편성에 닿아 있는 것이다. 구체적이고 적확한 형태이면서도 시간을 초월하는 무시간성.

11
지속이 아니라 현존

예술은 무슨 쓸모가 있을까? 동백꽃의 짧지만 빛나는 환영을 우리에게 주면서 시간 속에 감성적 틈을 살짝 벌려놓는데, 이것은 동물적 논리와는 좀 다르다. 예술은 어떻게 탄생할까? 감각적 영역을 아로새길 수 있는 정신적 능력으로부터 생겨난다. 예술은 우리를 위해 무엇을 하는가? 예술은 우리 감성을 형상화해 가시적으로 만든다. 예술 작품은 이렇게 어떤 특별한 형상을 통해 인간 정서의 보편성을 구현함으로써 모든 예술 작품들이 지니고 있는 영원성이라는 특성을 갖는다.

영원성이라는 특성. 이 음식들, 이 잔들, 이 천들, 이 유리들이 우리 가슴에 제시하는 비어 있는 삶은 어떤 것일까? 분명 그림의 틀 바깥에서는 삶의 소란과 권태, 온갖 계획에 지친 끝없고 헛된 경주가 계속된다. 그러나 그 안에서는 인간의 탐욕적 시간을 벗어나 그대로 멈춘 순간의 충만함이 있다. 인간의 탐욕! 우리는 욕망하는 것을 멈출 수 없다. 그것이 우리를 위대하게 하고 우리를 죽이기도 한다. 욕망! 욕망은 우리를 짊어지고 우리를 십자가에 못 박히게 한다. 우리가 어제 패배한 전장으로 우리를 매일 다시 끌고 간다. 태양 아래서 그곳은 새로이 정복해야 할 땅으로 보인다. 그리고 욕망 때문에 우리는 설령 내일 죽게 되더라도 한 줌 먼지가 될 제국을 건설한다. 이것은 마치 다가올 제국의 전락을 알고 있지만, 지금은 제국을 건설하고 싶은 갈증을 억누를 수 없는 것과 같다. 가질 수 없는 것을 계속 갖고 싶도록 영감을 고취시키는 것과 같다. 다음날 새벽이면 시체 더미가 즐비한 전장으로 나갈 거면서 우리는 죽을 때까지 생기면 소멸하고 소멸하면 또 생기는 무수한 계획들을 궁싯거린다. 그러나 끝없는 욕망에 탈진 지경이다. 곧 우리는 찾지 않아도 되는 쾌락을 열망하며, 시작되지도 않고 끝나지도 않는 행복한 상태를 꿈꾼다. 아름다움이 더이상 목적도 계획도 아닌, 그러나 필시 우리 본성 자체가 될 상태. 그래, 이런 상태, 이것이 예술이다. 내가 이 식탁을 차려야만 했던가? 이 음식들을 보기 위해 내가 탐욕을 내야만 했나? 다른 어디에선가 누군가가 이 식사를 원했고, 이 광물의 투명함을 열망했으며 레몬을 뿌린 굴의 그 짭쪼름한 부드러움을 혀로 애무하는 쾌락을 좇았다. 그림 하나에는 이런 열망과 계획이 이미 수백 개 박혀 있고 그것이 또 수천 개의 열망과 계획을 튀어나오게 할 것이다. 조가비 연회를 준비하고 맛보고 싶다는 생각, 사실 그것은 다른 사람의 생각이기도 했으며, 그림은 그렇게 나온다.

우리가 정물화를 볼 때, 사물들의 확대되고 고정된 형상이 가져다주는 그 아름다움을 추적하지 않고 그냥 즐길 때, 우리는 우리가 탐욕을 낼 필요가 없는 것을 누리며, 우리가 원하지 않아도 되는 것을 관조하며, 우리가 욕망할 필요가 없는 것을 찬미한다. 왜냐, 정물은 우리 욕망에게 말을 거는 아름다움을 드러내 보이고 있으나 그것은 다른 자의 욕망에서 탄생된 것이기 때문이다. 우리의 어떤 계획에도 들어가지 않고 우리 쾌락에 어울리는 것이기 때문이다. 우리가 갈망하는 것이 별다른 수고 없이도 주어지기 때문이다. 이것이야말로 구현된 예술의 정수이며, 무시간성에 대한 확신 그 자체다. 절대 침묵의 장면에서, 움직임도 없고 삶도 없는 장면에서 계획 따위는 배제된 시간성이 구현되며, 지속성을, 그 탐욕성을 벗어난 완벽함이 구현되는 것이다. 욕망 아닌 기쁨, 지속 아닌 현존, 의지 아닌 아름다움.

왜냐하면 예술이란, 욕망 없는 감정이기 때문이다.

세계 운동에 관한 고찰 N° 5

움직일까, 움직이지 않을까

오늘 엄마는 나를 엄마의 정신분석가한테 데려갔다. 내가 숨는다는 이유에서였다. 엄마가 나한테 한 말이다. "네가 그렇게 숨으면 우리가 얼마나 미치겠는지 알지? 테드 박사님한테 가서 상담을 받는 게 좋겠다는 생각을 했어. 특히 지난번 네가 그런 말을 한 다음에는." 이게 얼마나 말이 안 되는지 보자. 첫째, 테드 박사는 엄마의 혼란스러운 작은 뇌 속에서나 박사다. 그는 나보다 더 의사 같거나 논문 소지자 같지도 않건만 엄마를 치료하겠다는 분명한 야망을 보이니(십 년씩이나 걸려가면서), 엄마는 그를 '박사님'이라 불러가며 대단히 만족하는 것이다. 그는 낭테르 대학에서 그리 격하지 않은 공부를 몇 년 하고, 한 프로이트 이론의 대가와 기적 같은 만남이 있은 후 정신분석학으로 개종

한 옛 좌파다. 둘째, 내가 어디에 문제가 있는지 모르겠다. 내가 숨는다니? 그건 사실이 아니다. 나 혼자 조용히 있는데 나를 못 찾는 것뿐이다. 나는 다만 내 '심오한 사고'와 '세계 운동에 관한 고찰'을 조용히 쓰고 싶은 것이다. 그러려면 머릿속으로 혼자 조용히 생각을 해야 한다. 안 그러면 언니 떠드는 소리에, 라디오 소음에, 또 엄마 잔소리에, 도무지 집중할 수가 없다. 특히 내가 아는 한 가장 재미없는 문장인 "할머니 오셨어. 나와서 볼에 뽀뽀해드려야지"를 엄마가 내 귀에 대고 속삭이는 일을 막으려면 난 피해 있어야 한다.

아빠가 화난 눈으로 나한테 "넌 왜 숨는 거야?" 하고 물으면 난 아무 대답도 하지 않는다. 내가 무슨 말을 하겠는가? "식구들이 내 신경을 건드리니까요. 그리고 죽기 전에 써야 할 대작이 있으니까요." 이러겠는가? 당연히 그렇게 말할 순 없다. 그래서 지난번에는 유머를 발휘해보려고, 그러니까 심각하지 않게 말해보려고 애를 썼다. 약간 멍한 표정을 짓고 아빠를 바라보며 죽어가는 소리로 말했다. "내 머릿속에서 들리는 그 모든 소리들 때문이에요." 젠장, 그 때문에 더 난리가 났다. 아빠는 눈이 얼굴에서 튀어나올 듯한 모습으로 엄마와 콜롱브를 찾으러 갔고, 이어 다들 부랴부랴 달려와 내게 동시에 말을 했다. "심각한 거 아냐. 괜찮아질 거야."(아빠) "당장 테드 박사님한테 전화해야겠어."(엄마) "몇 가지 소리가 들려?"(콜롱브) 엄마는 불안과 흥분 사이를 왔다갔다하며 대단한 하루를 보낸 표정이었다. 자기 딸이 학문의 한 사례가 된다면? 웬 공포인가? 웬 영광인가? 나는 다들 그렇게 불안에 사로잡힌 모습을 보고는 말했다. "아냐, 그냥 농담한 거야." 이 말을 여러 번 반복하고 나서야 가족들은 내 말을 믿었다. 하지만 이들을 설득했다는 확신은 없었다. 아무튼 엄마는 나를 위해 테드 박사와 약속을 잡았고, 우리는 오늘 아침 그곳에 갔다.

우리는 다양한 시대의 잡지들이 배치된 아주 세련된 대기실에서 기다렸다. 십 년 전 〈지오〉와 그 위에 최근호 〈엘르〉 지가 놓여 있었다. 그리고 T박사가 도착했다. 엄마가 T박사의 사진이 실린 잡지를 보여준 적이 있는데, 실제로 보니, 즉 색깔과 냄새로 보니 밤색에 파이프 향이 났다. 당당한 오십대, 한껏 멋을 낸 댄디였다. 특히 머리며 짧게 면도한 수염, 선탠한 얼굴, 스웨터, 바지, 구두, 팔찌까지 다 밤색이었다. 그러니까 같은 색조로 통일되어 있었다. 진짜 밤색 혹은 가을 낙엽색. 또 고급 파이프 담배 냄새가 났다. 그러니까 꿀과 마른 과일이 가미된 연초 냄새. 좋아, 나는 속으로 말했다. 좋은 집안에서 태어난 잘난 사람들끼리 구석 벽난로 앞에 앉아 가을 냄새 물씬 나는 대화나 한번 나눠보지, 뭐. 아주 섬세하고도 비단결 같은(난 이 형용사를 진짜 좋아한다) 대화를.

엄마는 나와 함께 들어갔다. 우리는 그의 책상 앞에 놓인 두 의자에 앉았고, 그는 책상 너머에, 영화 〈스타 트렉〉에 나오는 것 같은 이상한 귀가 달린 커다란 회전의자에 앉았다. 그는 깍지 낀 두 손을 자기 배 위에 얹고는 우리를 가만히 쳐다보았다. 그리고 말했다. "두 분을 한번에 뵙게 되어 기쁘군요."

아, 이러시면 안 되지. 시작부터 기분 나쁘군. 그 말에 내 귀가 벌겋게 달아올랐다. 슈퍼마켓 카트 뒤에 딱 달라붙어 가는 엄마와 딸에게 양면 칫솔을 팔려고 내놓은 광고 문구 같은 이 말은 정신분석학 박사한테서 나올 수 있는 말은 어쨌든 아니었다. 하지만 '세계 운동에 관한 고찰'에 대한 내 열정을 생각하며 화를 억눌렀다. '말도 안 돼, 아냐, 아냐, 이건 말이 될 수도 있어. 정말 믿을 수가 없군.' 나는 속으로 그렇게 중얼거리며 온 힘을 다해 그를 집중해 쳐다보았다. 엄마가 자신의 소소한 근심거리에 대해 하는 말이 하나도 안 들릴 만큼 나는 그에게 집중했다. 엄마는 "제 딸이 숨어요" "제 딸이 머릿속에서 이상한 목소리가 들린다고 해서 우리 식구가 지금 다 겁을 먹었어요" "제 딸은 우리한테는 말을 안 해요" "제 딸 때문에 정말 걱정이에요" 등등을 말하면서 15센티미터 옆에 내가 있는데도 '제 딸은'을 이백 번도 더 외쳤다. 그런데 박사가 불쑥 말을 했을 때 나는 거의 까무러

칠 뻔했다.

여러분에게 설명을 해야 한다. T박사가 살아 있다는 것은 안다. 왜냐하면 내 앞을 걸었으니까. 그는 앉았고, 말을 했다. 하지만 그 나머지는 거의 죽었다 할 수 있었다. 전혀 움직이지 않았다. 자리를 차지하고 있는 소파에 일단 고정된 다음에는 더는 움직임이 없었다. 입술이 달싹거리긴 했지만 엄청나게 아꼈다. 나머지는 부동, 정말 하나도 움직이지 않았다. 보통 말을 하면 입술만 움직이지 않는다. 다른 움직임도 반드시 일어난다. 얼굴근육, 가벼운 손놀림, 목, 어깨의 움직임, 말을 하지 않을 때도 하나도 안 움직이기는 정말 힘들다. 어디라도 조금은 흔들린다. 눈꺼풀이 깜박거리거나 보이지 않게 발을 움직이거나.

그런데 진짜 하나도 안 움직인다. 전혀! 결단코! 절대! 살아 있는 조각상이다. 그러던 사람이 말을 했으니! "그래, 꼬마 아가씨, 이 일에 대해 무슨 말 좀 해볼래?" 난 내 생각들을 하나로 모으기 힘들었다. 그 부동성에 완전히 사로잡혀 있었으니까. 난 대답할 시간을 약간이나마 벌었다. 엄마는 치질에 걸린 사람처럼 소파 의자에서 몸을 비비 꼬았다. 하지만 박사는 눈 한 번 깜박이지 않고 나를 쳐다보았다. 나는 속으로 말했다. '그를 움직이게 해야 해. 그를 움직이게 해야 해, 그를 움직이게 할 뭔가가 반드시 있을 거야.' 그래서 난 이렇게 말했다. "제 변호사 입회하에서만 말하겠어요." 그게 먹힐 거라고 생각하면서. 그러나 대실패였다. 어떤 움직임도 없었다. 엄마는 고통스러운 성모마리아처럼 한숨을 내쉬었다. 하지만 다른 쪽은 여전히 부동이었다. "변호사라…… 흠……" 이 말을 하면서도 움직이지 않았다. 그러자 도전 의욕이 더 불타올랐다. 움직이느냐, 마느냐. 난 전력을 다해 전투를 치러보기로 했다. "여긴 법정이 아냐, 잘 알잖니." 그가 말했다. 나는 생각했다. '내가 이 사람을 움직이게 한다면 그럴 만한 가치가 있을 것이다. 내 하루를 다 망친 건 아닐 것이다.' "좋습니다, 솔랑주 부인." 동상이 말했다. "따님과 일대일로 대화를 한번 나눠보죠." 그의 친애하는 솔랑주 여사는 코커스패니얼의 울먹거리는 눈빛을 박사에게 던지며 일어났고, 비틀거리지 않으려고 중심을 잡느라 괜히 쓸데없는 동작을 해가며 그 방을 나갔다.

"엄마가 네 걱정이 많다." 아랫입술조차 움직이지 않는 무훈을 달성하며 그가 날 공격했다. 나는 잠시 고심했다. 나의 도발 기술이 그다지 성공할 확률이 없다는 생각이 들었다. 당신의 정신분석가를 자제력에 대한 확신에 차게 만들어주고 싶은가. 그러면 보통의 청소년이 부모를 대하듯 그를 도발하라. 따라서 나는 그에게 아주 진지하게 이렇게 말하기로 했다. "선생님은 그것이 '아버지 이름의 배제'와 관계가 있다고 생각하세요?" 이 말에 그가 움직였다고 보는가? 전혀. 그는 여전히 부동이었고 대담했다. 하지만 그의 눈에서 이는 동요 같은 것을 본 것도 같았다. 나는 광맥을 탐사해보기로 했다. "흠, 네가 하는 말이 무슨 말인지나 알고 하는 말이니?" "아, 알아요. 제가 라캉의 이론에서 이해가 안 되는 게 있다면 라캉과 구조주의의 관계에 대한 정확한 성격 규정이에요." 뭔가 말하기 위해 그가 입을 열었으나 내가 더 빨랐다. "아, 또 그 주요 테마도요. 이 모든 매듭이 약간 엉켜 있어요. 선생님은 위상수학에 대해 좀 아세요? 사람들이 그게 사기라는 걸 안 지 오래되지 않았나요?" 바로 그때 나는 내가 한 단계 나아갔음을 알아차렸다. 그는 입을 채 다물지 못했고 결국엔 입이 벌어진 채 그대로 있었다. 다시 정신을 차리긴 했지만 얼굴은 여전히 굳어 있었다. 그리고 결국 이런 표현으로 자기 속을 드러내고 말았다. "나랑 놀자는 거냐, 꼬맹아?" 그렇다마다. 난 당신이랑 놀고 싶어요. 이 끔찍한 냉동 밤톨아! 그래서 난 기다렸다. "아주 똑똑한 거 안다(친애하는 솔랑주 여사께서 삼십 분에 60유로를 내고 알려준 고급 정보다). 하지만 아주 똑똑하면서 나약할 수도 있는 거란다. 너도 알 거다. 너무 영특하면 불행하다는 걸." 기가 막혀 말도 안 나온다. 하마터면 "그거 만화 〈피프 가제트〉에서 찾은 문장 아녜요?" 하고 물어볼 뻔했다. 갑자기 나는 한 단계 높이고 싶어졌다. 어쨌든 난 십 년 전부터 우리 가족한테서 한 달에 600유로는 뜯어가는 작자 앞에 앉아 있으니까. 그 결과는 다 알다시피 세 시간씩 화분에 물 주기, 놀라운 과소비로 인한 비용 청구서들 아닌가. 내 코끝에서 지독한 겨자 냄새가 나는 것 같았다. 난 그의 책상 쪽으로 몸을 기울이고 아주 낮은 목소리로 이렇게 말했다. "잘 들어요, 얼음땡 선생. 우리 거래를 하는 게 어때요? 날 좀 가만 놔둬요. 안 그러면 내가 파리 시내에, 사업계와 정치계에 당신에 관한 못된 소문을 퍼뜨려 이 불쌍한 영세업을 말아먹게 할 테니. 내가 얼마나 똑똑한지 당신도 아니까 그런 일은 나한텐 완전 식은 죽 먹기라는 것도 잘 알겠죠?" 내 생각에 그건 먹힐 것 같지 않았다. 그럴 거라고는 믿지 않았다. 그런 말도 안 되는 협박을 믿으려면 정말 바보 멍청이여야 하니까. 하지만 믿을 수 없는 승리였다. 불안의 그림자가 그 순진한 테드 박사의 얼굴에 스쳤다. 나는 그가 내 말을 믿었다고 생각한다. 내가 절대 하지 않을 것이 있다면, 누군가를 해치기 위해 헛소문을 퍼뜨리는 것이다. 공화주의자인 나의 아버지께서 나에게 윤리의식 바이러스를 감염시켰고, 그것처럼 터무니없는 게 없다는 걸 알면서도 난 그걸 엄격하게 잘 따르고 있으니까. 하지만 우리 가족을 파악하는 데 있어 엄마밖에 보지 못한 그 착한 박사는 분명 그 위협이 사실일 거라고 생각한 거 같았다. 그래서 기적이 일어났다! 움직였다! 그는 혀를 찼고, 팔을 풀었고,

손 하나를 들어 책상 위에서 염소 가죽 책받침을 툭툭 내리쳤다. 격분의 동작이면서 위협의 동작이었다. 그러더니 일어났다. 그 모든 온화함과 친절함은 온데간데 없어지고 문 쪽으로 가더니 엄마를 불렀다. 그리고 뭐라 뭐라 감언이설로 내 정신 건강은 양호하다고 엄마에게 말했다. 그걸로 사태는 일단락되었고, 우린 그의 가을 벽난로에서 급히 나와버렸다.

처음엔 난 나 자신에게 만족한 편이었다. 그를 움직이게 하는데 성공했으니까. 하지만 오후가 될수록 우울한 기분이 들었다. 왜냐하면 그가 움직였을 때 일어난 일은 뭔가 아름답지 않고 깨끗하지 않은 게 있었기 때문이다. 아주 달콤하고 아주 현명한 가면을 쓴 어른들이 있다는 건 알았지만, 그 속이 그렇게 추하고 단단할 줄은 몰랐다. 가면을 벗기기 위해서는 그걸 뚫는 것으로 충분하다고 생각했으나, 폭력이 동반되었으니 마음이 아팠다. 그가 책받침을 두드렸을 때 그건 이런 뜻이었다. "좋아, 넌 날 있는 그대로 보는구나. 코미디를 계속할 필요가 없겠어. 좋아, 네 그 끔찍한 거래를 들어주기로 하지. 내 양탄자 그만 밟고 당장 나가줘." 아 젠장, 그러니 내가 아프지. 그렇다, 정말 아팠다. 세상이 추하다는 걸 알지만 그 추함을 보고 싶진 않았다.

그래, 이 세상을 떠나자. 움직이면 추한 것이 드러나는 이 세상을.

12
희망의 파도

현상학자들에게 진짜 고양이는 없다. 그들의 자폐증을 비난해 봤자 소용없다. 나는 내 인생을 시간을 초월한 것에 대한 탐색에 바쳤다.

그러나 영원성을 좇는 자는 고독을 수확한다.

"예." 그는 내 핸드백을 들어주며 말했다. "저도 그렇게 생각합니다. 아주 단순합니다만 대단한 조화를 이루고 있지요."

오즈 씨 집은 아주 크고 아름다웠다. 마뉘엘라의 이야기를 들어 일본식 실내장식이 어떨지 상상을 좀 해봤지만, 미닫이문에, 분재, 짙은 회색 테두리의 두터운 검은색 양탄자와 아시아산 각종 소품들(검은 칠기 앉은뱅이 탁자, 길게 이어지는 인상적인 창문들, 서로 다르게 짜인 대나무 발)은 실내에 동양 분위기를 내

주었다. 또 유럽풍의 소파, 안락의자, 까치발 탁자, 램프, 책장 등도 있었다. 정말 우아했다. 반면 마뉘엘라와 자생트 로장이 주목한 대로 중복되는 것은 없었다. 텅 비고 아무것도 없는 것이 아니라, 오즈의 영화에서 본 것들을 그대로 옮겨놓은 듯한 이 낯선 문명의 간결한 소박미에는 한 차원 높은 화려함이 있었다.

"이쪽으로 오세요." 오즈 씨가 말했다. "계속 여기 있을 건 아닙니다. 여긴 너무 격식을 차린 듯해서요. 식사는 부엌에서 할 겁니다. 제가 요리할 거고요."

나는 밤색 라운드넥 니트에 베이지색 바지를 입은 그가 연둣빛 사과색 앞치마를 두르고 요리하는 모습을 떠올렸다. 그는 낡은 검정 가죽 신발을 신고 있었다.

나는 종종걸음으로 그를 따라 부엌까지 갔다. 하! 이런 부엌이라면 매일같이 요리하고 싶었다. 우리 레옹을 위해서라도. 어떤 평범한 것도 없었다. '롱롱' 표 고양이 먹이 통조림을 따는 것까지 여기서 하면 정말 감미로울 것 같았다.

"전 이 부엌이 자랑스럽습니다." 오즈 씨가 간단한 듯 솔직하게 말했다.

"그렇겠네요." 난 한 치의 빈정거림 없이 말했다.

모든 게 흰색과 밝은 나무색이다. 긴 조리대부터 접시들과 파란색, 검은색, 흰색의 작은 도자기 잔들이 가지런히 정리된 큰

식기장까지. 중앙에는 오븐과 레인지, 개수대 세 개가 있었고, 손님들을 맞이하는 작고 둥근 의자와 미니바가 있었다. 나는 그 의자에 올라앉았다. 그러자 레인지 앞에서 바쁘게 움직이는 오즈 씨를 정면으로 마주하게 되었다. 그는 내 앞에 따듯하게 데운 작은 사케 병과 너무나 매혹적으로 균열이 난 작고 푸른 술잔 두 개를 갖다놓았다.

"일본 요리를 잘 아시는지 모르겠습니다." 그가 말했다.

"잘은 몰라요." 나는 대답했다.

희망의 파도가 나를 일으켰다. 지금까지 우리는 스무 단어도 나누지 않았다. 하지만 지금 내 앞에 연둣빛 사과색 앞치마를 두르고 서 있는 오즈 씨가 전혀 낯설지 않았다. 마치 아주 오래전부터 아는 사이인 것 같았다. 아무도 주석을 달지 않은, 이젠 잊힌 것들에 관한 장에 정리되어 있는 네덜란드 회화에 대한 그 최면술에 걸린 듯한 일화가 있고 나서부터.

그날의 저녁식사는 아시아 요리 입문에 불과할 수 있다. 톨스토이와 그 모든 의혹이 대수랴. 계급차에 무심한 새 입주자 오즈 씨가 건물 수위를 이국적 저녁식사에 아무런 사심 없이 초대한다. 그들은 사시미와 소바에 대해 이야기를 나눈다.

이게 그저 그런 일일까?

재앙은 그래서 찾아왔나?

13
작은 방광

우선 내 방광이 아주 작다는 것을 고백해야겠다. 이걸 어떻게 설명해야 할까? 차 한 잔만 마셔도 지체 없이 화장실행인데, 주전자 한 통을 다 비웠으니 그 양에 비례해 화장실에 가야 한다면? 마뉘엘라는 정말 낙타 같다. 아무리 마셔도 몇 시간은 거뜬하다. 마뉘엘라가 자리에서 꿈쩍도 않고 야금야금 망디앙을 먹는 사이에도 나는 화장실을 수십 번 비참할 정도로 왔다갔다했다. 하지만 그건 내 공간에서였다. 60제곱미터의 작은 방, 화장실은 그리 멀지 않고 아주 오래전부터 잘 아는 장소에 있었다.

그런데 지금, 내 작은 방광이 나한테 자기 의사를 표명했고, 오후에만 흡수한 차의 양이 얼만지 분명히 의식하고 있는 나는 그 메시지를 수신하지 않을 수 없었다. '오줌보 곧 터짐.'

세상 사람들은 이걸 어떻게 물어보지?

"요강 어디 있어요?" 이건 이상하게도 아주 적합한 것 같진 않다.

아니면 반대로,

"거길 알려주시겠어요?" 그 단어를 직접 언급하지 않는 섬세한 노력은 가상하나 이해 불가의 위험이 따르고, 따라서 더 큰 곤경에 처할 수도 있다.

"오줌 마려워요." 간결하고 정보성을 띠나 잘 모르는 사람에게, 더욱이 식탁에서 할 말은 아니다.

"변소 어디 있어요?" 이것도 문제가 된다. 어디 지방 식당에 와서 딱 잘라 물어보는 것 같다.

나는 차라리 이런 말이 좋다.

"뒷간이 어디예요?" 왜냐하면 이런 단어는 어린 시절을 떠오르게도 하고 텃밭 구석에 있던 헛간도 생각나게 하기 때문이다. 제법 소탈한 느낌을 준다. 하지만 이것 역시 나쁜 냄새를 연상시키는 관계로 그다지 좋지 않다.

바로 그때 번뜩이는 생각이 났다.

"라멘은 수프에 국수를 넣고 끓인 중국에서 유래된 음식입니다. 일본인들은 점심에 가볍게 먹지요." 오즈 씨는 제법 많은 양의 국수 다발을 차가운 물에 막 넣었다 건져 공중으로 들어올리며 말했다.

"화장실이 어디죠?" 결국 내가 찾아낸 유일한 답이었다.

오즈 씨의 라멘 설명에 이어지는 내 생뚱맞은 답변이라니.

"아, 죄송합니다. 아직 제가 알려드리지 않았군요."

오즈 씨는 아무렇지 않다는 듯 아주 자연스럽게 대답했다.

"뒤에 문 보이시죠? 거기로 나가셔서 복도 오른쪽 두번째 문 입니다."

모든 게 이렇게 늘 간단할 수는 없을까?

아닐 것이다.

세계 운동에 관한 고찰 N° 6

팬티 혹은 반 고흐?

세일 기간이라 오늘 엄마랑 생토노레 가에 쇼핑을 갔다. 지옥이었다. 몇몇 상점 앞에는 정말 긴 줄이 늘어서 있었다. 생토노레 가에 어떤 종류의 상점들이 있는지 잘 알 것이다. 세일을 해도 반 고흐 그림 가격만큼이나 하는 스카프와 장갑 따위를 사려고 그렇게 안간힘을 쓰는 걸 보면 정말 기가 막힌다. 그러나 이 아줌마들은 광란의 열정으로 매진한다. 기품을 잃어가면서까지.

그래도 오늘 하루를 망쳤다고 투덜대기만 할 수는 없다. 아주 흥미로운 운동을 오늘 목격했기 때문이다. 미학적으로는 꽝이지만 아주 강렬한 운동! 심지어 웃기기도 했다. 아니 비극적이었나. 아, 모르겠다. 이 일기를 쓰면서부터 사실 의기소침해 있었다. 세계 운동의 조화를 발견하겠다는 생각에 시작한 일기인데,

레이스 속옷을 다루는 부인들 이야기에 이르게 될 줄이야. 아무튼 난 믿을 수가 없었다. 에이, 이왕 하는 거라면 즐기면서 하자.

사건은 이렇다. 엄마랑 우린 야한 란제리를 파는 가게에 갔다. 야한 란제리? 이름만 들어도 벌써 웃긴다. 아니, 두꺼운 란제리도 있나? 그러니까 야한 란제리란 섹시한 란제리라는 뜻이다. 할머니들이 입는 헐렁한 면 팬티 같은 건 찾아볼 수 없는 곳이다. 생토노레 가에 있는 가게답게 아주 세련되게 섹시한 것만 판다. 손으로 직접 뜬 레이스가 달린 속옷에 실크 티팬티, 캐시미어 잠옷 등. 안에 들어가기 위해 줄을 서지는 않았는데, 차라리 줄을 서는 게 나을 뻔했다. 안은 발 디딜 틈도 없었다. 무슨 탈수기에 들어가는 기분이었다. 케이크 위의 체리처럼 정점을 찍은 것은 우리 엄마였다. 검은색, 빨간색 아니면 암청색 등 수상쩍어 보이는 색들을 이리저리 뒤적거리며 엄마는 정신줄을 놨다. 난 엄마가 플란넬 잠옷을 걸치는 동안 어디 숨거나 피신해 있을 곳을 찾았고, 마침 눈에 띈 탈의실 뒤편에 숨었다. 그런데 나 혼자만이 아니었다. 어떤 남자도 있었다. 아테나를 놓쳤을 때의 넵튠처럼 불행한 표정을 짓고 있었다. 무조건 "자기야, 사랑해!" 따위는 좋은 계획이 아니다. 그 불쌍한 남자는 괜히 여기까지 끌려와서 뭣 모르고 적지에 들어온 꼴이었다. 황홀경에 빠진 삼십여 명의 암컷들한테 발을 밟히고, 어디를 가든 그를 향해 쏟아지는 시선

세례에 그는 자신의 짐스러운 몸뚱어리를 어디다 둬야 할지 몰랐다. 그의 아리따운 여자친구로 말할 것 같으면 진홍색 팬티를 얻기 위해서라면 누구라도 죽일 준비가 된 복수의 여신으로 변신해 있었다.

난 그에게 동정의 눈길을 던졌고, 그는 사냥꾼에 쫓기는 짐승의 눈빛으로 나를 바라보았다. 매장 전체와 엄마를 다 볼 수 있는 위치에 있었던 나는 하얀 레이스에 커다란 연보라색 꽃무늬가 그려진 작은, 정말 너무나 작은 브래지어 앞에서 침을 질질 흘리고 있는 엄마를 보았다. 우리 엄마는 마흔다섯이고, 평균 몸무게에 비해 몇 킬로그램은 초과인데 그 큰 꽃무늬가 두렵지도 않나보다. 반면 아주 점잖고 세련되어 보이는 베이지색은 질색인가보다. 아무튼 엄마는 자기 치수로 보이는 꽃무늬 미니 브래지어를 옷걸이에서 힘겹게 뽑았고, 이어 세 단 아래쯤에서 그 브래지어와 짝이 되는 팬티를 보고는 옷걸이에서 잡아 뺐다. 엄마는 확신에 차 잡아당겼다. 한데 갑자기 눈썹을 찡그렸다. 팬티 다른 쪽 끝을 다른 아줌마가 잡아당기고 있었던 것이다. 두 사람은 서로를 쳐다봤고, 이어 옷걸이를 보았고, 그 팬티가 길고 긴 오늘 오전 세일의 마지막 물건이라는 것을 확인하고는 상대의 눈을 향해 지옥의 불꽃을 내뿜으며 서서히 전투태세를 갖추었다.

바로 이 지점에서 아주 흥미로운 움직임이 생겼다. 130유로짜리 팬티는 극세사 레이스로 크기가 몇 센티미터도 안 된다. 절대 찢어지면 안 되니 상대를 자극하지 않기 위해서라도 서로 웃음을 지으며 자기 쪽으로 살살 잡아당겨야 했다. 나는 분명하게 말할 수 있다. 우리가 사는 우주에서 물리 법칙은 불변이기 때문에 이것은 가능하지 않다. 몇 초의 헛된 시도 후 두 아줌마는 뉴턴님께 아멘을 고하면서도 포기하지 않았다. 따라서 다른 수단으로 전투를 치러야 했다. 가령 아빠가 좋아하는 단어인 외교 같은 것으로. 그러자 다음과 같은 흥미로운 움직임이 발생했다. 팬티를 잡아당긴 일은 전혀 없었던 듯 표정을 지으며 정중하게 말로 부탁하는 척을 했다. 팬티를 잡고 있던 두 아줌마의 오른손이 갑자기 사라졌다. 마치 그런 손은 존재하지 않았다는 듯, 여전히 옷걸이에 걸려 있는 팬티를 두고 그저 조용히 서로 상의하고 있는 듯 행동했다. 누구도 힘으로 그걸 가로챌 생각은 없었다는 듯. 하, 그 정신없던 오른손은 어디로 갔지? 휘익 날아갔나? 사라졌나? 좋게 말로 합시다!

다들 아는 이야기지만, 외교는 힘의 균형이 무너질 때 이뤄진다. 강자가 약자의 외교적 제안을 받아들이는 법은 없다. "아, 부인, 제가 좀 빨랐던 거 같은데요" 하고 합창으로 시작되었던 협상은 진척이 없었다. 내가 엄마 옆으로 왔을 때, 협상은 "절대 안 놓을 거예요!"에 와 있었다. 두 사람은 한눈에 봐도 치열한 교전자들이었다.

결국, 물론, 엄마가 졌다. 엄마는 나를 보자 자기가 존경받아 마땅한 한 가정의 엄마라는 사실을 기억해냈고, 내 앞에서 위엄을 잃지 않는 한 상대의 얼굴에 왼손을 갖다붙이는 짓은 할 수 없었다. 엄마는 오른손의 용도를 되찾았고 팬티를 놔줬다. 이 경기의 결과, 한 사람은 팬티를 가지고 떠났고, 한 사람은 브래지어를 가지고 떠났다. 엄마는 저녁식사 때 기분이 아주 안 좋아 보였다. 아빠가 무슨 일이 있었는지 묻자 엄마는 이렇게 대답했다. "당신은 국회의원이니까 국민들의 심성과 교양의 붕괴에 대해 관심을 좀 가져!"

다시 그 흥미로운 움직임으로 돌아가자. 정신 멀쩡한 두 아줌마가 갑자기 정신줄을 놓았다. 이게 아주 묘한 장면을 만들어냈다. 현실과의 단절이 있었던 것처럼, 공상과학 소설에나 나올 법한 미지의 세계가 펼쳐졌다. 황당한 행동, 공허한 몸짓.

난 생각했다. 가령 오른손이 하는 행동을 모른 척할 수 있다면, 과연 어디까지 모른 척할 수 있겠는가? 황당한 심정, 공허한 영혼.

14
화장실의 레퀴엠

작전의 첫 단계는 잘 진행되었다.

난 복도 오른쪽 두번째 문을 바로 찾았다. 내 방광이 작은 만큼 다른 일곱 개 문을 열어보려고는 하지 않고 거북함 따위도 없이 바로 실행했다. 오즈 씨의 화장실을 '뒷간'이라고 불렀더라면 큰 무례를 범하는 꼴이 됐을 것이다. 그의 '뒷간'은 눈처럼 하얬다. 벽은 물론 변기에, 더럽힐까 무서워 앉기도 조심스러운 얼룩 하나 없는 변기 시트까지. 하지만 이 흰색은 바닥에 깔린 노란 태양 빛깔의 두텁고 푹신하고 보드랍고 반들거리는 양탄자 덕분에 온화해 보였고, 그래서인지 병원 같은 분위기는 나지 않았다. 이런 관찰을 통해 오즈 씨에 대한 경의가 솟았다. 대리석을 쓰거나 다른 일체의 장식 없이 하얀색의 깔끔한 단순미. 흔히 부자들의 약점이기도 하지만, 아주 사소한 것까지도 화려하게 꾸미고 싶어하는 게 부자들의 심리인데 말이다. 그리고 햇살 같은 따사로운 부드러움이 느껴지는 양탄자의 조화는 화장실에서까지도 합일의 조건을 구현하고 있었다. 우리는 거기 갈 때 무엇을 찾는가? 계속 따라다니는 어두운 생각에서 벗어나 밝음을 찾는다. 특히 밤에 거기 갈 때, 발이 시리지 않게 볼일을 보는 우리 의무를 다하기 위해 바닥 위에서 그 무언가를 찾는다.

화장실 휴지, 그것 역시나 시성식을 열망한다. 마세라티나 재규어 같은 명차처럼 결정적인 부의 표시라 본다. 사람들의 엉덩이에서 휴지가 하는 일이 수많은 외부적 모습보다 더 넓게 계급의 심연을 파놓으니까. 두텁고 부드럽고 좋은 향이 나는 오즈 씨네 휴지는 우리 몸에서 다른 어떤 부위보다 까다로운 부위를 위해 봉사한다. 내 작은 방광은 자율 조절 기능은 취약하나 소변 용량은 어느 정도 되는데, 이 두루마리 휴지를 얼마나 써야 하나? 나는 두 송이 연꽃 장식이 달린 변기의 수세 장치 버튼을 누르며 이런 생각들을 했다. 한 송이는 너무 정확한 거 같고, 세 개는 너무 과시하는 것처럼 보인다.

바로 그때 일이 터졌다.

내 귀를 공격하는 괴기스러운 소음 때문에 하마터면 나는 벼락 맞은 사람처럼 그 자리에서 쓰러질 뻔했다. 더 끔찍한 것은 도대체 소리가 어디서 나는지 알 수 없다는 것이었다. 수세 장치는 아니었다. 거기선 아무 소리도 안 들렸다. 소리는 위에서 아래로, 내 쪽으로 떨어졌다. 심장이 터질 듯 뛰었다. 위험에 대처하는 세 가지 대안을 아는가? 3F 작전이다. Fight(싸우거나), Flee(도망치거나), Freeze(얼어붙거나). 난 Freeze 했다. Flee 할 수도 있었다. 그러나 순간 문을 어떻게 열어야 하는지 알 수가 없었다. 여러 가정들이 머릿속을 스쳤다. 혹시 그렇게 하면? 하지만 명료한 건 하나도 없었다. 버튼을 잘못 눌렀나? 양을 잘못 측정해서? 무슨 자만이며 무슨 오만인가? 그 가소로운 기부로 두 송이 연꽃을 낭비하다니! 그 결과 난 신의 심판을 받는 것일까? 그 시끄러운 벼락 소리가 그래서 내 귀에 울린 것일까? 초대받은 공간에서 불순한 것으로 간주해야 하는 행위를 쾌락으로 너무 음미한 것일까? 이 호화로운 PQ를 탐미하며 나는 욕망하도록 나를 내버려두었고, 그 치명적 원죄에 대한 대가를 한 치의 모호함 없이 통고받은 것일까? 육체노동으로 무디어진 내 손가락들의 무의식적 분노의 결과로 연꽃 버튼의 미묘한 기계장치를 잘못 만져 배관에 재앙을 일으켜 5층의 붕괴를 가져온 걸까?

난 죽을힘을 다해 도망치려 했으나 내 손이 말을 듣지 않았다. 정확하게 작동하기만 하면 날 구해줄 구리 버튼을 계속 만지작거렸으나 어떤 적절한 반응도 일어나지 않았다.

그 순간 나는 내가 미쳤거나 하늘나라에 갔다고 믿었다. 지금까지 불명확했던 소리가 점점 더 분명해졌기 때문이다. 그리고 이건 정말 생각지도 못한 일인데, 소리는 모차르트 같았다.

모차르트의 레퀴엠 중 〈콘푸타티스〉.

콘푸타티스 말레딕티스, 플라미스 아크리부스 아딕티스(악인들을 쳐부수어 화염 속에 던지시고)!

아주 고양된 목소리.

나는 미칠 지경이었다.

"미셸 부인, 괜찮으세요?" 문 바깥에서 오즈 씨의 목소리가, 아니, 연옥의 문에 서 있는 성 베드로의 목소리가 물었다.

"저, 저, 문을 못 열겠어요."

나는 오즈 씨에게 내 우둔함을 입증할 수 있는 모든 수단을 동원했다.

그리고 결국 그렇게 되었다.

"손잡이를 반대 방향으로 한번 돌려보세요." 성 베드로의 목소리가 정중히 일러주었다.

나는 잠시, 그러니까 어떻게 하라는 거지? 하고 생각해보았다. 그가 해준 말이 내 머릿속을 한 바퀴 다 돌고 나서야 겨우 이해가 되었다.

나는 손잡이를 반대 방향으로 돌렸다.

문은 드디어 열렸다.

〈콘푸타티스〉도 딱 멈췄다. 달콤한 침묵의 샤워가 내 몸을 흠뻑 적셨다.

"저, 저." 나는 오즈 씨에게 말했다. 다른 사람일 수도 없겠지만. "저, 저 레퀴엠 아세요?"

나는 내 고양이 이름을 '생뚱이'라 붙여야 했나보다.

"아, 무서우셨죠." 오즈 씨가 말했다. "미리 말씀드렸어야 했는데. 일본식입니다. 제 딸이 여기에도 그렇게 해놓고 싶어해서. 물을 내리면 음악이 나오죠. 재밌죠? 아닌가요?"

우린 복도에 있었고, 그것도 화장실 앞에 서 있었다. 정말 웃음이 나오지 않을 수 없는 상황이었다.

"아, 예, 좀 놀랐네요." 사실 나는 내가 지은 모든 죄가 다 들통나는 줄 알았다.

"부인이 처음은 아니에요." 오즈 씨가 상냥하게 말했다. 윗입술에 웃음기가 비쳤다.

"레퀴엠이라. 그것도 화장실에서. 놀라운 선곡이에요." 정신을 차리려고 한 말인데 순간 대화 분위기가 이상해진 것 같았다. 우리는 아직도 복도에 서 있었고, 이 상황의 출구도 찾지 못한 채 무안해서 팔만 휘저으며 서로 마주보았다.

오즈 씨가 나를 바라보았다.

나도 그를 바라보았다.

내 가슴속 무엇인가 짧게 열렸다 다시 닫히는 밸브처럼 기괴한 투둑 소리와 함께 툭 끊어지는 듯했다. 내 상체는 속수무책으로 흔들렸다. 내 앞사람의 어깨도 똑같이 흔들리는 것 같았다.

우린 서로를 바라보았다. 좀 머뭇거리면서.

푸흐흐흐흐.

푸흐흐흐흐, 하는 부드럽고도 여린 숨소리가 오즈 씨 입에서 새어나왔다.

억누를 수 없어 결국 터져버린 것 같은 푸흐흐흐 소리가 내 목에서도 새어나왔다.

우린 둘이서 똑같이 푸흐흐흐, 했다. 아주 약하게, 믿기지 않아 서로를 바라보면서.

이어 오즈 씨의 푸흐흐흐 소리가 조금씩 커지기 시작했다.

내 푸흐흐흐 소리는 경고 신호처럼 바뀌었다.

우린 사슬에서 풀려난 듯 폐에서 터져나오는 푸흐흐흐 소리를 내뿜으며 서로를 쳐다봤다. 좀 진정되면 우리는 다시 서로를 쳐다보았고, 또 한 무더기의 푸흐흐흐를 쏟아냈다. 내 배는 너무 웃어 경직되었고 오즈 씨는 눈물까지 쏟아냈다.

그렇게 경련이 일어날 만큼 웃으며 화장실 문 앞에서 우리가 얼마나 있었던가. 힘을 다 빼놓기에 충분한 시간이었다. 우린 지쳐서도 몇 번을 더 푸흐흐흐 하고 웃었고, 실컷 웃어서라기보다 지쳐서 다시 냉정을 찾았다.

"거실로 가시죠." 먼저 숨을 가다듬은 오즈 씨가 말했다.

15
신비한 연합

"당신하고 있으면 지루하지 않아요." 오즈 씨가 부엌으로 돌아와 나에게 한 첫마디였다. 난 편안하게 둥근 의자에 걸터앉아 따듯한 사케를 홀짝거리며 좀 고약한 맛이라 생각하고 있던 중이었다.

"당신은 별로 평범하지 않은 사람이에요." 그가 튀긴 것 같지도, 찐 것 같지도 않은, 아니면 둘 다인 것도 같은 작은 만두가 가득 담긴 하얀 접시를 나한테 내밀며 말했다. 그는 접시 옆에 간장을 놓았다.

"교자예요." 그가 정확한 이름을 알려주었다.

"전혀 그렇지 않아요." 내가 대답했다. "전 아주 평범한 사람이에요. 수위잖아요. 제 인생은 진부함의 전형이죠."

“톨스토이를 읽고 모차르트를 듣는 수위죠.” 그가 말했다. “그런 게 수위 업무인 줄은 몰랐습니다.”

그러면서 내게 윙크를 했다. 그는 이젠 격식을 차리지 않고 내 오른쪽으로 와서 앉았고, 젓가락으로 교자를 집었다.

내 생애 이렇게 마음이 편한 적이 없었다. 정말 이걸 어떻게 설명할 수 있을까? 어떤 사람에게 처음으로 난 전적인 신뢰를 느꼈다. 마뉘엘라에게 내 삶을 털어놓는 것과는 조금 다른, 서로 이해하고, 서로 이해받고 있다는 확신에서 생겨난 절대적 안정감이었다. 인생을 털어놓는다는 게 영혼을 내맡기는 건 아니다. 내가 마뉘엘라를 동생처럼 좋아하긴 하지만, 나라는 엉뚱한 존재가 우주에서 캐낸 약간의 의미와 감동을 그녀와 오롯이 나눌 수는 없었다.

나는 젓가락으로 양념 향 가득한 고기로 속이 꽉 찬 교자를 맛보았고, 정말 깜짝 놀랄 만큼 편안하고 느슨해지는 감정을 경험하며 오즈 씨와 수다를 떨었다. 마치 오래전부터 알고 지내던 사이처럼.

“기분전환이 필요하죠.” 내가 말했다. “시립도서관에 가서 빌릴 수 있는 것은 모두 빌려와요.”

“네덜란드 회화를 좋아하세요?” 그는 이렇게 묻고는 대답을 기다리지 않고 말을 이었다. “네덜란드 회화와 이탈리아 회화 중

하나를 선택하라면, 무엇을 선택하시겠어요?"

우리는 제법 격한 논쟁을 벌였고, 나는 페르메이르의 붓을 이야기하며 열을 올렸다. 하지만 어쨌든 우리는 의견의 일치를 보았다.

"그게 신성모독이라고 보세요?" 내가 물었다.

"아니, 전혀요." 그가 작은 잔 위로 괜히 애꿎은 교자를 좌우로 막 흔들며 말했다. "이탈리아 회화를 보여주겠다고 제가 현관 입구에 미켈란젤로 모사품을 걸어놓을 거 같으세요?"

그는 내 앞에 면이 가득 담긴 사각 채반과 소스가 담긴 화려한 청록색의 작은 그릇을 내놓으며 말했다. 소스에서는 약간 땅콩향이 났다. "면을 이 소스에 적셔 드세요. 이건 자루라면이라고 하는데, 약간 단 소스랑 함께 먹는 차가운 국수예요."

그는 또 가는 리넨 실로 짠 커다란 냅킨을 내밀었다.

"옷을 버리면 안 되니까 앞에 두르세요."

"고맙습니다."

왜 그랬는지 모르겠지만 나는 이 말을 덧붙였다.

"제 옷 아니에요."

그리고 숨을 크게 들이쉬고는 다시 말을 이었다.

"아주 오래전부터 혼자 살아요. 외출은 전혀 안 하죠. 좀 너무 야만적으로 보일까봐……"

"아주 문화적인 야만인이군요." 그가 웃으며 말했다.

땅콩 소스에 찍어먹는 국수의 맛은 경이로웠다. 반면 마리아의 옷 상태는 자신할 수 없었다. 그 긴 면발을 반액체 상태의 소스에 집어넣는 것이 쉬운 일은 아니었다. 어디 안 묻히고 입안에 면을 넣는 것 역시 마찬가지였다. 소리를 전혀 안 낸 건 아니지만 오즈 씨가 능수능란하게 국수를 들이켜며 아주 맛있게 먹자 나도 긴장이 풀려 열심히 면발을 빨아보았다.

"이거 정말 환상적이라는 생각 안 드세요? 당신 고양이는 레옹이고, 제 고양이는 키티와 레빈이에요. 우린 둘 다 톨스토이를 좋아하고, 네덜란드 회화를 좋아하고, 또 같은 공간에 살고 있습니다. 이런 일이 생길 수 있는 가능성이 얼마나 될까요?" 그가 말했다.

"그 멋진 판본을 저에게 선물 안 해주셔도 됐는데요. 괜히 송구했어요."

"마음에 드셨는지요?" 오즈 씨가 말했다.

"그럼요. 정말 마음에 들었지요. 하지만 약간 놀라기도 했어요. 아시겠지만 전 그냥 조용히 있고 싶어요. 여기 사시는 분들이 알면 괜히……"

"당신이 그런 분이라는 걸요?" 오즈 씨가 내 말을 잇듯 말했다. "그게 왜요?"

위는 안 좋아해요."

"잘난 척이라고요? 당신은 잘난 척하는 게 아니에요. 당신에게는 취향이 있고, 혜안과 통찰력이, 감각이 있어요."

"하지만 저는 수위라고요! 그리고 전 제대로 배우지도 못했어요. 난 절대 그런 사람들과 어울릴 수 없는 사람이에요."

"하! 그런 말 하지도 마세요!" 오즈 씨가 마뉘엘라가 쓰던 말을 그대로 썼고, 난 웃음이 나왔다.

내가 웃자 그는 의아하다는 듯 눈썹을 치켜올렸다.

"제 친한 친구가 자주 쓰는 표현이에요." 나는 부연 설명을 하듯 말했다.

"당신의 그런 조심성을 친구분은 뭐라 하십니까?"

솔직히 한 번도 생각 안 해보았다.

"아시는 분이에요. 마뉘엘라요." 내가 말했다.

"아, 로페스 부인요? 당신 친구예요?"

"예, 제 유일한 친구죠."

"대단한 분이죠. 귀부인이에요. 보세요, 사회적 기준과 편견을 벗어난 사람이 당신뿐만이 아니에요. 뭐가 문젭니까? 지금은 21세기예요, 21세기!"

"부모님은 어떤 분이셨어요?" 오즈 씨의 다소 분별없는 모습에 난 좀 흥분해서 느닷없이 물었다.

오즈 씨는 특권이라는 것은 에밀 졸라와 함께 사라졌다고 믿는 것 같았다.

"저희 아버지는 외교관이셨어요. 어머니에 대해서는 잘 모릅니다. 제가 태어나고 바로 돌아가셨거든요."

"아, 죄송합니다." 내가 말했다.

그는 손사래를 쳤다. 이미 오래전 일이니 괜찮다는 듯.

난 내 논리를 계속 펼쳤다.

"당신은 외교관 아들입니다. 저는 가난한 농사꾼의 딸이고요. 제가 오늘 저녁 당신 집에서 저녁식사 하는 것은 상상도 못할 일이에요."

"하지만 이렇게 식사하고 계시잖아요."

그는 더없이 상냥한 미소를 지으며 덧붙였다.

"그래서 제가 아주 영광이고요."

대화는 이렇게 화기애애한 분위기에서 자연스럽게 흘러갔다. 우리는 계속해서 이런저런 화제를 나눴다. 그와 먼 친척뻘일 수도 있을 야스지로 오즈, 톨스토이, 자신의 소작농들과 밭에서 풀을 베는 레빈, 유배, 문화의 비환원성, 그리고 또다른 주제들. 우리의 마지막 면발을 즐기면서. 특히 우리 두 사람의 놀랍도록 유사한 정신세계와 그 성향을 음미하며 온갖 이야기들을 두서없이 신나게 나누었다.

그런데 어느 순간 오즈 씨가 내게 이런 말을 했다.

"그냥 가쿠로라고 불러주세요. 그게 덜 어색하니까요. 제가 르네라고 부르면 안 될까요?"

"좋아요." 내가 말했다. "저도 그게 좋아요."

이런 갑작스러운 친밀함과 편안함은 어디서 오는 걸까?

정신을 몽롱하게 만드는 사케 탓인가?

"아즈키가 뭔지 아십니까?"

"교토의 산들……" 나는 무한한 추억에 젖은 듯 미소를 지으며 말했다.

"네?"

"교토의 산봉우리들은 아즈키 색이에요." 나는 '아즈키'라는 일본어를 분명하게 발음하려고 애쓰면서 말했다.

"영화에 나오는 말이죠, 맞죠?" 가쿠로가 물었다.

"예. 〈무네카타 자매들〉 마지막 장면에요."

"예, 저도 오래전에 그 영화 봤어요. 한데 생각은 잘 나지 않는군요."

"절의 이끼 위에 핀 동백꽃 기억 안 나세요?" 내가 말했다.

"네, 전혀 기억이 안 나네요. 그런데 그렇게 말씀하시니 다시 보고 싶어지는데요? 다음에 시간 되시면 같이 보지 않을래요?"

"저한테 비디오테이프가 있어요. 아직 도서관에 반납하지 않았어요."

"혹시 이번주 어떠세요?" 가쿠로 씨가 물었다.

"플레이어 있으시죠?"

"예." 그가 웃으며 말했다.

"그럼 좋아요. 하지만 저도 제안을 드리겠어요. 일요일 차 마시는 시간에 보면 좋겠어요. 제가 파티스리를 가져올게요."

"좋습니다." 가쿠로 씨가 대답했다.

저녁 모임은 계속되었다. 우리는 이상한 해초 맛이 나는 티잔* 을 계속해서 홀짝거리며 대화의 일관성이나 시간 따위에 신경쓰지 않고 계속해서 이야기를 나누었다. 그리고 다시 나는 하얀 눈처럼 빛나는 변기와 햇살 같은 양탄자를 찾았다. 이번엔 놀라지 않고. 나는 연꽃 버튼을 하나만 건드렸고, 입문자의 차분함으로 〈콘푸타티스〉의 공격을 견뎌냈다. 가쿠로 오즈 씨와 함께 있을 때 황당하면서도 놀라운 것은, 그의 열정과 어린아이 같은 천진함에는 현자 같은 주의력과 넓은 아량이 배어 있다는 것이다. 나는 이런 양립적인 것들의 연합관계에는 익숙지 않다. 내가 아는 다른 연합관계란 불신과 친절(마뉘엘라), 진솔과 친절(올랭프),

* 허브티 같은 진정 효과가 있는 차의 한 종류.

거만과 잔인(그 나머지 인간들) 등이다. 그는 관대와 호기심으로 세상을 보는 것 같다. 식욕과 통찰력, 그리고 아량의 결탁은 여태 한 번도 보지 못한 맛있는 칵테일이었다.

그리고 내 눈은 손목시계를 향했다.

세시였다, 새벽 세시!

나는 소스라치듯 일어났다.

"어머나 세상에, 지금 몇신 줄 아세요?"

그는 자기 시계를 보더니 근심스러운 눈길로 나를 보았다.

"내일 아침 일찍 일하셔야 하는데 깜박했네요. 저는 퇴직한 몸이라 괜찮습니다만, 괜찮으시겠어요?"

"예, 괜찮아요. 조금이라도 눈을 붙여야겠어요."

나는 이미 나이가 들었고 늙으면 잠이 준다는 건 잘 알려진 사실이지만 세상을 분별력 있게 파악하기 위해선 나는 적어도 여덟 시간은 자야 한다는 이야기까지 하지는 않았다.

"일요일에 봬요." 가쿠로가 문 앞에서 말했다.

"정말 고마웠어요. 좋은 저녁 시간 보내고 갑니다. 진심으로 감사드려요."

"제가 더 고맙습니다." 그가 말했다. "이렇게 많이 웃고 좋은 대화를 나눠본 것도 정말 오랜만입니다. 아, 제가 바래다드릴까요?"

"아, 아니에요. 고맙지만 그러실 필요 없어요."

밤낮이 따로 없는 팔리에르 씨네 아들 같은 애가 계단을 어슬렁거리고 있을지 모른다.

"그럼 일요일에 뵙죠. 그전에 또 마주칠 수도 있고요."

"고마워요, 르네." 그는 어린아이처럼 함박웃음을 지으며 말했다.

나는 수위실에 들어와 문을 닫고 등을 기댄 채 섰다. 텔레비전 앞 소파에 파묻혀 막노동꾼처럼 코를 드르렁 골며 자고 있는 레옹을 보았고, 상상할 수도 없는 사실을 확인했다. 난생처음으로, 내게 남자인 친구가 생긴 것이다.

16
그때

그때, 여름비.

17
새로운 심장

이번 여름비를 나는 기억한다.

매일매일 우리는 복도를 성큼성큼 걷듯 인생을 성큼성큼 걷는다.

고양이에게 줄 허파를 생각하고…… 제 킥보드 못 보셨어요? 누가 훔쳐갔어요, 이번이 세번째예요…… 비가 너무 세차게 내리네, 꼭 밤 같아…… 영화 한시에 시작해…… 우비 벗을까?…… 쓴 차, 오후의 고요…… 우린 너무 가져서 아픈가봐요…… 물 줘야 할 이 모든 '분자'들…… 귀엽고 발랄한 얼굴로 방탕하게 노는 순진한 여자들…… 어, 눈 오네…… 이 꽃, 이거 이름이 뭐예요?…… 그 불쌍한 것이 그래서 아무데나 오줌을 싼 거예요…… 가을하늘…… 슬프다. 해가 이젠 빨리도 지네…… 왜 안뜰까지 쓰레기 냄새가 나죠?…… 아시겠지만 모든 것은 정해진 때가 있죠…… 아니요, 특별히 아는 건 아니에요. 뭐 다른 집들이랑 비슷했어요…… 아즈키 빵 같아…… 내 아들이 그러는데 '중국인'들은 다루기 힘들대요…… 그 사람 고양이들 이름은 뭐예요? 세탁물을 수령해, 주겠습니까?…… 이 모든 성탄절 노래, 이 모든 장보기, 장보기 얼마나 피곤한지…… 호두를 먹을 땐 식탁보를 깔아야 돼요…… 그가 코를 줄줄 흘린다…… 열시도 안 됐는데 벌써 덥네…… 야생 버섯을 얇게 썰고, 수프에 버섯을 넣어 은근히 끓인 다음 먹어요…… 침대 밑에 더러운 팬티도 그냥 놔두고…… 벽지를 다시 발라야겠어요……

그리고 여름비……

여름비가 무엇인지 아는지?

여름하늘을 후벼파는 그 지독한 아름다움, 가슴을 뒤흔드는 이 경이로운 공포, 숭고함의 한가운데 너무나 우습게 느껴지고, 만물의 위대함에 너무나 여려지고 너무나 가슴 벅차게 만들며 세상의 관대함에 아찔하고 넋이 나가고 황홀해지게 하는 것.

복도를 성큼성큼 걷다가, 갑자기 환한 방으로 들어간다. 또다른 차원, 막 태어난 확신. 몸은 더이상 외피가 아니며, 정신은 구름에 살고, 물의 힘은 자기 자체이며, 행복한 날들이 새로운 탄생 속에서 보일지니.

눈물방울이 때로 둥글고 강하며 결속적일 때, 그들 뒤로 불화가 씻긴 긴 해변이 남듯, 비는, 여름은, 움직이지 않는 먼지를 씻어버려 끝없는 호흡처럼 영혼을 살아 있는 존재로 만든다.

그렇게 어떤 여름의 비들은 다른 심장과 박자를 맞추어 박동하는 새로운 심장처럼 우리 안에 뿌리 내린다.

18
달콤한 불면

두 시간의 달콤한 불면의 시간이 지나고, 나는 평화로이 잠들었다.

심오한 사고 N° 13

꿀벌들의 운명을 공유하지도 않으면서
꿀을 만들 수 있다고
누가 생각하나?

매일 나는 우리 언니가 치욕의 늪에 너무 깊이 박힐 순 없다고 속으로 말하지만, 또 매일 언니의 행동을 보곤 놀란다.

오늘 오후, 수업을 마치고 집에 와보니 아무도 없었다. 나는 부엌에서 헤이즐넛 초콜릿을 집어와 거실에서 먹었다. 난 소파에 자리를 잡고 앉았다. 그리고 다음 심오한 사고는 무엇에 대해 쓸까 생각하며 초콜릿을 베어물었다. 내 생각 속에서 다음 주제는 아무래도 초콜릿에 대한 깊은 성찰 혹은 초콜릿을 씹는 방식에 대한 고찰이 될 것 같았다. 그러니까 중심 질문은 이게 될 것이다. 초콜릿이 맛있는 것은 무엇 때문일까? 초콜릿이라는 물질 자체인가? 아니면 입안에서 씹히는 질감, 즉 치아의 운동 기술과 관련된 것인가?

그것참 흥미로운 주제라고 생각하고 있는데, 언니가 생각보다 일찍 집에 들어왔고 그 바람에 내 생각은 다 흩어졌다. 언니는 당장 나를 붙잡고 이탈리아 타령을 해댔고 나는 또 열받았다. 티베르 부모님과 함께 베네치아에 갔다온 후, 콜롱브는 그 이야기밖에 안 한다. 다니엘리 호텔에 투숙했다고 자랑이다. 불행의 절정은 토요일에 토스카나에 대저택을 소유한 그랭파르 부부의 친구 집으로 저녁식사를 하러 갔을 때였다. 토스카나에 대해선 아무 할 말이 없다. 콜롱브는 토스카나라는 말만 들어도 거의 기절할 듯했고 엄마도 거기 동조했다. 내가 알려드리자면, 토스카나는 천년의 고도가 아니다. 콜롱브나 우리 엄마 혹은 그랭파르 부인 같은 사람에게 소유욕의 전율을 주기 위해 존재할 뿐이다. 토스카나는 그들에겐 문화, 예술 등 소위 대문자로 쓸 수 있는 그 모든 것과 같은 자격이다.

토스카나에 대해서라면 난 이미 당나귀, 올리브유, 석양, 돌체비타 같은 1절은 이미 다 안다. 그러니 난 그런 건 건너뛴다. 진부하기 짝이 없는 것들. 매번 내가 조용히 사라졌기 때문에 콜롱브는 나를 붙잡고 자기가 제일 좋아하는 이야기를 할 수 없었는데, 소파에 앉아 있는 나를 보자 이때다 싶었는지 나한테 달려들어 내 시식을 망쳐놨고 앞으로의 심오한 사고도 망쳐놨다.

티베르 부모님 친구들 땅에는 벌통이 있다. 일 년에 꿀 100킬로그램은 거뜬히 생산된다. 토스카나 사람들은 양봉가를 고용해 '플리바지산産' 검인을 붙인 꿀을 상업화하려고 했다. 물론 돈을 위해서만은 아니다. 어쨌거나 플리바지산 꿀은 세계 최상품이 되었고, 그 덕에 땅 소유주의 명성도 올라갔다. 금리생활자들이 된 것이다. 그 꿀은 유명 레스토랑의 셰프들이 온갖 요리에 이용하면서 유명세를 탔다. 콜롱브와 티베르, 티베르의 부모님은 그 꿀을 포도주 음미하듯 맛보았고, 콜롱브가 백리향 꿀과 로즈마리 꿀의 차이에 대해 말하기 시작하면 입에 침이 마를 새가 없었다. 그러거나 말거나. 이 지점까지는 '초콜릿 씹기'를 생각하며 대충 들었다. 이 정도에서 끝내주면 좋을 텐데, 하고 나는 속으로 생각했다.

그러나 콜롱브한테 그런 걸 기대하면 절대 안 된다. 콜롱브는 갑자기 기분 나쁜 표정을 짓더니, 꿀벌들의 습성에 대해 이야기하기 시작했다. 벌들의 습성에 대해서는 전반적인 강의를 들어야 제대로 파악할 수 있는 것이겠지만, 콜롱브의 혼란스럽고 좁은 정신세계는 여왕벌과 수벌의 결혼 의식에 대한 대목에서 특히 깊은 인상을 받은 듯했다. 반면 상상을 초월하는 벌통의 복잡한 구조는 인상적이지 않았던 모양이다. 나는 그 점이 더 놀랍고 흥미로웠는데. 언어적 지성을 특별히 인간만 소유한 줄 알았는데 그게 아니었다. 그 작은 곤충들도 코드화된 언어를 가지고 있었다. 기술 자격증도 아니고 철학 석사 학위를 준비하는 학생인데도 콜롱브는 이런 데에는 전혀 관심이 없었다. 반면 이 작은 곤충의 성생활에 대해서는 완전히 흥분해 있었다.

요약하면 이렇다. 여왕벌은 준비가 되면 결혼을 위해 비상한다. 그 뒤를 수벌들이 구름떼처럼 몰려간다. 첫번째 수벌은 교미를 끝내고 죽는다. 행위 후 생식기가 여왕벌 몸속에 완전히 박혀, 그러니까 빠져나오질 못하고 몸이 절단되어 죽는 것이다. 두번째 수벌이 여왕벌에 닿으면 교미를 하기 위해 앞다리로 첫번째 수벌의 생식기를 여왕벌 몸에서 빼낸다. 그러고는 같은 일이 또 반복된다. 그렇게 연달아 열에서 열다섯 마리의 수벌이 여왕의 주머니에 정자를 채워주고, 사 년 혹은 오 년 동안 해마다 이십만 개의 알을 낳게 해준다.

"딱 한 번 하는데도, 세상에, 열다섯 놈이나 상대하다니!" 콜롱브는 가시 돋친 표정으로 날 빤히 쳐다보며 그토록 야한 말을 아무렇지도 않게 했다. 내가 티베르라면 자기 여자친구가 이런 이야기를 아무렇지도 않게 하면 싫어질 것 같다. 여기에 약간의 싸구려 심리학을 적용한다면, 암컷 한 마리가 만족을 얻기 위해 열다섯 마리의 수컷을 상대하고, 또 그 사례로 수컷을 거세한 후 죽여버린다는 이야기를 처녀가 흥분해서 한다면 그게 무슨 뜻이겠는가? 콜롱브는 자기가 그런 이야기를 신나게 떠들어대면 자기가 성을 자연과 연결시키는, 꽉 막히지는 않은 뭐 그런 자유여성이 된다고 생각하나보다. 콜롱브가 이런 이야기를 나한테 해주는 건 내게 충격을 주기 위함이다. 그 이야기가 범상치 않은 내용을 담고 있다는 사실은 모르면서. 첫째, 인간은 동물이며, 성이란 외설적인 주제가 아니라 과학적인 주제라고 생각하는 나 같은 사람에게는 그게 충격적이라기보다는 매우 흥미롭다. 둘째, 나는 모든 사람에게 콜롱브는 하루에 손을 세 번 씻고, 샤워실에서 잘 보이지도 않는 털을 보고 신경질을 내면서 고래고래 소리를 지른다는 사실을 고하고 싶다. 사실 '보이는 털'이 더 있을 법하지 않은 거다. 왜 그런지는 모르겠지만 난 그게 여왕벌의 성본능과 매우 유사하다고 생각한다.

그러나 특히, 인간이 자연을 해석하고 자연을 벗어날 수 있다고 믿는 것은 미친 짓이다. 콜롱브가 이런 식으로 이 이야기를 하는 것은 그게 자기와는 관련이 없다고 생각해서다. 만일 수벌들의 비장한 박기 놀이를 조롱한다면, 그건 자신이 그런 운명을 공유하지 않는다고 생각하기 때문이다. 하지만 여왕벌의 결혼비상에서도, 수벌들의 운명에서도 충격적이거나 외설적인 면은 전혀 보이지 않는다. 왜냐하면 나도 이런 곤충들과 전혀 다르지 않기 때문이다. 비록 습성은 다르지만. 살고 먹고 생식하고 임무를 완수하고, 사실 그것을 위해 태어나고, 죽는다. 그건 어떤 의미도 없다. 그렇다. 만물이 원래 그런 것이다. 자연을 힘으로 지배할 수 있다거나 생물학적 미물로서의 운명에서 벗어날 수 있다고 생각하는 인간들의 오만함. 살고, 사랑하고, 생식하고, 동류끼리 전쟁을 벌이는 그들의 방식에서 드러나는 잔인함과 폭력은 보지 못한다.

나는 우리가 해야 할 유일한 것이 있다고 생각한다. 임무를 찾기 위해 우리는 태어났고, 우리가 할 수 있는 한 최선을 다해 그것을 완수하고, 존재하지도 않는 것을 찾는 억지를 부리지 않고, 우리 동물적 본성에 신성한 것이 있다고 믿지 않는 것. 그럴 때만이 죽음이 우릴 데려가는 순간에도 건설적인 어떤 것을 한다고 느낄 수 있다. 자유, 결정, 의지, 이런 것들은 모두 공상이다. 우린 벌들의 운명을 공유하지 않고도 꿀을 만들 수 있다고 믿는다. 하지만 우리 역시 임무를 완수한 후 죽을 수밖에 없는 불쌍한 꿀벌일 뿐이다.

팔로마

1
예리한 아이

같은 날 아침 일곱시에, 누군가 수위실 벨을 눌렀다.

난 몸을 일으키려고 얼마간 애를 썼다. 두 시간의 수면으로는 인간이라는 족속들에게 온화함을 발휘할 수 없다. 옷을 꿰고 슬리퍼를 꿰고 이상하게 붕 뜬 머리 속에 손을 집어넣는 동안 누군가 계속 벨을 눌러댔지만, 이타주의는 일어나지 않았다.

문을 열자 코앞에 콜롱브 조스가 서 있었다.

"에이, 차가 막혔나보죠?"

지금 도대체 무슨 소리를 하는가 싶었다.

"일곱시예요." 내가 말했다.

그애가 날 쳐다봤다.

"예, 알아요."

"수위실은 여덟시에 엽니다." 나는 꾹 참으며 이 사실을 분명히 짚어주었다.

"뭐라구요? 여덟시요?" 그애가 놀란 기색으로 물었다. "여는 시간이 따로 있어요?"

물론 없다. 수위실은 사회 발전도 임금노동법도 모르는 보호된 성역이다.

"예." 딱히 이을 만한 말이 없어 나는 짧게 대답했다.

"아, 그렇구나." 그애는 힘 빠진 목소리로 말했다. "그래도 왔으니까……"

"이따가 와요." 난 그애 코앞에서 문을 닫아버리고는 주전자 쪽으로 향했다.

창문 바깥에서 꽥 지르는 소리가 들렸다.

"하, 지독하네!" 그러더니 성난 굽을 돌려서는 엘리베이터 호출 버튼을 신경질적으로 눌렀다.

콜롱브 조스는 조스 씨네 장녀다. 무일푼 보헤미안처럼 옷을 입고 다니는 금발 대파. 내가 정말 혐오하는 것이 부자들이 가난한 사람처럼 옷을 입고 다니는 이상한 도착증이다. 질질 끌고 다니는 주름치마에 회색 털실로 짠 벙거지를 쓰고 거지들이나 신을 법한 닳아빠진 신발에 축 늘어진 스웨터 자락 밑에 꽃무늬 블라우스를 받쳐 입는 식으로. 이건 추할 뿐만 아니라 모욕적이다. 가난한 이들의 욕망을 멸시하는 부자들처럼 혐오스러운 것도 없다.

설상가상으로 콜롱브 조스는 공부까지 잘한다. 이번 가을 파리 고등사범학교 철학과에 들어갔다.

난 손까지 부들부들 떨리는 분노를 가라앉히기 위해 미라벨 잼을 바른 비스킷과 차를 준비했다. 그런데도 알 수 없는 이상한 두통에 머리가 지끈거렸다. 신경질적으로 샤워를 했고, 옷을 입고, 사실 평소 먹는 것에 비하면 보잘것없는 먹을거리였지만 레옹에게 머리 고기 누른 것과 축축한 돼지 껍질을 줬고, 안뜰로 가서 쓰레기통을 밖으로 내놨고, 넵튄을 쓰레기장에서 데리고 나왔다. 여덟시가 되니 이것저것 하느라 벌써 지쳐 다시 부엌으로 돌아왔지만 마음이 진정되질 않았다.

조스 씨네 집에는 딸이 하나 더 있다. 팔로마. 아주 조신하고 늘 창백한 애다. 매일 학교를 가긴 할 텐데 그애를 한 번도 제대로 본 적이 없는 것 같다. 그런데 여덟시 정각에 콜롱브가 바로 그 아이를 희생양으로 나에게 보냈다.

얼마나 비겁한 꼼수인가.

몇 살이나 됐을까? 열한 살? 열두 살? 그 가엾은 애는 내 문앞 신발 흙털개 위에 무슨 정의의 사도처럼 꼿꼿이 서 있었다. 나는 숨을 한번 크게 들이마시고 자연스럽게 웃으려고 애를 썼다. 못된 애가 돋운 화를 아무 죄 없는 애한테 풀지 말 것.

"안녕, 팔로마."

그 아이는 신중한 태도로 제 분홍색 조끼 밑부분을 만지작거렸다.

"안녕하세요." 가냘픈 목소리로 내게 인사했다.

나는 주의깊게 그 아이를 바라보았다. 어떻게 그냥 지나칠 수 있겠나? 어른들을 얼어붙게 만드는 놀라운 재능이 있는 아이들이 있다. 이 아이의 표정과 동작에는 같은 또래 아이들의 표준에 부합하는 게 하나도 없다. 어른들을 얼어붙게 만드는 애들은 너무 심각하고 너무 진지하고 너무 침착하고 동시에 지독하게 예리하다. 그렇다, 예리하다. 팔로마를 유심히 바라보면서 나는 칼날 같은 예리함과 차가운 통찰력을 엿볼 수 있었지만, 속으로는 또 그 별 볼 일 없는 콜롱브 같은 애가 인류의 판사 같은 동생을 둘 수 있다는 것이 신기해 일단 그 아이에 대한 판단은 유보하기로 했다.

"언니가 아주 중요한 서류가 배달될 거라고 아줌마에게 미리 알려주라고 저를 보냈어요." 팔로마가 말했다.

"그래, 알았다." 보통 어른들이 아이들에게 말하듯, 내 고유의 톤 그대로, 별로 부드럽지 않게 말했다. 그렇게 해야 부자들이 가난한 척 옷 입는 것에 버금가는 경멸의 표시가 되니까.

"언니가 집까지 가져다줄 수 있는지도 물었어요." 팔로마가 이어 말했다.

"그래."

"알겠습니다."

그런데 팔로마는 그대로 서 있었다.

흥미로웠다.

날 가만히 바라보며 움직이지도 않고 팔을 양쪽에 그대로 붙인 채 입은 약간 벌리고 있었다. 머리는 듬성듬성 땋아 내렸고 분홍 테 안경을 쓴 큰 눈이 매우 맑았다.

"아줌마가 초콜릿 줄까?" 난 그냥 되는대로 물었다.

아이는 고개를 끄덕거렸다. 여전히 침착하게.

"들어오렴. 마침 차를 마시던 중이었어."

유괴라도 했다고 괜히 오해받을까봐 난 수위실 문을 살짝 열어놨다.

"저도 차가 더 좋아요. 저도 마셔도 돼요?" 아이가 물었다.

"아, 그래? 물론이지." 나는 약간 놀라서 말했다. 점차 몇 가지 정보가 쌓여갔고, 머릿속에 하나씩 기입했다. 인류의 판사, 귀여운 태도, 차 주문.

아이는 의자 위에 앉아 바닥에 닿지 않는 발을 흔들어대며 내가 재스민 차를 준비하는 동안 나를 가만히 쳐다보았다. 나는 아이 앞에 찻잔을 놔줬다. 그리고 나도 잔 앞에 앉았다.

"제가 뭐만 해도 언니는 절 바보로 봐요." 차 전문가처럼 길게 한 모금 마시더니 그애가 입을 열었다. "우리 언니는 저녁에는 매일 나가서 친구들이랑 담배 피우고 술 마시고 수다 떨고 그래요. 불량 학생들처럼요. 근데 그래도 자기 지성이 의심받지 않는다고 생각하니까 그러는 거예요."

그애 노숙자 패션이랑 아주 잘 어울린다.

"제가 여기 밀사로 온 건 언니가 야비하고 겁까지 많기 때문이에요." 팔로마는 그 크고 맑은 눈으로 여전히 나를 뚫어지게 쳐다보며 말했다.

"뭐, 그래도 우리가 서로 알 수 있는 기회가 생겼잖아." 내가 예의 차리듯 말했다.

"저 또 와도 돼요?" 그 목소리에는 뭔가 애원하는 게 있었다.

"물론이지. 환영이야." 내가 대답했다. "한데 네가 여기서 심심할까 걱정이구나. 여긴 재밌는 게 없어."

"그냥 조용히 있고 싶어요." 아이가 대답했다.

"네 방에선 조용히 있을 수가 없어?"

"없어요. 다들 제가 어디 있는지 알면 조용히 있을 수가 없죠. 전에는 숨었어요. 하지만 이젠 제 은신처도 다 봉해졌어요."

"알겠지만 여긴 늘 누가 들락거려. 여기서 조용히 생각할 수 있을지 모르겠다."

"저기 있으면 돼요." 소리는 안 나오고 화면만 켜진 텔레비전 앞 소파를 가리키며 그애가 말했다. "사람들은 아줌마를 보러 오는 거지 저를 방해하러 오는 건 아니니까요."

"알겠다." 내가 말했다. "하지만 우선 엄마한테 물어봐야지."

여덟시 반에 일을 시작하는 마뉘엘라가 열린 문으로 고개를 들이밀었다. 팔로마와 그 앞에 놓인 김이 모락모락 나는 찻잔을 보고는 뭔가 나에게 할 말이 생긴 거였다.

"들어와요." 내가 말했다. "이야기 나누며 잠시 차 마시고 있어요."

마뉘엘라가 눈썹을 씰룩거리는데, 적어도 포르투갈어로는 '걔랑 거기서 뭐해요?' 하는 뜻일 거다. 난 잘 알아볼 수 없게 어깨를 슬쩍 올렸다. 마뉘엘라는 황당한지 입술을 찌푸렸다.

"예에?" 마뉘엘라는 기다릴 수 없었는지 내게 물었다.

"이따가 올 거죠?" 나는 웃으며 크게 말했다.

"아!" 내 웃음을 보더니 마뉘엘라가 말했다. "좋아요. 예, 평소처럼 다시 올게요."

이어 팔로마를 보며 "좋아요, 이따가 올게요" 하더니 공손하게 "또 봐요, 아가씨" 하고 말했다.

"예, 안녕히 가세요." 팔로마가 처음으로 미소를, 훈련을 잘

받은 듯한 가엾은 미소를, 내 가슴을 짠하게 만드는 미소를 지으며 말했다.

"이젠 집에 들어가봐야지." 내가 말했다. "가족들 걱정하겠다."

아이는 일어나서 발을 질질 끌며 문 쪽으로 향했다.

"아줌마가 아주 똑똑하신 분인 게 입증됐어요." 그 아이가 느닷없이 말했다.

어리둥절해 나는 아무 말도 하지 않았다.

"멋진 은신처를 발견하셨군요."

2
이 보이지 않는

택배 배달원이 놓고 간 천민 폐하 콜롱브의 봉투는 열려 있었다. 처음부터 봉하지 않은, 완전히 열려 있는 봉투였다. 봉투 끝에는 접착용 테이프가 사용되지 않은 채 그대로 붙어 있었고, 스프링으로 제본된 종이 묶음을 다 드러내며 봉투는 헌 신발처럼 입을 헤벌리고 있었다.

왜 봉투를 붙이지 않았을까? 택배 배달원과 수위의 정직성에 대한 신뢰라기보다 그들이 봉투 내용물에 관심을 갖지 않을 거라는 믿음 때문은 아니었을까?

맹세컨대 이런 일은 처음이다. 짧아진 밤, 여름비, 팔로마 등 온갖 일들이 있어서 내가 이런다고 여겨주길 바란다.

나는 조심스럽게 봉투에서 제본을 끄집어냈다.

콜롱브 조스, 『절대적 신의 힘에 관한 논리』, 석사논문, 지도교수 마리앙, 파리 1대학 소르본.

표지에 카드 하나가 클립으로 고정되어 있었다.

친애하는 콜롱브 조스 양,
내 의견을 달아놓았습니다. 전달해주신 분께 감사드리며.
우리는 내일 솔슈아르에서 봅시다.
J. 마리앙

논문은 중세 철학에 관한 것이었다. 서문만 봐도 알 수 있었다. 14세기 프란체스코회 수도사이자 철학자이며 논리학자 윌리엄 오브 오컴에 관한 논문이었다. 솔슈아르란 13구에 있는 종교학 및 철학 전문 도서관으로, 도미니크 수도회가 운영하는 곳이다. 중세 문학의 주요 저작들을 다 소장하고 있으며, 당연히 라틴어로 된 열다섯 권짜리 윌리엄 오브 오컴 전집이 있을 것이다. 내가 그걸 어떻게 아느냐고? 그거야 몇 년 전에 거기 갔었으니까. 왜? 그냥. 파리 지도를 보다가 이 도서관을 발견했는데, 일반인에게도 개방되는 것 같았고, 그래서 나도 자료 수집차 한번 가보았다. 도서관 열람실 사이를 죽 돌아다니며 보니 드문드문 사람들이 있었고, 아주 학구적으로 보이는 노인들과 도도해 보이는 젊은 학생들이 대부분이었다. 나는 늘 아무것도 아닌 것에 대한 탐색에, 쓸모없고 부조리한 사고의 혼합에 엄청난 에너지를 쏟아부을 수 있는 우리 인간의 숭고한 자기희생에 매료되었다. 그리스 교부철학 박사논문을 준비하는 젊은이와 토론을 하면서, 어떻게 청춘을 다 바쳐 그런 허무한 것에 몰두하며 스스로를 망가뜨릴 수 있는지 궁금해졌다. 모든 영장류가 최우선으로 전념하는 것이 섹스, 영토, 그리고 서열이라는 것을 잘 생각해보면, 성 아우구스티누스의 기도의 의미에 대한 성찰은 상대적으로 무의미해 보인다. 물론 그들은 인간은 단순한 충동 그 이상의 것을, 더 의미 있는 것을 열망한다고 논박할 것이다. 그렇다면 나는 그것이 더없는 진실인 동시에 (그렇지 않으면 왜 문학을 하겠는가?) 더없는 거짓이라고 반박하고 싶다. 의미 있는 것, 그것 역시 충동이다. 가장 높은 층위의 충동이다. 그 최고점에 도달하기 위해 가장 유능한 수단인 이해를 활용하여 가장 높은 수준의 성취에 도달하는 것이다. 동물성에서 벗어나 자기 존재의 합리성을 정신의 빛 속에서 찾으려 하는 인간이 의미와 미를 탐색하는 것은 도도한 인간 본성의 상징이 아니다. 그것은 물질적이며 저속한 목적에 사용되는 예리한 무기에 불과하다. 그리고 그 무기가 그 자체로 대상이 되는 것은 우리를 다른 동물과 구별짓는 고유한 신경 다발이 만들어낸 단순 결과다. 그래서 지성이라는 이 탁월한 수단을 통해 우린 생존 가능하게 되었고, 기초 없는 복잡성과 실용적이지 않은 사고, 기능이 배제된 아름다움에 대해 탐구할 수 있게 되었다. 그것은 외피에 불과하다. 즉 결과물 없는 결과일 뿐이다. 버그 같은 것이며, 쓸데없이 추가된 일탈이다. 사용에 불과한 수단을 너무 격상시킨 나머지 수단 자체도 잃는 것이다.

탐색을 그렇게 거창하게 하지 않아도 탐색은 본디 필요한 것으로, 동물성에 위배되는 것이 아니다. 이를테면 문학은 실용적인 기능을 한다. 모든 형태의 예술과 마찬가지로 문학을 통해 우리는 그나마 생명의 의무를 해나갈 수 있는 것이다. 인간이라는 존재는 성찰과 반성을 통해 운명을 이뤄나간다. 그런데 거기서 유래한 인식으로 너무나 명징한 사실을, 발가벗겨진 진실을, 그래서 도저히 참을 수 없는 사실을 깨닫는다. 인간은 생존하려고 발버둥치는 짐승이라는 것, 고유의 사고로 세상을 이루는 신이 아니라는 것이다. 이렇게 통찰은 해도 이런 우리를 참아내려면 어떤 것이 필요하다. 생물학적 운명의 슬프고도 영원한 열병으로부터 우릴 구제해줄 어떤 것이.

그래서 우리는 동물과 구별되는 우리 종種의 생존을 위해 예술을 만들었다.

콜롱브 조스의 중세 문헌 독학에서 나온 교훈이 진리의 단순

화인 이상 진실은 그 어떤 것도 사랑하지 않는다. 아무것도 아닌 것에나 도움이 되는 개념의 도식화가 그녀가 그 작업에서 얻은 유일한 소득으로 보였다. 그건 쓸모없는 고리를 하나 더 만드는 것에 불과했으며, 논문을 전달하는 배달원이나 나 같은 수위 등의 노동 자원을 뻔뻔하게 낭비하는 것이었다.

주석 겨우 몇 개 달린 최종판인 게 분명한 페이지들을 나는 죽 넘겨보면서 황당함을 느꼈다. 아직 어린 아가씨이니 제법 자기 방어하는 수준은 된다고 봐줄 수도 있었다. 하지만 아무 쓸모도 없는, 학자연하는 논문에 재정 지원을 하려고 중산층이 죽도록 일하며 그 땀과 세금을 바쳤나 하는 생각이 들었다. 어이가 없었다. 세금으로 먹여주고 재워주고 보수까지 주는 프랑스 엘리트 청년들이 이런 웃긴 연구 제단 위에 회색 재 같은 과실果實이나 바치라고 국가관료들, 장인들, 공무원들, 월급쟁이들, 택시 기사들, 수위들이 매일같이 잿빛 새벽부터 그렇게 죽도록 일을 했나?

그래도 주제는 흥미롭다. '우주보편적인 것은 존재하는가, 다만 개별적인 것들이 있는가?' 내가 이해한 바로는 윌리엄 오브 오컴은 평생을 바쳐 이 논점을 연구했다. 그건 아주 매력적인 논점이라고 본다. 각각의 사물은 개별적인 본질이다. 한 사물과 다른 사물이 유사하다는 것은 환영에 따른 것이거나 여러 개별적인 사물들을 지시하고 포함하는 일반성에 의해 단어로, 개념으로 수행되는 언어 효과에 따른 것이다. 혹은 개별 사물들이 그 성질을 띠는 일반적 형태가 '실제로 존재'하는가? 아니면 단순한 언어적 사실에 불과한가? 우리가 이런 말을 한다고 치자. 탁자. 우리가 탁자라는 명사를 발음할 때, 즉 우리가 탁자를 개념화할 때, 항상 이 탁자만을 가리키는 것이 아니라 특별히 존재하는 모든 탁자들이 다 포함된 일반 보편적 탁자를 환기하는 것이다. 그렇다면 탁자라는 개념은 실재일까? 다만 우리 의식에 속한 것일까? 왜 어떤 오브제들은 비슷할까? 인간의 이해를 돕기 위해 범주화해서 인위적으로 재편성한 것일까? 혹은 모든 특별한 형태의 속성을 띤 보편적 형태가 존재하는가?

오컴에게 사물은 각각 개별적인 것이며, 보편개념들의 리얼리즘은 잘못된 것이다. 특수하고 개별적인 현실뿐이고, 일반화된 것은 오로지 정신에서 나온 것이다. 따라서 종류별 실제를 가정하는 것은 단순한 것을 복잡하게 만드는 것이다. 그러나 우리는 그것을 그토록 확신하는가? 바로 어제저녁 내가 물은 라파엘로와 페르메이르 사이에는 어떤 합일점이 있는가? 눈은 거기서 그것들의 공통적 형태를, 즉 미의 형태를 알아본다. 이런 형태에는 어떤 실재가 있게 마련이라고 생각한다. 그것은 이해를 위해 분류하고, 포착하기 위해 차이를 구분하는 인간의 단순한 정신적 방책이 아니다. 서로 맞지 않으면 같은 것에 분류할 수 없고, 재편성될 수 없으면 아무것도 재편성할 수 없으며, 조합될 수 없으면 아무것도 조합할 수 없기 때문이다. 결코 어떤 탁자가 〈델프트 풍경〉이 될 수는 없다. 인간 정신은 이런 비유사성을 만들어낸다. 즉 네덜란드 정물화와 이탈리아 회화의 성모화를 엮는 결속은 발생할 수 없는 것이다. 각각의 모든 탁자들처럼 모든 것은 자기 형태를 자기에게 주는 본질을 띠고, 모든 예술 작품은 우주 보편적 형태를 띠는데 이것만이 그 작품에 낙관을 찍게 해준다. 물론 우리는 이런 보편성을 곧바로 지각하지는 않는다. 많은 철학자들이 이런 본질을 실재로 간주하는 것에 대해 그렇게 얼굴을 찌푸리는 이유 가운데 하나도 바로 이것이다. 왜냐하면 나는 이 현존하는 탁자를 볼 뿐이지, 탁자라는 보편적 형태를 보는 것은 아니기 때문이다. 이 탁자만을 볼 뿐이지 아름다움의 정수 그 자체를 보는 것은 아니기 때문이다. 하지만 그건 우리 눈앞에 있다. 네덜란드 거장들의 각 탁자는 하나의 구현물이며 개별적이고 독특한 것을 통해서만 관조할 수 있는 섬광과도 같은 출현이다. 그것을 통해서만 영원성에 다가갈 수 있고, 시간을 초월한 숭고한 형태에 접근할 수 있다.

영원성, 우리가 바라보는 이 보이지 않는 것.

3
정의의 십자군

지적 영광을 열망하는 우리 풋내기 아가씨가 이런 것들에 관심이 있을 거라고 생각하나?

천만에.

콜롱브 조스는 탁자의 미 혹은 운명에 대해서는 어떤 사고도 하지 않고, 그저 흥미는 배제된, 언어 의미론적 어휘 구사의 애교와 아양만으로 오컴의 신학적 사상을 탐험하는 데 열을 올린다. 가장 괄목할 만한 것은 그 논문의 기획 의도이다. 오컴이 수년간에 걸쳐 한 철학적 노동을 신학적 사상이라는 부차적 혹으로 만들면서, 오컴의 철학적 논문을 신적 행동이라는 개념의 결과물로 만들어버린 것이다. 싸구려 포도주를 마신 것처럼 머리 뒤끝이 당기고 화가 솟구치는 일이다. 이거야말로 대학의 기능을 얼마나 잘 폭로하는가. 좋은 경력을 쌓고 싶으면 윌리엄 오브 오컴의 『논리학 대전』처럼 별로 연구되지 않는 곁가지의 낯선 텍스트를 택하라. 그래서 저자 자신도 알아차릴 수 없었던 저자의 의도를 찾아라. 개념이라는 분야에서는 부지불식이 의식적인 의도들보다 더 강력한 힘을 발휘하기 때문이다. 독창적인 하나의 테제와 유사한 지점까지 그것을 변형시켜라. 철학적 논쟁점들은 무시하면서 논리적 분석을 세우는 신의 절대적 힘이 그것이다. 그대의 모든 아이콘(무신론, 믿음의 이성 대신 이성 속의 믿음, 지혜의 사랑 그리고 사회주의자들에게 소중한 여러 자질구레한 것들)을 불태우면서, 그대 인생의 한 해를 아침 일곱시에 수위를 깨우고, 지도교수에게 택배 배달원을 보내는 식의 집단적 비용을 들여 이 억지스러운 놀이를 하는 데 보내라.

복무하지 않는 지식이 무슨 소용이란 말인가? 나는 국가 공무원들이 덕의 표시로 자랑스럽게 전시하는 가짜 복무 정신을 말하는 게 아니다. 그거야 표면적인 겸손일 뿐이고 사실은 순전히 허세와 멸시에 불과하다. 아침마다 에티엔 드 브로이는 과시적 겸양을 떨어가며 자기 계급의 오만을 보여주었다. 그러나 특권을 가진 만큼 진정한 의무를 요한다. 엘리트들만의 만찬장을 가졌으니 그 대가로 물질적 삶의 영광과 여유에 비례해 봉사해야 하는 의무를 가져야 하는 것이다. 내가 콜롱브 조스처럼 미래가 열린 젊은 고등사범학교 학생이라면? 나는 인류의 진보에, 생존을 위한 근본적 문제들을 해결하는 데, 인간이라는 종자의 안녕과 복지에, 아름다운 세상의 도래에, 혹은 철학적 정통성을 위한 정의의 십자군 등에 관심을 갖고 그 일에 뛰어들 것이다. 성직의 길을 가자는 게 아니다. 선택은 있고, 분야는 다양하다. 단칼로 베듯 단 하나의 운명을 따르겠다는 포부로 아주 진지하게 세미나에 가서 철학에 입문하라는 것이 아니다. 플라톤, 에피쿠로스, 데카르트, 스피노자, 칸트, 헤겔, 후설을 공부해야 하나? 미학, 정치학, 윤리학, 인식론, 형이상학까지? 교육에, 저서 집필에, 연구에, 문화에 생애를 바쳐야 하나? 그런 것과는 아무 상관이 없다. 왜냐하면 이런 유의 것들에는 의도만이 중요하기 때문이다. 사고를 고양하는 것, 공동의 이익에 기여하는 것 혹은 자기 자신의 영속화 외에는 어떤 다른 연구 대상도 없는, 불모의 엘리트 집단들의 자가 생산 외에는 어떤 다른 기능도 없는 스콜라 학파에 합류하는 것. 대학이 신흥 종교가 된 것도 이래서지만.

심오한 사고 N° 14

차가 왜 불타는지
알기 위해선
앙젤리나에 가봐

오늘 진짜 재밌는 일이 벌어졌다. 콜롱브한테 온 우편물이 수위실에 도착하면 그걸 좀 갖다달라고 하라고 콜롱브가 시켜서 미셸 아줌마한테 갔다. 그건 윌리엄 오브 오컴에 관한 언니의 석사논문 초벌본인데, 지도교수가 읽고 의견을 달아 보내준 것이었다. 정말 웃긴 건 콜롱브가 그 우편물 때문에 아침 일곱시에 수위실 벨을 눌러 미셸 아줌마한테 쫓겨났다는 것이다. 수위실은 여덟시에 여니까 아줌마가 화를 낸 게 분명하다. 자기를 뭐 같은 애로 아는 늙은이라며 콜롱브가 씩씩거리며 집으로 돌아왔다. 엄마는 갑자기 뭔가 떠오른 것 같은 표정을 짓더니, 개발국이나 문명국에서는 낮이고 밤이고 아무 시간이나 수위를 방해하는 건 아니라고 말했다. 콜롱브가 내려가기 전에 말해줄 것이지.

하지만 그것도 고래고래 소리를 질러대는 우리 언니를 진정시켜 주진 못했다. 언니가 분한 건 자기가 시간을 잘못 안 게 아니라, 아무것도 아닌 사람이 바로 자기 코앞에서 문을 닫아버려서다. 엄마는 언니를 그냥 뒀다. 콜롱브가 내 딸이라면(다행히 다윈이 날 지켜주었다) 따귀를 두 번은 올렸을 것이다.

이 분 후, 콜롱브가 내 방에 아주 상냥한 미소를 지으며 들어왔다. 난 그건 더 참을 수 없다. 차라리 나한테 소리를 지르는 게 낫다. "팔로마, 내 귀여운 동생? 부탁 하나 들어줄래?" 언니는 살랑거렸다. "아니." 나는 짧게 대답했다. 그러자 내가 자기 몸종이 아닌 걸 아쉬워하듯 숨을 크게 한 번 들이켰다. 날 한 대 치고 싶은 걸 참는 것도 같았다. 아무튼 이런 코흘리개는 정말 짜증난다. "협상을 하지." 내가 덧붙였다. "내가 뭘 원하는지도 모르잖아." 콜롱브는 비꼬듯 말했다. "미셸 부인한테 갔다오라는 거잖아." 내가 말했다. 콜롱브는 입이 떡 벌어졌다. 나를 바보라고 말하고 다니더니 내가 정말 바보인 줄 알았나보다. "좋아. 한 달 동안 언니 방에서 음악 소리 크게 안 나게 해줘." 내가 말했다. "일주일." "그러면 안 가." "오케이. 그 늙은 폐물한테 가서 마리앙 교수님한테 온 소포가 수위실에 도착하는 즉시 나한테 갖다달라고 말해." 그러더니 문을 탁 닫고 나가버렸다.

그래서 나는 미셸 아줌마를 보러 갔고, 아줌마는 나에게 차를 권했다.

잠시 나는 차를 음미했다. 난 별다른 말은 하지 않았다. 아줌마는 마치 나를 처음 보는 것처럼 이상하게 쳐다봤다. 콜롱브에 대해서는 아무 말도 하지 않았다. 만일 진짜 수위 같은 수위였다면 이런 식으로 말했을 것이다. "뭐, 그럴 수 있지. 하지만 네 언니 말야. 자기가 원하는 대로 다 된다고 생각하면 안 되지." 그런데 아줌마는 대신 나에게 차 한 잔을 대접했고, 내가 마치 중요한 사람이라도 되듯 공손하게 말했다.

수위실에는 텔레비전이 켜져 있었다. 아줌마가 보는 건 아니었다. 도시 외곽지대에서 자동차를 불태우는 청년들에 관한 보도물이었다. 그 장면들을 보면서 나는 속으로 생각했다. 무엇이 한 젊은이를 자동차를 불태우게까지 만들었나? 머릿속으로 무슨 생각을 했기에? 그다음 또 이런 생각이 들었다. 그렇다면 나는? 나는 왜 우리 아파트를 불태우고 싶어하나? 기자들은 실업과 가난에 대해 말한다. 나는 우리 가정의 이기주의와 허위를 말한다. 하지만 다 허접한 말들이다. 실업과 가난과 형편없는 가정은 늘 있었다. 하지만 집을, 아파트를 매일 아침 불태우지는 않는다. 아무리 그래도. 결국 난 다 틀린 이유들이라고 생각했다. 왜 차를 불태우는가? 왜 나는 아파트에 불을 지르고 싶은가?

나는 엘렌 이모, 그러니까 엄마의 언니와 사촌인 소피랑 시내에 나가야 할 때까지도 내 질문에 대한 답을 찾지 못했다. 다음 주 일요일 엄마 생일 파티를 위해 선물을 사러 가는 일이었다. 다페 박물관*에 간다는 구실을 댔지만, 사실은 파리 2구와 8구에 있는 부티크들을 구경하러 가는 것이었다. 우산꽂이를 사고, 나도 엄마 선물을 살 것이었다.

우산꽂이에 대해서라면 정말 할 말이 없다. 세 시간을 고르고 다녔지만, 솔직히 내가 보기엔 그게 다 그거 같았다. 멍하게 생긴 원통형 아니면 골동품 분위기가 나는 철제품. 가격은 상상을 초월했다. 우산꽂이가 299유로나 나갈 수 있다고 생각하면 좀 거북하지 않은가? 한데 엘렌 이모가 소위 '낡은 가죽'(내가 보기엔 철 솔로 문질러댄 거 같은데)을 위해 지불한 가격이다. 우리 집이 무슨 종마 사육장도 아닌데, 마구 같은 낡은 가죽 제품이었다. 나는 엄마가 수면제를 넣어둘 수 있도록 아시아 선물 가게에서 검은 칠기함을 샀다. 30유로였다. 나한텐 그것도 비싼 건데, 엘렌 이모는 그 정도는 뭐 별거 아니라는 듯 더 살 건 없느냐고 물었다. 이모의 남편은, 그러니까 우리 이모부 클로드는 소화기내과 의사다. 의료계에서 소화기내과 전문의는 제법 번다. 난 엘렌과 클로드가 좋다. 글쎄 뭐라고 딱 꼬집어 말할 순 없지만……

* 아프리카 문화 예술품을 주로 전시하는 파리에 있는 박물관.

자기 인생에 만족하고, 뭐랄까, 자기들 모습을 있는 그대로 보여 주면서 살기 때문이다. 자식은 소피 하나인데, 내 사촌인 소피는 다운증후군이다. 우리집에선 다운증후군 환자 앞에서 호들갑스레 유난을 떠는 게 정론이지만(심지어 콜롱브도 그중 한 사람이다) 나는 그런 사람이 아니다. 가족들의 진부한 견해는 이렇다. "다운증후군을 앓는 사람들은 말하자면 장애인이지. 하지만 얼마나 매력적이고, 다정하고 감동을 주는 사람들이니." 나는 오히려 소피랑 있으면 괴로울 때가 많다. 소피는 침을 흘리고, 소리를 지르고, 어떤 때는 뾰로통하고, 변덕이 죽 끓듯 하고 뭐가 뭔지 잘 모른다. 하지만 그렇다고 이모와 이모부의 생각에 동의하지 않는다는 말은 아니다. 이모와 이모부도 딸이 힘들다고, 다운증후군 딸이 있는 건 진짜 힘든 일이라고 말한다. 하지만 그런 딸을 사랑하고, 아주 잘 돌보고 있는 것 같다. 어쨌든 이런 모든 것들 때문에 그들을 좋아한다. 현대적인 여성인 티를 내려고 하는 엄마나 태어나면서부터 부르주아인 척 구는 자생트 로장에 비해, 엘렌 이모는 뭐인 척 구는 게 아니라 그냥 자기가 가진 것에 만족하고 자기 삶에 솔직한 편이다.

어쨌든, 우산꽂이 관람을 마친 후, 우리는 리볼리 가의 차 전문점인 앙젤리나에 쇼콜라쇼를 마시러 갔다. 자동차를 불태우는 교외의 젊은이들이라는 주제와 아무 상관없는 일화 아니냐고 할지는 모르겠다. 아니다! 상관이 있다. 앙젤리나에서 무언가 다른 것을 깨닫게 해준 일이 있었다. 우리 옆 테이블에 한 젊은 부부가 아기와 함께 있었다. 부부는 백인이고, 아기는 아시아계였다. 이름은 테오라고 했다. 엘렌 이모와 이들 부부는 자연스럽게 말을 건네며 잠시 이야기를 나누었다. 좀 눈에 띄는 다른 자식을 둔 입장에서 이들은 서로 마음이 통했는지 서로 소개를 하면서 이런저런 이야기를 나누기 시작했다. 테오는 생후 15개월에 태국에서 입양되었고, 테오의 친부모는 쓰나미로 목숨을 잃었으며, 테오의 다른 형, 누나들도 모두 쓰나미로 죽었다고 했다. 나는 내 주변을 한 바퀴 둘러보았다. 그리고 속으로 말을 했다. '이 아이는 어떻게 될까?' 어쨌거나 우린 앙젤리나에 있다. 여기 있는 사람들은 모두 잘 차려입고, 재산을 탕진할 만큼 비싼 제과점에 아주 고상하게 앉아 있다. 사실 이런 곳에 와 있는 건 굳이 이런 장소에 의미를 부여해서다. 자기 신조, 자기 코드, 자기 계획, 자기 사연 등을 갖고 어떤 세계에 속해 있다는 것을 보여주기 위한 허세. 어떤 상징을 보여주기 위한 거랄까? 앙젤리나에서 차를 마실 때, 우리는 프랑스 상류계의 이른바 합리적이고 이성적인, 뻔지르르한 세계에 와 있는 것이다. 저 어린 테오는 어떻게 될까? 자기만의 고유한 가치와 정서가 지배하는 동양 세계, 태국의 어느 어촌에서 생의 첫 몇 달을 보내고 왔다. 거기서는 비를 관장하는 신의 노여움을 풀기 위해 마을 단위 축제가 벌어졌을 것이고, 어릴 때부터 동양적 무속 분위기가 몸에 배었을 것이다. 그러던 아이가, 몇 달밖에 안 된 아기가 지금은 파리에, 그것도 앙젤리나에 있다. 중간 단계도 거치지 않고 완전히 다른 문화 속으로 송두리째 옮겨왔다. 아시아에서 유럽으로, 가난한 세상에서 부자들 세상으로.

불쑥 이런 생각이 들었다. 테오도 나중에는 자동차를 불태우고 싶어질지도 몰라. 분노와 실망의 표출로. 아마 가장 큰 분노나 실망감은 실업이나 가난, 불투명한 미래가 아니라 자기 문화를 갖지 못하는 느낌일 것이다. 서로 양립 가능하지 않은 문화들과 상징들 사이에서 분열하고 방황하기 때문이다. 어디에 있는지도 모르면서 어떻게 존재하겠는가? 태국 어부들의 문화와 부르주아지 파리지앵 문화를 동시에 수용해야 한다면? 이국인의 아들이면서 오랜 보수 국가의 구성원이어야 한다면? 문화도 없고, 문명화된 동물도 아니기 때문에 자동차를 불태우는 것이다. 우린 미개한 동물이다. 미개한 동물은 태우고, 죽이고, 약탈한다.

이게 매우 심오한 생각이 아니라는 것은 나도 안다. 하지만 이 생각을 통해 나는 곧 심오한 사고를 하게 되었다. 그러면 나는? 내 문화적 문제는? 비양립적 신앙들 사이에서 나도 찢어져 이러지도 저러지도 못하고 있는 건가? 그렇다면 나 또한 미개한 동물인 건가?

순간 영감이 떠올랐다. 화초를 돌보는 엄마의 주술적 태도, 콜롱브의 결벽증, 할머니가 양로원에 갔을 때 아빠의 불안, 또 그런 수많은 비슷한 것들을 생각했다. 엄마는 식물에 분무기를 칙칙 뿌리면 액운을 물리칠 수 있다고 생각하고, 콜롱브는 하루에 손을 수십 번 씻고, 아빠는 엄마를 버린 나쁜 아들이기 때문에 벌을 받게 될 거라고 자책한다. 결국 그들도 자신들만의 원시적 신앙을 가지고 있지만 태국 어부들의 믿음과는 다른 줄 안다. 부자에, 교육받고 합리주의적인 프랑스인들이라고 자신을 규정하는 그들은 그 사실을 인정 못한다.

그리고 나는 아마도 이 모순의 가장 큰 희생자일 것이다. 나는 알 수 없는 이유로, 꽥꽥대는 소리들과 모순 덩어리를 귀신처럼 듣는 절대 귀를 갖게 돼 불협화음적인 것에 초민감하기 때문이다. 이런 모순과 다른 모든 모순들. 그 결과 나는 어떤 신앙에서도, 비일관적인 가족 문화 등 그 어떤 것에서도 나와의 유사성을 찾지 못했다.

아마도 나는 가족적 모순의 징후 그 자체이며, 따라서 가족을 위해서 사라져야 할 존재인 것이다.

4

원리원칙

마뉘엘라가 드 브로이 씨네 일을 마치고 두시 무렵 나한테 오기 전까지 시간이 남아 나는 논문을 봉투에 다시 집어넣어 조스 씨네 집에 가져다주었다.

이 기회를 계기로 나는 솔랑주 조스와 흥미로운 대화를 나누게 되었다.

이 건물 거주자들의 지극히 가벼운 시각의 흐릿한 가장자리에 있을 뿐인 나는 그들에게 그저 편협하고 멍청한 수위로 기억될 것이다. 그 점에선 솔랑주 조스도 예외는 아니다. 하지만 사회당 의원과 결혼한 이상, 적어도 노력은 한다.

“안녕하세요.” 그녀는 문을 열고 내가 건넨 봉투를 받으며 말했다.

노력이란 바로 이런 식이다.

"아 참, 있잖아요." 그녀가 말을 이었다. "팔로마는 아주 상궤를 벗어난 아이예요."

그녀는 내가 이 단어를 알고 있는지 확인하려고 나를 한 번 더 쳐다보았다. 그래서 난 내 특기 중 하나인, 상대가 알아서 해석하게 내버려두는 애매모호한 중간 표정을 지어 보였다.

솔랑주 조스는 사회주의자다. 하지만 인간을 신뢰하지 않는다.

"그러니까 그 말이 무슨 말이냐면, 애가 약간 엉뚱하다는 거죠." 난청자에게 말하듯 그녀는 또박또박 발음했다.

"아주 착한 아이예요." 나는 내 말에 약간의 박애주의를 주입하며 대답했다.

"예, 예, 그거야 그렇지만." 솔랑주 조스는 요점을 말하고 싶다는 투로 말했다. 하지만 무엇보다 상대의 하위문화 때문에 자신과 상대를 가로막고 있는 장애물부터 극복해야 한다고 생각하는 것 같았다. "착한 애긴 하죠. 하지만 가끔 이상하게 행동을 한다니까요. 예를 들면 숨는 걸 좋아해요. 몇 시간씩 사라져 안 보인단 말이에요."

"예, 걔가 그러더군요." 내가 말했다.

아무것도 말하지 않고, 아무것도 하지 않고, 아무것도 이해하려고 하지 않는다는 내 전략을 생각하면 여기엔 약간의 리스크가 있었다. 하지만 내 본성을 드러내지 않고도 어떤 역할을 할 수 있다고 나는 생각했다.

"애가 그런 말을 했어요?"

솔랑주 조스의 말이 갑자기 모호한 톤으로 바뀌었다. 팔로마가 한 말을 수위가 알아들었다고? 이런 질문을 자신에게 던지는 건지 아무튼 자신의 인지적 자원을 총동원하느라 집중력이 분산되면서 잠시 딴 데 가 있는 사람 같았다.

"예, 걔가 말했어요." 나는 다시 한번 똑같은 대답을 했다. 굳이 말하자면, 나는 간결법에 재능이 있는 거 같다.

솔랑주 조스 뒤로 만사에 흥미를 잃은 듯한 야옹이 헌법이가 아주 천천한 걸음으로 지나갔다.

"아, 고양이 조심하세요." 그녀가 말했다.

그러고는 층계참으로 몸만 살짝 빠져나오더니 얼른 문을 닫아 버렸다. 고양이는 나오지 않게 하면서 수위는 들어오지 않게 하는 것, 이것이 여성 사회주의자들의 행동방침인지.

"그러니까 팔로마가 가끔씩 수위실에 가 있고 싶다고 말하더라고요. 상당히 몽상적인 애예요. 그냥 아무데나 가서 아무것도 하지 않고 가만히 있는 걸 좋아해요. 솔직히 말씀드리면 그런 건 집에서 했으면 좋겠거든요."

"아, 예."

"부인한테 방해가 안 된다면, 혹시 가끔…… 그러면 적어도 애가 어디 있는지는 제가 아니까요. 애가 한번 사라지면 여기저기 찾느라 다들 미치거든요. 콜롱브는 공부할 게 산더미인데, 동생 찾느라 몇 시간을 그렇게 쓸데없이 돌아다니는 거 정말 싫어하고요."

그녀는 문을 빠끔히 열고 헌법이가 거실에 없는지 확인했다.

"괜찮으시겠어요?" 이미 다른 것에 정신이 팔린 그녀가 물었다.

"예. 괜찮아요." 내가 말했다.

"아, 좋아요. 아주 잘됐어요." 솔랑주 조스는 이미 더 긴급한 사안에, 이보다 더 중요한 사안에 정신이 팔려 말했다. "고마워요, 고마워요. 정말 친절하세요."

그녀는 다시 문을 닫았다.

5
대척점

난 내려와 내 수위 업무를 마쳤고, 오늘 하루 처음으로 명상할 시간을 가졌다. 전날 야회의 기억이 아주 묘한 뒷맛으로 떠올랐다. 기분 좋은 땅콩 향기도 있었지만 먹먹한 불안의 시작도 있었다. 나는 아파트 건물 모든 층계참에 있는 녹색식물들 물 뿌리기에 집중하면서 그런 생각들을 털어내려고 애썼다. 이건 내가 인간 지성의 대척점이라고 생각하는 유형의 일이다.

두시 일 분 전, 마뉘엘라가 넵튄이 호박 껍질을 멀리서 검사하는 것 같은 표정으로 도착했다.

"그래서요?" 그녀는 작고 둥근 버들가지 바구니에서 마들렌을 꺼내 나한테 들이밀며 대뜸 물었다.

"나, 당신 도움이 한 번 더 필요할 거 같아요." 내가 말했다.

"아하!" 마뉘엘라는 말끝을 올리듯 잡아뺐다. 나는 마뉘엘라가 그렇게 흥분한 걸 한 번도 보지 못했다.

"일요일에 차를 마시기로 했어요. 내가 파티스리를 가져가기로 했어요."

"와우우우! 파티스리!" 얼굴 가득 희색을 띠며 마뉘엘라가 외쳤다.

그러고는 바로 실무를 집행할 듯,

"보관할 수 있는 걸 만들어야겠군요."

마뉘엘라는 토요일 점심까지 일한다. 그래서인가? 잠시 골똘히 생각하며 뜸을 들이더니 말했다.

"금요일 저녁에 '글루토프'*를 만들어 올게요."

'글루토프'는 좀 탐욕스럽게 생긴 알자스 지방의 전통 과자다.

하지만 마뉘엘라의 '글루토프'는 감미로운 신주다. 좀 무겁고 바싹 말라 투박한 알자스 과자가 마뉘엘라의 손에서는 향기로운 걸작으로 변한다.

"시간 돼요?" 내가 물었다.

"물론이죠!" 마뉘엘라는 천사처럼 착한 웃음을 지어 보였다. "당신을 위한 '글루토프'라면 언제든 시간 있어요."

* 알자스어 '쿠글로프kouglof'를 마뉘엘라가 잘못 발음한 것.

나는 모든 걸 마뉘엘라에게 이야기했다. 도착, 정물화, 사케, 레퀴엠, 교자, 자루, 키티, 무네카타 자매, 그리고 그 나머지 모두.

친구는 딱 하나만 사귀시길. 하지만 잘 고르시길.

"아, 멋져요!" 내 이야기가 끝나자 마뉘엘라가 바로 말을 이었다. "여기 다 바보 멍청이들만 살고, 정말 처음으로 괜찮은 사람이 이사왔는데, 그분 집에 초대를 받다니."

마뉘엘라는 마들렌 과자 하나를 삼켰다.

"아!" 또 뭐가 생각난 듯 갑자기 마뉘엘라가 외쳤다. "위스키 타르트도 만들어줄게요."

"아니에요, 괜히 수고하지 마요, 마뉘엘라, '글루토프'면 충분해요."

"수고라고요? 르네는 그동안 얼마나 나한테 잘해줬어요."

마뉘엘라는 잠시 딴생각에 젖는 듯하더니 물었다.

"한데 팔로마는 여기서 뭐 했어요?"

"글쎄요, 가족한테 지쳐 잠시 쉬는 거죠." 내가 말했다.

"아, 가여운 것. 정말 그애 언니 같은 사람이랑은……"

마뉘엘라라면 콜롱브를 어떻게 할까. 작은 문화 혁명을 위해 그애를 농장에 보내기 전 한 치의 망설임도 없이 당장에 그 부랑자 같은 꾀죄죄한 옷을 불태워버릴지 모른다.

"그애가 지나가면 팔리에르 씨네 아들이 입을 못 다물어요. 한데 그애는 그 집 아들을 쳐다도 안 보죠. 한 번만 봐달라고 머리에 쓰레기 봉투라도 쓰고 다녀야겠더라고요. 아, 이 건물 아가씨들이 다 올랭프 같으면 얼마나 좋겠어요."

"맞아요, 올랭프는 참 친절해요."

"그래요. 착하죠. 넵튄이 화요일에 설사를 했는데, 올랭프가 치료해줬어요."

설사라니 상상만 해도 끔찍하다.

"알아요. 현관에 새 카펫만 깔면 돼요. 내일 배달해줄 거예요. 그럼 괜찮아지겠죠. 저번 건 끔찍했는데."

"아 참, 그 원피스 가지세요. 그 부인 딸이 마리아에게 맡겼던 옷 다 가지라고 했대요. 그리고 마리아도 그 원피스를 당신 주고 싶다고 했어요."

"고맙지만 안 돼요. 받을 수 없어요."

"아, 그 소리 또 할 거예요?" 마뉘엘라는 화가 난 듯 말했다. "어쨌든 세탁비는 당신이 내야 하잖아요. 이것 좀 봐요. 오렌지 물 같군요."

오렌지는 아마 '오르지'*의 고상한 형태인가보다.

"그럼 마리아에게 고맙다고 전해줘요. 정말 뭐라 말해야 할

---

* Orgie. 바쿠스 축제. 통음난무라는 뜻.

지……" 내가 말했다.

"좋아요. 그래요, 전해줄게요."

그때 문에서 두 번의 짧은 노크 소리가 났다.

6
바스 포르투스

가쿠로 오즈 씨였다.

“안녕하세요, 안녕하세요!” 수위실로 들이닥친 오즈 씨는 마뉘엘라를 보고는 “아, 안녕하세요, 로페스 부인” 하고 또 한번 반갑게 인사했다.

“안녕하세요, 오즈 씨!” 마뉘엘라는 거의 부르짖듯 대답했다.

마뉘엘라는 아주 열정적인 스타일이다.

“차를 들고 있었어요. 같이 드시겠어요?” 내가 말했다.

“예, 좋죠.” 오즈 씨는 의자 하나를 잡으며 말했다. 그리고 레옹을 보더니 말했다. “녀석, 포동포동하네! 지난번에는 요 녀석을 제대로 못 봤어요. 꼭 스모 선수 같은데요.”

“마들렌 하나 드세요. 오르지예요.” 마뉘엘라가 가쿠로 씨 쪽으로 마들렌 바구니를 밀며 말했다.

오르지는 필시 오렌지의 난잡한 표현일 것이다.

“고마워요.” 오즈 씨가 마들렌 하나를 집어들었다.

“그 유명한!” 입에 한입 넣자마자 그가 말했다.

마뉘엘라는 굉장히 기분이 좋은 듯 의자에서 몸을 비비 꼬았다.

“당신의 견해를 묻기 위해 왔어요.” 가쿠로 씨가 마들렌 네 개를 연이어 집어먹더니 말했다. “방금 한 친구와 문화에 관한 유럽의 패권 문제에 대해 논쟁하다 왔어요.” 그러고는 내게 찡긋 윙크를 보냈다.

마뉘엘라 입이 떡 벌어졌다. 그 큰 입이라니, 팔리에르 씨네 아들한테 좀더 관대했어야 했다.

“제 친구는 영국 편을 들었고, 물론 저는 프랑스 편을 들었죠. 그래서 누가 옳은지 판가름해줄 사람이 있다고 말했죠. 심판 좀 해주시겠어요?”

“한데 제가 심판관이라면 전 투표를 할 수 없겠네요.” 나는 앉으며 말했다.

“네, 네, 투표는 하지 마시고, 그냥 제 질문에 답해주시면 돼요. 프랑스 문화와 영국 문화의 주요 발명품은 무엇일까요? 아, 제가 오늘 운이 좋네요. 로페스 부인도 계시니 같이 답해주시죠.”

“영국인들은……” 오늘 아주 컨디션이 좋은 마뉘엘라가 입을 여는가 싶더니 갑자기 말을 멈췄다. "우선 당신부터 말해요, 르네." 마뉘엘라는 자기가 포르투갈 사람이란 걸 떠올리며 좀더 신중할 필요가 있겠다고 생각한 것 같았다.

나는 잠시 생각했다.

"프랑스라면 18세기 프랑스어와 녹는 치즈."

"그럼 영국은요?" 가쿠로가 물었다.

"영국은 쉬워요." 내가 말했다.

"푸딩그?" 마뉘엘라가 '푸딩'을 프랑스식으로 발음하며 말했다.

가쿠로는 고개를 젖히며 웃었다.

"다른 거는요?"

"그럼, 루트비*?" 마뉘엘라가 말했다. "그것도 영국 거잖아요."

"하하." 가쿠로가 웃으며 말했다. "저도 동의합니다. 그럼, 르네 당신은요?"

"하베아스 코르푸스와 잔디." 나는 웃으며 말했다.

내 말에 모두들 웃었다. 마뉘엘라는 인신보호령 'Habeas corpus'의 프랑스식 발음 '아베아스 코르퓌스'를 '바스 포르투스'로 잘못 알아듣고 웃었을 것이다. 하지만 그건 아무 뜻도 없는 말이

* '럭비rugby'를 마뉘엘라가 잘못 발음한 것이다.

다. 어쨌거나 우리 모두를 웃게 만들었다.

바로 그때 또 누가 수위실 문을 노크했다.

오늘따라 왜 이러지? 어제는 아무도 관심을 갖지 않던 수위실이 갑자기 오늘은 세계적 관심사의 한가운데 있다.

"들어와요." 난 우리 열띤 대화에 빠져 건성으로 말했다.

문틈으로 고개를 내민 건 솔랑주 조스였다.

우리 세 사람은 의아한 표정으로 그녀를 쳐다보았다. 마치 예의 없는 하녀의 방해를 받은 연회의 주객들처럼.

그녀는 말을 꺼내려다 망설이는 듯했다.

열쇠 구멍 높이쯤에 팔로마의 머리가 보였다.

나는 얼른 정신을 차리고 일어섰다.

"저, 팔로마 좀 잠시만 봐주시겠어요?" 조스 부인 역시나 정신을 차리고 말했다. 갑자기 호기심이 동한 눈빛이었다.

"어, 안녕하세요?" 그녀에게 다가와 악수를 청하는 가쿠로를 보며 솔랑주 조스가 인사했다.

"안녕하세요, 부인." 그도 상냥하게 인사했다. "안녕, 팔로마. 여기서 보니 반갑구나! 팔로마는 잘 볼 테니 저희한테 맡기세요."

조스 부인을 어쩌면 그렇게 우아하게, 단 한마디 말로 돌려보낼 수 있을까.

"아, 예 고맙습니다." 아직도 약간 얼이 나간 표정으로 천천히 뒷걸음질치며 솔랑주 조스가 말했다.

난 바로 문을 닫았다.

"차 한잔할래?" 내가 물었다.

"네." 팔로마가 대답했다.

당 고위간부들 사이에 있는 공주 같았다.

난 찻잔에 재스민 차를 반쯤 따라 주었고, 마뉘엘라는 아직 남아 있는 마들렌을 팔로마에게 권했다.

"네 생각엔 영국인들이 발명한 건 무엇인 것 같니?" 문화 퀴즈를 계속하며 가쿠로가 물었다.

팔로마는 곰곰이 생각하더니 말했다.

"정신 경직의 상징인 모자요."

"하하하, 멋지구나!" 가쿠로가 웃으며 말했다.

난 아마도 팔로마를 과소평가했던 것 같다. 이 사안을 심화해볼 필요가 있었다. 그런데 운명의 신은 늘 세 번 문을 두드리기 때문일까, 음모자들이 한날한시에 자신의 정체를 드러내기로 된 것인지 다시 한번 누군가 수위실 창문을 두드렸고, 내 생각을 흩뜨려놓았다.

문 앞에는 폴 응우옌이 있었고, 무엇에도 놀라지 않은 것 같은 사람은 그가 처음이었다.

"안녕하세요, 미셸 부인." 그가 인사했다. "안녕하세요, 여러분."

"아, 폴, 우리가 지금 영국의 평판을 확실히 떨어뜨렸어."

폴은 웃었다.

"잘하셨어요. 따님이 전화하셨어요. 오 분 후에 다시 전화한다고 했어요."

그리고 그에게 휴대전화를 내밀었다.

"알았네." 가쿠로가 말했다. "자, 그럼 여러분, 저는 이제 가보겠습니다."

그가 고개를 숙여 인사했다.

"안녕히 가세요." 우리는 마치 합창처럼 한목소리로 말했다.

"아, 이제 다 해결됐네." 마뉘엘라가 말했다.

"뭐가요?" 내가 물었다.

"마들렌이 다 해결됐어요."

우리는 웃었다.

꿈을 꾸는 듯 마뉘엘라가 나를 바라보며 웃었다.

"정말 믿어지지 않아요. 안 그래요?"

그렇다. 믿어지지 않는다.

이제 두 명의 친구가 생긴 르네는 더이상 비사교적인 인간이 아니었다.

하지만 르네, 이제 두 명의 친구가 생긴 르네는 이제 막 자라난 막연한 공포를 느꼈다.

마뉘엘라가 수위실 문을 나설 때 팔로마는 텔레비전 앞 고양이 소파 속에 약간 버릇없는 자세로 몸을 웅그리고 있었다. 그리고 크고도 심각한 눈으로 나를 보며 물었다.

"아줌마는 인생이 의미가 있다고 생각하세요?"

7
푸른 밤

지난번 세탁물을 맡기러 갔을 때 나는 세탁소 여자의 분노를 정면으로 받아내야 했었다.

"이런 비싼 옷에 이런 얼룩이." 그 여자는 나에게 짙푸른색 티켓을 하나 건네주며 투덜거렸다.

오늘 아침 난 또다른 세탁소 여자에게 내 파란 쪽지를 내밀었다. 잠이 좀 덜 깬 듯한 훨씬 젊은 얼굴의 여자였다. 여자는 빽빽하게 걸린 옷걸이 사이를 영원할 것처럼 계속 뒤지다가 드디어 투명 비닐에 싸인 아름다운 자주색 리넨 원피스를 내게 내밀었다.

"고맙습니다." 작은 망설임 끝에 나는 옷을 받아들었다.

내 파렴치한 행동의 챕터에 죽은 여자의 옷을 내 옷처럼 입은 것도 모자라 내 것이 아닌 옷을 유괴하듯 들고 나온 소행을 첨가해야 할 것이다. 악은 내 작은 망설임 속에 깃들어 있다. 이런 망설임은 소유 개념과 관련된 양심의 가책 때문에 생겨나고, 그 순간 성 베드로에게 용서를 구할 수도 있을 터였다. 하지만 겁이 나게도 망설임의 시간은 내 악행이 구체화되기까지 딱 필요한 만큼만 지속될 뿐이었다.

한시에 마뉘엘라가 '글루토프'를 놓고 가려고 수위실에 들렀다.

"더 일찍 오고 싶었는데, 드 브로이 부인이 한쪽에서 날 지켜봐서." 마뉘엘라가 말했다.

'글루토프'는 푸른 밤 같은 비단 종이 몇 겹에 싸여 있었다. 새로운 영감을 받아 재탄생한 알자스 전통 과자는 정말 너무나 아름다웠고, 그 옆에 부서질까 무서울 정도로 너무나 얇은 위스키 타르트와 가장자리에 캐러멜이 듬뿍 발린 아몬드 튈이 같이 있었다. 나는 순간 침이 돌았다.

"정말 고마워요, 마뉘엘라, 겨우 두 사람인데."

"시작하기만 하면 돼요, 당신은." 마뉘엘라가 말했다.

"정말 고마워요. 내가 괜히 시간을 빼앗은 것 같네요."

"타라타타! 만드는 김에 우리 것도 만들었어요. 당신한테 고마워해야 할 사람은 페르난도예요."

세계 운동에 관한 고찰 N° 7

당신을 위해 내가 사랑했던 이 부러진 가지

내가 사색적 미학자로 변신하는 중은 아닌가 하는 생각이 든다. 유행하는 젠 문화와 동시에 약간의 롱사르*.

그건 다소 특별한 '세계 운동'이다. 왜냐하면 그건 신체의 운동이 아니기 때문이다. 그런데 오늘 아침을 먹다가 나는 한 움직임을, 한 운동을 보았다. 더 무브먼트. 말 그대로 동動의 완벽성. 어제 월요일, 우리집 가정부 그레몽 부인이 엄마에게 장미 한 다발을 가져다주었다. 그레몽 부인은 일요일에 쉬렌에 있는 언니 집에 있다가 오늘 우리집으로 바로 출근한 건데, 언니 집에 작은 꽃밭이 있어 이 계절의 첫 장미라며 한아름 따온 것이다. 노

* 피에르 드 롱사르. 16세기 프랑스 시인.

란 장미였다. 봄을 알리는 아직은 여린 어여쁜 노란 장미. 그레몽 부인에 따르면 이 장미 이름은 '필그림' 즉 '순례자'라고 한다. 조금 과하긴 하지만 맘에 들었다. '피가로 부인' '프루스트의 사랑'(내가 지어낸 게 아니다) 같은 장미 이름도 있는데 그런 것보다는 더 수준 있어 보이고, 더 시적이고, 덜 기교적이다. 뭐 어쨌든, 그레몽 부인이 엄마에게 장미를 선물했다는 이야기로 돌아가자. 엄마는 이게 좀 특별한 경우라고 생각하지만, 사실 엄마와 그레몽 부인의 관계는 다른 진보 성향의 부르주아 집주인들과 그 집 가정부들의 관계와 전혀 다를 바 없다. 엄마는 두 사람의 관계가 일종의 가족처럼 아주 오래된 관계라고 생각하는 모양이었지만 두 사람 사이가 특별한 건 아니었다. (이를테면 커피를 같이 들고, 보수는 정확히 지불하며, 절대 핀잔하지 않고, 안 입는 옷이나 헌 가구들을 갖다주며, 그 집 자식들에게도 관심을 가져준다. 그러면 또 그 보답으로 장미 꽃다발과 밤색, 베이지색 편물 침대 덮개 같은 것을 받는 식이다.) 그런데 이 장미는, 정말 뭔가 있었다.

그러니까 나는 아침식사를 하던 중이었고, 부엌 조리대 위에 놓인 장미꽃들을 바라보고 있었다. 난 내가 아무것도 생각하고 있지 않은 줄 알았다. 아마 그래서였을 것이다. 그 움직임을 내가 볼 수 있었던 게. 아마도 내가 다른 것에 몰입하고 있었다면,

부엌이 그렇게 조용하지 않았다면, 부엌에 나 혼자 있지 않았다면 난 그렇게 집중하지 않았을 것이다. 하지만 난 혼자였고, 조용했고, 텅 비어 있었다. 그래서 그것을 내 안에 응접할 수 있었던 것이다.

아주 작은 소리가 났었다. 아니 진짜 소리라기보다 아주, 아주, 아주 부드럽게 스윽 하는 정도였다. 장미 가지 하나가 부러지며 조리대 위로 툭 떨어지던 순간, 장미 봉오리 하나가 조리대에 닿는 순간 아주 작은 소리가 났다. 그 소리는 정말 쥐들 귀에나 들릴 만한, 아니면 주변이 너무, 너무, 너무 조용할 때나 사람 귀에 들릴 만한 소리였다. 나는 들고 있던 숟가락을 공중에 그대로 멈추고 쥐죽은듯 가만히 있었다. 정말 멋졌다! 이렇게 멋진 것이 있을 수 있을까? 부러진 장미 가지에서 장미 꽃봉오리 하나가 툭 조리대 위에 떨어진 것뿐이다. 그래서 뭐가 어쨌다고?

낙화를 마친 후 움직이지 않고 가만히 있는 장미 꽃봉오리에 가까이 다가가서야 나는 깨달았다. 그것은 공간과 관련이 있는 것이 아니라 시간과 관련이 있는 것이라고. 물론 우아하게 막 떨어진 장미 꽃봉오리도 예쁘다. 너무나 예술적이다. 그림으로 그리면 정말 멋질 것이다. 하지만 '더 무브먼트'를 설명할 수 있는 건 그게 아니다. 움직임, 공간적이라 생각하는 것.

이 장미 줄기와 꽃봉오리가 떨어지는 걸 본 나는, 아름다움의 진수 중의 진수를 일 초도 안 되는 그 짧은 순간 직감했다. 그렇다. 열두 살짜리 어린아이인 내가 이 전대미문의 행운을 잡은 것이다. 오늘 아침 모든 조건이 다 들어맞았다. 아무 생각 없는 머릿속, 조용한 집, 예쁜 장미, 그리고 낙화. 내가 롱사르를 떠올린 것도 그래서다. 처음에는 왜 롱사르가 갑자기 생각났는지 몰랐다. 그것은 시간과 장미의 문제이기 때문이다. 아름다운 것은 그것이 스쳐가는 바로 그 순간을 잡는 것이기 때문이다. 사물들이 아주 찰나적으로 어떤 모습을 띠는 바로 그 순간 우리는 아름다움과 죽음을 동시에 본다.

아, 아, 아! 삶이 이렇게 살아져야 하는 거 아닌가? 나는 속으로 말했다. 아름다움과 죽음, 움직임과 소멸 사이에서 늘 균형 있게?

아마도 이것이 살아 있는 것이리라. 죽어가는 순간을 추격하는 것.

8
행복한 몇 모금

그리고 일요일이 되었다.

오후 세시가 되어 나는 5층으로 향했다. 자주색 원피스는 너무 컸는데 배불리 먹어도 별로 티가 안 날 테니 '글루토프'를 위해선 행운이었다. 내 심장은 동그랗게 웅크린 새끼 고양이처럼 옥죄었다.

4층과 5층 사이에서 나는 사빈 팔리에르와 코앞에서 마주쳤다. 며칠 전에도 마주쳤는데, 내 부풀린 머리를 보고는 마음에 안 든다는 듯 대놓고 날 쏘아보았다. 내 새로운 모습을 더이상 세상에 감추지 않기로 한 건 높이 살 만한 일이다. 이제 제법 자유로워졌다고는 해도 아직 그런 시선은 거북했다. 우리의 일요일 만남이 규칙에 저촉되는 건 아니었다.

"안녕하세요, 부인." 계단을 계속해서 올라가며 내가 먼저 인사했다.

부인은 내 머리통을 보면서 목에 깁스를 한 듯 고개를 까딱하더니 이어 내 옷을 보고는 계단 위에 딱 멈춰 섰다. 순간 공포의 바람이 휙 불었다. 그리고 내 발한 조절 능력에도 이상이 생겨 훔쳐 입은 옷에 치욕스러운 땀 자국이 번질지도 모를 위기의 순간이었다.

"그러고 할 수 있어요? 올라가는 거 보니까, 층계참 화초들에 물 주러 가는 거 같은데." 부인이 격앙된 톤으로 나에게 말했다.

다시 한번 말하지만, 오늘은 일요일이다.

"그거 케이크예요?" 부인이 불쑥 물었다.

나는 질푸른색 비단 보자기에 싸인 마뉘엘라의 작품을 쟁반 위에 받쳐 들고 있었고, 그제야 비로소 부인의 심기를 불편하게 만든 것은 내 거만한 의상이 아니라 가난한 사람에게 안 어울리는 거한 음식이라는 것을 알았다. 내 옷은 그 화려한 보자기에 가려져 있었다.

"아, 예. 갑자기 배달이 생겨서요." 나는 둘러댔다.

"아, 그래요. 그럼 간 김에 화초에 물 좀 줘요." 부인은 이렇게 말하더니 성난 사람처럼 계단을 내려갔다.

나는 5층 층계참에 도착했고, 비디오테이프까지 들고 있어서 어렵사리 벨을 눌렀다. 가쿠로가 얼른 문을 열어줬고 불편하기 짝이 없는 쟁반을 바로 받아줬다.

"와, 세상에! 이거 엄청난데요? 벌써 군침이 도네요."

"마뉘엘라에게 고마워해야 해요." 나는 부엌으로 따라 들어가며 말했다.

"그래요? 이거 정말 일품이네요." 푸른 비단에 칭칭 싸인 글루토프를 꺼내며 그가 말했다.

순간 흘러나오고 있던 음악 소리가 귀에 들려왔다.

그리 크지 않은 소리였다. 부엌 전체에 조용히 울려퍼지면서 어디 보이지 않는 스피커에서 나오는 듯했다.

손을 줘요, 사랑하는 그대, 어둠이 날 감싸요.
그대 가슴에 날 쉬게 해줘요.
나, 땅에 묻힐 때,
내 잘못으로 당신 가슴 더 흔들리지 않기를.
날 기억해줘요, 날 기억해줘요,
아! 하지만 내 운명은 잊어줘요.

이 곡은 헨리 퍼셀의 오페라 〈디도와 아이네이아스〉 가운데 디도의 죽음을 노래하는 부분이었다. 내 견해를 묻는다면, 세상에서 가장 아름다운 아리아라 할 것이다. 이건 단순한 아름다움을 넘어 숭고하다. 그 음들은 보이지 않는 힘에 연결되어 있는 것처럼 믿을 수 없을 만큼 밀도 있는 연속성 속에 있다. 그 음들은 서로 구분되어 있으면서도 서로가 서로 속에 녹아 있으며 인간 목소리의 경계, 거의 동물적 신음소리 영역에 닿아 있다. 하지만 동물의 울음소리로는 결코 닿을 수 없는 아름다움을 지니고 있다. 그 아름다움은 자음과 모음을 음성적으로 분절하는 방식에 파격을 가하고, 보통 소리를 구분하는 구두언어 체계를 섬세하게 살짝 위반하는 데서 나온다.

보폭을 깨고, 소리를 녹인다.

예술, 그것은 생生이다. 그러나 다른 리듬 위에 있는.

"자, 가실까요?" 커다란 검은 쟁반 위에 찻잔과 차 주전자, 설탕, 작은 종이 냅킨을 준비한 가쿠로가 말했다.

나는 그보다 앞에 서서 그가 가리키는 방향을 따라 복도를 걷다 왼쪽 세번째 문을 열었다.

"비디오카세트 있지요?" 내가 가쿠로 오즈에게 그렇게 물은 적이 있었다.

"있지요." 그는 알쏭달쏭한 미소를 띠며 그렇게 말했었다.

왼쪽 세번째 문을 여니 작은 영화관 같은 공간이 나왔다. 커다랗고 하얀 스크린과 번쩍번쩍 빛나는 온갖 신기한 기계들이 있고 푸른 저녁 색깔의 벨벳으로 감싼 진짜 영화관 의자 다섯 개가 3열로 늘어서 있었다. 첫번째 열 바로 앞에 낮고 긴 테이블이 있었고 벽에는 천장에서 내려온 어두운 색의 비단 천들이 축 늘어져 있었다.

"사실은 이게 제 직업입니다." 가쿠로가 말했다.

"직업이라고요?"

"삼십 년이 넘는 동안 고급 명품 애호가들을 위한 최첨단 하이파이 제품을 유럽에 수입해왔어요. 꽤 수익성 좋은 사업이죠. 그런데 무엇보다 전자제품이라면 열광하는 저에겐 아주 즐겁고 재밌는 일이에요."

나는 그 황홀하도록 푹신한 의자에 앉았고, 영화는 시작되었다.

이 환희의 순간을 어떻게 묘사할 수 있을까? 우리는 곱고 어슴푸레한 빛 속에서, 푹신한 등받이 의자에 등을 기대고, 글루토프를 조금씩 먹어가며, 뜨거운 차를 한 모금씩 마셔가며, 커다란 화면으로 〈무네카타 자매들〉을 보고 있다. 가쿠로는 이따금씩 영화를 멈췄다. 그리고 우리는 부러진 막대와 절의 이끼 위에 핀 동백과 삶이 너무 힘겨울 때 인간은 어떤 운명의 심연에 놓이게 되는지 이야기했다. 나는 두 번 정도 내 동무 〈콘푸타티스〉에게 인사하러 갔고, 따듯하고 포근한 잠자리에 들어오듯 영화관에 돌아왔다.

그것은 시간 속에서 시간을 초월하는 것이었다. 둘이 있는데도 나를 편히 놔둬도 좋은 이런 감미로운 느낌을 가져본 게 얼마 만인가? 혼자일 때의 편안함, 차분한 고독 속에서의 자신에 대한 확신감도 좋지만, 마음이 맞는 다른 누군가와 가면 가고, 오면 오고, 그냥 되는대로 말하는 그런 편안함. 한 남자 앞에서 이렇게 느슨해지는 행복함을 느껴본 게 정말 얼마 만인가?

9
사진 속 여자

차를 마시면서 더 한참 이야기를 나눈 뒤, 저녁 일곱시가 되자 난 갈 준비를 하면서 거실을 지나가다 소파 바로 옆 낮은 탁자에 놓인 액자 속 아주 아름다운 여자의 사진을 보았다.

"아내예요." 사진을 바라보고 있던 나에게 가쿠로가 조용히 말했다. "십 년 전 암으로 죽었어요. 이름은 사나에예요."

"아, 죄송합니다. 정말 아름다우셨네요."

"예, 예. 아주 아름다웠죠."

짧은 침묵이 흘렀다.

"딸이 하나 있는데 홍콩에 살아요. 벌써 손자가 둘이에요."

"많이 보고 싶으시겠어요."

"자주 갑니다. 아이들을 정말 사랑하죠. 손자 잭은 일곱 살이에요. 아버지가 영국인입니다. 오늘 아침 전화가 왔는데, 어제 처음으로 물고기를 잡았다는군요. 그게 이번주의 사건이랍니다."

다시 침묵이 흘렀다.

"당신도 혼자죠?" 가쿠로가 현관으로 나를 에스코트해주며 물었다.

"예. 십오 년 됐어요."

나는 목이 멨다.

"제 남편은 뤼시앵이었어요. 그도, 암이었어요."

우리는 문 앞에 있었다. 우리는 서로를 슬픈 눈으로 바라보았다.

"잘 자요, 르네." 가쿠로가 말했다.

다시 유쾌함을 찾은 척하며.

"정말 멋진 밤이었어요."

형언할 수 없이 무거운 울적함이 초음속으로 내 안에 퍼져나갔다.

10
먹구름

"넌 불쌍한 멍청이야." 난 자주색 원피스를 벗으며, 단춧구멍 위에 굳어 있는 위스키 타르트에서 흘러나온 위스키 방울을 보며 혼잣말을 했다. "도대체 무슨 생각을 하는 거야? 넌 가난한 수위일 뿐이야. 다른 계급 사이에 우정이 가능하다고 생각하는 거야? 너 정말 미친 거 아냐?"

"무슨 생각을 한 거야, 이 바보 멍청아." 나는 저녁 세안을 하면서도, 자기 자리를 양보하고 싶어하지 않는 레옹과 짧은 격투 끝에 내 이불 속을 찾아 들어가면서도 계속 이 말을 중얼거렸다.

사나에 오즈의 아름다운 얼굴이 감은 눈 속에서 어른거렸고, 갑자기 내가 늙은 퇴물이 되어버린 것 같았다. 기쁨 없는 현실을 떠올리게 만드는……

불안한 마음으로 나는 잠이 들었다.

이튿날 아침, 나는 숙취에 가까운 것을 느꼈다.

하지만 그 주는 마법처럼 지나갔다. 가쿠로는 내 판관 재능을 요청하기 위해(아이스크림이냐 셔벗이냐, 대서양이냐 지중해냐?) 몇 번의 즉흥적인 방문을 했고, 내 가슴 위를 조용히 가로질러가는 먹구름에도 불구하고 함께 어울리는 동안 기분전환도 되었고 전과 같은 즐거움을 되찾을 수 있었다. 마뉘엘라는 내 자줏빛 원피스를 보고 웃었고, 팔로마는 레옹의 소파 속에 눌러앉았다.

"나중에 난 수위가 될 거야." 얼마 후 조스 부인이 자식을 맡기러 수위실에 왔고, 팔로마의 선언에 나를 경계하는 눈빛으로 바라보았다.

"신께서 널 보호하시니 그렇게 되진 않을 거야. 넌 공주가 될 거야." 난 조스 부인에게 친절한 미소를 지으며 대답했다.

팔로마는 '엄마에 반항해 수위가 되고야 말겠어' 하는 듯한 전투적 표정을 지으며 막 새로 한 안경과 거기에 또 아주 잘 어울리는 달콤한 분홍빛 티셔츠를 보란듯이 과시했다.

"근데 무슨 냄새예요?" 팔로마가 물었다,

내 목욕탕 하수구에 문제가 있는데, 군인들 내무반에서 나는 것 같은 악취가 났다. 엿새 전 배관공을 불렀는데 열의가 없는 건지 올 생각을 안 했다.

"하수구 냄새." 난 그 문제에 대한 논의는 별로 하고 싶지 않아 짧게 말했다.

"실패한 자유주의의 냄새." 팔로마도 내 말을 짧게 받았다.

"아냐, 하수구가 막혀서 그렇다니까."

"제 말이 그 말이에요." 팔로마가 말했다. "왜 배관공은 아직까지 오지 않는 거죠?"

"다른 손님들이 있으니까."

"그게 아니에요." 팔로마가 반박했다. "정답은 이거예요. 의무가 없으니까요. 그러면 왜 의무가 없을까요?"

"경쟁자가 많지 않기 때문이지." 내가 말했다.

"바로 그거예요." 기세가 등등하여 팔로마가 의견을 피력했다. "충분한 조절 장치가 없어요. 철도원들은 너무 많고, 배관공들은 충분하지가 않죠. 개인적으로 전 콜호스*가 좋아요."

아, 그런데 누가 이 흥미로운 대화를 자르며 수위실 문을 두드렸다.

'점잔 빼는 행동은 나는 몰라요' 하는 가쿠로였다.

---

* 옛 소련의 집단농장.

그가 들어오면서 팔로마를 보며 인사했다.

"오, 안녕, 아가씨! 그럼 르네, 좀 이따가 들를까요?"

"예, 그러세요. 별일 없으시죠?"

"네, 네." 그가 대답했다.

그러더니 갑작스레 결심을 한 듯 단도직입적으로 말했다.

"내일 저녁식사 저랑 함께하시겠어요?"

나는 엄습하는 불안감을 느끼며 대답했다.

"어…… 음……"

마치 최근 며칠 동안의 막연했던 예감들이 갑자기 구체화되는 것 같았다.

"제가 정말 좋아하는 레스토랑이 있어요. 거기에 당신을 데려가고 싶어요." 뼈다귀를 바라는 개의 표정을 지으며 그가 계속해서 말했다.

"레스토랑요?" 나는 점점 더 불안해져 미칠 것 같았다.

왼쪽에서는 팔로마가 생쥐 같은 소리를 냈다.

"진지하게 말씀드리는 거예요." 가쿠로가 약간 어색한 듯 말했다. "저, 내일이 제 생일인데요, 당신이 함께해주시면 기쁘겠습니다."

"아." 나는 더이상 말을 이을 수 없었다.

"월요일에는 딸애 집에 갑니다. 가족들끼리는 거기서 파티 할 겁니다. 그래서 내일 저녁에 괜찮으시다면……"

그는 잠시 말을 멈추었고, 희망의 눈길로 나를 바라보았다.

이건 그냥 느낌일까? 팔로마가 호흡을 멈추고 있는 듯 보였다.

짧은 침묵이 자리잡았다. 내가 입을 열었다.

"저기, 정말 안타깝지만 그건 좋은 생각이 아닌 것 같아요."

"왜요?" 가쿠로는 당황한 기색이 역력했다.

"초대해주셔서 감사합니다." 나는 느슨해지려는 목소리를 애써 가다듬으며 말했다. "고맙습니다만 그러지 않는 게 좋겠어요. 같이 파티 할 다른 친구분들이 있으실 텐데요."

몹시 당황한 얼굴로 가쿠로가 나를 바라보았다.

"저는, 저는…… 물론 그러실 수는 있지만…… 정말 저는 그러면 좋겠는데. 이유를 모르겠군요."

가쿠로는 미간을 찡그렸다.

"그게 나아요. 제 말을 믿으세요."

문 쪽으로 그를 조용히 안내하며 내가 덧붙였다.

"다음에 또 이야기할 기회가 있을 거예요. 그럴 거예요."

그는 갑자기 갈 길을 잃은 보행자의 당혹스러운 얼굴이 되었다.

"안타깝군요. 전 그 생각에 기뻤는데, 뭐 어쨌든……" 그가 말했다.

"안녕히 가세요." 나는 그의 코앞에서 조용히 문을 닫았다.

11
비

최악은 지나갔다. 나는 속으로 말했다.

달콤한 분홍빛 운명은 생각하지 마. 나는 돌아섰다. 팔로마가 바로 내 턱밑에 있었다.

불만족스러운 표정으로.

"아줌마가 무슨 놀이를 하는지 알 수 있을까요?" 내 마지막 담임선생님이었던 비요 부인의 말투로 그애가 나에게 물었다.

"난 아무 놀이도 하지 않아." 내 유치한 행동을 의식하며 난 힘없이 말했다.

"내일 저녁 특별한 일이라도 있으세요?" 그애가 물었다.

"아니, 그런 건 아니고."

"그럼 정확한 이유가 뭔지 알 수 있을까요?"

"난 그러면 안 된다고 생각해." 내가 말했다.

"왜요?" 내 심문관이 계속해서 물었다.

왜?

그 이유를 나는 알고 있던가?

그때 예고도 없이, 별안간 비가 떨어지기 시작했다.

12
자매

이 비……

내 고향은 겨울에 비가 내렸다. 해 있는 날에 대한 기억은 별로 없다. 다만 비, 진흙과 추위의 멍에, 난롯가에서도 없어지지 않던 우리 옷에 눌어붙어 있던 축축함. 나는 몇 번이나 그 비오는 저녁을 생각했는가? 사십 년 이상을, 이 후드득 떨어지는 비 아래에서, 또 새삼스레 떠오르는 사건을 얼마나 떠올렸던가?

이 비……

언니에게는 먼저 사산아로 태어난 첫째 언니의 이름을 주었다. 그건 이미 돌아가신 숙모의 이름이기도 했다. 리제트는 아름다웠다. 나는 아직 어렸지만 진작에 그 아름다움을 알아보았다. 내 눈은 아직 아름다움의 형태를 포착해낼 줄 몰랐지만, 대강의 윤곽으로도 그것을 느꼈다. 우리집에서는 다들 별로 말이 없었지만, 아니 거의 말을 안 했지만 언니가 지나갈 때면 이웃 사람들이 수군거렸다. "저렇게 예쁜데 저리도 가난하다니 진짜 고약한 팔자군." 학교 가는 길에 잡화상 아줌마가 말했다. 마음도 몸도 추하고 불구처럼 생긴 나는 언니 손을 꼭 잡았고, 리제트는 사람들이 자기에 대해 떠들어대며 마음대로 자기를 팔거나 말거나 머리를 꼿꼿이 세우고 가벼운 발걸음으로 그들 앞을 지나갔다.

열여섯 살에 언니는 부잣집 애들을 봐주러 도시로 떠났다. 일 년 내내 우리는 보지 못했다. 언니는 성탄절 때나 집에 왔는데, 향신료가 들어간 달달한 빵, 아롱다롱 리본들, 라벤더 주머니 같은 기이한 선물들을 내놓으며 여왕과 같은 표정을 지었다. 자기보다 더 완벽한 분홍빛 얼굴을 찾아볼 수 있겠느냐는 듯. 처음으로 누군가가 이야기를 해주었고, 우리는 신비한 것에 눈을 떠 그 탐욕적인 입술에 매달렸다. 부잣집 하녀가 된 이 여자의 닫혀 있던 입이 벌어지면서 나오는 단어들에 우리는 흥분했다. 그 단어들은 반짝반짝 빛났다. 우리가 전혀 모르는 요란스레 치장된 세계에 대해 말하고 있었다. 그 세계에서는 여자들이 자동차를 운전하고, 저녁에는 집에 마련된 신기한 기계들이 인간을 대신해 일을 해주며, 집에 들어와 손잡이 같은 거 하나만 돌리면 세상

소식을 다 전해준다고.

이에 비하면 우리가 사는 세계는 지독히도 궁핍했다. 우리는 도시에서 50여 킬로미터 떨어진 곳에서 살았다. 대략 열두 가구가 살던 나름 큰 마을이었는데, 우리는 중세 성곽 시대처럼, 늘 촌민처럼 살 거라고 체념하며 아무런 희망도 없었다. 분명 오늘날에도 여전히 몇몇 벽지에는 현대 생활을 전혀 모르는 노인들이 살고 있을 것이다. 하지만 우리집은 리제트가 성탄절 불빛 장식으로 번쩍거리는 도시의 거리를 묘사해주면 이제껏 한 번도 짐작해볼 수도 없었던 새로운 세계를 발견하게 된 아직은 젊고 적극적인 가족이었다.

리제트는 다시 떠났다. 며칠 동안은 관성적 무기력으로 별말이 없었다. 그러나 며칠 저녁은 식탁에서 아버지가 딸이 해준 이야기에 토를 달았다. "거참 웃기는군. 설마." 이어 침묵과 아우성이 불행한 자들에게 닥친 역병처럼 다시 우리를 덮쳤다.

그 모든 비, 그 모든 죽음…… 리제트는 죽은 두 사람의 이름을 가졌다. 나한테는 내가 태어나기 바로 얼마 전 돌아가신 외할머니 이름이 붙여졌다. 오빠들에겐 전쟁에 나가 죽은 사촌들의 이름이 붙여졌다. 엄마에게도 역시 엄마는 모르는, 아기 낳다 죽었다는 엄마 사촌의 이름이 주어졌다. 그렇게 우리가 이 죽은 자들의 세계 속을 별말 없이 살고 있던 11월의 어느 저녁, 리제트가 도시에서 돌아왔다.

나는 그 비를 기억한다…… 지붕을 세차게 두드리던 빗물 소리, 빗물이 넘쳐나던 거리, 우리 농가 대문 앞의 진흙탕, 검은 하늘, 성난 바람, 끝도 없이 축축한 잔인함, 우리 삶을 짓누르듯 우리를 짓누르던 그것들. 우리는 의식도 없었고, 반역도 없었다. 우리는 불가 옆에 서로 꼭 붙어 있었다. 별안간 엄마가 우리를 밀치더니 벌떡 일어났다. 놀란 우리는 엄마가 어떤 흐릿한 직감에 사로잡혀 문 쪽으로 가는 것을, 그리고 황급히 그 문을 여는 것을 보았다.

그 비, 아, 그 비…… 문가에, 꼼짝도 않고, 머리카락은 얼굴에 다 붙은 채, 옷은 비에 다 젖은 채, 신발은 진흙투성이인 채, 얼어붙은 눈으로 리제트가 서 있었다. 엄마는 어떻게 알았을까? 우리를 학대한 적은 결코 없지만 우릴 사랑한다는 것을 몸짓으로도 말로도 한 번도 보여준 적 없던 엄마가, 흙을 뒤집듯, 병아리들을 까듯 자식들을 세상에 내놨던 이 거친 여자가, 자기가 붙여준 이름이면서 한 번도 불러주지 않아 그 이름을 기억이나 할까 내가 항상 의심했던 문맹에다 무지몽매한 여자가, 자기 딸이 거의 반죽음 상태가 되어 움직이지도 않고 말도 하지 않고 그 빗발치는 소나기 밑에서 문 두드릴 생각조차 못하고 가만히 문을 응시하며 누군가 먼저 문을 열어주기를, 따듯한 곳으로 들여보내주기를 바라고 있었던 것을 어떻게 알았을까?

이것이 모성애라는 것일까? 찢어지는 가슴이 느끼는 이 직감, 인간이 짐승처럼 살게 되었다 해도 남아 있는 이 섬광 같은 텔레파시. 뤼시앵이 나에게 말해주었다. 자식을 사랑하는 엄마는 자식이 고통 속에 있을 때를 아는 법이라고. 나는 이런 해석에 어떤 수긍도 하지 않는다. 그렇지 않은 엄마에 대해서도 어떤 분개를 느끼지 않는다. 가난은 낫이다. 가난은 다른 사람과의 관계에서 우리가 가지고 있는 사교의 능력을 다 베어버리고, 현재의 모든 악랄함을 견뎌낼 수 있도록 모든 감정을 다 씻어버리며 우릴 텅 빈 상태로 만든다. 나는 뤼시앵처럼 그렇게 아름다운 믿음도 없다. 우리 엄마의 이 직감적인 모성애 같은 것은 전혀 믿지 않는다. 그것은 불행에 대한 확신이 몸짓으로 옮겨진 것이다. 그것은 가슴속 저 깊이 박힌 일종의 태생적 의식이며, 우리처럼 가난한 사람들에게 어느 비 오는 저녁, 능욕당한 딸이 죽으러 집에 돌아오는 일이 생길 수 있다는 것을 예감하는 것이다.

리제트는 아이를 세상에 내놓을 때까지는 살았다. 갓난아기는 예상했던 대로였다. 아기는 세 시간 만에 죽었다. 이런 비극은 우리 부모에게 만사의 자연스러운 과정 같았고, 그들은 염소 한 마리를 잃어버린 것보다 덜은 아니지만 더도 아닌 감정을 보였다. 그래서 나는 두 가지 확실한 점을 파악했다. 계급에 비례한 쾌락과 고통 속에서 강한 자는 살고 약한 자는 죽는다는 것을. 리제트가 예쁘고 가난했던 것처럼 나는 영리하고 초라했기 때문에, 내 계급에 대한 경멸로 머리 좋은 내 장점을 살리고자 한다면 그런 비슷한 벌을 받게 되리라는 것을. 결국 나는 살아왔던 대로 살아야 할 것이다. 내 길은 비밀의 길, 바로 그것이었다. 그러니 나는 늘 그래온 것처럼 입을 다물어야 했고, 나와 다른 세계에 나를 섞어서는 절대 안 되었다.

입 다문 자, 따라서 나는 숨어사는 자가 되었다.

문득 내가 부엌에 앉아 있다는 사실을 깨닫는다. 파리라는 또 다른 세계, 나를 절대 섞지 않으려 애쓰면서 내가 보이지 않는 작은 둥지를 파고 있는 또다른 세계. 믿을 수 없을 정도로 따듯한 눈빛의 작은 소녀가 내 손을 잡고 부드럽게 내 손가락을 어루만져주고 있다. 나는 뜨거운 눈물을 흘렸다. 나는 다 말했다. 다 이야기하고 만 것이다. 리제트, 내 엄마, 비, 더럽혀진 아름다움, 그리고 죽은 엄마가 죽은 갓난아기가 다시 태어나길 바라며 내민 그 운명의 질긴 손을. 나는 한참을 사무치게 울었다. 혼란스러웠다. 팔로마의 슬프고도 심각한 눈빛이 따듯한 우물로 바뀌자 나는 이해할 수 없을 정도로 행복했다. 나는 오열했다.

“세상에, 팔로마, 나 정말 웃기지?” 나는 좀 진정하려 애쓰며 말했다.

“미셸 아줌마, 아줌마가 저에게 희망을 다시 주셨어요.” 팔로마가 대답했다.

“희망이라고?” 나는 코를 훌쩍이며 물었다.

“예. 운명을 바꿀 수도 있을 거 같아요.”

우리는 아무 말 없이 손을 잡았다. 한참을 그러고 있었다. 나는 열두 살짜리 아름다운 영혼의 친구가 되었다. 그리고 그 영혼에 감사했다. 나이가 다르고 조건이 다르고 상황이 다른 이 엉뚱한 비대칭성의 결착도 우리의 순결한 감정을 얼룩지게 하지는 못한다. 솔랑주 조스가 딸을 찾으러 수위실에 나타났을 때 우리는 깨질 수 없는 절대적 공모감으로 서로를 바라보았다. 조만간 다시 만날 것을 확신하며 안녕을 고했다. 문이 닫혔고, 나는 텔레비전 소파에 앉아 손을 가슴에 얹고 큰 소리로 말했다. 아마도 그런 걸 거야, 산다는 건.

심오한 사고 N° 15

만일 네가 널 치유하고 싶으면
다른 사람을
치유해라
그리고 이 행복한 운명의 표변에
웃든 울든

나는 내가 뭔가를 놓친 건 아닌가 생각했다. 나쁜 만남이 있었지만 좋은 누군가를 만나면서 다른 길을 찾을 수도 있다는 것. 내 나쁜 만남이라면 엄마, 콜롱브, 아빠 그리고 모든 불량한 애들이다. 하지만 오늘 나는 정말 좋은 분을 만났다. 미셸 아줌마는 자기의 트라우마에 대해 말해주었다. 아줌마는 가쿠로를 피한다. 언니 리제트의 죽음이 그녀에게 너무 큰 트라우마가 되었기 때문이다. 리제트는 한 부잣집 아들한테 버림받았다. 그렇게 죽지 않기 위해 부자들과는 어울리지 않기. 그 이후 그것이 아줌마의 생존법이 되었다.

미셸 아줌마의 이야기를 들으며 나는 한 가지를 생각했다. 가장 큰 트라우마는 무엇일까? 남편에게 버림받고 죽은 언니? 아니면 그 사건이 잊히지 않고 그녀의 머릿속에 지속되어온 결과? 자기 자리에 있지 않으면 죽는다는 두려움? 언니의 죽음을 미셸 아줌마는 극복할 수 있었을지 모른다. 하지만 자기 자신을 벌주도록 스스로 만들어놓은 상황을 우리는 극복할 수 있을까?

그런데 특히, 나는 무언가 다른 것을, 새로운 감정을 느꼈다. 지금 이 글을 쓰면서도 가슴이 뭉클해 잠시 펜을 놓고 울어야 할 거 같다. 우는 아줌마를 보면서, 특히 나에게 그 모든 이야기를 다 해주며 한결 좋아진 아줌마를 보면서 나는 어떤 것을 절절히 느끼게 되었다. 나는 내 주변 사람들을 위해 무언가 해줄 수 있는 게 없었기 때문에 고통받았다는 걸 깨달았다. 아빠한테, 엄마한테, 특히 콜롱브한테 그렇게 해주고 싶었지만, 난 그들에게 쓸모가 없었다. 왜냐하면 그들을 위해 난 아무것도 할 수 없었으니까. 그들의 병은 너무 깊었고, 난 너무나 나약했다. 난 그들 병의 징후를 잘 안다. 하지만 그들을 치료해줄 능력이 없다. 그래서 나를 아프게 하는 것만큼 그들을 아프게 했는데, 난 그걸 몰랐다. 그런데 미셸 아줌마의 손을 잡으며 난 나 역시 아프다는 것을 깨달았다. 어쨌든 확실한 것은, 내가 치료해줄 수 없는 사람을 벌주면서 날 치료할 수는 없다는 것이다. 방화와 자살 건을 다시 생각해봐야 할 것 같다. 또 이것을 고백해야만 한다. 난 더이상 죽고 싶지 않다. 난 미셸 아줌마를, 가쿠로를, 미래가 기대되는 요코를 다시 보고 싶고, 도움을 청하고 싶다. 아, 그렇지만 물론 "난 자살을 기도하는 소녀랍니다, 플리즈 헬프 미" 하지는 않을 것이다. 다른 사람들이 나에게 잘해주었으면 싶다. 어쨌든 난 불행한 어린아이에 불과하니까. 내가 비록 아주 영리하다 해도, 아무것도 변하는 건 없다. 안 그런가? 최악의 순간에 있던 불행한 소녀가 행복한 만남을 가질 기회가 생긴 것이다. 내가 이 기회를 그냥 놓쳐버려도 되는 걸까?

아이, 모르겠다. 어쨌든 이 이야기는 비극이다. 만나면 좋은 사람들이 있어, 그런 사람들을 만나고 즐겨! 난 나 자신에게 그렇게 타일렀다. 하지만 그래도 너무 슬프다! 그런 사람들이 비를 맞으며 인생을 끝내다니. 무슨 생각을 해야 할지 더는 모르겠다. 순간 내 임무를 발견했다는 생각이 들었다. 날 치유하기 위해서는 다른 사람을, '치료 가능한' 다른 사람을, 구원될 수 있는 사람을 치료해야 한다는 것을. 다른 사람을 구할 수 없다고 불안에 빠져 있지 말고. 그러면 나는 의사가 되어야 하나? 아니면 작가가? 그건 약간 비슷하다. 안 그런가?

그러면 미셸 아줌마에게는 치유해줘야 할 얼마나 많은 콜롱브가, 얼마나 많은 불쌍한 티베르가 있는가?

13
지옥에서 나온

팔로마가 돌아간 후, 난 머릿속이 온통 뒤죽박죽된 채 한동안 소파에 앉아 있었다.

그리고 두 손을 꼭 쥐고 용기를 내어 가쿠로 오즈 씨의 전화번호를 눌렀다.

두 번의 신호음 끝에 폴 응우옌이 받았다.

"아, 미셸 부인, 무슨 일이세요?" 그가 물었다.

"저, 가쿠로 씨 계세요?" 내가 말했다.

"지금 안 계신데요. 돌아오시는 대로 전화 드리라 할까요?"

"아니, 아니에요." 다른 사람이 중간에 전해주는 게 오히려 낫겠다 싶어 이어 말했다. "좀 전해주시겠어요? 생각이 바뀌시지 않았다면 내일 저녁 같이 식사하면 좋겠다고요."

"예, 알겠습니다."

전화를 끊고 나서 나는 다시 소파에 풀썩 주저앉았고, 또 얼마간 맥락 없는 기분 좋은 생각들에 빠져들었다.

"댁에서 별로 안 좋은 냄새가 나는데요?" 등뒤에서 갑자기 부드러운 남자 목소리가 들렸다. "누가 고치러 안 왔나요?"

얼마나 조용히 문을 열었는지 나는 그가 들어오는 소리조차 듣지 못했다. 구릿빛으로 그을린 아주 잘생긴 젊은 남자였다. 약간 헝클어진 머리에 새 청재킷을 걸쳤고, 평화로운 코커스패니얼처럼 눈이 커다란 젊은이.

"장? 장 아르탕스?" 눈앞의 사람을 보고도 믿을 수 없어 내가 물었다.

"네네." 그는 옛날처럼 옆으로 고개를 기울이며 말했다.

야윈 몸에 다 불타버린 영혼의 이 젊은이, 난파선의 잔해 같았던 그. 장 아르탕스는 추락 직전까지 갔었는데 다시 살아난 게 눈에도 확연했다.

"얼굴 정말 좋아졌어요!" 난 그에게 가장 아름다운 미소를 지어 보이며 말했다.

그도 상냥하게 미소지었다.

"잘 지내셨죠, 미셸 부인? 다시 뵙게 되어 정말 반갑습니다. 머리 잘 어울리시는데요?" 그가 내 머리를 가리키며 말했다.

"고마워요. 한데 여기 웬일이에요? 차 한잔 들래요?"

"아…… 예, 그러죠." 그는 약간 주저하더니 말했다.

나는 차를 준비했고, 그는 의자에 앉아 어리둥절한 눈으로 레옹을 보며 말했다.

"원래 저렇게 뚱뚱했어요, 저 녀석?" 별 악의 없이 그가 물었다.

"네. 녀석이 통 운동을 안 해요."

"나쁜 냄새가 재한테서 나는 거 아네요?" 그가 레옹의 냄새를 맡았다.

"아, 아니에요. 배관 문제예요."

"제가 갑자기 이렇게 나타나니까 이상하죠? 게다가 서로 이야기를 많이 나눠본 것도 아닌데요. 그때는 별로 수다쟁이도 아니었죠, 그러니까 저희 아버지 살아 계실 때에는."

"아니에요. 이렇게 다시 보게 되어 정말 기뻐요. 특히나 잘 지내는 것 같아 보여서요." 나는 진지하게 말했다.

"네. 저 멀리서 왔어요."

우리는 동시에 뜨거운 차를 두어 모금 들이켰다.

"저 나았어요. 아니, 완치라는 게 있다면 아마 그런 것 같아요." 그가 말했다. "하지만 이젠 마약에는 손 안 대요. 그리고 좋은 여자를 만났어요. 정말 대단한 여자죠. 사실 말씀드리고 싶은 게 있는데……" 순간 그의 눈빛은 빛났고, 약간 코를 훌쩍거리며 말했다. "일을 찾았어요. 정말 괜찮은 일이죠."

"뭘 하는데요?" 내가 물었다.

"갑판 용품 상점에서 일해요."

"갑판? 선박 말이에요?"

"예. 정말 괜찮은 일이에요. 거기 있으면 그냥 바캉스를 보내는 거 같아요. 바닷사람들이 오고가고, 그들의 배나 앞으로 나갈 바다, 나갔다 온 바다 이야기를 들려주죠. 그런 게 좋아요. 일을 하게 되어 정말 좋아요."

"정확히 무슨 일을 하는데요?"

"그냥 이것저것 다 해요. 창고 일도 하고, 심부름도 하고. 하지만 많이 배우고 있어요. 시간이 좀 지나야죠. 이젠 훨씬 재밌는 일도 시켜요. 돛이나 밧줄 고치는 일도 하고, 선박 보급품 목록을 작성하기도 하고."

보급품. 이 용어, 나름 시적이지 않은가? 배에 필수품을 보급하고, 도시에 생필품을 보급한다. '보급하다'란 살아가게 만드는 것이다. 언어의 매력이 이런 미묘함에서 생겨난다는 것인데, 이걸 이해 못하는 사람에게는 괜히 억지 같은 소리일까?

"한데 부인도 아주 좋아 보이는데요?" 그가 나를 보며 상냥하게 말했다.

"아, 그래요? 요즘 저에게 변화가 좀 있었어요."

"아시겠지만, 제가 여기 집을 보거나 사람들을 만나러 온 건 아니에요. 사람들은 절 알아보지도 못할걸요? 혹시 몰라 제 신분증까지 가져왔어요. 부인도 절 못 알아보실까봐. 아니, 사실은……" 그는 좀 뜸을 들이더니 말을 이었다. "제가 아팠을 때, 또 치료 기간에도 저에게 도움이 많이 된 게 있는데, 그게 이름이 기억나질 않아서 왔어요."

"제가 도울 수 있는 걸까요?"

"네. 바로 부인이 언젠가 저에게 그 꽃 이름을 가르쳐주셨거든요. 저기 저 화단에 있는." 그는 손으로 안뜰 구석을 가리켰다. "하얗고 붉은 작고 예쁜 꽃들이었는데. 직접 심으신 거죠? 언젠가 그 이름을 가르쳐주셨는데, 도무지 그 이름이 생각이 안 나서요. 하지만 늘 저 꽃들을 생각했죠. 왜 그런지는 모르겠지만. 꽃들이 정말 예뻤어요. 제가 정말 아팠을 때, 그 꽃들을 생각하면 좀 좋아졌어요. 방금, 마침 이 근처를 지나가다 생각했죠. 미셸 부인한테 가서 물어봐야겠다."

그는 내 반응을 살피며 쑥스러운 표정을 지었다.

"이상하게 보이시죠? 제가 이런 꽃 이야기를 해서 괜히 무섭게 하는 건 아닌지 모르겠어요."

"아니에요, 전혀!" 내가 말했다. "그 꽃들을 그렇게 좋아하는 줄 알았으면 여기저기 더 많이 심을걸."

그는 행복한 소년처럼 웃었다.

"아, 미셸 부인. 그게 제 인생을 구한 거나 다름없어요. 기적이에요! 그게 뭔지 말씀해주실 수 있으세요?"

아무렴, 말해줄 수 있지. 지옥에서 나온, 폭우 아래, 터질 것 같은 심장, 가느다란 섬광, 그것은 동백꽃이야.

그는 눈을 크게 뜨고 나를 가만히 쳐다보았다. 위기 속에서 가까스로 살아난 그의 뺨에 눈물이 주르르 흘러내렸다.

"동백꽃……" 오직 자신만의 추억에 빠진 채 그가 말했다. 동백, 그렇다. 그는 다시 나를 바라보며 되뇌었다. 맞아요, 동백꽃.

내 뺨에도 눈물이 흐르는 걸 느꼈다.

나는 그의 손을 잡으며 말했다.

"장, 오늘 여기 와줘서 얼마나 기쁜지 몰라요."

"그래요? 왜요?" 그가 놀란 듯 물었다.

왜?

왜냐하면 동백꽃이 운명을 바꿀 수도 있기 때문이지.

14
끝없는 이 복도

패배할 것이 뻔한데 우리가 매일처럼 하고 있는 이 전쟁은 무엇인가? 아침이 지나고 또다른 아침이 오면 다시 또 닥쳐오는 이 싸움에 기진맥진하면서 우리는 일상의 공포를 겪는다. 끝없는 이 복도, 마지막 순간까지 걸어가야 하는 운명. 그래, 일상이란 게 그런 거다. 침울하고, 텅 비고, 고통으로 가득찬 것. 지옥의 길이 그런 것이겠지. 오래 머무른 그곳에 하루를 또 더한다. 복도에서 지옥의 길로. 충돌도 충격도 없이 추락한다. 매일 우리는 복도의 슬픔과 다시 연결되며, 한 걸음 한 걸음 우리의 음울한 저주의 길을 간다.

그 길 위에서 살까? 추락한 다음 어떻게 태어나나? 검게 타버린 눈 위에 새로운 동공이 생길까? 전쟁은 어디서 시작하고 전투는 어디서 끝나나?

그리하여, 동백꽃.

15
땀에 흠씬 젖은 어깨 위로

저녁 여덟시, 폴 응우옌이 양팔에 박스를 잔뜩 들고 수위실에 나타났다.

"오즈 씨께서는 아직 들어오시지 않았습니다. 비자 문제 때문에 대사관에 가셨어요. 이걸 대신 갖다드리라 했어요." 그는 귀여운 미소로 내게 말했다.

그는 탁자 위에 상자를 놓더니 내게 작은 카드를 내밀었다.

"고맙습니다. 한데 뭘 좀 드시겠어요?" 내가 말했다.

"아닙니다. 아직 할 일이 많이 남아서요. 이 초대는 다음 기회로 미뤄놓겠습니다."

그는 또 한번 정겹고 행복한 웃음을 지어 보였고, 그 웃음에 나 역시도 기분이 좋아졌다.

부엌에 홀로 남은 나는 상자들 앞에 앉아 봉투를 열었다.

"문득, 그는 땀에 흠씬 젖은 어깨 위로 처음에는 잘 설명할 수 없었던 기분 좋은 상쾌함을 느꼈다. 하지만 잠깐의 침묵 동안 하늘 저멀리 낮게 몰려오는 먹구름을 보았다."

부탁입니다. 그저 이 몇 개의 선물을 가벼운 마음으로 받아 주세요. 가쿠로.

풀을 베는 레빈의 어깨 위에 떨어지던 여름비. 나는 울컥하는 마음이 들어 가슴에 손을 얹었다. 그리고 상자를 하나씩 열었다.

옷깃은 목을 살짝 감싸고 허리에 달린 검은 새틴 벨트로 양 옷자락을 여미는 회색 진줏빛의 실크 드레스.

바람처럼 가벼우면서도 촘촘한 자주색 실크 숄.

내 볼에 갖다대도 될 만큼 결이 너무나 얇고 부드러운 가죽으로 된 굽 낮은 검은 구두.

나는 드레스를, 숄을, 구두를 바라보았다.

밖에서 안으로 들어오려고 문을 긁어대는 레옹의 야옹 소리가 들렸다.

나는 조용히, 천천히, 내 가슴에 흔들리는 동백꽃을 품고 울기 시작했다.

16
뭔가 끝나야 한다

이튿날 열시에 누군가 유리창을 두드렸다.

큰 전봇대 같은 애가 서 있었다. 온통 검은색 옷으로 휘감고 남색 털모자를 머리 위에 눌러쓰고, 베트남 군화 같은 부츠를 신은 이는 콜롱브의 남자친구이자 예의 없기로는 세계 제일가는 티베르였다.

"콜롱브 찾아요." 그가 말했다.

이 웃긴 문장을 감상하시라. 로미오가 "줄리엣 찾아요" 하면 낭만적이기라도 하다.

"콜롱브 찾아요."

예의 때문이 아니라 너무 더워 벗을 수밖에 없는 양털 모자를 벗으며 티베르가 말했다. 모자를 벗자 머리 감기 죽도록 싫어하는 자였음이 확 드러났다.

맙소사, 지금은 5월이다.

"팔로마가 여기 있다고 했는데?" 그러더니 덧붙였다. "에이씨, 짜증나!"

팔로마, 너 또 장난쳤구나.

난 그 녀석을 재빨리 돌려보냈고, 이상한 생각 속으로 빠져들었다.

티베르, 끔찍한 행색에 비해 저명한 이름. 나는 기억을 되살려 콜롱브 조스의 논문을 생각해냈다. 솔슈아르 도서관의 조용한 통로들. 나는 고대 로마로 간다. 티베르, 티베리우스. 그러다 장 아르탕스의 얼굴이 문득 떠올랐고, 그의 아버지의 얼굴과 엉뚱하고 우스꽝스러웠던 그 라발리에르가 떠올랐다. 이런 연상, 이 모든 사람들, 그토록 먼 세상에 살면서 그토록 닮을 수 있나? 같은 출신도 아니고, 같은 피도 아니고, 같은 야망을 가진 것도 아닌데 같은 광기를 공유하는 것이 가능한가? 티베르. 난 지쳤다. 정말이지 이 모든 부자들에, 이 모든 비천한 자들에, 이 코미디에. 레옹이 소파에서 훌쩍 뛰어내려 나한테 오더니 내 다리에 제 얼굴을 비빈다. 내 자애 때문에 살만 찐 이 고양이는 내 영혼의 동요를 느끼는 관대한 영혼을 지녔다. 지친다, 그래 지쳤다.

무언가 끝이 나야 한다. 무언가 시작되어야 한다.

17
고통스러운 준비

여덟시, 나는 준비를 마쳤다.

드레스와 신발은 정확히 내 치수였다(77사이즈에 235밀리미터).

숄은 로마식이었다(폭 60센티미터, 길이 2미터).

나는 세 번 감은 머리를 1600와트 바비리스 드라이어로 말렸고, 모든 방향에서 전체적으로 돌아가며 두 번 빗질을 했다. 결과는 놀라웠다.

나는 네 번 자리에 앉았다 네 번 일어났다. 현재 내가 서 있다는 것은 뭘 해야 할지 모른다는 뜻이다.

자리에 앉는 것, 아마도.

나는 장롱 깊숙한 곳, 이불 뒤에 숨겨놓은 보석함에서 시어머니의 유산인, 서양배 모양 가닛 펜던트가 달린 오래된 은귀고리 한 쌍을 꺼냈다. 귀고리가 잘 안 들어가 여섯 번이나 시도를 했다. 이제는 축 처진 내 귓불에 배가 불룩한 고양이가 두 마리 매달려 있는 것 같았다. 보석 없이 지낸 오십사 년은 이런 고통스러운 준비를 하지 않았다. 그리고 이십 년 전 한 사촌의 결혼식 때 샀던 진홍색 립스틱을 입술에 발랐다. 가치 있는 삶들은 매일 사그라져가는데 이 아무것도 아닌 것들이 오래 살아남는다고 나는 결코 불만을 갖지는 않을 것이다. 난 숫자에 빠져 스스로 근심을 진정시키는 세계 인구 8퍼센트에 속한다.

가쿠로 오즈는 우리집 문을 두 번 두드렸다.

나는 문을 열었다.

그는 매우 근사했다. 장교의 제복처럼 옷깃이 목까지 살짝 올라오고 같은 계열 색상의 단춧구멍 장식 끈으로 살짝 멋을 낸 진회색 재킷에, 또 거기에 아주 잘 어울리는 양복바지를 입고 있었다. 고급 슬리퍼처럼 생긴 부드러운 가죽 모카신을 신고 있었다. 유럽과 아시아의 멋이 동시에 있었다.

"오, 정말 멋지네요!" 그가 나에게 말했다.

"고마워요." 감격한 내가 말했다. "당신도 근사해요. 생일 축하해요!"

그는 나에게 미소를 지어 보였고, 나는 자꾸 밖으로 나오려는 레옹을 말리며 조심스럽게 문을 닫고 나왔다. 그가 나에게 한쪽 팔을 내밀었고 나는 그 위에 살짝 떨리는 내 손을 올려놓았다. 난 제발 아무도 우릴 보지 않기를, 지하 생활자 르네의 저항이 계속될 수 있기를 마음속으로 간절히 기원했다. 내 겁을 불타는 장작더미에 던져봤자 소용없었다. 나는 아직은 그르넬 가에 루머를 제공할 준비가 되어 있지 않았다.

누가 화들짝 놀라게 될까?

우리가 현관문 앞에 당도하기도 전에 현관문이 활짝 열렸다.

자생트 로장과 안엘렌 뫼리스였다.

젠장! 어떡하지?

우린 이미 그들과 마주쳤다.

"안녕하십니까, 안녕하십니까." 가쿠로는 노래하듯 떨리는 목소리로 재빨리 인사하며 자기 쪽으로 나를 바짝 잡아당겼고 우리는 신속하게 그들을 지나쳤다. "안녕들 하시죠? 저희가 늦어서요. 자, 또 봬요!"

"어? 안녕하세요, 오즈 씨." 그에게 매료된 두 여자는 똑같은 동작으로 몸을 돌리며 인사했다. 눈으로라도 우릴 뒤쫓으려는 듯했다.

"안녕하세요, 부인." 두 여자는 이를 활짝 보여 웃으며 심지어 나에게까지 인사했다.

한꺼번에 그렇게 많은 입속의 치아들을 본 적이 없었다.

"안녕히 가세요, 부인." 안엘렌 뫼리스는 우리가 현관문을 빠져나갈 때까지 탐욕적인 눈으로 날 쳐다보며 속삭이듯 말했다.

"확실해요!" 가쿠로가 문 아래쪽을 뒤꿈치로 밀면서 나에게 속삭였다. "우리가 잡혔으면 한 시간은 걸렸을 거예요."

"날 못 알아본 거 같아요." 내가 말했다.

난 너무나 혼란스러워 인도 한가운데 멈춰 섰다.

"날 알아보지 못했어요."

팔 위에 여전히 내 손을 얹은 채 그 역시 걸음을 멈췄다.

"당신을 한 번도 제대로 보지 않았을 테니까요. 어떤 상황에서든 저는 당신을 알아볼 겁니다."

18
움직이는 물

어둠 속에서는 잘 볼 수 있다가 밝은 빛 속에서는 갑자기 앞을 보지 못하는 경험을 한번 해본다면 시각의 문제에 대해 충분히 생각해볼 수 있다. 우리는 왜 보는가? 가쿠로가 부른 택시를 타면서, 내게서 볼 수 있는 모습만을 보았던 그들을, 계급사회 안에서 오즈 씨와 팔짱을 끼고 있는 모습만을 주시했던 자생트 로장과 안엘렌 뫼리스를 생각하니 시선은 움직이는 물을 움켜쥐려는 손과 같다는 생각이 더욱 뚜렷하게 들며 전율이 일었다. 그렇다, 눈은 지각한다. 그러나 탐색하지는 않는다. 믿는다, 그러나 의문을 품지 않는다. 받아들인다, 그러나 찾아나서지는 않는다. 욕망으로 텅 비고, 배고픔도 십자군도 없다.

택시가 저무는 석양 속으로 미끄러져 들어가는 동안 나는 생각한다.

나는 장 아르탕스를, 동백꽃을 떠올리며 눈동자가 불타듯 빛났던 장 아르탕스를 생각한다.

나는 피에르 아르탕스를, 예리한 눈을 가졌으나 거지를 볼 때는 눈이 멀었던 피에르 아르탕스를 생각한다.

그렇게 쓸데없이 눈멀 정도로 구걸하는 눈길을 보내던 탐욕스러운 부인들을 생각한다.

힘 하나 없는, 죽은 눈구멍으로 추락 그 이상은 보지 못했던 제젠을 생각한다.

나는 보는 것에는 무능했던 뤼시앵을 생각한다. 왜냐하면, 어둠이, 가끔은 너무 강한 것이기에.

나는 넵튄을 생각한다. 그 눈이 곧 송로인, 그래서 자신을 속일 수 없는 넵튄을.

그리고 나 자신에게 묻는다. 나는 나 자신을 제대로 보는지.

19
반짝이는 그림자

영화 〈블랙 레인〉을 보셨는지?

〈블랙 레인〉 혹은 최소한 〈블레이드 러너〉를 보지 않았다면, 내가 그 식당에 들어갔을 때 리들리 스콧 영화 속으로 들어가는 것 같은 기분을 느꼈다는 걸 잘 이해하지 못할 것이다. 〈블레이드 러너〉에는 뱀 쇼를 하는 바에서 데커드가 벽에 달린 화상전화기로 레이첼에게 전화를 거는 장면이 있다. 〈블랙 레인〉에도 노란 금발에 등 파인 옷을 입은 케이트 캡쇼와 콜걸들이 등장하는 바 장면이 있다. 채색 유리창을 통과한 대성당의 광채가 지옥의 빛 같은 희미한 미광에 휩싸인 듯한 장면이었다.

"나는 이런 빛이 아주 좋아요." 나는 자리에 앉으며 가쿠로에게 말했다.

우리는 조용한 작은 칸막이 자리로 안내되었고, 햇빛 속에 잠긴 채 반짝이는 그림자들이 그 주변을 감돌고 있었다. 그림자가 어떻게 반짝일 수 있을까? 그림자는 반짝인다, 그게 다다.

"〈블랙 레인〉 보셨어요?" 가쿠로가 물었다.

두 존재의 취향과 심리적 흐름이 어쩌면 이렇게 일치할 수 있을까? 생각할수록 놀라운 일이었다.

"예. 적어도 열두 번은 봤을 거예요." 내가 말했다.

우리를 둘러싼 이 공간이 빛나고 반짝거리고 우아하고 고요한 신비한 유리알 속 같았다. 정말 멋졌다.

"우리는 이제 스시 파티를 할 겁니다." 가쿠로가 흥분한 듯 냅킨을 펼치며 말했다. "제가 이미 주문해놓은 건데 원망하지 마세요. 제가 생각하는 파리 최고의 일본 요리를 맛보게 해드리겠습니다."

"원망이라니요, 무슨 말씀을요!" 나는 눈을 크게 뜨고 말했다. 종업원들이 우리 앞에 사케 병들과 고급스럽고 아담한 그릇들을 연신 갖다놓았다. 그릇들 안에는 나는 잘 알지 못하는 뭔가에 절여진 듯한 작은 야채들이 담겨 있었다.

우리는 먹기 시작했다. 나는 먼저 절인 오이부터 낚아 들었다. 모양만 오이를 절인 것이지 혀에서 살살 녹았다. 가쿠로는 적갈색 나무젓가락으로 조심스럽게 귤인지 토마토인지 망고인지 모를 조각들을 능수능란하게 들어올렸다. 나도 얼른 그 그릇 속을 뒤섞었다.

그것은 식도락가들을 위한 달짝지근한 당근이었다.

"생일 축하해요!" 나는 사케 잔을 들어올리며 말했다.

"고맙습니다, 고맙습니다." 그가 나와 건배하며 말했다.

"이거 문어예요?" 나는 노란 사프란 소스 그릇에서 뾰족하고 작은 촉수 조각 하나를 끄집어냈다.

이어 테두리 없는 두 개의 묵직한 나무 쟁반 위에 날생선 조각들이 얹혀 나왔다.

"사시미예요. 여기에도 문어가 있을 겁니다." 가쿠로가 말했다.

나는 이 기가 막힌 작품을 우선 관조했다. 그 시각적 아름다움에 순간 숨이 멎을 뻔했다. 나는 서툰 젓가락질로 듬성듬성 회색이 섞여 있는 흰 살 생선 조각 끝을 집었다. 넙치라고 가쿠로가 설명해준다. 황홀경에 빠질 준비를 하며 나는 그것을 한입에 넣었다.

우리는 영원성을 보이지 않는 것들의 정수 속에서만 찾을 것인가? 이 희멀건 작은 살 조각이 접촉 가능한 영원성의 한 끄트머리는 아닐까?

"르네, 당신과 제 생일을 함께하게 되어 참으로 기쁩니다. 하지만 당신과 저녁을 함께하고 싶었던 강력한 동기가 있어요."

우리가 서로 안 지 3주 정도밖에 되지 않았지만 나는 가쿠로가 나를 초대한 동기들을 잘 알고 있었다. 프랑스냐, 영국이냐? 페르메이르냐, 카라바조냐? 『전쟁과 평화』냐, 『안나 카레니나』냐?

나는 또 공기처럼 가벼운 새로운 사시미(아마 참치?)를 입안에 한가득 넣었다. 세상에! 나눠 먹도록 되어 있는 건데 다 넣어 버리다니.

"제 생일이라 당신을 초대한 이유도 있지만 누군가가 나한테 아주 중요한 정보를 줬어요. 그래서 당신에게 말하고 싶은 게 있어요."

참치 덩어리가 내 모든 주의력을 앗아가 이어 일어날 일에 나는 미처 준비가 되어 있지 않았다.

"당신은 당신 언니가 아니에요." 가쿠로가 내 눈을 똑바로 바라보며 말했다.

20
가가우즈 부족들

여성 여러분,

아무리 호감 가는 부유한 신사에게서 고급 레스토랑에 저녁식사 초대를 받았다 해도 원래 당신이 가졌던 우아함을 갖고 행동하세요. 당신을 놀라게 할 수도, 당신의 신경을 건드릴 수도, 당신을 당황하게 할 수도 있지만, 그런 놀라운 말들에도 무감하게 반응하며 당신의 세련됨을 그대로 유지해야 합니다. 그런 상황에 처해도 분별 있게 행동해야 합니다.

그런데 그러기는커녕 감자를 집어먹듯 생선회를 게걸스럽게 입안에 처넣은 촌뜨기처럼 나는 발작적으로 재채기를 해댔고, 내 목구멍에 낀 영원히 사라질 것 같지 않은 조각을 어떻게든 뱉어내려고 고릴라만큼 우아하게 캑캑거렸다. 바로 옆 테이블들에서는 침묵이 돌았고, 몇 번의 재채기 끝에 심한 멜로디 섞인 딸꾹질과 함께 드디어 죄인을 최후의 순간에 끌어내 냅다 탈취한 냅킨에 포박할 수 있었다.

"한 번 더 이야기할까요?" 맙소사! 이 상황을 즐기는 듯한 가쿠로가 말했다.

"콜록, 콜록!" 나는 연신 기침을 해댔다.

이건 가가우즈 부족이 형제 의식에서 하는 전통 답가였다.

"저, 저, 콜록, 콜록." 난 눈부시게 계속했다.

그리고 높은 분들에게 세련되게 아양 떨듯,

"뭐라 하셨어요?"

"분명해지도록 한 번 더 말씀드리겠습니다." 그는 아이들과 함께할 때 항상 필요한 일종의 인내심을 가지고, 혹은 그냥 별생각 없이 말했다. "르네, 당신은 당신 언니가 아니에요."

난 얼이 빠진 채 그대로 그를 보았다.

"이번엔 한 조각에 30유로 하는 스시가 당신 목에 걸리지 않기를 바라며 마지막으로 한 번 더 말씀드리겠습니다. 소화하는 데 더 섬세함이 필요한 스시라는 점도 슬쩍 말씀드리면서요…… 당신은 당신 언니가 아니에요. 우린 친구가 될 수 있어요. 그리고 우리가 원하는 그 모든 것도."

21
이 모든 찻잔들

Toum toum toum toum toum toum toum

Look, if you had one shot, one opportunity,

To seize everything you ever wanted

One moment

Would you capture it or just let it slip?

둠, 둠, 둠, 둠, 둠,

이봐, 단 한 방에, 단 한 번에,

네가 원한 모든 걸 가질 수 있다면

그 순간을

잡겠어, 날려버리겠어?

이건 에미넴의 노래다. 현대 엘리트들의 선지자 자격으로 고백하건대, 디도는 결국 죽고 말았는데, 이미 그것을 너무나 잘 아는데 이 노래를 듣게 되다니.

그런데 특히 대혼란.

증거?

이것이다.

Remember me, remember me,
But ah forget my fate
Trente euros pièce
Would you capture it or just let it slip?

날 기억해줘, 날 기억해줘.
하지만 내 운명은 잊어주길.
30유로짜리 한 조각
그걸
잡겠어, 날려버리겠어?

내 머릿속에서 두 노래가 이렇게 섞이며, 게다가 주석처럼 개

사되어 훅 지나갔다. 내 머릿속에서 노래가 그렇게 이상하게 새겨지다니 놀라운 일이다. 방광이 작은 수위의 위대한 친구인 〈콘푸타티스〉까지 굳이 떠올리지 않아도. 그리고 실은 사뭇 진지하나 부수적인 사항인 듯 여기서 중요한 건 가사가 아니라 메들리라고.

그리고 나는 울기 시작했다.

'퀴토의 친구들'이라는 작은 동네 카페에서 한 손님이 목이 메어 가까스로 참던 눈물이 마침내 터지고, 냅킨에 얼굴을 쑤셔박는다면 비싼 구경거리가 되었을 것이다. 하지만 조각별로 파는 사시미 집의 이 태양 사원에서는 내 오열이 전혀 다른 효과를 가져왔다. 내 주위를 에워싸는 조용한 지탄의 파동, 그리고 여기 이렇게 오열하는 나. 코는 줄줄 흐르고, 그러나 내 감정의 얼룩을 닦기에는, 공공 여론이 비난하는 바를 감추기에는, 이미 너무나 거추장스러워져 냅킨에 의존하는 것도 힘들어져 나는 이렇게 있다.

나는 더 심하게 흐느꼈다.

팔로마가 날 배신했다.

이 오열에 다 씻겨 내려간, 이 가슴속에서 다 올이 풀려나간, 그 고독한 지하 생활 속에 다 흘러가버린 모든 삶. 그렇게 틀어박혀 했던 길고 긴 독서, 그 모든 아픈 겨울, 리제트의 아름다운 얼굴 위에 퍼부어 내렸던 11월의 비. 지옥에서 나와 절의 이끼 위에 좌초된 그 모든 동백꽃들, 따듯한 우정 속에 마셨던 그 모든 차들, 마드무아젤의 입속에 있던 그 경이로운 말들, 너무나 '와비'한 정물화, 자신들만의 것으로 독특하게 반사된 그 영원한 정수들, 그리고 놀라운 기쁨 속에 들이닥친 이 여름비, 가슴의 선율에 춤추었던 눈꽃송이들, 옛 일본 보석함 속에 있는 팔로마의 깨끗한 얼굴. 나는 운다. 참을 수 없어 뜨겁고 굵은 행복의 눈물을 흘린다. 내 주위의 세계는 다 함몰되고, 동행인 이 남자의 시선에 대한 내 감각만이 남아 있다. 그리고 누군가를 느낀다. 내 손을 친절하게 잡고, 세상에서 가장 따듯한 열기로 나에게 웃음짓고 있는 이 남자.

"고마워요."

나는 겨우 숨을 토하며 중얼거리듯 말했다.

"우린 친구가 될 수 있어요. 그리고 우리가 원하는 그 모든 것도." 그가 말했다.

Remember me, remember me,
And ah! envy my fate!

날 기억해줘, 날 기억해줘,
아! 내 운명을 부러워하길!

22
초원의 풀

죽기 전에 살아봐야 하는 것이 무엇인지 안다. 그렇다. 그걸 말해줄 수 있다. 죽기 전에 살아봐야 하는 것은 빛으로 변하는 세찬 비다.

나는 밤새 잠을 자지 않았다. 은혜 충만한 감정의 폭발 후에, 그럼에도 불구하고 저녁식사는 훌륭했다. 부드럽고, 은밀하고, 길고 감미로운 침묵. 가쿠로가 문까지 나를 바래다주었고, 그는 내 손에 길게 키스했다. 우리는 그렇게 아무 말 없이 헤어졌다. 그저 짧고 강렬한 미소로만.

나는 밤새 잠을 자지 않았다.

이유를 아는가?

물론, 알 것이다.

물론, 모든 사람이 의심하듯, 그 나머지 모든 것들, 즉 느닷없이 해동된 한 존재를 바닥부터 위까지 완전히 뒤집는 대지의 진동 위에, 소녀 취향인 이 오십대 늙은 여자의 작은 머릿속에 뭔가가 뛰어다니는 것이다. 그리고 그 뭔가는 이렇게 발음된다. "우리가 원하는 그 모든 것도."

일곱시에 나는 용수철처럼 튀어 일어났고, 그런 나 때문에 화가 난 내 고양이는 침대 저 끝으로 가버렸다. 배가 고팠다. 문자 그대로 배가 고팠고, 비유적인 의미로 배가 고팠다. 엄청 크게 썬 빵에 버터와 미라벨 잼을 가득 발라 한입 가득 먹었지만 내 무시무시한 식욕을 더 자극할 뿐이었다. 난 그다음을 알고 싶어 미칠 것 같았다. 나는 우리에 든 야수처럼 부엌을 빙빙 돌았고, 나한테 어떤 관심도 보이지 않는 고양이를 들들 볶고, 버터와 잼을 바른 두번째 빵을 먹고, 아무리 정리해도 정리되지 않는 것들을 괜히 정리하면서 이리 갔다 저리 갔다 했고, 세번째 빵을 또 준비했다.

그리고 여덟시가 되자 갑자기 나는 차분해졌다.

예고 없이, 놀라운 방식으로, 평정심이라는 위대한 감정이 내 위에 방울방울 떨어졌다. 무슨 일이 생겼는가? 변화. 다른 설명은 찾아낼 수 없었다. 어떤 사람은 아가미가 돋고, 나에게는 지혜가 왔다.

나는 의자에 앉았고, 삶은 다시 제 흐름을 찾았다.

흥분할 것 없이 그저 머무는 대로 흐를 것. 나는 내가 늘 수위라는 것을 떠올렸고, 아홉시가 되면 구리 닦는 세제를 사러 바크가에 가야 한다는 것을 떠올렸다. '아홉시'라니 환상적인 정확성이다. 그러니까 '오전에'라는 뜻이다. 하지만 어제, 다음날 내가 할 일을 계획하며 나는 속으로 말했다. '아홉시에 가야지.' 하여 나는 내 시장바구니와 가방을 메고 부잣집들의 장식물을 빛나게 해줄 물건들을 구하러 세상으로 나갔다. 밖은 멋진 봄날이었다. 멀찍이 종이 박스에서 어렵사리 빠져나오는 제젠이 보였다. 날이 풀려 정말 다행이라고 나는 생각했다. 식도락계의 거만한 교황에 대한 이 거지의 애정을 나는 잠시 떠올렸다. 그러자 미소가 지어졌다. 행복한 자에게 계급투쟁은 갑자기 부차적인 것이 되는가? 나는 내 약화된 혁명 의식에 놀라 속으로 말했다.

그리고 그게 왔다. 갑자기 제젠이 비틀거렸다. 나는 그에게서 겨우 열다섯 걸음 정도 떨어져 있었고, 그가 걱정이 되어 눈썹이 찡그려졌다. 제젠은 키질로 흔들리는 배처럼 심하게 흔들렸고, 난 정신이 나간 것 같은 그의 얼굴과 표정을 보았다. "무슨 일이에요?" 그 불쌍한 자를 향해 걸음을 옮기며 나는 큰 소리로 물었다. 보통 이 시각이면 제젠은 술에 취해 있지 않는다. 게다가 소가 초원의 풀을 먹듯 술을 잘 이겨냈다. 설상가상으로 거리는 쥐

죽은듯 고요했다. 몸이 심하게 흔들리는 그 불행한 이를 본 건 나뿐이었다. 제젠은 도로 쪽으로 휘청거리며 걸어왔다. 그리고 멈췄다. 내가 제젠과 겨우 2미터 정도 떨어진 만큼 가까이 왔는데 수천의 악마들이 그를 쫓아오기라도 하듯 갑자기 제젠은 전력질주했다.

그리고 그다음, 일이 일어났다.

저마다 그러듯, 절대 오지 않기를 바라는 일.

23
나의 동백꽃들

나는 죽는다.

내가 죽어가고 있다는 것을 직감에 가까운 확신으로 안다. 어느 아름다운 봄날 아침, 제젠이라 불리는 한 거지가 죽음의 무도에 사로잡혀, 인간도 신도 괘념치 않은 채 텅 빈 황량한 도로 위를 배회했기에 나는 바크 가에서 죽게 되리라는 것을.

사실, 그렇게까지는 황량하지 않은 거리.

난 내 시장바구니와 가방을 내팽긴 채 제젠을 뒤쫓았다.

그리고 나는 부딪혔다.

그것은 떨어지면서였다. 정신이 멍하고, 뭐가 뭔지 전혀 알 수 없던 순간이 지난 후, 고통이 날 으스러뜨리기 전 나를 친 게 뭔지 보았다. 지금은 바닥에 등을 대고 누워 있고, 세탁소 트럭의 옆면이 보인다. 그 트럭은 날 피하려다 황급히 왼쪽으로 방향을 틀었지만 너무 늦었다. 나는 트럭의 앞 오른쪽면에 들이받혔다. 하얀색 영업용차에 '말라부앵 프레싱'이라는 파란색 로고가 찍혀 있었다. 그럴 수만 있다면 난 웃고 싶었다. 신의 길을 죽도록 해독하려는 자들에게는 신의 길들이 너무나 분명하다. 나는 마뉘엘라를 생각했다. 다 자기 때문이라고, 내가 세탁소에서 두 번의 도둑질을 하게 되어 그 벌로 세탁 차에 치인 것이라고 죽을 때까지 자기 자신을 원망할 마뉘엘라를. 고통이 스며든다. 특별히 어느 부분은 아닌데 여기저기 퍼지는 통증. 거기서 난 뭔가를 느낄 수 있었다. 영혼의 고통, 왜냐하면 마뉘엘라를 생각했기 때문이다. 내가 홀로 남겨놓은, 내가 다시는 볼 수 없을 마뉘엘라를. 가슴이 찌를 듯 아팠다.

사람들 말이, 죽는 순간 자신의 전 생애를 다시 본다고 하던데. 크게 떠진 내 눈은 세탁소 트럭도 그 운전자도 알아보지 못한다. 자주색 리넨 원피스를 나에게 내밀었던 세탁소의 젊은 여자인 거 같은데, 지금은 울면서 소리를 지르고 있다. 여기저기서 달려온 행인들도 나에게 뭐라고 말을 하는데 무슨 말인지 하나도 모르겠다. 이 세상이 더는 아무것도 안 보이고, 내 커진 두 눈

앞에는 생각만 하면 가슴이 아픈, 사랑했던 얼굴들이 지나간다.

주둥이가 보인다. 그렇다. 내 첫 생각은 내 고양이를 향해 간다.

다른 사람들보다 더 중요하지는 않다. 왜냐하면 진짜 고통, 진짜 작별 이전에 나는 네발 달린 내 동반자의 운명에 대해서는 안심할 필요가 있으니까. 최근 십여 년 동안의 내 과부 생활과 고독 생활에서 파트너 역할을 해주었던 우리 뚱뚱이를 생각하며 나는 혼자 미소짓는다. 그리고 조금 슬프면서도 부드럽게 웃는다. 죽음을 앞에 두고 생각하니 우리 반려 동물들과의 밀착성이 그저 평범하고 진부한 사실만은 아닌 것 같기 때문이다. 십 년의 생이 레옹에게 응집되어 있다. 나는 우리 바보들의 안일과 무심함 속에도 우리 존재를 관통하는 이 웃기게 생긴, 괜히 쓸데없이 그냥 있는 것 같은 고양이들이 불행의 닫집 아래서도 우리에게 얼마나 즐겁고 행복한 순간을 가져다주었는지, 그리고 우리 행복의 씨줄이 되어주었는지 생각한다. 그 정도까지 집착한다고는 생각하지 않았던 생에 나는 작별을 고하며 우리 레옹에게도 작별을 고했다.

그리고 내 고양이의 운명은 올랭프 생니스의 손에 맡겨지길 소원했다. 올랭프는 그 아이를 잘 돌보아줄 것이다. 나는 마음을 놓는다.

이제 다른 사람들도 대면할 수 있다.

마뉘엘라.

내 친구 마뉘엘라.

죽음의 문턱에서야 비로소 '너'라고 부르며 말을 놓을게.

우정의 비단 속에 이 찻잔들을 기억하겠지? 십 년간 함께 나눈 차와 우리의 존댓말. 내 가슴속 온정, 누군지, 무엇인지도 모르는 것을 향해 생기는 이 감사, 삶. 아마도 그것은 네 친구가 되는 은총을 갖는 것. 네 곁에서 가장 아름다운 생각들을 하곤 했던 것을 너는 아는지? 나는 결국 그것을 깨닫기 위해 죽는 것일까? 차를 마시며 나눴던 그 행복한 시간들, 우아함이라는 그 길고 긴 해안가, 허식도 궁전도 없던 속살 그대로의 귀부인, 그게 없었다면 마뉘엘라, 난 그저 수위에 불과했을 거야. 마음의 귀족성은 전염성인지 넌 날 우정을 베풀 수 있는 여자로 만들었어…… 만일 네가 매주 신성한 다례를 통해 마음을 내게 주며 나와 함께 희생하지 않았다면, 내 초라한 갈증을 예술에 대한 환희로 바꿀 수 있었을까? 푸른 도자기 다기, 살랑대는 분재 이파리들, 창백한 동백, 세기 속의 이 영원한 모든 보석들, 끝없이 도란거리는 강물 속의 이 모든 소중한 진주들에 반할 수 있었을까?

벌써 네가 그립구나. 오늘 아침 죽는다는 게 무엇을 의미하는지 나는 이해했다. 사라지는 시각에 우릴 위해 죽는 것은 다른 사람들이다. 나는 지금 약간 차가운 도로 바닥 위에 누워 있으면서 내가 운명하는 것에 개의치 않는다. 어제나 오늘 아침이나 그건 별 의미가 없다. 하지만 내가 사랑했던 사람들을 더는 볼 수 없다. 그리고 만일 죽는 게 이런 거라면 사람들이 말하듯 이건 정말 비극이다.

마뉘엘라, 내 동생, 운명이 야속하게도 네가 나에게 했던 것처럼 난 너를 위해 해줄 수 없게 되었구나. 넌 내 불행의 방화벽, 저속함의 성벽. 계속 그렇게 살아줘, 기쁨으로 나를 생각하면서.

하지만, 널 다시 볼 수 없다는 것은 내 가슴속의 끝없는 고통이다.

그리고 내 기억의 눈앞에 오래된 주화가 되어버린 것 같은, 노랗게 바랜 사진 속에 있는 것 같은 뤼시앵. 당신은 웃고, 휘파람을 분다. 당신도 그걸 느꼈는지? 당신의 죽음이 아닌 나의 죽음을, 어둠 속에 당신을 집어넣는 공포 이전에 우리가 서로 주고받았던 그 마지막 눈길을 느꼈는지? 인생을 함께했던 자들이 오래전부터 그렇게 죽어 있다면 인생에서 남은 건 도대체 뭘까? 난 오늘 이상한 감정을 느껴. 당신을 배신하는 기분. 죽는다는 것, 그건 정말 당신을 죽이는 것 같아. 다른 사람들이 멀어져가는 것을 보는 아픔은 우리가 살면서 느꼈던 시련과는 비교가 안 되는군. 우리에 의해서만 존속할 수 있었던 것까지도 다 죽여야 하는 거야. 그런데 당신은 웃고, 휘파람을 분다. 갑자기 나 역시도 웃는다. 뤼시앵. 당신을 정말 사랑했어. 가! 그래야 아마 내가 쉴 수 있을 거야. 우리 고향의 작은 묘지에서 평화롭게 잠들 거야. 멀리서 강물 소리가 들려. 청어와 모샘치를 낚는가봐. 아이들이 목이 터져라 소리질러. 저녁, 해가 지고, 우리는 만종을 듣는다.

그리고 당신, 가쿠로, 내게 동백꽃의 가능성을 믿게 해준 소중한 가쿠로. 내가 오늘 당신을 생각하는 것은 부질없는지도 몰라요. 몇 주가 열쇠를 주진 않으니. 나에게 당신은 천상의 자선가, 정해진 운명에 대항하는 기적의 방향 식물, 그 이상은 나는 당신에 대해 알지 못해요. 다른 것일 수도 있었을까? 그야 모르지. 이 불확실성에 가슴이 조이지 않을 수 없다. 그리고 만일? 만일 잘못으로 얼룩진 이 모든 세월을 씻으며, 리제트에겐 있을 법하지 않았던 사랑의 공모로 그 잃어버린 명예를 되돌려주었다면? 당신이 나를 여전히 웃게 해주고, 말하게 해주고, 울게 해주었다면? 당신은 지금 밤 속으로 사라진다. 당신을 다시 볼 수 없는 시각. 당신은 차츰 사라진다. 운명의 답을 내가 알려고 해서는 절대 안 된다.

이게 죽는 건가? 이렇게 비참한 건가? 시간이 얼마나 남았나?

영원, 나는 늘 잘 모르지만.

팔로마, 내 딸.

내가 돌아보는 건 그래, 너야. 마지막으로 너를 생각한다.

팔로마, 내 딸.

나는 자식이 없었지. 그게 그렇게 되지 않았으니까. 그걸로 내가 고통받았나? 아냐. 하지만 만일 내가 딸이 있었다면, 너 같은 아이였을 거야. 정말 온 힘을 다해, 네 인생이 네가 약속한 그 높이에 이르기를 정말 기원한단다.

그리고 이건 한줄기 빛이다.

진짜 빛. 난 진지하고 순수한 네 아름다운 얼굴을 본다. 또 네 분홍 테 안경을, 조끼 밑자락을 만지작거리며 날 똑바로 보던 너를. 마치 고양이가 말이라도 하는 듯 고양이를 쓰다듬던 너. 그리고 난 울기 시작한다. 내 안에 기쁨의 눈물이 흐른다. 부러진 내 몸 위로 고개를 숙인 구경꾼들, 그들은 뭘 보는 걸까? 난 모른다.

하지만 안에는 태양이 있다.

삶의 가치를 어떻게 결정지을까? 어느 날 팔로마가 내게 말했다. 중요한 건 죽는 것이 아니라, 죽는 순간에 뭘 하는가라고. 죽는 순간에 난 뭘 했지? 내 가슴의 온기 속에 이미 준비된 답을 가지고 나는 나 자신에게 묻는다.

나는 무엇을 했는가? 나는 다른 사람을 만났고, 사랑할 준비가 되어 있었다.

애정이 가까스로 입혀지긴 했으나 결국 내게는 체념한 그림자에 불과했던 뤼시앵과 애정적으로나 정신적으로나 황량했던 오십사 년을 보낸 후, 숨어사는 생활 속에 고독한 정신으로 다져넣은 내면의 무언의 승리로 오십사 년을 보낸 후, 쓸데없는 욕구불만의 배출처럼 세상과 계급에 대한 증오로 오십사 년을 보낸 후, 아무도 만나지 않고 어떤 누구와도 같이 보내지 않은 오십사 년을 보낸 후,

마뉘엘라, 늘 그렇기를.

가쿠로 씨도.

그리고 팔로마, 내 마음의 치유자.

내 동백꽃들.

여러분과 마지막 차를 들고 싶다.

그때 귀와 혀를 늘어뜨린, 유쾌한 코커스패니얼이 내 시야의 밭을 가로질러 간다. 바보 같다. 아니야, 재밌다. 내가 더 웃고 싶

은가보다. 안녕, 넵튄. 넌 바보 같은 개지? 아, 죽음 때문에 약간 페달을 놓친 거 같구나, 이해해라. 널 마지막으로 생각할 거 같구나. 그게 의미가 있다면, 의미라는 건 내 손에서 완전히 빠져나가는구나.

아, 아니다.

마지막 이미지.

이상하게도 더이상 얼굴들이 보이지 않는다.

곧 여름이다. 일곱시다. 마을 교회 종소리가 울린다. 등이 굽고 팔을 펴기도 힘든 아버지가 보인다. 6월의 흙을 갈고 있다. 해가 진다. 아버지는 다시 일어나 소맷자락을 뒤집어 이마를 닦는다. 그리고 집으로 돌아간다.

노동의 끝.

곧 아홉시다.

평화 속에서, 나는 죽는다.

마지막 심오한 사고

'다시는'에 맞서
무엇을 할 것인가?
아니면
우연히 들은 음악에서
'늘'을 찾을 것인가?

오늘 아침 미셸 아줌마가 돌아가셨다. 바크 가 근처에서 세탁소 트럭에 치였다. 내가 이 말들을 쓰고 있는 것을 나는 믿을 수가 없다.

그 소식을 나에게 알려준 건 가쿠로였다. 아마 그의 비서 폴이 그 시간에 바크 가를 올라오고 있었을 것이다. 멀리서 사고가 난 걸 보았지만 그가 도착했을 때는 이미 늦었다. 아줌마는 바크 가 모퉁이에 있던, 참나무 포도주 통처럼 땅딸막한 거지 제젠에게 도움을 주려고 했다. 제젠을 좇아 달렸지만 트럭을 보진 못했다. 트럭을 운전했던 여자는 병원에 데려가야 할 것 같았다. 완전히 쇼크 상태였다.

가쿠로가 열한시에 우리집에 와서 초인종을 눌렀다. 나를 보고 싶다고 했다. 그리고 내 손을 잡고 말했다. "이 고통을 네가 피하게 할 어떤 방법도 없구나. 그러니 팔로마, 말해줄게. 방금 아홉시쯤 르네가 사고를 당했다. 아주 심각한 사고였어." 가쿠로는 울었다. "세상을 떠났단다." 가쿠로는 내 손을 아주 세게 잡았다. "어머나 세상에, 근데 르네가 누구예요?" 겁에 질린 엄마가 물었다. "미셸 부인요." 가쿠로가 엄마에게 대답했다. "아!" 약간 안심한 듯 엄마가 말하자 가쿠로는 메스꺼운 듯 엄마에게서 몸을 돌렸다. "팔로마, 내가 맡아 처리해야 할 일들이 너무 많구나. 우리는 이따가 다시 보자, 알았지?" 나는 고개를 끄덕였다. 나도 가쿠로의 손을 꽉 잡았다. 우리는 일본식으로 짧게 고개 인사를 했다. 우리는 이해했다. 너무 아팠다.

그가 떠났을 때, 내가 원한 것은 단 한 가지, 엄마를 피하는 것이었다. 엄마는 입을 열려고 했으나 나는 손짓으로 신호를 보냈다. "입 열려고도 하지 마!" 엄마는 잠시 딸꾹질을 했으나 나한테 가까이 오지 않았고, 내가 내 방으로 들어가도록 내버려뒀다. 나는 침대 위에 몸을 둥글게 말고 울었다. 반 시간쯤 지나 엄마가 조용히 문을 노크했다. 나는 말했다. "싫어!" 엄마는 고집하지 않았다.

그리고 열 시간이나 지났을까. 많은 일들이 이 건물에 일어났다. 요약한다. 올랭프 생니스가 소식을 듣고 아줌마가 수위실에

놔둔 레옹을 데리러 수위실로 급히 왔다. 열쇠공이 문을 따러 왔고. 미셸 아줌마가, 아니 르네가 그걸 원했을 거라는 생각이 든다. 안심이 되었다. 드 브로이 부인이 가쿠로의 진두지휘 아래 작전 감독을 맡았다. 이 할머니가 이렇게 착하다니 이상하다. 부인은 자기 새 친구가 된 엄마한테 말했다. "그 사람이 이십칠 년 동안이나 거기 있었어요. 그리울 거예요." 부인은 조화를 위해 당장 모금에 들어갔고, 르네 가족들한테 연락을 취하는 일도 맡았다. 가족이 있나? 모른다. 그래도 드 브로이 부인이 찾아낼 것이다.

최악은 로페스 부인이었다. 열시에 청소를 하러 왔을 때 부인에게 그 소식을 전한 건 역시 드 브로이 부인이었다. 이 초 동안은 영문을 몰라 가만히 서 있었다, 손을 입에 대고. 그리고 쓰러졌다. 십오 분 정도 지나 정신을 차렸을 때는 연신 중얼거렸다. "죄송합니다, 죄송합니다." 그리고 숄을 다시 쓰고 집으로 돌아갔다.

쪼개질 것 같은 심장.

나는? 나는 무엇을 느끼나? 나는 그르넬 가 7번지의 이런저런 일들에 대해 지금껏 수다를 떨었다. 하지만 난 용기가 나지 않았다. 내가 직접 가서 무슨 일이 벌어졌는지 보는 게 무서웠다. 부끄럽다. 나는 죽기를 원했다. 그렇게 해야 콜롱브와 엄마와 아빠

하지 마세요, 르네. 난 자살하지 않을 거예요. 난 아무것
지르지 않을 거예요.
을 위해 이제부터는 '다시는' 속에서 '늘'을 찾을 거니까.
의 아름다움은 그것이니까.

에게 고통을 줄 수 있다고 생각했으니까. 그러나 그건 내가 아직 진짜 고통을 겪지 않아서다. 아니면 난 고통을 받긴 했으나 그렇게까지 아프진 않았다. 갑자기 내 그 작은 계획들이 진짜 문제는 없는 청소년들의 사치 같았다. 관심을 끌고 싶어 그러는 부잣집 여자애의 자기 합리화.

그랬는데, 처음으로, 난 아팠다. 정말 아팠다. 배를 누가 주먹으로 한 대 친 것 같고, 숨이 끊어질 것 같고, 심장이 어디에 절여진 것 같고, 위가 짓이겨졌다. 참을 수 없는 육체적 고통. 나는 언제 이 고통을 벗어날 수 있을지 속으로 물었다. 나는 울부짖지 못한다. 아니 나는 울부짖지 않았다. 내가 지금 느끼는 것은 고통이 항상 내 어딘가에 있으나 걷고 말하는 것을 못하게 하지는 않는다는 것이다. 그건 무력감, 완전히 부조리해지는 느낌이다. 아, 이런 건가? 갑자기 모든 가능성이 소멸되는 건가? 겨우 시작한 계획들, 토론들, 아직 완성되지도 않은 욕망들로 가득찼던 삶이 일 초 만에 사라졌다. 그리고 더는 아무것도 없다. 할 게 아무것도 없다. 뒤로 돌아갈 수는 없는 걸까?

내 인생 처음으로 '다시는'이라는 단어의 의미를 절감했다. 끔찍하다. 하루에도 수백 번 이 단어를 발음하지만 진짜 '영원히 다시는'이라는 것과 대면하기 전에는 이 말의 의미를 잘 모른다. 닥칠 일을 조절할 수 있다고 착각한다. 정말 결정적인 것은 우

리에겐 없는 것 같다. 지난주 나는 곧 자살할 것이라는 말을 수십 번 했지만 정말 자살했나? 내가 그럴 거라고 정말 믿었나? 그 결정을 하면서 '다시는'이라는 말의 의미를 정말 느꼈나? 전혀. 결정할 수 있는 내 힘을 느끼긴 했다. 내가 자살하기 몇 초 전에도 '다시는'이라는 말이 텅 빈 단어일 거라고 나는 생각한다. 하지만 사랑하는 누군가가 죽었을 때, 그러면 그게 무슨 말인지 정말 느낄 수 있다고 말할 수 있다. 그건 너무나 아픈 거다. 갑자기 꺼진 불꽃놀이처럼 모든 게 갑자기 어두워진다. 난 혼자인 것 같고, 아픈 거 같다. 가슴이 너무 아프고, 몸 어디 하나 움직이는 데도 엄청난 노력이 필요하다.

그리고 뭔가가 일어났다. 슬픔의 날이었던 만큼 그건 믿기 힘들었다. 가쿠로와 함께 다섯시쯤 미셸 부인, 아니 르네라고 해야지! 그래, 르네의 수위실로 내려갔다. 가쿠로가 아줌마의 옷가지들을 병원 영안실에 가져가야 했기 때문이다. 아저씨는 우리집 벨을 눌렀고, 나랑 이야기할 수 있느냐고 엄마에게 물었다. 나는 아저씨인 줄 짐작했기에 이미 나와 있었다. 물론 나는 가쿠로를 따라가고 싶었다. 아무 말 없이 둘이 엘리베이터를 탔다. 아저씨는 피곤한 것 같았다. 슬프기보다는 피곤해 보였다. 나는 속으로 말했다. 고통이 현자의 얼굴에 나타난다면 이런 걸 거야. 얼굴에

고통이 서려 있진 않다. 그저 아주 피곤
도 피곤해 보일까?

나는 가쿠로와 함께 수위실로 내려갔다
르다가 우리 둘 다 동시에 멈췄다. 누군가
다. 누군가가 연주하는 것을 확실히 들을
였다. 확실하진 않지만, 어쨌든 클래식인

그 주제에 대해 심오한 사고를 실제로
구가 병원 냉동고에 누워 있는데 어찌 심
수 있겠는가? 하지만 우리 둘이 동시에
는 안다. 그리고 태양이 우리 얼굴을 덥
에서 들리는 음악을 들으며 깊이 숨을
런 순간을 좋아했을 거 같아." 가쿠로가
들으며 우리는 몇 분을 그대로 있었다.
다. 하지만 왜?

오늘 저녁 졸여진 심장과 짓이겨진 위
말했다. 그래, 아마 이게 인생일 거야. 순
에도 시간이 더이상 같지 않은 아름다운
의 음들이 시간 속에 일종의 괄호를, 일종
처럼, 여기인데도 저기를, '다시는' 안에

그래 그거다. '결코 다시는' 안에 '늘'.

지은이 **뮈리엘 바르베리**

1969년 모로코 카사블랑카 출생. 프랑스 고등사범학교 졸업 후, 철학 교수 자격을 취득해 부르고뉴 대학교와 생로 교원양성대학원 등에서 철학 강의를 했다. 2000년 장편소설 『맛』으로 작품 활동을 시작했다. 2006년 발표한 『고슴도치의 우아함』은 113주 연속 베스트셀러를 기록했으며, 전 세계 32개국에 번역 출간되며 600만 부 이상 판매되었다. 조르주 브라상 상, 국제 로터리 문학상, 프랑스 서점 대상 등 다수의 문학상을 수상했다.

옮긴이 **류재화**

고려대학교 불어불문학과를 졸업하고 파리 누벨 소르본 대학에서 박사 학위를 받았다. 파스칼 키냐르의 『심연들』 『세상의 모든 아침』, 레비스트로스의 『보다 듣다 읽다』 『오늘날의 토테미즘』 『달의 이면』, 라파예트 부인의 『클레브 공작부인』, 다니엘 아라스의 『서양미술사의 재발견』, 조에 부스케의 『달몰이』 등을 우리말로 옮겼다.

문학동네 세계문학
고슴도치의 우아함

1판 1쇄 2015년 10월 30일 | 1판 10쇄 2023년 9월 7일

지은이 뮈리엘 바르베리 | 옮긴이 류재화
책임편집 김미혜 | 편집 이은현
디자인 김현우 이원경 | 저작권 박지영 형소진 최은진 서연주 오서영
마케팅 정민호 한민아 서지화 이민경 안남영 김수현 왕지경 황승현 김혜원 김하연
브랜딩 함유지 함근아 박민재 김희숙 고보미 정승민 배진성
제작 강신은 김동욱 이순호 | 제작처 영신사

펴낸곳 (주)문학동네 | 펴낸이 김소영
출판등록 1993년 10월 22일 제2003-000045호
주소 10881 경기도 파주시 회동길 210
전자우편 editor@munhak.com | 대표전화 031) 955-8888 | 팩스 031) 955-8855
문의전화 031) 955-1927(마케팅) 031) 955-8860(편집)
문학동네카페 http://cafe.naver.com/mhdn
인스타그램 @munhakdongne | 트위터 @munhakdongne
북클럽문학동네 http://bookclubmunhak.com

ISBN 978-89-546-3817-3 03860

www.munhak.com